Anna Dorfer

Bittersüße Kirschen

DIE AUTORIN

Anna Dorfer ist 1996 geboren und wohnt seit Jahren im Murtal.
In ihrer Freizeit betreibt sie Kraftsport oder unternimmt Spaziergänge in den umliegenden Wäldern der naturbelassenen Steiermark.

Momentan arbeitet sie an weiteren Büchern.

Anna Dorfer

Bittersüße KIRSCHEN

Thriller

Impressum

Umschlaggestaltung: myMorawa von Dataform Media GmbH, Wien

Verlag: myMorawa von Dataform Media GmbH, Wien
www.mymorawa.com

ISBN:
978-3-99129-154-1 (Paperback)
978-3-99129-153-4 (E-Book)

PRINTED IN AUSTRIA

Alle Handlungen und Personen in diesem Roman sind frei erfunden.

Die Welt ist grausam - und wir mit ihr.

PROLOG

Sie spürte, wie sich ihr Sitzbein in die harte Matratze grub und ihre Wirbelsäule von der kalten Wand wund gescheuert war. Seit Stunden saß sie so da, hatte sich kaum bewegt. Die Arme um die Beine geschlungen, dass Kinn auf den Knien abgelegt, wie erstarrt.

Zunehmend machte sich Müdigkeit breit, allerdings schaffte sie es nicht, die Angst zu verdrängen, die ihren Körper verseucht hatte. Es wurde langsam hell, Licht drang durch das kleine, vergitterte Fenster über der schweren Eisentür. Licht, das keine Wärme spendete, sondern verheißungsvoll einen langen Tag einläutete. Ihr Leib schmerzte von der langen Fahrt, die sie gefesselt im Paketabteil eines Kleinbusses hatte verbringen müssen, ehe sie in dieser Zelle erwachte.

Ein Schlüssel drehte sich im Schloss und ließ sie hochschrecken. Eine Umdrehung, eine zweite. Ein zweiter Schlüssel, wieder zwei Umdrehungen, ehe die Tür aufgestoßen wurde.

Sie wagte kaum aufzublicken, erhaschte nur im Augenwinkel den Umriss eines kräftig gebauten Mannes, der die Tür hinter sich zudrückte. Sie versuchte, ihr Gesicht in den Armen zu verbergen und hoffte, bald ohnmächtig zu werden, um diese pulsierende Angst, die mit jedem Herzschlag tiefer in ihren Körper transportiert wurde, nicht mehr ertragen zu müssen. Um einfach abzutauchen in eine Bewusstlosigkeit, die Schmerzen und die Panik nicht mehr zu spüren und schließlich zu fühlen, wie das Leben aus ihr wich.

Er kam näher, bewegte sich in flüssigen Schritten auf sie

zu. Sie versuchte, sich enger zusammen zu kauern, doch da riss er bereits ihren Kopf an den Haaren hoch und zwang sie, ihn direkt anzusehen. Er atmete schwer, drängte sich eng an sie und drückte sie auf den Rücken. Sie hatte keine Kraft, dagegen anzukämpfen, musste seiner Bewegung folgen und seinen schweren Körper auf ihr ertragen.

Sein Griff wurde fester, er bog ihren Kopf nach hinten, überstreckte ihn schmerzhaft weit und erschwerte ihr das Atmen, während er seinen Arm neben ihrem Kopf abstützte. Sie spürte, wie seine Hand leicht über ihr Gesicht, ihren Hals und schließlich ihre Brust streifte, um schließlich weiter abwärts zu wandern und ihr kraftvoll die Jeans nach unten zu reißen. Tränen sickerten durch ihre aufeinandergepressten Augenlider und tropfen auf sein Handgelenk, um das er ihre Haare gewickelt hielt. Kurz dachte sie, er würde von ihr ablassen, da seine Hand verschwunden war, um sich kurzum schreiend unter ihm zu winden, als sie den stechenden Schmerz im Unterleib spürte.

»Heul nicht, Liebes, du hast das einst doch so gemocht.«

Seine Stimme, rau und leise, sein Duft und seine Anwesenheit, waren ihr so bekannt. Sie wollte sich übergeben, doch ihr Körper reagierte kaum. Sie hob ihre rechte Hand, holte aus und versuchte, gegen seinen Kopf zu schlagen. Sie traf ihn am Nacken.

»Ohhhh, gefällt es dir so gut?«, murmelte er, fasste ihre Hand, verdrehte sie schmerzhaft und begann, sich heftiger in ihr zu bewegen. Ihr entglitt ein Schrei, den er mit einem kräftigen Zug an ihren Haaren erstickte. Sie röchelte, schnappte nach Luft und schlug schließlich die Augen auf, denn sie hatte keine Kraft mehr, sie geschlossen zu halten.

Als der Tränenfilm an der Luft langsam trocknete, konnte sie schemenhaft sein Gesicht erkennen. Ihr Herz drohte zu zerspringen und sie fühlte, wie sie nach und nach immer weiter absackte in einen Schleier aus Hoffnungslosigkeit. Mit jeder seiner Bewegungen wurde sie tiefer nach unten gezogen in dieses dunkle Loch, dass sie immer weiter davontrug vom Schmerz und der Erniedrigung, bis sie schließlich nichts mehr wahrnehmen konnte und regungslos unter ihm lag. Er bemerkte ihre Bewusstlosigkeit, ließ sich jedoch nicht davon ablenken, seine Lust weiter an ihr zu stillen.

Als er fertig war, wischte er sich an ihrem Pullover sauber, schloss seine Hose und betrachtete ihren Körper, wie er benutzt am Bett lag. Einige Minuten stand er so da, bis er sich beruhigt hatte, dann suchte er seine Schlüssel und verließ die Zelle. Es würde ein langer Tag werden.

INA

Eisregen prasselte auf den schwarzen Mantel, der Inas Schultern umhüllte, während sie, vollgepackt mit Einkäufen, von der Bushaltestelle zum Wohnhaus hastete. An sonnigen Tagen fuhr sie gerne mit dem Rad, aber es war November und der Wind schnitt sich durch den dicken Schal, bis er auf ihre blanke Haut traf und sie erschaudern ließ. Endlich hatte sie die Tür erreicht – Mist! Abgeschlossen. Verzweifelt kramte sie in ihrer Manteltasche.

Die Eingangstür zum Wohnhaus war seit Neuestem stets verschlossen, die Hausverwaltung hatte sogar einen Brief an die Mieter ausgesandt. Reine Vorsicht um sich abzusichern, seit sich eine Reihe von Entführungen in der Gegend ereignet hatte. Wahrscheinlich eine ohnehin unsinnige Maßnahme, denn das Wohnhaus lag am Rande einer idyllischen Kleinstadt, in der es allgemein sehr ruhig war und die ihr alles bot, was sie sich wünschte. Ein Zentrum, das nahe genug war, dass sie es in kürzester Zeit mit dem Bus, oder, wenn Ina einen sehr sportlichen Tag hatte, zu Fuß innerhalb weniger Minuten erreichen konnte. Ebenso gab es in der ganzen Stadt kein einziges von diesen klischeehaften Vierteln, wo man alle paar Tage die Polizei rufen musste, weil ein Nachbar Scheiben einschlug oder sich jemand im Stiegenhaus mit hanfbepflanzten Blumentöpfen bewarf. Oder jemand entführt wurde. Nein, Ina glaubte nicht daran, dass Menschen aus Wohnungen entführt wurden und ärgerte sich über den Vermieter.

Wo war bloß dieser verdammte Haustürschlüssel? Sie durchwühlte die zweite Manteltasche, während sie mit einer rekordverdächtigen Balanceaktionen versuchte, nichts vom Einkauf auf den nassen Pflastersteinen zu verteilen. Endlich bekam sie die pinke Plüschkugel zu fassen, an die der Schlüssel angehängt war und schloss auf. Köstliche Wärme im Stiegenhaus schmiegte sich an ihre eiskalten, brennenden Wangen.

Die Wohnung lag im dritten Stock und in Momenten wie diesen hasste sie sich dafür, eine Wohnung ohne Aufzug gemietet zu haben. Weiter darauf bedacht, keine Einkäufe im Stiegenhaus zu verteilen, tapste sie die Stufen bis zu ihrer Wohnung hinauf. Erschöpft stellte sie ihre Einkaufstaschen gleich vor ihrer Garderobe auf den Boden und ließ sich sogleich in ihr weiches Sofa fallen.

Es war Freitag. An sich ein Tag, auf dem man sich freuen konnte. Wochenende! Nicht allerdings, wenn man im Büro arbeitete, denn da war nichts von den wochenendhaften Hochgefühlen zu spüren. Vielleicht lag es auch einfach daran, dass zu viel Personal eingespart wurde. Es gab die Zeit nicht mehr, sich eine halbe Stunde gemeinschaftlich zusammenzusetzen. Früher war das anders gewesen. Und auch, wenn Ina keine von denen war, die stundenlang Kaffee trinken hätte wollen, so ein bisschen Zeit für die Pflege der Gemeinschaft hätte ihr manchmal schon ganz gut getan. Stattdessen liefen die Freitage so ab, dass Mitarbeiter umherhetzten, Kunden Telefonterror betrieben und jeder gereizt dem erlösenden Moment entgegenfieberte, wenn die Uhr endlich auf 13 Uhr umsprang. Freitag, der kurze Arbeitstag, an dem die Arbeit von acht Stunden in fünf gequetscht wurde. Und dann, endlich Wochenende! Nur wenige Minuten später hallte von allen Seiten am Parkplatz ein obligatorisches, künstlich aufmunterndes *Schönes Wochenende* in alle Richtungen. Unpersönlich. Erzwungen. Weil es einfach zu wenig Zeit für die Gemeinschaft gab, damit es hätte aufrichtig klingen können.

Ina war froh, wenigstens zwei Tage ihre Ruhe zu haben. Sie genoss das weiche Sofa unter ihrem Rücken und ließ ihren Blick durch die Wohnung streifen. Sie stellte fest, dass es an Deko mangelte. Alles neu wollte sie kaufen, in neuen Farben. Für ein neues Leben.

Die offen aufgeteilte Wohnung war modern, aber minimalistisch geschnitten mit ihren zwei Räumen und dem Bad. Trat man durch die Eingangstür, stand man mitten im Wohnzimmer. Das Sofa aus beigem Veloursleder bildete den zentralen Mittelpunkt im Raum. Geradeaus weiter war eine hochwertige Küche in die großzügige Nische verbaut. Das Fenster oberhalb zeigte jeden Morgen das gleiche bizarre Bild, wenn die Sonne über die scharfen Berggipfel kroch und den Schnee zum Leuchten brachte. Davor stand ein Massivholztisch, an den, rundherum in perfekten Abständen, Designerstühle aus Eiche positioniert waren. Links und rechts führten Türen jeweils in das Badezimmer und Inas Schlafzimmer. Die Einrichtung war schlicht, aber edel und hochwertig, darauf legte Ina wert.

Ebenso auf Ordnung, nur herrschte davon momentan relativ wenig. Egal wohin sie blickte, überall zerrissenes Chaos und das nicht nur in der gesamten Wohnung, sondern auch in ihrem Herzen. Schmerzlich erinnerte es sie daran, dass ihr Ex-Freund Laurent gerade erst vor zwei Wochen ausgezogen war. Mehrere Jahre hatten sie hier gemeinsam gelebt, sich ein wunderschönes Heim gemeinsam aufgebaut und jedes Detail gemeinsam mit Liebe adaptiert. Vielleicht entschied sie sich sogar dazu, die Wohnung neu auszumalen. Oder umzuziehen und einen Neustart zu wagen. Im Hinblick darauf, sich von Laurent und all den schmerzlichen Erinnerungen zu trennen, war das sicher die beste Entscheidung, denn alles hier, jeder noch so unbedeutsame Teppich oder jede längst vertrocknete Blume, erinnerten sie an ihn. Unzählige, nichtige Kleinigkeiten, wie zum Beispiel seine Sammlung von Schoko-Ei-Figuren, die in der obersten Küchenvitrine stand, eine schwarze Trainingsjacke, die auf der Garderobe hing, oder auch seine Kaffeetasse, die Ina als Blumenvase missbraucht hatte. Die kurz geschnittenen, eingefrischten Dahlien bogen sich mittlerweile welch über den Rand. Vielleicht wollte er bestimmte Dinge auch gar nicht mehr abholen, denn es waren – wie gesagt – nichtige Kleinigkeiten, die er schon längst vergessen hatte. Vielleicht waren es aber auch, im Hinblick auf ihre Beziehung, große Erinnerungsstücke an eine Zeit, in der noch alles in Ordnung gewesen war. Das war es wirklich, sogar mehr als perfekt!

Die beiden waren der Inbegriff des Liebesglücks gewesen bis zu diesem Tag, an dem Theresa, Inas beste Freundin und das Auge und das Ohr der Stadt, kleinlaut an Ina herangetreten war und nervös herumdruckste, bis sie endlich damit herausgerückt war. Theresa hatte ihr Bilder von Laurent gezeigt, wie er eng umschlugen auf einer Parkbank saß, mit *ihr*. Für Ina war es ein Schock gewesen und wenn sie an diesen Moment dachte, schauderte sie noch immer. Als sie ihn schließlich am selben Abend noch zur Rede gestellt hatte, reagierte er erst ausweichend. Es sei nur eine alte

Bekannte, die er getroffen hatte, nichts weiter. Liebreizend hatte er das gesagt, sie fest in den Arm genommen und ihr geschworen, wie sehr er sie liebte. Naiv, wie Ina war, hatte sie ihm natürlich geglaubt.

Die Ohrfeige hatte sie zwei Tage später getroffen. Theresa hatte aufgekratzt angerufen und ihr danach abermals Fotos geschickt, auf denen er und *sie* sich im Auto küssten.

Als Laurent am Abend vom Training nach Hause gekommen war, hielt sie ihm die ausgedruckten Fotos vor die Nase und forderte die ganze Wahrheit. Nun konnte er wohl nicht mehr nur von einer unbedeutsamen Begegnung reden. Was auch immer passiert war, er hatte nicht viel davon erzählt und eigentlich wollte Ina gar nicht alles so genau wissen. Allein die Tatsache, dass er kleinlaut zugegeben hatte, dass er *ihr* nach diesem Foto noch sehr viel nähergekommen war, erübrigte eigentlich jede weitere Diskussion. Für Ina war der Fall klar gewesen und seine unzähligen Entschuldigungen verärgerten sie eher, als dass sie sie beschwichtigen konnten. Er beteuerte unzählige Male, dass keine Gefühle im Spiel gewesen waren und es einfach eine Begegnung war, der er, warum auch immer, nicht hatte widerstehen können. Mit jeder Entschuldigung, die über seine Lippen rutschte, entfachte umso mehr Wut in ihr. Die ganzen Jahre über hatte er stets gesagt und gezeigt, dass er in ihr alles fand, was er suchte und sehr glücklich mit ihr war. Jeder Mann hätte das so unterschrieben, den Ina war ein wahrer Blickfang und sie wusste das gekonnt zu zeigen. Lange, dunkle Haare, die zarte Gesichtszüge und dunkelbraune Augen umrahmten, sinnliche Rundungen und Konturen an den richtigen Körperstellen schenkten ihr einen Körper, der ihr auch eine Karriere als Model ermöglicht hätte, wäre sie ein wenig größer gewesen. Ihr Charakter war temperamentvoll, aber ohne den kleinsten Anflug von Hysterie. Diese Ruhe hatte sie von ihrer Mutter geerbt. Es lag ihr in der Familie, Probleme nüchtern zu betrachten und keine Aufregung aufflammen zu lassen.

Ihr Job war gut bezahlt, sie stand eigenständig mitten im Leben, hing Laurent nicht auf der Tasche. Beim Anblick *seiner Bekanntschaft* hatte Laurent wohl zudem vergessen, dass er mit Ina auch in zwischenmenschlicher und sexueller Sicht voll auf seine Kosten kam. Sex war etwas, das beiden wichtig war, wo beide darüber reden und gegenseitig auf sich eingehen konnten.

Und, was für ihn eigentlich am meisten hätte zählen müssen: Sie unterstütze ihn, wo sie konnte, denn seine Karriere als Eishockey-Spieler war gerade in voller Blüte und nicht nur für ihn, sondern auch für sie als Partnerin unheimlich fordernd. Ihn im Training zu unterstützen, ihn auf Spiele zu begleiten, Siege mit ihm zu feiern oder ihm einfach zuzuhören, wenn ein Spiel nicht wie erwünscht ausgegangen war, war immer selbstverständlich für sie gewesen. Und jetzt zerstörte er das alles. Schätzte es nicht, ja, hatte er ihre Mühe und Liebe überhaupt jemals gesehen? Es war, als rammte er eine Abrissbirne in das unterste Stockwerk eines Hauses, das jetzt in sich zusammenstürzte. Genau das passierte mit ihrer Beziehung. Ina lag unter dem Trümmerhaufen, zutiefst verletzt und versuchte, sich aus den Ruinen zu befreien.

Die Erkenntnis über seine Untreue und ihre Einsamkeit – andere würden es wohl Freiheit nennen, doch für sie war es schlichtweg schwer ertragbare Einsamkeit – verletzten sie bis auf ein unbeschreibliches Maß, aber Verständnis für seinen Fehltritt konnte sie keines aufbringen. All die Liebe hatte sich in Hass verwandelt und wenn sie ihn sah, hätte sie nichts lieber getan, als ihm die Nase zu brechen. Immer wieder predigte er, dass es ein einmaliger Ausrutscher gewesen war und bettelte, es *noch einmal zu versuchen*. Doch jemand, der einmal wegschaute, würde wieder wegschauen. Darin war sie sich sicher.

Ina strampelte sich die Stiefel von den Füßen, ließ sie auf den Parkettboden fallen und legte die Beine auf die Lehne.

Wie schon die zwei Wochenenden zuvor hatte sie auch heute geplant, mit ihren Freunden am Abend zu feiern, um den Alltag zu vergessen. Mit Theresa, ihrer Schwester und deren Freund, war es bis jetzt ganz lustig gewesen und Ina wusste nicht, wie sie die letzten Wochen ohne ihre Freunde überstanden hätte.

Sie blickte auf das Display ihres Handys. Es war kurz nach halb zwei. Die Einkäufe mussten verstaut und die Wohnung ein wenig aufgeräumt werden. Dann wollte sie auch noch ein paar Stunden schlafen und etwas Ausgiebiges essen, damit sie später den Alkohol besser vertragen konnte, bevor sie ihren Kleiderschrank durchwühlen und sich auf die Suche nach passender Ausgehkleidung begeben würde.

INA

Ina trug ein kurzes, schwarzes Kleid, so kurz es eine kalte Novembernacht eben zuließ, das sich perfekt an ihre gestraffte Figur schmiegte. Mit Pailletten bestickt, glitzerte es wundervoll und betonte ihre vollen Brüste und die weibliche Hüfte. Dazu trug sie die höchsten Stiefel, die sie finden konnte und ihren besten Mantel. Ihr Haar fiel von Natur aus so schwungvoll und weich, dass sie sich ein Glätteisen sparen konnte. Ihre Augen strahlten in lieblichem Braun, umrahmt von perfekt gestaltetem Augen-Make-up und ihre Lippen glitzerten rosig.

Um kurz vor halb neun wartete sie vor dem Wohnhaus. Die Überreste des Schneefalls vom Nachmittag lagen zu grauem Matsch zerschmolzen, am Straßenrand. Frischer Schnee sammelte sich bereits darauf.

Es dauerte nicht lange, bis Yasminas Mini vorfuhr und Theresa sogleich aufgeregt heraussprang, um Ina herzlich um den Hals zu fallen. Ein paar Schneeflocken hingen ihr im Haar und schmolzen an Inas Wange zu Wasser. Feiner Parfümduft strömte ihr in die Nase, eine süße Erdbeernote.

»Da seid ihr ja endlich!«, murmelte Ina in Theresas Schal, bevor sie sich voneinander lösten und sie auch Yasmina und Ardin fest umarmte. Sie schätzte die Herzlichkeit so sehr, die sie alle miteinander verband. Es war eine tiefe Freundschaft, die ihr unheimlich viel bedeutete. Ina war seit ihrer Schulzeit mit den beiden Frauen befreundet, lediglich Ardin war erst seit wenigen Monaten an Yasminas Seite. Er war ein lockerer Typ, sehr offen und herzlich. Für einen Mann auch ausgesprochen aufmerksam und er verstand es, zuzuhören. Es fühlte sich so an, als kannte sie ihn schon genauso lange wie Theresa und Yasmina. Er war jemand, mit dem man Pferde stehlen konnte und einer der wenigen Männer, mit denen eine Freundschaft zwischen Mann und Frau komplett ohne Annäherung funktionierte. Voller Vorfreude, was der Abend bringen würde, marschierten sie zum Auto.

»Wohin gehen wir?«, fragte Ina.

»Inside-Pup«, antwortete Yasmina, als sie losfuhr. Sie trug ein edles, rosafarbenes Etuikleid, das ihre Oberschenkel nur knapp bis zur Hälfte bedeckte.

»Noch nie davon gehört.«

»Der Club feiert zehnjähriges Jubiläum«, brachte sich Ardin ein, der am Beifahrersitz Platz genommen hatte und Yasminas Hand hielt.

»Soll etwas Edleres sein, habe ich gelesen«, erklärte Theresa, die mit Ina die Rückbank eingenommen hatte.

»Solange der Barkeeper ausreichend Alkohol in seine Cocktails mixt, ist alles gut.«

Ina freute sich auf die Ablenkung. Sie würde ihr gut tun, wie schon die Wochenenden zuvor. Sie verstand sich darauf, den schmalen Grat zwischen ordentlichem Feiern und totalem Absturz zu unterscheiden und so konnte sie sich auf sich selbst verlassen, am nächsten Morgen keine peinlichen Fotos im Internet zu finden. Das traf glücklicherweise auch auf ihre Freunde zu.

Das Inside-Pup lag quasi direkt um die Ecke, am Hauptplatz zwischen einer Eisdiele und einem Handtaschengeschäft. Einige kleine Gruppen tummelten sich an den Eingängen der übrigen Bars und an der Einmündung der Zufahrtsstraße versahen zwei Polizeibeamte Wachdienst. Wie nasse Hunde im Regen standen sie da und versuchten, das eisige Wetter zu ertragen. Ina war froh, nicht an ihrer Stelle zu sein. Sie beneidete die beiden nicht, wenngleich sie doch Bewunderung empfand.

Das Pub wirkte schlicht von außen und nur durch eine graue Tafel mit weißer Aufschrift wusste man, dass sich hinter der milchigen Glastür seit zehn Jahren eine Bar verbarg. Beim Betreten des kleinen Vorraums hallten ihre Absätze laut am Fliesenboden wider und die ersten Melodien aus dem Barbereich drangen in ihre Ohren. Minimalistisch gehaltene Garderobenelemente aus gebürstetem Edelstahl, schwarz gestrichene Wände und grelle, kleine Spots an der Decke vermittelten schon beim Betreten das Gefühl, als würde man in eine Parallelwelt eintauchen. Der leicht übergewichtige Türsteher wandte sich ihnen zu.

»Guten Abend, Ausweise bitte!«, brummte er, während Theresa bereits in ihrer Geldtasche nach dem Ausweis kramte. Achtsam musterte er jeden, der das Pub betreten wollte, besonders Ardin. Ina merkte, wie er die strengen Blicke auf sich spürte und reichte dem Türsteher ihren Ausweis, den sie stets, zusammen mit ein wenig Geld, in ihrem BH verstaut trug. Es passierte einfach zu oft, dass Geldtaschen gestohlen wurden und so ersparte sie sich die Geldtasche gänzlich.

Der Türsteher machte einen Schritt zur Seite und ließ die Frauen passieren, ohne weiter zu kontrollieren. Ein kurzer Check ihrer Ausweise hatte ihm gereicht.

Sein strenger Blick heftete sich weiter auf Ardin. Er war großgewachsen und wirkte sehnig, wenn auch nicht besonders kräftig. Was bei ihm aber sicher mehr zählte, war das allgemeine Erscheinungsbild und sein nahezu makelloses, bärtiges Gesicht passte nicht zur großen, weit auseinandergedrifteten Narbe, die sich vom linken Ohr bis über das Schlüsselbein zog.

»Bitte leere deine Hosen- und Jackentaschen. Aufgrund der jüngsten Vorfälle wurde uns aufgetragen, genau zu kontrollieren.«

»Ich habe nichts Verbotenes mit dabei«, verteidigte er sich und hob abwehrend die Hände. Yasmina drehte sich besorgt um, doch Ardin winkte ab.

»Es geht nicht nur darum, ob du etwas *Verbotenes* mit dir führst, sondern etwas *Auffälliges*«, maulte der bullige Türsteher. Ina beobachtete, wie seine großen, klobigen Hände Ardins Sachen kritisch entgegennahmen und genau prüften. Schließlich schob er ihm die Sachen zurück. An einer Geldtasche und einem Smartphone war wohl nichts Auffälliges und Ardin durfte ihnen folgen.

Die Bar war mäßig besucht, einige Tische und Thekenplätze waren frei, doch die Stimmung lebte. Musik in angenehmer Lautstärke umspielte Inas Ohren und der Duft von süßen Cocktails stieg ihr in die Nase. Oh ja, darauf freute sie sich heute besonders. Einige gute Getränke und das Gefühl, dem Alltag, dem Schmerz und der Verzweiflung zu entkommen. Die Trennung von Laurent zu vergessen.

Ina ging natürlich nicht nur deshalb aus, um sich zu betrinken. Eigentlich war es Theresa, die sie ständig dazu animierte. Allein schon die Zeit an sich, zusammen mit ihren Freunden, hätte Ina gereicht. Es hätte gar kein Barbesuch sein müssen, schon ein DVD-Abend hätte es getan. Zu lange hatte sie das alles vernachlässigt. Laurents Karriere hatte sein Opfer gefordert. Inas Freizeit.

Das viele Training unter der Woche und die Spiele am Wochenende hatten einfach so unglaublich viel davon eingenommen. Sie hatte ihm dabei stets den Rücken freigehalten, damit er sich auf seine Karriere konzentrieren konnte. Ina hatte schlichtweg zu wenig Zeit gehabt um auszugehen, denn Freitagabend war meistens dazu da, alles für Laurents Spielwochenenden vorzubereiten. Umso mehr genoss sie den neugewonnenen Freiraum und war ihren Freunden so unendlich dankbar, dass sie ihr in dieser Zeit beistanden.

Die Musik wechselte und ein neues Lied holte Ina aus ihren Gedanken. Theresa zupfte sie am kleinen Finger.

»Hey, lass uns doch erst mal einen Platz suchen«, flüsterte sie.

»Tut mir leid, ich war in Gedanken.«

»Hat man kaum gemerkt«, fügte sie sarkastisch hinzu und führte Ina an einigen Gästen vorbei. Yasmina und Ardin hatten bereits einen Platz ausgesucht.

Die Bar war klein. Keiner dieser maßlos großen Clubs, in denen man sich innerhalb kürzester Zeit zwischen unzähligen fremden Menschen, die betrunken umherirrten, verlor. Das Ambiente im Garderobenraum war nur ein Vorgeschmack auf das, was sich in der Bar selbst bot. Der gebürstete Stahl der Einrichtung schimmerte edel im grellen Licht, welches durch die schwarz gestrichenen Wände einen melancholischen Eindruck verliehen bekam. Aufgeheitert wurde es durch violette LED-Streifen am unteren Rand der Bar, die sich an der Kante entlang nach unten, bis über den Fußboden zogen.

Die liebevoll gerichteten Blumendekorationen an jedem

Tisch waren farblich perfekt abgestimmt und rundeten das Bild ab. Ina ließ sich in den weichen Ledersessel nieder.

»Also, dass uns diese Bar noch nie aufgefallen ist, ist wirklich bedauerlich«, murmelte sie in die Runde, während sie die Getränkekarten aus der Halterung nahm und austeilte.

»Ja stimmt, aber so richtig Werbung haben die auch nie gemacht«, warf Yasmina ein, schlug die Karte auf und studierte sie eingehend.

»Sagt danke an mich! Und danke an die sonst so nervigen Facebook-Anzeigen!«

Ardin zeigte mit beiden Händen auf sich selbst, seine typische Geste, wenn er wusste, dass er etwas gut gemacht hatte.

Yasmina drehte sich schnell zu ihm und drückte ihm einen flüchtigen Kuss auf den Mund.

»Also das war jetzt Dank genug«, schallte Ina ihn und grinste.

»Sonst ertrinkst du noch in Selbstlob!«

Theresa versteckte ihr Grinsen hinter der Getränkekarte.

»Peach-Colada klingt verführerisch«, murmelte sie, um abzulenken.

»Lass mich mitlesen.«

Ina rückte näher an sie heran.

»Hm…, Cherry-Colada…, klingt auch verf…«

Das nächste Wort blieb ihr im Hals stecken. Sie hatte von der Karte aufgesehen und da war *er*. Zwei Tische weiter, die Arme locker am Tisch aufgelegt und sein Getränk haltend, saß er alleine da, als er plötzlich den Kopf hob und sich ihre Blicke trafen. Wie zwei Blitze im Himmel und nur sie konnte den Donner fühlen, wie er ihren Körper erzittern ließ. Ein Paar stechend blauer Augen, noch geheimnisvoller als der Ozean selbst, drang direkt in ihr Gehirn vor und ließ sie kurz verstummen.

Theresa folgte ihrem Blick, um ihn dann gerade auf Ina zu richten.

»Verf… VERFÜHRERISCH meintest du, oder?« flüsterte sie.

Ina schnappte kaum merklich nach Luft und schloss kurz die Augen, um von den seinen loszukommen. Ihr Herz schlug schnell, förderte immer mehr Blut durch ihren Körper und ließ ihr Gesicht glühen.

»Eh… ja. Genau. Cherry-Colada meinte ich.«

Sie schüttelte kaum merklich den Kopf und noch bevor sie zu Ende gesprochen hatte und die beiden hätte aufhalten können, drehten sich Ardin und Yasmina bereits nach hinten, um zu sehen, was oder wer Inas Aufmerksamkeit so erregt hatte.

Der Fremde hielt der Neugier stand, rückte sein Glas zur Seite und legte den Kopf leicht in den Nacken, eher er wieder Ina fokussierte. Eine Ader trat auf seinem Hals hervor, bewegte sich leicht, als er schluckte. Sie spürte, wie eindringlich er sie jede Sekunde musterte und in jeder einzelnen Sekunde viel mehr von ihr sah, wahrnahm und wusste, als es jeder andere nicht in Stunden gekonnt hätte. Ardin und Yasmina hatten ihre verstohlenen Blicke sofort wieder auf den Tisch gerichtet und trotzdem wäre Ina am liebsten vor Scham im Erdboden versunken. Sie hatte doch nichts gesagt und jetzt schien es für ihn so, als wäre er Gesprächsthema am Tisch. Zumindest hatte er zweifellos bemerkt, dass er in diesem Moment ihr ganz persönliches Thema war. Sie wusste, dass er ihre Aufgeregtheit und Nervosität spüren konnte. Und ganz sicher auch ihre Erregtheit, die sich immer weiter wohlig in ihrem Körper ausbreitete. Sie schauderte. Weder Laurent, noch ihr Ex-Freund davor hatten es geschafft, sie ohne ein Wort zu sprechen, so in ihren Bann zu ziehen. Er nahm einen Schluck von seinem Getränk, welches seinen Lippen einen glänzend feuchten Schimmer verlieh. Ohne sie auch nur eine Sekunde aus den Augen zu lassen, erhob er sich. Langsam. Bedächtig. Seine kräftige Gestalt bewegte sich dynamisch und so sehr sich Ina ihre Gedanken auch zu verbieten versuchte, wünschte sie sich nichts mehr, als von diesen mächtigen Armen festgehalten zu werden. Ein letztes Mal neigte er den Kopf zurück, kaum merklich, nur ein kleines Stück. Eine Spur arrogant. Prüfend. Und unheimlich erotisch, dessen war er sich ganz sicher bewusst. Machte er es deshalb?

Langsam drehte er sich schließlich in Richtung des Ausgangs. Im dunklen Licht wirkte seine Gestalt noch imposanter, sein Gang beschwingt, beinahe majestätisch. Und so unglaublich *männlich*.

»Oooooha, Ina! Ich vermute, dein Abend wird anders ablaufen, als erwartet!«

Yasmina rutschte aufgeregt im Sessel hin und her, während sie nach Ardins Hand griff, die auf ihrem Oberschenkel lag.

»Genauso war die Stimmung, als wir uns das erste Mal über den Weg gelaufen sind.«

Ina atmete durch. Sie hatte, wie in Trance, ganz übersehen, dass Theresa gar nicht mehr am Tisch saß und bemerkte das erst jetzt, als sie mit vier Gläsern in der Hand zum Tisch zurück kam und ihr ein milchig-orange gefülltes Kugelglas mit Pfirsichspalten am Rand hinstellte. Der kleine Sonnenschirm aus Papier zitterte leicht.

»Danke, Liebes«, sagte sie und trank direkt den ersten Schluck. Er war klebrig süß und die erwartete bittere Schärfe des Alkohols kam erst nach dem zweiten Schluck richtig durch. Sie sank noch tiefer in den weichen Sessel, der Polster schmiegte sich angenehm an ihren Rücken.

»Ina, du kannst dann auch wieder normal reden, er ist rausgegangen«, sagte Theresa grinsend und trank von ihrem Guinness, bevor sie weitersprach, »Der hat es dir ja ganz schön angetan. Wenn ich daran denke, wäre das eine Frau mit solchen Augen, einer solchen Ausstrahlung, gewesen… Mir würde es wohl gleich gehen wie dir.«

Theresa war seit einigen Jahren bekennende Single-Frau. Genau genommen hatte sie bis jetzt keine einzige feste Beziehung geführt, denn Theresa liebte Frauen. So war es ihr bisher relativ schwer gefallen, jemanden kennen zu lernen, mit dem sie sich mehr als nur eine kurze Bekanntschaft hatte vorstellen können.

»Also, wenn ich nicht euer Begleitschutz wäre, dann hätte ich mich spätestens jetzt an die Bar gesetzt oder wäre mit Yasmina irgendwo hin verschwunden.«

Ardin grinste lüstern, gab sich aber im nächsten Moment wieder sehr gefasst und lehnte sich am Tisch auf.

»Ina, Laurent ist ein Arschloch, das kann ich dir guten Herzens sagen, als Mann und als Freund. Er hat dich nicht verdient. Das ist dein Abend und du sollst keinen Gedanken mehr an ihn verschwenden. Los, lauf dem Fremden nach!«, drängte er.

Ina fühlte, wie die Hitze, die sich zuvor in ihr aufgestaut hatte, langsam wieder erträglich wurde, als ein weiterer Schluck des kalten Cocktails ihre Kehle entlang floss. Oder war es bloß der Gedanke an Laurent, der sie erkalten ließ?

»Aber, ich kann doch nicht…«, zweifelte sie. Drei Augenpaare waren wartend auf sie gerichtet.

»Du sagst das so leicht, es waren schließlich mehrere Jahre.«

»Ja und was hattest du wirklich davon?«, fragte Yasmina eindringlich.

»Außer, dass du ihm jedes Wochenende seine Trainingstasche hinterhergetragen hast und Psychologin spielen musstest, wenn seine Mannschaft ein Spiel verloren hat. Ein SPIEL, das sagt doch schon alles!«, stellte Theresa fest.

Ina kaute auf ihrer Lippe. Etwas Zucker vom Glasrand klebte daran und sie ließ ihn unter ihrer Zunge schmelzen. Wie Recht Theresa doch hatte.

»Lass uns einfach die Cocktailkarte durchprobieren und darauf warten, was der Abend noch bringt«, schlug sie schließlich vor und richtete sich auf.

Von da an liefen die Gespräche flüssig. Die Cocktails machten die Zungen locker. Sie wechselten von einem Thema zum nächsten und wieder zum nächsten, ohne auch noch ein Wort über Laurent zu verlieren. Immer wieder suchten Inas Augen zwei Tische weiter nach dem Fremden, aber der Platz blieb leer und sie hatte es aufgegeben, ihn heute, geschweige denn jemals, wieder zu sehen.

INA

DAS VERSCHWINDEN NIMMT KEIN ENDE – ERNEUT FRAU VERMISST

Die Schlagzeile prange über die halbe Titelseite. Ina wärmte ihre Hände an einer Tasse Kaffee und studierte eingehend die Sonntagszeitung.

27-jährige Frau seit zwei Tagen vermisst – Polizei steht vor weiterem Rätsel.

Das fünfte Opfer innerhalb von sechs Wochen, soweit Ina sich erinnern konnte. Langsam kam es ihr wie im Krimi vor und sie fühlte sich unbehaglich. Ihr Kopf brummte vom Partyabend gestern und solche Nachrichten machten dieses Gefühl nicht gerade besser. Es war sehr spät geworden, die Stimmung in der Bar war von Stunde zu Stunde lebendiger und die Cocktails süffiger geworden. Sie hatte jede Sekunde gehofft, dass ein Wunder passierte und der Fremde doch noch zurückkehrte. Ihr Hoffen war erfolglos geblieben. Wenn sie an ihn dachte, schauderte sie noch immer. Seine Ausstrahlung war wie eine Droge für sie, von der sie erst einmal gekostet hatte und sofort der Sucht verfallen war.

Oder war es die Suche nach Trost, die sie so anfällig dafür machte? Die Sehnsucht, begehrt zu werden und selbst zu begehren? Sie begehrte ihn und konnte sich nur im Traum vorstellen, wie sehr sie eine Begegnung mit ihm genossen hätte. Wäre er gestern zurückgekommen, wäre sie, ohne noch ein weiteres Wort zu sagen, mit ihm gegangen.

Dabei war es nicht ihre Art, sich schnell auf jemanden einzulassen. Sie fühlte sich schuldig, allein schon ihrer Gedanken wegen, nicht mehr *das brave Mädchen* zu sein.

Sie beruhigte sich damit, was ihr Theresa in den letzten Wochen so oft gepredigt hatte. Dass auch sie ein wenig Freiheit verdient hätte. Warum sollten sich andere, damit meinte sie vor allem ihren Ex-Freund Laurent, alles nehmen dürfen, was sie wollten und sie sollte alleine zu Hause sitzen, nur des guten Gewissens wegen? Vielleicht war es eine neue Art, mit dem Verlust und der Verletzung umzugehen. Es hatte anscheinend mit dem Fremden von gestern Abend nicht sein sollen, auch wenn er immer und immer wieder in ihren Gedanken erschien. Wie er einfach nur dagesessen hatte, in seiner unnahbaren, aber äußerst anziehenden Art. Seine kräftige Gestalt, im Licht der Bar eher nur ein Schatten, die Mimik kalt wie Eis und heiß wie Feuer zugleich.

Schon nächsten Freitag würde sie vielleicht jemand anders treffen, der dann auch Interesse an ihr zeigte und nicht, bevor der Abend erst richtig unterhaltsam zu werden begann, das Weite suchte.

RAMÓN

Nachtschicht. Ramón hasste sie, aber sie gehörte zu seinem Beruf dazu. Er stand im Flur der örtlichen Polizeiwache von Willemshausen und justierte seine dunkelbraunen, kurzen Haare. Seit drei Wochen versah er hier seinen Dienst als Spezialermittler, den Willemshausen war zentraler Punkt einer Entführungsserie geworden. Ihm war als einziger die Aufgabe zu Teil geworden, die Fälle zu lösen. Er durfte zwar viel alleine entscheiden und die Polizeibeamten der Willemshausener Polizei waren im hörig. Sie stellten ihm alle Mittel zur Verfügung, die er für seine Arbeit benötigte, beinahe so, als hätten sie Ehrfurcht vor ihm.

Die dienstliche Ebene stimmte, die gemeinschaftliche jedoch überhaupt nicht. Ihm selbst wäre es lieber gewesen, wenn sein Kollege ebenfalls hierher hätte mitkommen dürfen. Gemeinsame Einsätze mit Jan waren deutlich unterhaltsamer und weniger monoton, besonders die Nachtschichten. Aber was die Einsatzleitung befahl, musste ausgeführt werden.

So machte er sich bereit für den heutigen Nachtdienst. Er zupfte an seinem grauen T-Shirt, das eng über seinen Schultern spannte. Dienst in Zivilkleidung bot den großen Vorteil, dass man sich unerkannt unter die Bevölkerung mischen und Vorfälle aus der Sicht von Passanten beobachten konnte. Die Anwesenheit von Uniformierten schreckte ab, sensibilisierte die Menschen und meistens hielt es sie davon ab, geplante Straftaten auch wirklich auszuführen. Genau deshalb wurden in schwierigen Fällen Ermittler wie er gerufen. Man erkannte sie nicht und konnte die Täter überführen.

Willemshausen war ein ruhiger, äußerst langweiliger Ort. Ja, Ramón wollte dieses Kaff nicht einmal Stadt nennen. Bis auf mittlerweile vier Entführungen, war das jetzt auch noch immer so.

Wie kann man hier bloß freiwillig wohnen…?

Weder Einbrüche, noch Raubüberfälle oder gestohlene Gegenstände wurden in den letzten Wochen vermehrt gemeldet. Ein angenehmer Ort um zu ermitteln, da die Kollegen auf der Polizeiwache sich so voll auf die Ermittlungen konzentrieren konnten. Sie kamen einfach schneller voran als in großen Städten mit *problematischen* Stadtvierteln, die viel zu oft die volle Aufmerksamkeit der Polizei forderten.

Ramón rückte seine Dienstwaffe zurecht und versteckte sie unter dem T-Shirt. Er erinnerte sich an einige Einsätze, als er sie gebraucht hatte. Wie oft das schon war? Er wusste es nicht, aber allein im letzten Jahr bestimmt öfter, als Kommandant Rillinger sie in seiner ganzen Dienstlaufbahn wohl hatte ziehen müssen. Vier Entführungen und Rillinger war jetzt schon nervlich am Ende. Ob er sich vorstellen konnte, wie hart der Dienst in einer richtigen Großstadt sein musste?

Verschlafen blinzelte Ramón dem Spiegel entgegen. Im schwachen Licht des Flurs wirkten seine Augen weniger müde, als sie sich anfühlten. Er hatte diese Woche bereits drei Nachtschichten und einen 24-Stunden-Dienst hinter sich. Wenn die Nacht ruhig verlief und nichts passierte, zog sich die Zeit dann umso mehr. Morgen konnte er sich voraussichtlich freinehmen, eine kleine Motivation, denn schon am Sonntag begann der nächste Dienst.

Kommandant Rillinger hatte ihm übersichtliche

Straßenkarten mit vielen dienstlichen Aufzeichnungen über Schleichwege und Möglichkeiten, Polizeikontrollen zu umfahren, ausarbeiten lassen. Der Plan war, die abgelegenen Stadtteile im Stundentakt abzufahren.

Es war kurz nach halb acht, als er in den silbernen BMW stieg, den er als Dienstwagen fahren durfte. Die erste Kontrollrunde war schnell beendet. Nichts Auffälliges.

War auch irgendwie klar... Wieder so eine langweilige Nacht...

Bis zur nächsten Runde hatte er noch Zeit. Er dachte an die Liste, die Ausbildungspolizist Seemann heute ausgearbeitet hatte. Eine Auflistung mit möglichen Hotspots, an denen heute größere Feiern stattfanden. Orte, wo man größere Menschenmengen annehmen konnte. Jeder einzelne ein mögliches neues Opfer und möglicherweise auch eine Spur zum Täter.

Ramón wählte das Inside-Pub. Es wirkte kühl und steril, nicht wirklich einladend, aber speziell. Er zeigte dem Türsteher seine Dienstmarke, bevor dieser nach einem Ausweis fragen konnte und drängte sich direkt an ihm vorbei in den Barbereich. Die Stimmung wirkte genauso, wie die Bar selbst: etwas verhalten. Es war nicht besonders viel los. Geblendet und leicht genervt von den grellen LED-Lichtern, setzte er sich an den ersten freien Tisch, den er finden konnte. Die Bar versuchte, modern und edel zu wirken. Alles in allem wirkte sie jedoch viel zu aufgesetzt, um Charakter aufzuzeigen. Ramón ließ aufmerksam den Blick schweifen und winkte der Kellnerin, die ihm kurz später schwungvoll ein Zitronensoda servierte. *Ob er nicht einen Whiskey möchte*, hatte sie gefragt. *Nein*, also ja, er mochte schon, aber er durfte nicht. Was für ein trostloser Abend. Auch wenn er darauf hoffte, so glaubte er kaum, dass er bei seinen Rundfahrten etwas Aussagekräftiges entdecken oder sogar den Täter auf frischer Tat ertappen konnte.

Geistesabwesend nippte er an seinem Getränk. Personengruppen zogen am Tisch vorbei, suchten Plätze, fanden welche oder machten kehrt und suchten sich eine andere Bar. Er beobachtete jeden einzelnen sehr genau, als er zwei Tische weiter eine vierköpfige Gruppe erspähte, die gerade erst vorhin gekommen war. Die Schwarzhaarige hatte eben noch gesprochen, brach sie jetzt mitten im Wort ab. Ewig lange Sekunden starrte sie ihn mit ihren kastanienbrauen Augen an, als hätte man ihr ein heißes Eisen in die Brust gerammt. Sie wäre ihm nicht weiter aufgefallen, wenn sie nicht wie versteinert, zu ihm gerichtet, dagesessen hätte. Ramón wusste, wie sie fühlte. Welche Hitze in ihrem Gesicht aufstieg und es rot färbte, denn er spürte es auch.

Lass uns doch ein bisschen spielen...

Er festigte seinen Blick und hielt ihrem problemlos stand. Es war einfach. Sie wirkte äußerst überrumpelt und nervös, schüttelte den Kopf und fand erst ihre Stimme wieder, als ihre Freundin mit ihr sprach.

Cherry-Colada...

Sie sah süß und ehrlich aus, so aus dem Konzept geworfen. So war das bei den Menschen, das wusste Ramón aus dem Polizeidienst. Man musste sie etwas aus dem Konzept bringen, sie mit Unerwartetem konfrontieren, dann erwies sich, ob sie die Wahrheit sprachen oder Lügen als die Wahrheit verkauften. Aber sie sah gleichzeitig auch unheimlich erotisch aus in ihrem schwarzen Kleid, das sich so eng um ihre Brust legte, dass Ramón sich genau vorstellen konnte, wieviel sich darunter verbarg. Leichtes Ziehen im Becken war seine Reaktion darauf.

Ich helfe dir aus deinem engen Kleid...

Zwei ihrer Freunde drehten sich verstohlen zu ihm um. Die Neugier der Menschen war ebenso wenig zu stillen, wie ihre Gier nach Geld.

Ihn hingegen interessierten ihre Freunde an diesem Abend nicht. Normale Menschen, weder für die Ermittlungsarbeiten relevant, noch sonst in irgendeiner Art und Weise. Nur die Schwarzhaarige ganz allein hatte seine Aufmerksamkeit. Jede Faser seines Körpers konzentrierte sich auf sie.

Lass uns das Spiel ein bisschen weitertreiben...

Erneut fixierte er sie. Wie gerufen sah sie wieder zu ihm, wirkte interessiert und ergeben, beinahe unschuldig.

Und selbst wenn du das bist, glaube mir, ich zeige dir, wie schön die Schuld sein kann...

Er wollte sie und er wusste, er hätte sie noch an diesem Abend haben können. Sie machte ihn verrückt. Mit jedem Wimpernschlag den sie tat, immer mehr.

Wäre da nicht die Waffe unter seinem T-Shirt gewesen, die kalt auf seiner Haut auflag, als er sich bewegte und ihn aus seinem Tagtraum riss. Dienst war das entscheidende Stichwort. Die zweite Kontrollfahrt. Gerade in diesem Moment nervte es ihn schon sehr, sich nicht einfach *außer Dienst stellen* zu können, wie es umgekehrt doch sehr wohl möglich war. Ramón versuchte, sich zu beruhigen und nahm den letzten Schluck seines Zitronensodas, um sich abzukühlen. Sein Körper pulsierte beim Anblick dieser Frau.

Tausend Gedanken schossen ihm durch den Kopf, schnell und immer wieder. Er trank bewusst langsam, da er wusste, wie sie ihn dabei genau verfolgte. Wie ihre Augen auf seine Lippen geheftet waren.

Ich kann viel mehr damit, als nur zu trinken… Ich würde es dir gerne zeigen…

Schwer mit seinen ausschweifenden Gedanken kämpfend, erhob er sich und ging zur Tür. Er spürte, wie sie seinen Rücken mit Blicken durchlöcherte, als er sich bewegte, wusste, wie sein breiter Rücken mächtig wirken konnte und setzte alles daran, ihr das auch zu zeigen.

Baby, ich weiß, du wirst jetzt traurig sein, ich bin es auch… Aber warte einfach…

Kalte Luft schlug ihm entgegen, als er den Vorraum betrat. Der Türsteher kramte bereits in der Garderobe und reichte ihm seine Jacke.

»Hast du den Ausweis der Schwarzhaarigen gesehen?«, fragte Ramón und deutete kaum merklich in ihre Richtung. Der Gesichtsausdruck des Türstehers war fragend, ein wenig besorgt zugleich und er dachte kurz nach. Eine tiefe Furche bildete sich dabei auf seiner fleischigen Stirn.

»Ina Hussek, geboren 1994. Sie war bei meiner Prüfung unauffällig, ebenso alle ihrer drei Freunde, auch der Mann. Die Personendurchsuchung bei ihm verlief negativ.«

»Okay, vielen Dank. Ruhigen Dienst!«

Ramón nickte dankend und warf sich seine Jacke über.

»Ebenfalls«, antwortete der Türsteher und sah ihm verdattert hinterher.

RAMÓN

Wie erwartet, verliefen die Kontrollrunden negativ. Seine Kollegen hatten einen Raufhandel unter Kontrolle zu bringen, der Ramón dienstlich aber nicht betraf. Seine Aufgabe, die rein in der Aufklärung der Entführungen bestand, hatte damit nichts zu tun.

Nach der dritten Runde parkte er den silbernen 4-er BMW auf einem Parkplatz, von dem aus man einen Rundwanderweg erreichen konnte, der sich in einen idyllischen Wald schlängelte. Letzte Woche war er hier entlang spaziert, als er einen der seltenen freien Nachmittage genossen hatte.

Er nahm sein Diensthandy zur Hand, öffnete das polizeiinterne Informationssystem, über das man in das Meldeverzeichnis einsteigen konnte und tippte den Namen ein.

Ina Hussek

Die Suche ergab genau einen Treffer.

Baby, hab´ Geduld... Bald darf ich dich wiedersehen...

Sie wohnte nicht weit von dem Pub entfernt. Sorge durchzuckte ihn bei dem Gedanken, dass sie zu Fuß vom Pub nach Hause gehen würde. Auch die Begleitung ihrer Freunde würde die Gefahr, die derzeit in Willemshausen herrschte, nicht minimieren. Drei Frauen und ein Mann, der nicht unbedingt so aussah, als ob er viel ausrichten konnte, würde zumindest eine weitere Entführung für morgen bedeuten. Er scrollte weiter durch den Anfrageauszug, als ihm ein Name ins Auge sprang. Laurent.

Ein männlicher Mitbewohner...? Das gefällt mir nicht...

Ramón scrollte weiter. Laurent Schneider hatte vor zwei

Wochen seinen Wohnsitz bei ihr abgemeldet, war also ausgezogen. Ramóns inneres Ich lächelte erleichtert auf und er setzte sich tiefer in den anschmiegsamen Autositz. Alles deutete darauf, dass dieser Laurent ihr Ex-Freund war. Kurz gesagt: sie war zu haben. Ob sie die Trennung wohl schon verkraftet hatte?

Ich würde dir beim Vergessen helfen, Baby…

Es war noch nie vorgekommen, dass er seine dienstliche Stellung für solche Zwecke ausgenutzt hatte. Ina Hussek fesselte ihn. Alles an ihr war unbeschreiblich. Sie war etwas ganz Besonderes, das wusste er, auch ohne ein einziges Wort mit ihr gesprochen zu haben. Sie war das Risiko wert. Ramón spürte die Aufregung in sich aufsteigen. Niemand würde ihn fragen, warum er Personenabfragen durchführte, schon gar nicht, wenn er als Spezialermittler zu einem Fall gerufen wurde.

Er hat dir sicher weh getan, so ist das immer. Ich werde dich trösten, Schätzchen…

Er konnte es nicht bei der erdrückenden Ungewissheit belassen, ob sie sicher in ihre Wohnung gekommen war. Er öffnete eine weitere App und tippte ihren Namen in das zentrale Mobiltelefonregister. Von hier aus konnte er ihre Telefonnummer mit seinem Diensthandy verknüpfen und erhielt, neben den exakten Standortdaten und sogar dem Akkustand, auch vollen Zugriff auf WhatsApp, Messenger-Dienste und alle ihre Apps. Mit seiner Dienstnummer bestätigte er die Verknüpfung und sogleich gab das Diensthandy einen kurzen Signalton. Sie hatte vor 44 Minuten die Bar verlassen und war seit einer halben Stunde am Standort ihres Wohnsitzes. Erleichtert ließ er das Handy sinken und startete den Dienstwagen, denn die vierte Kontrollrunde war in einigen Minuten fällig.

INA

Der Nachmittag war perfekt, um auszureiten. Die Schimmelstute Cosy schnaubte erfreut, als Ina ihr ein Stück getrocknetes Brot vor die Nase hielt und nahm es vorsichtig aus ihrer Hand. Sie strich ihr über den Hals, kraulte den Ansatz ihrer dichten Mähne und arbeitete sich in Richtung ihres Kopfes vor, um sie aufzuzäumen. Cosy war alt, kein super sportliches Pferd und ganz sicher keine Gewinnerin eines Schönheitspreises, aber sie war dennoch unbezahlbar. Ein Verlasspferd, auf dem man entspannen konnte, während es einen durch die Wälder trug. Mit jedem Schritt zerstreuten sich Inas Gedanken mehr und mehr, als sie kurze Zeit später einen schmalen Hohlweg, umgeben von dichtem Nadelgehölz, entlangritten. Es hatte über Nacht aufgeklart und die Sonne strengte sich mit aller Kraft an, aus diesem Novembertag doch einen möglichst angenehmen zu zaubern.

Auch für Cosy blieb während der Beziehung mit Laurent zu wenig Zeit, vor allem die letzten Wochen, als Laurents Aufbautraining für die Wintersaison begonnen hatte. Mehr als zwei Ausritte pro Woche gingen sich kaum aus und wenn Cosy nicht schon so alt und gemütlich gewesen wäre, hätte sich Ina um eine Reitbeteiligung für die alte Stute umsehen müssen.

Der Weg teilte sich vor ihnen. Beide führten in unterschiedliche Richtungen, um nach einigen Kilometern zum selben Ziel zu führen, einem kleinen See mitten im Wald. Als sie ihn erreichten, kratzte Cosy hoffnungsvoll mit den Hufen auf den Steinen, die zum Ufer führten. Im Sommer bot sich hier beste Gelegenheit, um mit dem Pferd ins

Wasser zu gehen. Sie liebte das Wasser und die erfrischende Abkühlung.

Ina lenkte die Stute weiter vom Ufer weg. Trotz des schönen Wetters war die Wasseroberfläche in eine dünne Eisschicht verwandelt und der Stein, auf dem Cosy gekratzt hatte, glitzerte verdächtig nach Eis. Ein Sturz war das letzte, das passieren sollte. Cosy verstand wohl, warum sie wenden musste, stapfte auf den erdigen Boden zurück und zertrat laut knackend einen Ast.

»Ina!«

Cosy sprang erschrocken zur Seite und wieherte. Ina konnte sich gerade noch so im Sattel halten und strich ihr beruhigend über den Widerrist. Sofort erkannte sie seine Stimme und drehte sich ruckartig um.

Laurent stand atemlos ungefähr zehn Meter entfernt, an der Einmündung eines Wandersteiges zum offenen Teichgelände. Er trug einen dunklen Trainingsanzug und Laufschuhe, sah aus, als wäre er gejoggt.

»Lauerst du mir auf?«, zischte Ina.

»Nein, wirklich nicht! Ich war in der Gegend zum Joggen, da habe ich Cosy gehört.«

Er näherte sich ein paar Schritte, noch völlig außer Atem.

Cosy tänzelte unruhig, sie spürte die Anspannung wohl noch deutlicher als Ina selbst.

»War ich nicht deutlich genug, dass zwischen uns alles gesagt ist?«

Laurent schüttelte den Kopf, verbarg ihn kurz in seinen Händen, strich sich dann die kurzen Haare nach hinten und setzte seine Mütze wieder auf.

»Du warst deutlich, aber nicht deutlich genug, weil auch ich nicht deutlich genug war. Bitte, lass uns reden!«

Wut kroch in ihr hoch. Was fiel ihm eigentlich ein? Cosy zu bemerken war noch lange kein Freibrief, sie dann mit seinem verzweifelten Gelaber zu belästigen.

»Das, was du mir erzählt hast und was ich gesehen habe, war sehr wohl deutlich genug für mich. Du hättest dir das früher überlegen müssen, ob du mit einer anderen rumvögelst, während ich zu Hause mein Bestes gebe, dich zu unterstützen und für dich da zu sein!«

Tränen stiegen ihr in die Augen, getrieben vom Schmerz, der nach wie vor sehr frisch war. Die letzten Worte kamen ihr sehr schwer von den Lippen, stockten ein wenig, verfehlten aber nicht ihre Wirkung.

Abermals trat er näher, war nur mehr wenige Meter von ihr entfernt und ein verzweifelter Ausdruck überschattete sein Gesicht. Cosy litt zunehmend mehr an der Anspannung und tänzelte nervös am Stand.

»Liebes…«, begann er zu sprechen, doch im gleichen Atemzug brüllte ihn Ina an.

»Nein, nicht LIEBES! Du nennst mich nicht mehr LIEBES!«

»Okay!«, er hob abwehrend die Hände, »Okay, okay! Bitte gib mir eine Chance, mich zu entschuldigen. Ina, ich liebe dich immer noch!«

Es reichte. Weder Cosy würde mehr schlechte Stimmung aushalten, noch Ina selbst. Sie wendete die Schimmelstute, die froh war, aus dieser Situation endlich ausbrechen zu können und lenkte sie auf den Rückweg. So schnell konnte ein wunderschöner Samstagsausritt im Unglück enden. Warum konnte er nicht einfach weiterjoggen? Warum musste er sie überhaupt bemerken? Zur falschen Zeit am falschen Ort oder vielmehr ein Signal, dass sie ihn wirklich vergessen musste. Er durfte nicht die Macht besitzen, ihre Laune so schnell zum Kippen zu bringen.

INA

Das Handydisplay leuchtete hell auf und zeigte eine unbekannte Nummer. Ina saß im Bus, am Weg vom Reitstall nach Hause und starrte auf die Ziffern. Sie hatte keine Lust, jetzt zu telefonieren und drückte den Anrufer weg. Das Display verfinsterte sich und zeigte zwei verpasste Anrufe.

Zurückgelehnt genoss sie das Schaukeln des Busses, als er auf die Landesstraße einbog und versuchte, die Konfrontation von vorhin einfach zu vergessen. Sie fuhren ein Stück über ländliches Gebiet und das Schaukeln verebbte zu einem leichten Wippen. Am Straßenrand beginnend, breitete sich eine größere Wiese bis zum entfernten Wald aus, auf der zwei Kinder einem Hund immer wieder ein Stöckchen warfen. Hoch motiviert brachte er es ihnen jedes Mal zurück.

Die Straße führte weiter, bis sie in das Ortsgebiet der Kleinstadt Willemshausen einmündete. An der nächsten Haltestelle stieg Ina aus und schlenderte die wenigen Schritte von der Haltestelle zu ihrem Wohnhaus. Ihre Laune war am Boden und sie war froh, als sie in ihrer Wohnung zurück war. Abermals machte sich Verzweiflung in ihr breit, selbst nach Wochen überkam sie nach wie vor öfters am Tag eine erstickende Flut an Gefühlen. Wut, Trauer, auch ein wenig Hass und natürlich dieses innerlich zerrissene Gefühl, nicht vollständig zu sein. Ein Teil fehlte und dieser Teil war – das musste sie sich eingestehen – Laurent. Warum musste er es nur so schwer machen? Er hatte alles zerstört, das musste ihm doch bewusst sein.

Geistesabwesend zog sie ihre Reitkleidung aus, warf sie

in die Waschmaschine und suchte sich gemütliche Kleidung für einen – möglichst entspannten – Nachmittag. Das Wetter war zwar gut geworden, doch sie brauchte in solchen Situationen ruhige Momente, in denen sie sich selbst genug Zeit geben konnte, über das Geschehene nachzudenken.

Eine Jogginghose und ein verwaschener Sweater lagen im Schrank ganz oben auf. Sie schlüpfte hinein und beschloss, sich erst Kaffee zu machen und danach Netflix zu durchstöbern, ob es passende Filme für solche Nachmittage gab.

Die Kaffeemaschine hatte gerade begonnen, die Bohnen zu zermahlen, als ihr Handy erneut aufleuchtete. Drei neu WhatsApp-Nachrichten. Wahrscheinlich war Theresa wach geworden – sie hatte gestern Abend etwas tiefer ins Glas geschaut – und wollte Ina kurz Bescheid geben, dass sie wieder unter den Lebenden zu finden war. Ina öffnete die Nachrichten und erneut flackerte Wut in ihr auf. Nicht Theresa hatte ihr geschrieben, sondern der Anrufer von vorhin.

Ina, bitte geh ans Handy, ich möchte mit dir reden!

Bitte gib mir die Chance, das alles wieder gut zu machen.

Dass unsere Beziehung keine Chance mehr hat, habe ich eingesehen. Aber ich schätze Dich als Mensch und möchte mich wenigstens bei Dir entschuldigen.

Ich warte heute Abend bei der Parklaube auf Dich. Das ist neutraler Boden und du musst nichts Schlimmes befürchten…

LD, Laurent

Ina legte das Handy achtlos zur Seite und fuhr sich mit den Händen durch die Haare. Das Gefühl der Zerrissenheit war kaum auszuhalten und trieb ihr Tränen in die Augen, die in kleinen Perlen von den Wangen rollten. Er konnte es nicht lassen. Er gab keine Ruhe, bis sie ihm die Gelegenheit einräumte, all das zu sagen, was ihm wohl so wichtig war. Sie lehnte an der Küchentheke, das Gesicht in die Hände gelegt und versuchte, die nächsten Tränen zurückzuhalten. Einige Zeit stand sie so da, dann konnte sie sich aufrichten und ihr Gesicht trockenwischen.

Sie nahm die Tasse Kaffee, schüttete Milch hinein und setzte sich auf die Couch. Eingewickelt in eine Decke wärmte sie sich vom kalten Ausritt auf und genoss den herben Kaffee. Während sie so dasaß und langsam ruhiger wurde, dachte sie über die Möglichkeit nach, Laurent wirklich noch einmal zu treffen. Vielleicht konnte sie seinen Vorschlag, sich auszusprechen, für ihre Zwecke nutzen. Damit sie ihm danach ein allerletztes Mal klar und deutlich sagen konnte, dass er jetzt keinen Grund mehr hatte, ihr nachzustellen, sie anzurufen oder vollzutexten. Dass er jetzt seine Chance gehabt hatte und von da an aus ihrem Leben verschwinden musste.

Der Gedanke gefiel ihr immer besser. Sie merkte, wie Enthusiasmus in ihr aufflammte und sie sich vorstellen konnte, dass sie heute Abend dann auch gefasst bleiben konnte, ohne loszuheulen.

Es war nicht seine, es war *ihre* Chance. Sie kroch noch weiter unter die Decke und schmiedete genaue Pläne, was sie ihm heute Abend alles sagen wollte.

RAMÓN

Ramón hatte kaum geschlafen, wie so oft. Die Sonne blendete ihn durch die dünnen Vorhänge des Appartementzimmers, das die Polizei für ihn angemietet hatte. Es war keine schlechte Unterkunft, bestehend aus einem Schlafzimmer, einem großen, hellen Bad, einem Wohnzimmer mit integrierter Küchenecke und damit mehr als ausreichend. Die Polizei war deshalb so großzügig, da die Entscheidungsträger dort wussten, dass seine Aufträge meist sehr lange dauerten und anstrengend waren.

Man konnte Ramón aufgrund seines Jobs als Nomade bezeichnen, denn die paar Wochen Urlaub, die er zur Verfügung hatte, verbrachte er am Meer. Es gab für ihn kein zu Hause, keine Familie und niemanden, der auf ihn wartete. Wenn er, was sehr selten vorkam, für eine kurze Zeit nirgendwo hin versetzt wurde, dann wohnte er bei einem Kollegen. In Summe jedoch war das kaum mehr als ein Monat pro Jahr und vielmehr konnte man das als Besuch des besten Freundes bezeichnen.

Der Dienst, wenn er bei Jan war, verlief sehr viel lockerer, als seine Spezialeinsätze und so verbrachten die beiden die meiste Zeit damit, Fußball zu schauen, Bier zu trinken und in Bars nach attraktiven Frauen Ausschau zu halten. Er war dabei stets sehr erfolgreich und wurde gestern erneut darin bestätigt.

Seine Eltern waren Spanier, zumindest seine Mutter. Bei seinem Vater waren weder er, noch seine Mutter selbst sich sicher, ob die Angaben in der Geburtsurkunde auch wirklich stimmten. Ramón hatte helle Haut, stechend blaue Augen, mittelbraune Haare und rein optisch betrachtet, rein gar nichts von seinen Eltern geerbt. Sie hatten an der spanischen Küste ein Gästehaus betrieben und alles sprach dafür, dass seine Mutter nicht nur ihren Mann, sondern auch ausländische Männer zu sich ins Bett gelassen hatte.

Nach Ramóns Geburt war dies immer deutlicher geworden, denn niemand konnte sich erklären, wie zwei Spanier ein so helles Baby bekommen konnten. Sein Vater war es, der die Ungewissheit irgendwann nicht mehr aushielt und völlig durchgedreht war. Er ermordete Ramóns Mutter und sich selbst. Nur durch ein Wunder hatte Ramón das Massaker überlebt.

Kurze Zeit später war er von einem deutschen Pärchen adoptiert worden. Man hatte vermutet, dass es sich dabei um seinen leiblichen Vater und dessen Verlobte gehandelt hatte. Lange hatte auch dieses Familienglück, an das sich Ramón nicht einmal bruchstückweise erinnern konnte, angehalten.

Nur wenige Wochen nach der Adoption hatten die beiden es nicht geschafft, einem entgegenkommenden LKW rechtzeitig auszuweichen und waren tödlich verunglückt. Auch diesen Unfall hatte Ramón unverletzt überlebt und war im Kinderheim gelandet, wo er bis nach seinem Schulabschluss geblieben war. Gleich danach führte ihn seine Reise zur Polizei, wo er zusammen mit einigen Schulkollegen eine WG bezogen hatte.

Das war nun zwölf Jahre her. Er verdrängte es.

Verschlafen blinzelte er in das Sonnenlicht und griff nach dem Handy. Die Neugier trieb ihn. Wo war sie gerade? Was machte sie? Es war kurz nach 15 Uhr und ihr Standort hatte sich etwa vor zwei Stunden geändert. Erst stadtauswärts und dann in Richtung eines Waldes, wo er jetzt schon seit einigen Minuten stehen blieb.

Plötzlich überkam Ramón das schlechte Gewissen. Was tat er da bloß? Was war eigentlich in ihn gefahren? Er war hierher beordert worden, um einen Verbrecher zu fassen und nicht, um durch die Verwendung von dienstlichen Funktionen zu beobachten, was eine Frau tat, die er gestern Abend – ebenfalls im Dienst – getroffen hatte.

Oder tat er es genau *deshalb*? *Weil* er sie im Dienst und nicht privat getroffen hatte? Die Dienstmarke in seiner Hosentasche hatte ihn zurückgehalten, aufzustehen und ihr einfach den Cherry-Colada zu bringen, von dem sie davor gesprochen hatte. Er hätte ihr das Getränk einfach hingestellt und gewartet, bis sie sich wieder in seinem Blick verfing, wie ein Vogel im Netz des Fängers. Er hätte sich mit ihr unterhalten, hätte sie dazu gebracht, mit ihm zu gehen und hätte ihr später Himmel und Hölle der Lust gezeigt. Doch Dienst ging vor.

Er beschloss, dass die Beobachtung mit einer Tasse Kaffee weitaus konzentrierter zu verfolgen war und setzte sich mit solch einer an den kleinen Esstisch des Appartements. Im Kühlschrank fand er noch eine halbe Quarktasche und tunkte sie in den Kaffee, während er auf das Display schaute und wartete.

Genau in diesem Moment bewegte sich der kleine rote Punkt, der ihren Standort anzeigte, wieder stadteinwärts. Ein Anruf ging auf ihrem Handy ein. Geistesabwesend schob er sich den letzten Bissen des Gebäcks in den Mund. Sie hatte nicht abgenommen, auch nicht beim zweiten

Anruf, der kurz darauf folgte.

Ramón lehnte sich zurück und legte die Füße auf den gegenüberstehenden Stuhl. Jetzt wurde es also spannend. Der Standortpunkt war mittlerweile wieder zu Hause und bewegte sich nicht mehr. Was sie wohl gemacht hatte? Und warum nahm sie die Anrufe nicht entgegen?

Die Kaffeetasse war inzwischen geleert und er holte eine zweite. Als er zurückkam sah er, dass sie einige ungelesene WhatsApp-Nachrichten erhalten hatte.

Schätzchen, ungelesen. Denkst du. Ich lese sie vor dir für dich und beschütze dich...

Sie stammten von der Person, die ins Leere angerufen hatte. Und die vor drei Wochen bei ihr ausgezogen war.

Wieder dieser Laurent...

Alles war so, wie er es erwartet hatte, wie es so oft war. Eine perfekte Beziehung, alles schien makellos und dann machte einer der beiden alles kaputt. Ob sie schuld daran war?

Nein Baby, so eine bist du nicht... Ganz bestimmt nicht...

Er verzichtete darauf, diesen Laurent auszuforschen, er wusste auch so, dass er ihn hasste. Wenn er dienstfrei hatte war es ohnehin schwieriger, sich in die Systeme einzuloggen, denn er musste die Abfragen dann begründen. Dieser Typ war das auf keinen Fall wert.

Ramón öffnete die Nachrichten. Laurent schrieb, dass er sich unbedingt mit ihr treffen und sich entschuldigen wollte.

Wusste ich es doch... Du bist nicht schuld...

Laurent, dieser miese Kerl. Wie vermutet. Zuerst Mist bauen und dann heulend um Verzeihung bitten.

Auch nach einer Stunde hatte sie noch immer nicht auf

die Nachrichten geantwortet.

Ramón schüttelte vor Unverständnis leicht den Kopf, als er die Überwachungsapp auf seinem Diensthandy schloss. So naiv wie die meisten Frauen erfahrungsgemäß waren, ging sie ganz bestimmt zum Treffen.

Okay, er will dich treffen… Wenn du hingehst, fühle dich sicher… Ich werde da sein für dich, du wirst mich nicht mal bemerken…

RAMÓN

Anscheinend war Laurent nicht nur untreu, sondern auch zu blöd, eine genaue Zeit für ihr Treffen anzugeben. Er hatte *Abend* geschrieben und das konnte viel bedeuten.

Ramóns Appartement lag ein schönes Stück vom Stadtpark entfernt und so hatte er sich entschieden, das Auto zu nehmen. Er kannte den Stadtpark nicht auswendig und dachte zuerst, dass er die Situation vielleicht vom Auto aus beobachten konnte. Doch die Parklaube lag versteckt hinter Hecken und Bäumen und der Park war allgemein zu groß, um aus dieser Entfernung genug zu sehen, geschweige denn gar zu hören, was gesprochen wurde.

Er parkte schließlich sein Auto in Parknähe und wartete so lange, bis sich ihr Standortpunkt in der App änderte. Wenn sie gar nicht zum Treffen ging, dann war er wenigstens nicht stundenlang sinnlos im Park spaziert, wo er sich vermutlich noch erkältet hätte. Im Auto war es schön warm und mittlerweile wartete er eineinhalb Stunden, als sich der rote Punkt endlich zu bewegen begann.

Er stieg aus und betrat den Park. Es war eine sehr gepflegte Anlage, die im Sommer sicher unbeschreiblich schön anzusehen war. Umrahmt von Hecken und im Inneren von Wegen in Wiesen geteilt, erhob sich in der Parkmitte eine kleine, idyllische Hütte. Am geschotterten Platz davor standen Bänke und innen brannte Licht. Es war bereits fast dunkel und kugelförmige Laternen erhellten die gesamte Fläche angenehm. Der nächste Irrsinn von Laurent, eine Frau bei Dunkelheit in einen Park zu locken, noch dazu in einer Stadt, die im Moment nicht sicher war. Es war gut, das Ramón hergekommen war.

Für November erstaunlich warmer Wind zog um seine Nase, doch es hatte wieder zugezogen und es würde nicht lange dauern, bis erneut Schnee fiel.

Ramón hielt großen Abstand zur Laube, um keine Blicke auf sich zu ziehen und zog die Kapuze seiner Jacke tief ins Gesicht.

Vor der Laube stand ein Mann, der nervös auf der Stelle trampelte und immer wieder auf sein Handy sah. Er wirkte klobig in seinem Anorak, sehr groß und erinnerte an einen Rugby-Spieler. Das dunkle Haar trug er sehr kurz und seine Gesichtszüge wirkten etwas verschlafen.

Ein Schatten trat in das Licht und näherte sich dem Mann langsam. Kies knirschte unter den Schuhen und Ramóns Aufmerksamkeit war ganz auf die beiden gerichtet.

Sie war gekommen. Ihr volles Haar quoll in lebendigen Locken unter der Mütze hervor und bedeckte ihre kurze, schwarze Jacke bis zur Hälfte des Rückens. Sie trug Jeans, die sich um ihre starken, aber schlanken Oberschenkel schmiegten und unter den Knien von schlichten Stiefeln mit Pelzrand eingefasst wurden. Er hätte sie stundenlang betrachten können, wie sie einfach erschien und wartete. Die Hände in die Jackentaschen gesteckt und die Schultern leicht nach oben gezogen, stand sie vor diesem Mann und sah zu ihm auf.

Baby, halte Abstand... Er ist gefährlich... Und du wirkst unsicher...

Am liebsten wäre er jetzt schon aufgesprungen und hätte ihn gegen die Mauer der Laube gewürgt, bis er sich übergab.

Laurent ging einen Schritt auf sie zu, wollte sie zur

Begrüßung umarmen, doch sie stieß ihn kraftvoll mit der Hand von sich.

Oha, das war unerwartet stark...!

Sie war kleiner, als Ramón sie in Erinnerung hatte oder besser gesagt, wie er sie sich vorgestellt hatte. Gestern hatte er sie nur sitzend gesehen. Trotz ihrer zierlichen Statur wirkte ihre Abwehrbewegung doch sehr kraftvoll.

Gut gemacht Kleines, die nächsten Sekunden gehören dir...

Laurent wich zurück, seine durchdringende Stimme hallte leise bis zu Ramón, doch er konnte nur Wortfetzen und keine Zusammenhänge mithören. Er redete weiter auf sie ein, als sie plötzlich abwehrend die Hände hob und zu gestikulieren begann. Jetzt hörte Ramón auch ihre Stimme. Ein Anflug von Angst schwang darin mit. Etwas heller, aufgeschreckter als wohl sonst. Ramón verspannte sich, als er die zugespitzte Situation beobachtete.

Laurent nahm sich das Wort wieder, er sprach lauter, raffte sich die Haare. Ging ein paar Schritte zurück und wieder nach vorne. Sie begann erneut zu erwidern, doch er ließ sie nicht mehr zu Wort kommen. Stattdessen legte er seine Hände auf ihre Schultern und hielt sie fest. Wortfetzen gelangten zu Ramón, sie schrie ihn an, dass er sie in Ruhe lassen soll. Kraftvoll schlug sie seine Hände von ihrem Körper und wich einige Meter zurück. Er folgte ihr.

Genug war genug. Ramón konnte nicht länger zusehen. Die Situation drohte zu eskalieren, er musste handeln. Unbemerkt näherte er sich.

RAMÓN

»Sie hat gesagt, du sollst sie in Ruhe lassen. Für mich klang das sehr deutlich und du solltest auf sie hören.«

Er lehnte am nächstgelegenen Baum, die Kapuze noch immer bis zu den Augen ins Gesicht gezogen. Seine raue Stimme riss die beiden aus der Situation. Laurent blieb wie angewurzelt stehen. Ina fuhr herum und erkannte ihn sofort. Schlagartig machte sie kehrt, noch bevor jemand irgendetwas zu ihr hätte sagen können und verschwand in die Finsternis.

Baby, lauf nicht weg... Ich weiß, er hat dich bedrängt, aber ich bin ja bei dir...

»Was willst du? Halte dich aus unseren Sachen raus!«, brüllte Laurent verärgert und bäumte sich vor ihm auf. Schweißtropfen glänzten auf seiner Stirn und sein Atem raste.

»Ich möchte nur, dass du tust, was sie sagt. Und wenn es darum geht, dass du Frauen im Park belästigst, dann geht es mich sehr wohl etwas an!«

Ramón war vollkommen ruhig und trat einen Schritt näher, sodass der Schein einer Lampe auf ihn fiel. Seine Dienstmarke, die auf der Jacke befestigt war, schimmerte im Licht und er stemmte die Arme gegen die Hüften.

Laurents Blick fiel auf die Dienstmarke. Sein Ausdruck wurde augenblicklich welpenhaft und weich.

»Trotzdem ist es unsere Sache«, zischte er, schob sich an ihm vorbei, nicht ohne ihn ordentlich anzurempeln und hastete zum Ausgang des Parks.

Er war fort. Sie war fort, fuck! SIE WAR FORT!

Ramón rannte zu der Stelle, an der sie in die Dunkelheit eingetaucht war und fand sie direkt hinter der Laube auf einer Bank sitzend. Sie weinte, unterdrückte es aber sofort, als sie ihn bemerkte.

Er nahm neben ihr Platz, darauf bedacht, ihr nicht zu nahe zu kommen. Wieviel Abstand man zu Menschen in bestimmten Lebenslagen hielt, war ausschlaggebend, für wie sympathisch sie einen einschätzten. Das hatte er in seiner Ausbildung gelernt und es zigmal in seinem Beruf bereits erlebt. Jetzt saß dieses verletzliche, zarte Wesen neben ihm und er konnte spüren, wie ihr Atem bebte.

»Ist er weg?«

Sie drehte sich leicht zu ihm. Er nickte.

»Du solltest nicht abends alleine in einen dunklen Park gehen. Du hast nicht immer das Glück, einem Polizisten zu begegnen.«

Sie stutzte und musterte ihn. Ihre Finger spielten nervös miteinander, dann legte sie die Hände flach auf ihre Oberschenkel. Sie brachte keinen Laut hervor. Erdrückende Stille drohte sich über sie zu legen. Er brach sie.

»Ich war spazieren und habe euch zufällig bemerkt.«

Sie schluchzte und zog die Jacke enger um sich.

»Ich hätte nicht herkommen sollen. Danke«, sagte sie fester, als er erwartet hatte.

Doch Kleines, hättest du... So konnte ich dir zeigen, dass ich auf dich aufpassen kann...

»Möchtest du ihn anzeigen? Er hat dich angefasst, obwohl du das nicht wolltest«, fragte er.

Er musste das. Er hätte so Vertrauen bei ihr gewonnen und im gleichen Zug wäre es die perfekte Gelegenheit gewesen, diesen Laurent auf offiziellem Wege so richtig blank zu polieren.

Diese miese Ratte…

Sie zog ihre Augenbrauen fragend hoch. So hoch, dass sich ihre Mütze leicht nach oben schob und ihre Rehaugen noch größer wirkten.

»Eh…«, stammelte sie verwirrt.

Ramón strich mit einem Finger nachdenklich über seine linke Schläfe und wartete auf ihre Antwort.

»Nein, also… ich kannte ihn einmal viel besser, als das gerade den Anschein hatte.«

»Es ist deine Entscheidung«, antwortete er ganz ruhig und rutschte auf der Bank ein Stück nach vor.

Sie schüttelte leicht den Kopf.

»Nein, das muss nicht sein«, sagte sie bestimmt.

Wie du willst, Schätzchen… Ich bin an deiner Seite, egal, wie du dich entscheidest…

Ihre Stimme klang sehr fest und entschlossen, aber er spürte ihre Unsicherheit. Sie kaute auf ihrer Lippe, leckte die Stelle, an der gerade davor ihre Zähne waren. Ihre Zunge hinterließ darauf einen glänzenden Film. Wie gerne hätte er sie einfach geküsst, so wie sie jetzt dasaß, ihre Zunge geschmeckt und ihren Atem auf seiner Haut gespürt. Er verharrte jedoch unbewegt.

»Du bist nicht von hier, oder?«, fragte sie plötzlich.

Ramón rechnete nicht mit so einer offenen Frage, noch dazu komplett vom Thema abweichend. Sie war viel schlagfertiger und selbstbewusster, als er sie gestern Abend eingeschätzt hatte. Nur eines hatte er gleich erkannt: Diese Frau war einzigartig. Facettenreich wie eine Schneeflocke. Und er versuchte, so viele glitzernde Schichten wie möglich an ihr zu entdecken, stets bedacht, sie nicht zu zerdrücken.

Ein heller Ausdruck legte sich über sein Gesicht und ließ seine harten Gesichtszüge im schwachen Licht der Kugellampen weicher wirken. Es war mittlerweile vollkommen dunkel geworden und die Lampen reichten nicht aus, um alles ausreichend auszuleuchten. Im Sommer konnte das sicher sehr angenehm sein. Einen lauen Abend hier zu verbringen, Wein trinkend und mit guten Gesprächen. Doch jetzt im Winter wirkte dieses Licht einfach als zu wenig. Leicht bedrückend.

»Ja, ich bin aus dienstlichen Gründen eine Zeit lang hier.«

Sie nickte anerkennend und rutschte auf der Bank ein Stück nach vor. Natürlich grazil, nicht gespielt, saß sie am Rand der Bank.

»Es ist zu kalt hier. Lass dir von einer Einheimischen den besten Tee der Stadt zeigen.«

Sie lächelte einladend und legte den Kopf schief. Ihr Kummer von vorhin war verflogen, als hätte sie einen Schalter umgelegt, mit dem sie ihre Stimmung wechseln und alles, was sie beschäftigte, ausblenden konnte.

Baby, du erstaunst mich…! Gerne doch…

»Da kann ich wohl nicht Nein sagen. Schon alleine deshalb, um dich davon abzuhalten, dass du bei Dunkelheit weiter alleine im Park umhergehst.«

»Du hast wohl Recht. Es ist eine lange Geschichte.«

Sie erhob sich und ging voran. Er folgte ihr dicht und konnte es kaum fassen, wie einfach es war sie dazu zu bringen, mit ihm einen Abend zu verbringen. Kies knirschte unter seinen Schuhen, als er gemeinsam mit ihr die Laube betrat. Er redete im Geiste selbst auf sich ein, nichts zu überstürzen. Sie war innerlich bestimmt noch aufgelöst, auch wenn sie es nicht zeigen wollte.

Die Laube war sehr klein und schwach besucht. Ein Tisch war besetzt und sie wählten einen der zwei weiteren, mehr gab es nicht. Er legte seine Jacke über die Stuhllehne und setzte sich. Sie zögerte.

»Kalt?«, fragte er belustigt.

»Hm«, murmelte sie und entschloss sich, nur die Mütze abzunehmen.

Ein Kellner, der hinter der Theke stand und Gläser in das dahinterliegende Regal stapelte, ließ von seiner Arbeit ab und wandte sich zu den beiden.

»Zweimal das zum Anwärmen bitte – du weißt Bescheid!«, rief sie zu ihm, bevor er fragen konnte. Er nickte.

Ramón lehnte breit aufgestützt am Tisch und wartete, bis auch sie ruhig saß. Die kleinen runden Tische boten nicht viel Abstand. Er fühlte ihre Anwesenheit, ja, er roch sie sogar! Sie duftete leicht nach Früchten, nicht zu aufdringlich. Er atmete tief ein, sog den Duft ein und wünschte sich so sehr, dass er ihr noch näher sein konnte. Sie hatte sich jetzt dazu entschlossen, die Jacke wenigstens aufzumachen. Er sah den Umriss ihres Körpers unter dem feinen Strickpullover und stellte sich vor, wie seine Hand darunter glitt und die weichen Rundungen fühlte.

»Was ist das für ein besonderer Tee, den du mir hier vorsetzen möchtest?«, fragte er, um sich selbst abzulenken.

»Das verrate ich dir nicht!«

Sie legte den rechten Zeigefinger auf die Lippen.

»So ein strenges Geheimnis?«

»Lass dich einfach überraschen.«

Ein strenger, durchaus angenehmer Duft stieg ihm in die Nase und kurz darauf servierte der Kellner zwei Tassen eines weiß gefärbten, heiß dampfenden Getränks.

Er rührte skeptisch mit dem Löffel um und probierte.

»Oh, *sehr* besonders, jetzt verstehe ich, was du meintest!«

Kräftiger Schwarztee war das Grundgerüst, abgerundet durch einen großen Schuss Sahne, bespaßt mit einer Menge Schnaps. Das Getränk war genau richtig, um sich anzuwärmen – und sich schleichend zu betrinken.

Sie wärmte ihre Finger an der Tasse und grinste zufrieden.

»Hier schmeckt er einfach am besten«, stellte sie fest.

Ramón nickte interessiert, lehnte sich zurück und erwartete eine Erzählung darüber, warum dieser Tee genau *hier* der beste war.

»Schade, dass du gestern plötzlich weg warst.«

Und wieder erstaunte sie ihn, sagte etwas komplett anderes, als er erwartete. Noch nie hatte er eine Frau erlebt, die so wenig ihren Gefühlen nachhing und stattdessen objektiv von einem zum nächsten Thema wechseln konnte. Er verschränkte die Arme hinter dem Kopf. Jede Minute mit ihr war ein spannendes Erlebnis.

»Ich musste Verbrecher jagen, ich war dienstlich unterwegs.«

Sie stutzte.

»Du hast nicht so ausgesehen«, sagte sie zögernd.

Er lachte auf und neigte sich wieder nach vorne.

»Ich sehe nie so aus. Trotzdem bin ich so gut wie immer im Dienst, ich lebe dafür. Außer jetzt, jetzt bin ich ganz privat hier.«

Da war er wieder in ihrem Gesicht, dieser Ausdruck von Ergebenheit. Er ließ ihre Augen groß werden. Sie schluckte.

Ach Mäuschen, du bist doch sonst so selbstsicher... Lass dich nicht so aus deinem Konzept bringen... Ich bin privat hier, ganz privat, nur für dich...

Er fühlte, wie langsam Hitze in ihm aufstieg. Sein Kapuzenpullover engte ihn ein und spannte um den breiten Rücken.

Sie rang um Fassung und nahm den letzten Schluck aus ihrer Tasse. Langsam konnte er erkennen, wie ihre Augen einen glasigen Schimmer annahmen. Der Schnaps wirkte schnell und umso stärker in Verbindung mit dem heißen Tee. Auch er selbst spürte das, er fühlte sich wohlig. Ein seltenes Gefühl.

»Danke nochmal für deine Hilfe vorhin. Er sieht einfach nicht ein, dass er sich aus meinem Leben raushalten soll«, sagte sie und nahm einen Geldschein aus ihrer Jackentasche. Ordentlich faltete sie ihn einmal in der Mitte, legte ihn unter die Tasse und schob sie an den Tischrand. Der Kellner winkte ihr dankend zu.

Ramón rückte weiter nach vorne, näher an sie heran.

»Das wird er«, sagte er. Seine raue Stimme klang besonders fest und entschlossen. Schließlich stand er auf und warf sich die Jacke über.

Gemeinsam verließen sie die Laube und spazierten einen der Wege entlang. Er hatte ihn gewählt. Es war jener, der zu seinem Auto führte. Sie ging einfach schweigend neben ihm, als wäre gar nichts anderes in Frage gekommen. Es war nicht zu übersehen, dass sie noch sehr unter dem Verlust von Laurent litt. Das würde vergehen. Sie hatte jemanden verdient, der zu schätzen wusste, was er an ihr hatte.

Sie hatten nun fast den Ausgang des Parks erreicht. Ramón fragte sich belustigt, wie weit sie ihn wohl so stillschweigend begleiten wollte. Die Situation fühlte sich komisch an. Weder angespannt, noch unangenehm. Aber ungewohnt. Sie war so selbstsicher, machte und sagte, was ihr gerade in den Sinn kam. Bestimmt war sie eine Frau, mit der man unvergessliche spontane Momente erleben konnte.

Lass es mich versuchen, Kleines…

Ramón fasste ihre Hand und zog sie unter den dunklen Schatten einer Linde, die so weit außerhalb im Park stand, dass kein Licht der Parkbeleuchtung mehr bis zu ihr reichte. Sie stand mit dem Rücken zum Baum und sah erschrocken zu ihm auf, als er vor sie trat und beide Hände neben ihrem Kopf abstützte. Er spürte die Rinde des Baumes angenehm rau in seinen Handflächen und wie ihr Atem seinen Hals streifte. Ein Schauer durchfuhr ihn, eine Woge der Lust schwappte über. Sie griff nach seiner Jacke, krallte ihre Finger um das Band des Reißverschlusses und zog ihn zu sich heran.

Zeig mir, dass du mich willst…

Vorsichtig drückte er sich gegen sie und neigte sein Gesicht zu ihrem. Sie war ein ganzes Stück kleiner als er, wirkte hilflos vor ihm, doch das war sie nicht. Ihr Gesichtsausdruck wandelte sich immer mehr zu einem Abgleich ihrer inneren, kaum mehr zu bändigenden Lust. Er hatte einen Anflug davon schon gestern bemerkt. Es machte ihn verdammt heiß. Immer näher kam er ihr, bis sich ihre Gesichter schließlich berührten und er seine Lippen vorsichtig auf ihre legte. Sie zog ihn noch enger an sich, schlang die Arme um seinen Hals und er gab ihr nach.

INA

Seine Zunge wanderte über ihr Schlüsselbein. Sein heißer Atem streifte ihre Brustwarze und ließ sie erschaudern. Mit einer Hand hielt er die ihre, als sie nun auf ihm war. Sie fuhr ihm durch die Haare, strich über seinen Nacken und ließ die Hand auf seiner Schulter verweilen. Sie schaute auf ihn hinab, nahm die kantigen Gesichtszüge und den lüsternen Blick wahr. Sie vergrub ihre Finger in seiner Haut, als sie sich ein letztes Mal aufbäumte und er sich ihr entgegen drückte. Alle Anspannung fiel von ihr und sie sank auf seine Brust nieder, wo seine Arme sie empfingen und sich fest um sie schlossen.

INA

Sie wachte Stunden später auf. Als sie die Hand nach ihm ausstreckte, griff sie ins Leere.

Ina richtete sich auf und versuchte, ihre Gedanken zur ordnen. Gestern war so viel passiert. Das Treffen mit Laurent war komplett anders abgelaufen, als sie es geplant hatte. Hätte sie das gewusst, wäre sie zu Hause geblieben. Schon nach ein paar Sätzen hatte er die Fassung verloren und war laut geworden. So kannte sie ihn überhaupt nicht, er war stets ruhig und respektvoll gewesen. Ina war von seinem Verhalten gestern noch immer völlig überrumpelt. Wie schnell sie doch den roten Faden verloren hatte, den sie sich gedanklich perfekt zurechtgelegt hatte.

Als wäre das nicht genug gewesen, war, wie aus dem Nichts, der Fremde von Freitagabend erschienen. Sie wusste selbst nicht, was mit ihr los war. Er schaffte es, ihr die Nervosität nur so durch die Adern zu treiben und sie gleichzeitig auf ein nie erlebtes Maß zu beruhigen.

Spaß haben und die Freiheit genießen, hatte Theresa vorgeschlagen. Dass sich Ina so schnell darauf einlassen würde, hätte sie selbst nie von sich erwartet. Neben Theresa fiel es ihr leichter, offen darüber zu reden und sich auch offener zu verhalten. Vielleicht, weil Theresa selbst so lebte und das bei allen anderen auch für selbstverständlich hielt. Ina konnte das von sich aus nicht und zweifelte daran, ob es richtig war, ihn gleich *so nah* kennen gelernt zu haben. Von sich aus hätte sie das nicht getan. Wahrscheinlich hatte Theresa so lange auf sie eingeredet, bis sie ihr Unterbewusstsein erreicht hatte.

Oder war Ramón selbst daran schuld? Unwiderstehlich attraktiv, wie er war. Sein Gesicht. Sein Körper. Wie er redete. Was er ausstrahlte. *Was sie diese Nacht mit ihm erlebt hatte.*

Wo war er eigentlich? Sie hob den Kopf und sah sich um. Er war fort.

Ina stand auf und ging ins Bad. Ihre Haare standen zerzaust in alle Richtungen ab und sie sah müde aus, als sie sich im Badezimmerspiegel betrachtete. Eine Dusche würde sie erfrischen und sie genoss das kühle Wasser, das kurze Zeit später auf ihren Kopf prasselte. Es machte ihre Gedanken klarer.

In ihren Bademantel gewickelt und ein Handtuch um den Kopf geschlungen, schlurfte sie ins Wohnzimmer. Vielleicht konnte Theresa herkommen, sie brauchte sie wirklich zum Reden.

Ihr Blick blieb an einem Zettel hängen, der am Couchtisch lang, mit einem Glas beschwert, um nicht weggeweht zu werden. Sie nahm ihn und las die schwungvoll geneigte Schrift:

Ich wurde kurzfristig in den Dienst gerufen. Ich bin ein paar Tage fort, aber ich melde mich bei dir.

Danke für den Tee ;)

Sie ließ das Blatt sinken und suchte ihr Smartphone. Es war noch immer in ihrer Jackentasche.

Es läutete dreimal, bis Theresa abnahm.

»*Hey Ina! Ich wollte mich heute sowieso bei dir melden. Was gibt's?*«

»Theresa, Liebes, du glaubst kaum, was passiert ist…«

»*Du klingst mega aufgeregt! Hast du Geister gesehen?*«

»Ja, so kann man es nennen. Einen Geist, der zu Fleisch und Blut erwacht ist.«

Ina setzte sich und zog das Handtuch, das ihre Haare zusammenhielt, zurecht.

»*Nein, sag nicht…*«

»Doch. Wenn du den Typen meinst, den wir am Freitag gesehen haben. War eine ganz komische Geschichte gestern.«

Theresa unterbrach sie und quickte vor Freude am anderen Ende der Leitung.

»Eigentlich habe ich mich mit Laurent im Park getroffen. Er hat einfach nicht aufgehört, mir zu schreiben und wollte unbedingt die Chance bekommen, sich zu entschuldigen. Ich wollte das Treffen nutzen, um ihn so richtig zur Sau zu machen. Doch schon nach ein paar Sätzen war er wirklich wütend und aufgebracht, so kenne ich ihn gar nicht.«

»*Ich sage es dir immer wieder, Männer sind Idioten. Man kann lange mit ihnen verhandeln, aber irgendwann drehen die meisten durch. Die wenigen, die es nicht tun und es ernst mit uns meinen könnten, sind dann die, die sich ineinander und nicht mehr in uns Frauen verlieben.*«

Theresas ständige Belehrung darüber, dass es keine dauerhaft erträglichen Männer gab, kannte Ina schon, doch sie überspielte die Bemerkung gekonnt.

»Wie dem auch sei, das Wunder geschah danach. Gerade als Laurent mich an den Schultern gepackt und angeschrien hat, stand *er* plötzlich neben uns. Laurent hat mich sofort losgelassen und ich, erschrocken wie ich war, rannte gleich mal davon.«

Die einzige peinliche Situation am gestrigen Abend, aber sie war zu schockiert von Laurents grobem Verhalten gewesen. Ein Reflex. Flucht.

»*Und dann? Haben sie sich wenigstens geprügelt und hat Laurent eins aufs Maul bekommen?*«

»Theresa, nein, gar nicht! Der hat ihm wohl mit Worten genug Respekt eingejagt. Ist Polizist. Ermittelt hier wegen diesen Entführungen. Deshalb war er auch Freitagabend plötzlich verschwunden, weil er dann zum Dienst musste.«

»*Gibt's ja nicht! Wie aufregend! Und weiter?*«

»Ich weiß nicht, was mit mir los war, ich war so selbstbewusst, wie sonst eigentlich nie. Wir waren in der Laube und schließlich… Du kannst dir sicher denken, was dann war. Ich bin selbst noch immer unsicher, ob das alles wirklich so passiert ist, aber der Zettel, den er mir hinterlassen hat, bestätigt alles.«

»*Welcher Zettel?*«, fragte Theresa scharf.

»Er ist nicht mehr hier gewesen, als ich gerade vorhin aufgestanden bin.«

»*Alle sind gleich. Ina, sie sind alle gleich! Einfach abhauen, die ganz feine Art.*«

»Er schreibt, dass er dienstlich wegmusste und sich bei mir melden wird«, erklärte Ina, während sie die Zeilen im Geiste noch einmal las.

»*Okay Liebes, du kannst natürlich hoffen, dass er sich wirklich nochmal meldet, aber ich kann dir aus Erfahrung sagen, dass ein »Ich melde mich« nur die nette Fassung von »Schön war's, ich bin dann weg!« bedeutet. Ich wünsche mir natürlich, dass das nicht zutrifft, denn du warst ja wie besessen von ihm.*«

Ina merkte, wie ihr die Röte ins Gesicht stieg.

»Er sieht einfach gut aus. Er war es wert. Glaub mir, ich habe nicht viel geschlafen diese Nacht! Aber wenn es das wirklich schon gewesen ist, dann ist das so. Du weißt doch, dass ich im Moment auf keinen Fall eine feste Beziehung eingehen möchte.«

»*Einer dieser seltenen Momente, wo eine Ina Hussek weise Worte spricht!*«

Sie lachte über Theresas Bemerkung und zog die Beine auf die Couch.

»Ich halte dich am Laufenden. Vielleicht passt es nächstes Wochenende, dass wir gemeinsam zu Cosy gehen? Ich war gestern mit ihr ausreiten, sie wird immer älter und gemütlicher.«

»*Ja klar, gerne! Ich habe die alte Dame schon so lange nicht mehr gesehen.*«

»Melde dich, wenn es passt für dich.«

Theresa verabschiedete sich und Ina legte sich ein Kissen zurecht, worauf sie ihren Kopf stützte.

Sie dachte über diesen Mann nach, der im Moment nicht viel mehr für sie war, als süße Erinnerung und ein Name. Und doch füllte er jeden ihrer Gedanken aus. Zumindest war er so schlau gewesen, nach ihrem vollen Namen zu fragen.

Hoffnungsvoll tippte sie seinen Namen in die Facebook-App, dann in die Suchleiste bei Instagram und schließlich einfach in die Google-Suchleiste. Erfolglos. Entweder hatte er Accounts mit anderen Namen oder er war schlicht und einfach nirgendwo angemeldet. Ihr blieb also nichts anderes übrig, als zu warten, bis er sich wieder meldete. *Eine* Möglichkeit gab es natürlich, nämlich die örtliche Polizeiwache aufzusuchen und nach ihm zu fragen, aber das kam absolut nicht in Frage.

Theresa hatte Recht behalten, wieder einmal. Sie durfte sich nicht zu viele Hoffnungen machen, dann würde sie weniger enttäuscht werden, wenn er sich nicht mehr meldete. Wenn die Entführungen aufgeklärt waren, würde er sowieso wieder von hier abgezogen und zum nächsten Fall beordert werden. Eine Beziehung von Dauer, in der viele Gefühle aufkommen durften, konnte das also ohnehin nicht werden.

INA

Die Tage verliefen ruhig. Die Arbeit folgte ihrem gewohnten Muster, Chefs, die auf Zeit drängten und Mitarbeiter, die Aufgaben nicht richtig erfüllten. So war das in einer Position, wie Ina sie innehatte, nämlich als stellvertretende Abteilungsleiterin zu einer Hälfte und Buchhalterin zur anderen. Die Buchhalterin in ihr lebte auf, beim Bearbeiten der täglich anfallenden Geschäftsfälle und Erstellen von diversen Abrechnungen.

Den zweiten Job machte sie ausschließlich deshalb, da sie dafür eine fette Aufzahlung bekam und die Einzige war, die die nötigen Ausbildungen dafür absolviert hatte. Dabei mochte man meinen, dass es BWL-Studenten wie Sand am Meer zu finden gab, doch sie hatte das Dilemma mit eigenen Augen gesehen, als sich die Geschäftsleitung um Personal umgesehen hatte. Ein Studium abschließen konnten viele, doch wirklich Qualitäten zeigen, vor allem im Praxiseinsatz, das war eine ganz andere Aufgabe. Kurzum fanden sie niemanden und diese Stelle in Teilzeit anzunehmen war die einzige Möglichkeit gewesen, ihren Job zu behalten, sonst hätte sie gehen müssen.

Im Großen und Ganzen liebte sie ihren Job, nur an so Tagen wie Montag oder Dienstag, wo die Aufträge der Chefebene so fernab der Realität waren, dass Ina selbst nicht dahinterstehen konnte, war es eben sehr schwierig, das Geforderte trotzdem glaubhaft an die Mitarbeiter zu bringen.

Höhere Umsätze waren das Ziel, kundenorientierteres Verkaufen wurde gefordert. Sie stand ja dahinter, jedoch kannte sie auch die Arbeit hinter dem Verkaufspult, sah, wie die Mitarbeiter ohnehin schon um jeden Cent kämpften. Gerade in einer Zeit, wo Online-Riesen den Markt mit Elektronikgeräten zu unschlagbaren Preisen überrollten, wurde es immer schwieriger, die Kunden zu sich in den Laden zu locken und schließlich auch zum Kauf zu bewegen.

Ein Lichtblick war der Mittwoch, da besuchte Ina meistens ihre Eltern. Sie wohnten weit außerhalb der Stadt auf einem Gut, umgeben von Obstbäumen und seltenen Rosen, die ihre Eltern züchteten. Das Gut gehörte ihrer Mutter, die es geerbt hatte und als Gärtnerin arbeitete. Ihr Vater war Notar und leidenschaftlicher Obstbaumzüchter. Am Gut hatten beide die Möglichkeit, ihre Leidenschaft zu Bäumen und Sträuchern auszuleben. Wenn Ina die lange Allee entlangfuhr, die sich nach dem Einfahrtstor vor ihr erstreckte, fühlte sie sich geborgen und zurückversetzt in ihre Kindheit. Die alte Linde, die direkt vor dem weiß gekieselten Parkplatz stand, war ihr Zufluchtsort gewesen, wenn sie als Kind Trost brauchte. Ina musste viel Zeit alleine verbringen, sie hatte keine Geschwister. Meistens suchte sie dann nach ihrer Mutter, die gerade Rosen ausgrub, zuschnitt oder Laub fegte und es gab stets kleine, einfache Aufgaben, die Ina erledigen konnte. Sie hatte eine glückliche Kindheit und das Glück, dass sie nicht mit Geld oder materiellen Dingen überhäuft wurde, wie andere Kinder wohlhabender Eltern. Es hatte ihr nie an etwas gefehlt, aber sie hatte sich trotzdem alles in ihrem Leben selbst erarbeitet.

So kam es auch, dass sie einen mittelklassigen Fiat Bravo fuhr und darüber nachdachte, wie lange er wohl noch so problemlos laufen würde. Sie parkte ihn auf den

Firmenparkplatz und checkte kurze Zeit später, einen Becher heißen Automaten-Cappuccino in der Hand haltend, ihre Mails. Es war Donnerstag, Schnee lag auf den umliegenden Bergen. Bald würde er weiterkriechen, herab in das Tal und auch die Kleinstadt Willemshausen in sanftes Weiß tunken.

Geistesabwesend scrollte sie durch ihren Posteingang. Buchungsaufträge, eine weitergeleitete Mahnung und unzählige zu buchende Kundenbestellungen befanden sich darin. Und was war das? Ein Mail, gesendet heute Morgen um 03:26 Uhr. Der Absender ließ sie stutzig werden und trieb ihr die Hitze ins Gesicht.

Ramón Moreno, Betreff: *Wie versprochen...*

Er hatte tatsächlich geschrieben. Beinahe verschüttete sie den heißen Kaffee, als sie den Becher etwas zu schwungvoll abstellte und das Mail öffnete.

Guten Morgen Ina,

es hat leider ein wenig gedauert, bis ich mich melden konnte. Bin noch immer im Ausland und tagträume von dir. Träume von unserer äußerst aufregenden und in Erinnerung bleibenden Begegnung am Wochenende und hoffe, dass Du mir antwortest und wir das wiederholen können. Ich muss noch etwas erledigen, komme aber bald zurück. Morgen habe ich den ganzen lieben langen Tag Zeit um dir zu zeigen, was du für eine außergewöhnliche Frau bist.

Ruhigen Arbeitstag wünsche ich dir,

R.M.

Ina starrte auf den Bildschirm. Ihre Mailadresse war

nicht schwer zu finden. Im Grunde musste man nur ihren Namen googlen und fand sogleich auf der Firmenhomepage sämtliche dienstlichen Kontaktdaten, sogar mit Foto. Einen grünen Blazer über einer strahlenden Bluse trug sie darauf, die Haare locker nach hinten geflochten und schlichte Stecker in den Ohren. Ob er sich das Bild abgespeichert hatte?

Trotzdem war sie erstaunt über sein Mail. Sie war bereits darauf eingestellt gewesen, nichts mehr von ihm zu hören und las den Text verträumt ein zweites Mal, als hatte sie Angst, ihn sich nur eingebildet zu haben. Sie durfte jetzt bloß nicht so dumm sein und sich verlieben! Liebe war nur zwei Dingen mächtig. Etwas zu perfektionieren oder vollkommen zu zerstören. Um es perfekt zu machen, war ihre Bekanntschaft viel zu kurz. Zu zukunftslos.

Ina wollte keine Beziehung, sie war noch nicht bereit dafür. Laurents miese Aktion musste erst verarbeitet werden. Also würde Liebe in ihrem Fall alles zerstören. Es galt, aufkeimende Gefühle draußen lassen. Einfach in den Tag, oder besser gesagt die Nacht leben und annehmen, was passierte. Sollte er anfangen, ihr Liebesbeurkundungen zu schreiben oder zu sagen, wie sehr er sich ein gemeinsames Leben mit ihr wünschte, würde sie ihn abservieren. Blockieren. Streichen. Hoffentlich früh genug, bevor allzu große Gefühle in ihr wuchsen, die sie rational denkend gar nicht wollte.

Ihr Urlaubsantrag für morgen war schnell gestellt und nach knapp einer Stunde von der Chefebene genehmigt. Kurz vor Dienstschluss schrieb sie ihm zurück.

Hallo lieber R.M.,

ich habe darüber gegrübelt, ob du meine Mailadresse

findest. Wie schön, dass du es geschafft hast!

Morgen passt sehr gut, Freitage im Büro sind jedes Mal eine kleine Katastrophe und ich bin froh, wenn ich dem Wahnsinn entkommen kann.

Du kannst mir auch nach Dienstschluss mailen, ich bin eine von denen, die Mails auch in ihrer Freizeit liest ;)

Ich warte auf deine Vorschläge,

Ina

RAMÓN

Die Fahrt von Rumänien, wo er diesmal eine ernste Besprechung mit einem Funktionär an der Grenze geführt hatte, zog sich jedes Mal unendlich lange. Erleichtert stellte Ramón fest, dass er sich bereits in der Nähe von Prag befand und die nächste Raststation nur wenige Kilometer entfernt lag. Der Abend war bereits seit einigen Stunden hereingebrochen und er freute sich auf den Moment, wenn er seinen Wagen endlich abstellen und ihr antworten konnte.

Sie hoffte auf Vorschläge.

Ich hätte da einen ganz fabelhaften...

Ganz nüchtern betrachtet, war sein einziger Vorschlag, sie erneut flachzulegen. Es war ein ganz natürlicher, instinktiver Gedanke, wenn er sich den Samstagabend in Erinnerung rief. Er musste ihn nur besser verpacken. Tarnen, tricksen und täuschen. Sie mit Gefloskel umspielen.

Ich hoffe, du frühstückst... Nein, du siehst nicht aus wie eine von denen, die sich mit Intervallfasten plagt...

Er wusste, dass er unheimlich müde sein würde, doch die Neugier, sie so schnell wie möglich wiedersehen zu können, würde ihn wach halten. Wie einen Wolf, der mit dem Schaf spielte.

INA

Der Abend verging viel zu schnell. Zerrann, wie Zitroneneis unter italienischer Sonne. Ina saß zu Hause und die Zeit rannte ihr davon, als sie an einer Statistik weiterarbeitete, die sie heute im Büro nicht fertiggebracht hatte. Wahrscheinlich, weil sie alle paar Minuten einfach dasaß, in den Bildschirm starrte und daran dachte, dass sie schon morgen wieder bei ihm sein konnte. Er war so unnahbar und gerade die Tatsache, dass sie keine Möglichkeit hatte, ihm zu schreiben oder auch nur annähernd herauszufinden, *wer* er war, machte ihn in einer Zeit, wo man durch Social Media fast alles über jemanden wusste, umso interessanter. Das Verborgene lockte, geheimnisvoll anmutend. Sie wollte ein Geheimnis nach dem anderen lüften wie jemand, der auf Schatzjagd war und sich durch die Erdschichten grub, bis er die Kiste mit dem Gold fand. Sie wusste nun seinen vollständigen Namen, doch auch diese Suche blieb erfolglos und er im Internet unsichtbar.

Kurz vor Mitternacht, als Ina die Statistik zum letzten Mal kontrollrechnete, meldete ihr Laptop ein eingehendes Mail.

Wir gehen frühstücken, ich hole dich ab. Sei nachsichtig mit mir, wenn ich es nicht bis neun schaffe, der Nachtdienst hängt mir in den Knochen. Bis zehn bin ich aber da, versprochen! Wo du wohnst, weiß ich noch. Wie könnte ich es vergessen... ;)

R.M.

Ina kaute auf ihrer Lippe, als sie seinen Text las. Einmal, ein zweites Mal. Sie beschloss, ihm nicht zu antworten. Als kleine Retourkutsche dafür, dass er sich im Internet rarmachte.

Sie sammelte ihre Gedanken und sendete die Statistik ins Büro, damit ihre Kollegin morgen daran weiterarbeiten konnte und machte sich bettfertig. Eingekuschelt in ihre Decke, ließ sie ihre Gedanken noch quer durch ihr Leben streifen. An manchem blieben sie länger hängen, andere zogen direkt durch und so schlief sie bald darauf ein.

INA

Ina stand vor dem Badezimmerspiegel und legte Augen-Make-up auf. Es durfte nicht bemalen aussehen, musste aber gut wirken und ihre braunen Augen zum Leuchten bringen. Sie fand stets die richtige Mischung und wusste, wie sie sich passend in Szene setzte. So war das auch, was Kleidung betraf. Sie wusste nicht, was er heute außer dem Frühstück noch vorhatte und so wählte sie ihre liebste Jeans, ein einfaches T-Shirt mit V-Ausschnitt und einen schwarzen Wollcardigan. Die Haare trug sie offen und eine kleine Klammer hielt die größte Strähne zurück, damit sie ihr nicht ins Gesicht fiel.

Um halb zehn fiepte die Türglocke und Ina hastete aufgeregt nach unten. Sie konnte seine kräftige Gestalt hinter dem Glas der Haustür erkennen, als er mit dem Rücken zu ihr, auf sie wartete. Er stieß sich anmutig von der Wand ab, als er sie bemerkte. Seine flüssige Bewegung, geschmeidig wie die einer Raubkatze, jagte ihr einen wohligen Schauer über den Rücken.

»Du bist ja wirklich da«, begrüßte sie ihn nüchtern und überspielte damit ihre Aufregung. Seine bloße Anwesenheit ließ sie innerlich zittern und beschleunigte ihren Herzschlag. Hoffentlich hörte er nicht, wie laut es schlug.

Er lachte leise auf.

»Natürlich bin ich da.«

Belustigung schwang in seiner Stimme mit und der Schelm hing in seinen Augen. In diesen blau gemaserten Farbflecken im Gesicht, die sie so verunsicherten, dass sie nicht wusste, was sie antworten sollte. Schließlich nickte sie leicht und ging ein paar Schritte nach vor. Trotz des Sonnenscheins peitschte ihr eisiger Wind gegen die Wangen.

Ein BMW war vor dem Haus geparkt. Silberner, perfekt polierter Lack funkelte und setzte das Auto im Schnee sehr ansprechend in Szene. Ohne die hässliche Straßenlampe im Hintergrund, hätte dieser Anblick glatt auf das Cover eines Automagazins gepasst.

»Die Polizei bezahlt dich ganz schön gut, wenn du dir so etwas leisten kannst«, bemerkte Ina. Er ging langsam an ihr vorbei. Seine Hand streifte ihre.

»Nein, das stimmt so nicht. Die Polizei *bezahlt* mir das hier. Das ist ein Dienstwagen.«

Er stand nun auf der Fahrerseite des Autos. Die Arme am Dach aufgelegt, winkte er sie mit dem Zeigefinger heran, deutete ihr, einzusteigen. Sie tat dem gleich und sank tief in den weichen Ledersitz. Den Kopf in den Nacken gelegt, bewunderte sie den silbergrauen Himmel, ließ ihn wieder nach vorne fallen und musterte die edlen Armaturen.

»Die müssen wirklich einen Narren an dir gefressen haben.«

»Sagen wir so, bei den Fällen, die ich mittlerweile aufdecken konnte, müssten sie mir zehn von denen vor die Tür stellen.«

Sein Duft drang in ihre Nase, als er so dicht neben ihr saß. Diese unverkennbare Note nach Melone. Sehr bestimmt, ohne zu beschweren. Sie war gedanklich sofort bei Samstagabend, als er sie im Park geküsst hatte und als am nächsten Morgen ihr Kissen noch leicht nach ihm roch, als er schon längst fort war.

»Was ist das genau?«, fragte sie interessiert.

Wieder grinste er und wischte sich mit der Hand über sein bärtiges Kinn.

»Das, liebe Ina, ist ein Auto«, antwortete er bemüht ernst, startete den Wagen und parkte aus.

Ina drehte den Kopf langsam, wie in Zeitlupe, in seine Richtung und kniff die Augen zusammen.

»Das… ist mir bewusst.«

»Aha«, antwortete er und zog anerkennend die Augenbrauen hoch. Ina holte aus, um angedeutet auf ihn einzuschlagen. Sofort hob er seine rechte Hand und schützte sich vor ihrem Angriff.

»Ignorante Mannsbilder!«, murmelte sie, dann lachten sie beide.

»Ich weiß nicht, wie viel du davon verstehst, Frauen sind meistens nicht besonders interessiert, wenn es um Autos geht. Aber dieser F32 ist auf jeden Fall schnell genug, um Verbrecher zu jagen«, versuchte er sie mit einer Erklärung zu beschwichtigen. Als er sich ihr zuwandte und weitersprach, war sein Gesicht ihrem bedrohlich nahe.

»Was du gerade gemacht hast, kann ich übrigens als Widerstand gegen die Staatsgewalt werten, ist dir das bewusst?«

Seine Miene verfinsterte sich und seine Stimme klang erschreckend streng. Sie sagte nichts. Seine Nähe war betörend und nahm ihr die Worte. Um davon loszukommen, suchte sie den Knopf für die Sitzheizung. Er wandte seine Aufmerksamkeit wieder nach vorne. Ina genoss es, wie schon nach ein paar Worten ein reizvolles Gespräch am Laufen war und Spannung in der Luft lag. Schließlich fand sie den Knopf und steckte die Hände unter die

Oberschenkel, um sie am Sitz anzuwärmen. Das war genug Zeit, um sich eine gute Antwort zu überlegen. Sie wollte ihm nicht das letzte Wort lassen und ihn ein wenig anstacheln.

»Das gleicht sich dann wohl mit deiner sexistischen Bemerkung aus, dass Frauen keine Ahnung von Autos hätten. Ich könnte dich deshalb belangen.«

Er leckte sich über die Oberlippe und schluckte.

»Eins zu null für dich«, gestand er kleinlaut ein, nicht ohne ihr einen weiteren schelmischen Blick aus dem Augenwinkel zuzuwerfen.

»Dann bin ich dir wohl das Frühstück schuldig. Nicht, dass du zur Polizei gehst und mich anzeigst«, witzelte er.

»Wo willst du überhaupt hingehen?«, fragte sie.

Er zuckte fragend mit den Schultern.

»Ich hoffe noch immer, dass du mir den Weg zum besten Buffet zeigst. Du bist hier zu Hause und kennst dich aus, nicht ich. Deine Tee-Empfehlung letztens war doch auch ganz gut.«

Er bog aus der Wohnstraße aus und ordnete sich fließend in den Verkehr auf der Hauptstraße ein.

»Also, wenn du das schlechteste Buffet sehen willst, dann können wir auch zur Tankstelle f…«, fügte er hinzu.

»Nein, bloß nicht, bloß nicht! Ich weiß schon was«, wehrte sie schnell ab.

»Bleib erstmal auf der Hauptstraße und biege an der zweiten Ampel links ab. Es gibt ein gutes Café im Nebenort.«

Er nickte, rutschte tiefer in den Autositz und legte die linke Hand an der Autotür ab, zwei Finger in die

Lenkradspeiche eingehängt. Die rechte lag locker auf der Mittelkonsole. Ina hätte ihre gerne draufgelegt.

Er bog an der Ampel ab. Sie näherten sich langsam dem Stadtrand und weniger bebautem Gebiet. Angenehmes Schweigen herrschte und kurz später erreichten sie das Café. Wider Erwarten für einen Freitagvormittag, war es relativ gut besucht. Eine Busreise hielt hier Frühstückspause und unzählige Pensionisten tummelten sich vor dem Buffet. Trotz des Ansturms bekamen sie einen der guten Plätze am Fenster, denn diese waren die Besonderheit des Cafés. Es lag im obersten Stockwerk eines Aussichtsturms und so konnte man über nahezu die ganze Kleinstadt Willemshausen blicken, während man Honigbrote schmierte und Joghurt löffelte.

Eine zierlich gebaute, ältere Kellnerin mit rotgefärbten Haaren und rauchiger Stimme stellte eine Kanne Filterkaffee auf den Tisch und fragte, ob sie sich selbst durch das Buffet kämpfen wollten, oder ob sie ihnen eine Auswahl davon bringen sollte.

»Wir vertrauen der Auswahl des Hauses«, sagte Ina, bevor Ramón sich vielleicht doch dazu entschied, selbst zu gehen. Sie wollte ihn hier haben. Bei sich. Jeden Moment auskosten. Die Kellnerin nickte, ging schnellen Schrittes davon und zwängte sich durch das Getümmel vor dem Gebäcktischchen. Verträumt beobachtete Ina, wie sich ein altes Pärchen ein Brötchen teilte. Wieviel Liebe in den Augen des Mannes lag, als er Butter darauf strich und ihr die Hälfte gab.

»Die beiden sehen sehr glücklich aus«, bemerkte Ramón und goss Kaffee in ihre Tassen.

»Allerdings. Nicht jeder hat das Glück. Die beiden haben es geschafft. Danke.«

Ina nahm die Tasse entgegen und trank vorsichtig den ersten Schluck.

»Aber ich denke mir oft, dass sich die Zeiten auch einfach geändert haben. Das hat sich in der Liebe, gleich wie im Beruf, einfach so entwickelt. Es gibt kaum jemanden, der bis zur Pension das arbeitet, das er gelernt hat. Genauso wenig Paare gibt es, die bis ans Lebensende zusammenbleiben«, bedauerte er und goss Unmengen an Milch in seinen Kaffee. Seine Worte schnitten ihr augenblicklich ins Herz und brachten großen Schmerz darin hervor. *Laurent.*

»Da hast du vollkommen Recht«, brachte sie gedrückt hervor.

Ina trank einen zweiten und dritten Schluck des köstlich bitteren Getränks. Nicht oft war Kannenkaffee so aromatisch und angenehm zu trinken.

Er bemerkte ihren plötzlichen Stimmungsumschwung und neigte sich leicht nach vor, um ihr näher zu sein. Der Metalllöffel kratzte leicht am Tassenboden, als er damit umrührte.

»Wer war das letztens?«, fragte er schließlich. Die Worte kamen für Ina so unerwartet, wie ein Schlag ins Gesicht. Ein Tropfen Kaffee verirrte sich vor Schreck in ihrer Luftröhre und sie musste leicht husten. Die Unterhaltung erhielt langsam einen mehr als bitteren Beigeschmack. Er traf ihren absolut wunden Nerv. Nach zwei tiefen Atemzügen war die Hustenattacke überwunden und sie fühlte sich bereit, wieder zu sprechen, doch die Kellnerin unterbrach sie und stellte ihnen eine Auswahl des Buffets auf den Tisch.

»Wenn ihr noch etwas braucht, ruft einfach«, krächzte sie, versicherte sich, dass die beiden versorgt waren und huschte wieder davon.

Ramón musterte Ina besorgt.

»Alles okay?«

Sie rutschte nervös am Sessel hin und her.

»Ja, es ist nur…«

Sie zögerte. Er wartete geduldig auf eine Antwort, drängte sie nicht. Sollte sie ihm alles erzählen? Hatte er, nur weil er ihr einmal geholfen hatte, mit Laurent fertig zu werden, plötzlich auch das Recht, nachzufragen?

»Nur, was…?«, fragte er vorsichtig nach.

»Nein, nichts«, wehrte sie ab und griff nach einer Scheibe Toastbrot. Sie fühlte sich weich an, als sie mit den Fingern leicht darauf eindrückte.

»Ich weiß nicht, ob das hierher passt«, sagte sie schließlich.

Er stutzte und hielt inne, als er ein Brötchen aufschnitt.

»Sonst hätte ich nicht gefragt. Wer auch immer das war, er hat dich bedrängt und angeschrien und theoretisch hätte ich ihn direkt mit auf die Wache nehmen können.«

Ina starrte in ihre Kaffeetasse und betrachtete die kleinen Schaumbläschen, wie sie nach und nach an der Luft zerbarsten.

»Das war Laurent. Mein Ex-Freund. Wir waren einige Jahre zusammen, wollten heiraten und unser Leben so verbringen, wie dieses Ehepaar am Nebentisch.«

Sie kämpfte damit, ihre Fassung zu bewahren und bemühte sich, ihrer Stimme weiterhin einen festen Unterton zu geben.

»Bis er dann eines Tages seine Finger nicht von einer anderen lassen konnte. Er will sich ständig entschuldigen, mir sagen, dass es ihm leidtut und er mich vermisst. Aber ganz ehrlich, ich habe keine Lust auf diesen Kindergarten.«

Ramón legte das Messer eine Spur zu fest auf den Teller und sein Gesichtsausdruck wurde noch ernster. Ina wollte am liebsten ausbrechen aus dieser unangenehmen Situation. Sie hatte Angst vor seiner Reaktion. Wünschte sich, nichts gesagt zu haben, atmete tief durch und versuchte, aus seinem eindringenden Blick schlau zu werden.

»Okay, okay, beruhige dich. Er wird dich in Ruhe lassen, versprochen. Ich weiß nicht, warum dir das gerade so unangenehm ist«, sagte er und musterte sie noch eingehender, »aber sein Verhalten ist inakzeptabel. Weder das erste, noch das zweite. Niemand verlangt von dir, dass du ihn von heute auf morgen vergisst. Nimm dir Zeit.«

Seine Worte hallten in ihrem Kopf wider. Sie wandte ihren Blick von seinem ab und goss Kaffee nach. Er lächelte aufmunternd.

»Mir ist das einfach unangenehm. Ich bin keine von denen, die ewig lange über ihre Probleme redet oder Hilfe braucht. Dass er am Samstag so die Kontrolle gewinnen konnte, war auch überhaupt nicht mein Plan.«

Sie biss von ihrem Brot ab und trank Kaffee nach.

»Wenn jemand Gewalt gegen jemand anders anwendet, dann ist das nie der Plan des Opfers«, antwortete er nachdenklich.

»Stimmt wohl. Aber ganz ehrlich, ich habe im Moment auch wirklich keine Lust mehr, weiter über ihn zu reden.«

»Du hast absolut Recht. Ich möchte nur, dass du weißt,

dass ich dir natürlich helfe, wenn er dir wieder lästig wird«, bot er an. Sein Gesichtsausdruck war aufrichtig, sie spürte, dass sein Angebot von Herzen kam.

Die Plätze hatten sich inzwischen zum Großteil geleert und das laute Stimmengewirr war zu einem leisen Gemurmel verstummt.

»Ich weiß das wirklich zu schätzen«, bedankte sie sich und ließ ihren Blick weiter durch den Raum schweifen, bis sie schließlich durch die große Fensterfront den fantastischen Ausblick über eine ganze Stadt vor sich hatte. Der Reisebus rollte gerade vom Parkplatz. Durch die verdunkelten Scheiben konnte sie nur Umrisse sehen, keine Gesichter, doch sie war sich sicher, in einem Umriss das Ehepaar von vorhin zu erkennen. Umarmend saßen sie da, den Blick nach draußen gerichtet. Sie würden einen schönen Ausflugtag verbringen und am Abend davon schwärmen, wie schön es doch gewesen war.

Ein Ausflug war auch für sie eine gute Idee, sofern nicht er schon etwas anders geplant hatte.

»Was möchtest du heute machen?«, fragte sie.

Er lehnte sich zurück, die Arme hinter dem Kopf verschränkt und kaute bedächtig den letzten Bissen seines Brötchens. Sein grauer, dünner Pullover spannte durch die Bewegung um seine Brust und ließ seine Muskeln noch größer hervortreten.

»Also, wenn ich ganz ehrlich bin, dann wäre mir ein ruhiger Tag ganz recht. Bungee-Jumping wäre jetzt nicht meine erste Wahl, aber wenn du das unbedingt machen möchtest, dann machen wir sogar das.«

»Bungee-Jumping?«, stieß sie fragend hervor. »Hast du

das schonmal gemacht?«

Sie schob ihren Teller ein Stück nach vorne und stützte das Kinn auf ihre Handballen.

»Zweimal sogar, ist schon lange her. Auch Fallschirmspringen, das war ein Teil der Ausbildung.«

Inas Augen weiteten sich erstaunt.

»Nicht schlecht. Nur, ich bin ganz bei dir, mir ist auch ein ruhiger Tag lieber. Hast du Lust, eine kleine Runde zu spazieren? Von hier führen ein paar schöne Spazierwege durch den Wald.«

Er nickte und winkte der Kellnerin kaum merklich zu.

»Klingt sehr gut.«

Die Kellnerin eilte heran und er bezahlte, dann stiegen sie die lange Wendeltreppe des Aussichtsturms hinab. Es war nicht wirklich wärmer geworden und Ina zog ihre Mütze tiefer über die Stirn. Ihre Haare legte sie zu beiden Seiten nach vorne. Im Sonnenlicht schimmerten sie dunkel.

Der Spazierweg begann hinter dem Gebäude und schlängelte sich mit unzähligen Abzweigungen durch den gepflegten Mischwald. Sie gingen ruhig nebeneinander und schwiegen. Die frische Luft, das Knirschen der Kieselsteine unter ihren Schuhsohlen und die Atmosphäre des Waldes, alles in allem, die angenehme Stimmung, die die beiden gerade umgab, hätten Worte nur zerstört. Ina war absolut entspannt und sein Zuspruch vorhin, ohne sie zu bedrängen, half ihr in ihrer Situation ungemein weiter. Laurent war, zumindest in diesem Moment, aus ihren Gedanken. Ramón brach schließlich die Stille.

»Du weißt sicher, dass du in Zeiten wie jetzt, nicht alleine hier spazieren solltest. Ich sage das nicht nur, weil ich dienstlich ständig damit zu tun habe, sondern weil ich nicht möchte, dass dir etwas zustößt.«

»Du meinst die Entführungen?«, fragte sie.

Er nickte.

»Ganz genau. Deshalb bin ich hier. Auch wenn ich unter Schweigepflicht stehe, so viel kann ich sagen: Die Situation ist gefährlich. Du musst aufpassen.«

»Ich bin selten im Wald unterwegs. Schon gar nicht zu Fuß und niemals alleine. Wenn, dann reite ich aus.«

Sie sah zu ihm auf. Eine Schneeflocke wehte um sein Gesicht und flog schließlich davon.

»Sei trotzdem vorsichtig. Wir wissen noch zu wenig über den Täter. Er handelt nicht nach einem bestimmten Muster und noch können wir nichts ausschließen.«

»Meinst du, er könnte mein Pferd totschießen?«, fragte sie sarkastisch und blieb stehen. Seine Miene war ernst, als er seine Antwort überlegte.

»Wie gesagt, wir können noch nichts ausschließen. Auch wenn ich es für sehr unwahrscheinlich halte, so wie du es beschrieben hast. Sei einfach vorsichtig«, mahnte er.

Sie hörte aus seiner Stimme, wie er versuchte, dem Gesagten Lebendigkeit zu verleihen und es weniger streng klingen zu lassen. Er ging weiter und zog sie vorsichtig mit.

»Du musst mir dein Pferd einmal zeigen.«

»Ja sicher, wir können später zu ihr fahren«, schlug Ina vor.

Sie betonte das *später* ganz besonders. Er neigte den Kopf in ihre Richtung und warf ihr aus den Augenwinkeln einen lüsternen Blick zu.

»*Später* gerne, ja.«

INA

Helles Nachmittagslicht durchflutete das Wohnzimmer. Ina lag lediglich mit einem T-Shirt und einer Jogginghose bekleidet, auf ihrer Couch. Sie fühlte sich tiefenentspannt. Beflügelt. Und unendlich *befriedigt.* Ramón lag dicht an sie gedrängt und schlief.

Nachdem sie die Spazierrunde beendet hatten, waren sie zu ihr nach Hause gefahren. Schon während der Autofahrt war die Anspannung zu merken gewesen, die sich mehr und mehr aufbaute. Sie wurde mit jedem Blick, mit jeder Bewegung mehr, bis sie sich, von ihm eng umschlungen, gegen die Tür gedrückt und innig geküsst, in ihrer Wohnung wiederfand.

Seine Anwesenheit alleine versetzte sie unter Strom es schien ihm nicht anders zu ergehen, denn seine Begierde flackerte immer wieder in seinen Augen auf. Als würde jedes Wort, ja selbst jede ihrer Bewegungen, ein Feuer in ihm entfachen, das er ständig zu zügeln versuchte und sich beinahe daran verbrannte. Doch es war mehr, als nur eine rein körperliche Beziehung zwischen ihnen.

Als sie sich wieder beruhigt hatten, setzten sie die Gespräche von heute Vormittag fort. Der Draht zueinander passte und sie mussten nicht zwanghaft ein Gesprächsthema suchen. Schließlich beschlossen sie, das Mittagessen ausfallen zu lassen und stattdessen eine Dokumentation über Schneeleoparden anzusehen, die sie offensichtlich nicht zu Ende gebracht hatten. Ina schlief schon einige Nächte lang nicht sonderlich gut und die paar Stunden jetzt nachgeholt zu haben, hatte sie herrlich erfrischt.

Sie fühlte sich frisch und energievoll, voller Freude, als sie sich auf den Bauch drehte und abstützte. Er sah so friedlich aus und so verletzlich. Ganz anders als der, den er tagsüber oder gar im Dienst, vorgab zu sein. Ina wünschte sich insgeheim so sehr, dass sie nie die Erfahrung hatte machen müssen, betrogen worden zu sein. Sie wünschte sich sogar, Laurent niemals kennengelernt zu haben. In diesem Moment, wo sie Ramón eingehend betrachtete und über alles Geschehene in Ruhe nachdenken konnte, wünschte sie sich nichts mehr, als die Kraft zu haben, noch einmal jemandem zu vertrauen. Ihm zu vertrauen.

Sie versuchte es ganz stark, stellte sich vor, wie sich alles entwickeln könnte, wenn sie es schaffte und sich auf eine feste Beziehung mit ihm einließ. Sie konnte es nicht. Ständig war dieses zerreißende Gefühl im Hintergrund. Dieser dunkle Schatten, der ihr ständig ins Ohr flüsterte, dass er sich vielleicht doch hinter ihrem Rücken mit jemand anders traf. Sie war zu verletzt, um verliebt zu sein. Alles blieb also so, wie es war. Wie sie es sich zurechtgelegt hatte und wenn er sich spontan nicht mehr meldete, hatte sie keinen Grund, enttäuscht zu sein. Je weniger man ins Innere seines Herzens ließ, desto weniger hatte die Macht, darin Schaden anzurichten.

Sein Handy riss sie aus den Gedanken und ihn aus dem Schlaf.

Er blinzelte verschlafen, rieb sich das Gesicht und war sogleich vollkommen wach. Sie reichte ihm sein Handy und strich liebevoll über seine Schulter.

»Danke«, murmelte er und entsperrte das Display. Sofort verfinsterte sich sein Gesichtsausdruck und er wirkte genervt.

»Hey, was ist los?«, fragte sie.

»Ich muss zum Dienst.«

Er legte das Handy weg und setzte sich aufrecht auf die Couch.

»Wann?«

»So schnell wie möglich, am besten jetzt gleich«, antwortete er. Ina richtete sich ebenfalls auf, setzte sich rittlings auf ihn und legte die Arme um seinen Hals.

»Wenn ich dich nicht gehen lasse?«

»Dann bist du vielleicht für die nächste Entführung verantwortlich«, sagte er scherzhaft, legte seine Hände auf ihre Hüften und küsste sie vorsichtig. Sie spürte seine Handflächen durch ihr T-Shirt hindurch auf ihrer Haut, wie warm sie sich anfühlten.

»Und wenn du mich entführst?«, fragte sie lasziv und versuchte, dabei so naiv und unbeholfen wie möglich auszusehen.

Er leckte sich die Lippe, wie er es sehr oft tat, wenn er sich zurückhalten musste.

»Nicht heute«, sagte er, warf sie auf den Rücken und lag dicht auf ihr. Sie räkelte sich unter ihm, erwartete einen Kuss, doch er ließ von ihr ab und setzte sich neben sie auf die Couch.

»Ich muss wirklich los. Du kannst mir jederzeit mailen.«

Sie setzte sich neben ihn.

»Du meinst, sollte Laurent sich wieder melden?«

»Ja, aber nicht nur deshalb. Mail mir, wenn du das wiederholen möchtest. Ich habe dir gesagt, ich verlange nur so viel, wie du mir geben möchtest.«

Ina wollte ihn fragen, warum er ihr keine Telefonnummer gab, sondern sie per Mail kontaktieren wollte, doch er schien wirklich gestresst und so wollte sie sich diese Frage für ruhigere Momente aufheben.

»Danke. Und ja, in diesem Fall wirst du sicher Post von mir bekommen. Hoffentlich lande ich nicht im SPAM-Ordner bei dir«, antwortete sie.

Er drückte ihr einen letzten, schnellen Kuss auf die Lippen, bevor er sein Handy und seine Schlüssel aufsammelte und aufstand.

»Nein, du doch nicht. Bis bald, Liebes«, verabschiedete er sich und kurzum war die Wohnungstür wieder verschlossen, durch die er gegangen war. Der kleine Türkranz wackelte noch leicht. Ina ließ sich zurück auf die Couch sinken. Der Platz, wo er gelegen hatte, war noch warm. Sie legte sich darauf, um seine Wärme zu spüren und hoffte, es würde ihn wieder näher an sie heranbringen, obwohl er sich mit jedem Schritt weiter von ihr entfernte.

INA

Ihr Laptop meldete um kurz vor sieben am Abend den Eingang eines neuen E-Mails. Wäre Ramón nicht in ihr Leben getreten, hätte sie das Mail wahrscheinlich einfach ignoriert und mit dem Lesen bis zum Montag gewartet. Aber die Chance, dass die Nachricht von ihm war, war doch größer, als dass am Freitagabend noch Post aus der Firma kam und so setzte sie sich vor den Laptop und klickte auf die Nachricht.

Betreff: Männerhirn und die ewige Diskussion über die Wahrheit von Tatsachen

Bevor du mir noch einmal vorwirfst, ich würde Frauen aufgrund wahrer Tatsachen (ihr versteht wirklich nicht viel von Autos) diskriminieren, diskriminiere ich mich jetzt selbst (du kannst dich an der Genugtuung erfreuen und mir fällt deshalb kein Zacken aus der Krone) mit Tatsachen, die wiederum von Frauen <u>*erfunden*</u> *sind:*

Nämlich damit, dass Männer <u>*angeblich*</u> *vergesslich seien.*

Stimmt nicht! Wir testen nur, wie aufmerksam ihr Frauen seid. Anscheinend relativ wenig, denn sonst wäre dir aufgefallen, dass mein Akkuladekabel noch bei dir liegt. Ich komme hier unmöglich weg und brauche es. Glaubst du, kannst du es mir auf die Wache bringen?

Bis (hoffentlich) gleich,
R.M.

PS.: Pass im Dunkeln auf...

Sie spielte mit dem Rad ihrer Computermaus, nahm das leise Rattern gar nicht richtig wahr, als sie weiter nach unten scrollte. Am Küchentisch lag wirklich das schwarze Kabel. Er redete sich gut aus der Sache raus. Männer eben, vergesslich wie sie waren. Und manchmal auch richtig gefinkelt, um diesen Fehler zu überspielen.

Ina klappte den Laptop zu und tappte ins Badezimmer. Auf der Couch liegen zu bleiben wäre ihr weitaus lieber gewesen, als jetzt noch in die Kälte raus zu gehen. Sie drehte die Haare zu einem lockeren, aber schicken Dutt und kontrollierte kurz, ob ihr Make-up noch vorzeigbar war. Die Jeans und das Shirt von heute Vormittag würden auf jeden Fall reichen und sie schlüpfte müde hinein.

Keine zehn Minuten später stand sie vor der Tür der Polizeiwache und drückte auf den Glockenknopf. Eine durchdringende Frauenstimme meldete sich.

»Was können wir für Sie tun?«, tönte es aus dem verzerrenden Lautsprecher.

»Ich werde erwartet, ich bringe das Ladekabel für...«, antwortete Ina, doch die Stimme schnitt ihr das Wort ab.

»Kommen Sie rein.«

Die Tür summte und Ina trat ein. Die Wache befand sich im Obergeschoß des unfreundlich wirkenden Gebäudes. Die Betonoptik wirkte wenig einladend und der Lack am Stiegengeländer blätterte an manchen Stellen ab. Ihre Schritte hallten laut wider, als sie die Stufen nach oben stieg. Die weiß gestrichene Holztür zur Wache war einen Spalt weit geöffnet und warmes Licht drang auf den spärlich beleuchteten Gang heraus. Ina nahm das Kabel aus ihrer Manteltasche und drückte selbstbewusst die Tür auf. Helles Läuten erfüllte den Raum, als die obere Türkannte an der montierten Glocke entlangstreife. Sie trat ein.

Ein Pult erstreckte sich quer durch den Raum, dahinter waren einige Stühle aufgestellt. Eine große Pflanze stand am Pult und ihre Blätter erzitterten durch den Luftstoß der öffnenden Tür. Es sah aus, wie in jedem schlecht finanzierten Büro. Möglichst viele Arbeitsplätze auf möglichst wenig Raum einzurichten, noch dazu mit den preiswertesten, in einheitsgrau gehaltenen Möbeln, waren die Maßnahmen, um Kosten zu sparen. Und genauso herzlos war auch dieses Wartezimmer.

»Ina, hierher!«, rief seine volle Stimme, links von ihr. Sie folgte ihr und betrat das Nebenbüro. Ein weiteres Pult stand quer durch den Raum, dahinter befanden sich zwei Bürotische gegenüberliegend angeordnet. Er saß am hinteren Arbeitsplatz, die Beine auf den Tisch gelegt, die Arme verschränkt. Seine Miene hellte sich auf, als er sie sah. Ina lächelte ebenso erfreut und hielt das Kabel wie eine Trophäe hoch. Genau in dem Moment, als sie zu sprechen beginnen wollte, schweifte ihr Blick nach links und blieb an einer jungen Polizistin haften. Inas Kehle schnürte sich augenblicklich zu, die bereit gelegten Worte blieben darin stecken. Sie rang kaum merklich nach Luft und spürte, wie sich ihr Brustkorb verkrampfte, so fest, dass es ihr die ersten Tränen in die Augen trieb.

Neben Ramón stand *sie*.

RAMÓN

Damit hatte er nicht gerechnet. Alles war komplett anders, als er es jemals zu Denken gewagt hätte. Ina hatte das Büro mit beschwingtem Gang betreten und wirkte schlagartig wie gelähmt. Das Ladekabel baumelte in ihrer erhobenen Hand, während sich die zerreißende Stille wie eine ätzende Säure im Raum verbreitete. Nicht nur Ina war wie versteinert. Auch Nadja, die knapp neben ihm stand, war komplett aus der Fassung.

Die beiden starrten sich an. Es war nicht zu übersehen, dass sie sich kannten. Und abgrundtief hassten. Er rechnete jeden Moment damit, dass sie aufeinander losgingen und sich die Haare vom Kopf rissen oder die Augen auskratzten. Als einziger bei klarem Verstand, nahm er die Beine vom Tisch und setzte sich aufrecht hin.

»Hey Ina«, sagte er und stand langsam auf. Er schob sich an Nadja vorbei und ging um das Pult herum.

»Danke!«

Sie drehte den Kopf zu ihm. Ihre Augen wirkten gläsern, ihr Gesichtsausdruck eisern. Hätte er nicht die liebevolle, lebensfrohe Ina gekannt, hätte er sie als äußerst boshaft und verdrossen eingeschätzt. Wie eine alte Witwe, die ihre Kinder durch ihre furchtbar ekelhafte Art vertrieben hatte und nun ihr einsames Dasein fristen musste.

Ramón war froh, dass er seine Stimmung perfekt verbergen konnte. Er fühlte sich wie im falschen Film, als wäre er zum falschen Schauplatz geschickt worden und der Regisseur dort wusste jetzt nicht, welche Rolle er ihm geben sollte.

»Ja gerne, kein Problem«, murmelte sie leise und lächelte mild.

»Möchtest du…«, setzte er an, doch sie ließ ihn nicht aussprechen.

»Nein, ich, ähm… Ich melde mich«, wehrte sie seine Frage ab. Noch bevor er etwas erwidern konnte, hatte sie sich bereits umgedreht und ging. Ihre davoneilenden Schritte hallten laut im Stiegenhaus und er versuchte ansatzweise zu verstehen, was gerade passiert war. Er war ratlos und sah Nadja fragend an.

Sie gewann langsam wieder an Fassung und schüttelte ungläubig den Kopf.

»Was war *das* gerade?«, fragte er eindringlich und ging zu seinem Platz zurück.

Sie lehnte sich gegen das Pult und strich sich durch die blonden, perfekt glatten Haare.

»Das ist deine neue *Freundin*?«, fragte sie.

»Wenn du das so nennen willst«, erwiderte er schulterzuckend.

Sie brach prustend in Lachen aus, verstummte jedoch ganz schnell wieder, als er keine Regung zeigte.

»Die Sache ist die… Ich bin mir ziemlich sicher, dass das die Freundin von dem Typen ist, mit dem ich vor einigen Wochen ein wenig, nennen wir es *Unterhaltung,* hatte«, erklärte sie grinsend, dann sprach sie mit ernsterer Stimme weiter.

»Als ich erfahren habe, dass er eine Freundin hat, habe ich aufgehört, mich mit ihm zu treffen.«

Sofort schoss es ihm durch den Kopf. Nadja kannte Laurent? Sie war diejenige, mit der Laurent Ina betrogen hatte?

Sie war indirekt dafür verantwortlich, dass Inas Beziehung den Bach hinunter ging? Jetzt verlor er selbst langsam die Fassung. Bloß keine Regung zeigen, dachte er. Sie musste noch nicht zu viel wissen, schon gar nicht, dass er sich mit Laurent angelegt hatte. Vielleicht würde sie sich sogar als nützlich erweisen, wenn er Informationen über Laurent benötigte.

»Na dann wird mir einiges klar«, sagte er schließlich gefasst.

Nadja ging um das Pult und blieb in der Tür stehen.

»Eigentlich kannst du mir sogar dankbar sein. Sieh es so, wenn ich nicht gewesen wäre, hättest du keine Chance bei der Kleinen gehabt«, trällerte sie, dann ging sie aus dem Büro und schloss die Tür.

Schlampe…

Ihre Antwort war unpassend, wie sie nicht hätte unpassender sein können. Richtig geschmacklos. Er hatte zum Glück nicht besonders viel mit ihr zu tun, denn sie hatte hauptsächlich einfache Fälle über. Nadja war frisch gebackene Ausbildungspolizistin und der Polizeiwache Willemshausen zur abschließenden praktischen Ausbildung zugeteilt worden. Bei größeren Einsätzen durfte sie stets nur als Dritte mit dabei sein, da sie noch viel lernen musste. Das Schicksal von Ausbildungspolizisten eben, Ramón kannte das noch aus seiner eigenen Ausbildung.

Nadja war klein und schlank, ja ihre Figur war nahezu perfekt. Die weißblonden Haare trug sie stets schnurgerade geglättet und ihr feinzügiges Gesicht war stark geschminkt. Sie war ein Blickfang und das wusste sie gekonnt einzusetzen, wovon sich Ramón allerdings nicht beeindrucken ließ.

Dienst war Dienst und musste Dienst bleiben.

Während er über die Situation nachdachte, steckte er sein Handy ans Ladekabel. Ihn traf überhaupt keine Schuld an diesem Ereignis und doch fühlte er sich schuldig. Er wusste genau, dass Ina jetzt zu Hause saß und die Welt über ihr hereinbrach. Er wusste ebenso, dass sie alles herunterspielte, wenn er ihr jetzt mailen würde.

Ach Liebes, sei nicht traurig… Vergiss ihn, diesen Mistkerl, der dich nicht schätzt…

Er tippte die Sicherheits-PIN und seine Dienstnummer ins Handy und erhielt Zugriff auf ihres. Laut ihren Standortdaten war sie inzwischen wieder zu Hause. Ein Telefonat war gerade aktiv. Leider konnte er es hier nicht abhören, denn die Polizeiwache war heute noch relativ stark besetzt. Um es in Ruhe nachhören zu können, müsste er mit seinem Auto unterwegs sein, jedoch hatte er heute überhaupt keine Chance, den Innendienst vor Mitternacht unterbrechen zu können. Es gab Unmengen an Schreibkram zu erledigen und Ausforschungen anzustellen. Nicht umsonst war er an einem freien Tag in den Dienst berufen worden. So blieb ihm nichts anderes übrig, als lediglich die Telefonnummer zu kopieren und auszuforschen. So wusste er zumindest, mit wem sie gerade sprach.

Die Suche ergab, dass die Nummer auf eine *Theresa Bruckner* registriert war. Er stieg in Inas WhatsApp ein und suchte nach Theresa. Sie schienen alle paar Tage Kontakt zu haben, sich nahezustehen. Ein Blick auf ihr Profilbild rief jenen Freitagabend in Erinnerung, als er Ina zum ersten Mal gesehen hatte. Theresa Bruckner war die dunkelhaarige Frau neben ihr gewesen.

Ist in Ordnung, Schätzchen... Schütte deine Gefühle deiner Freundin aus und lass dich trösten... Ich würde das ja gerne übernehmen, aber...

Es half nichts, er musste hier wirklich weiterarbeiten. Eines der Opfer war heute Morgen in 300 km Entfernung gesichtet worden, so berichtete es zumindest die Zeugin, die die Aussage bei der Polizei getätigt hatte. Die Fahndungsbilder waren sehr gut, von jedem Opfer wurden mehrere Fotos veröffentlicht. Die Zeugin gab an, dass sie sich ganz sicher war, die Frau auf der Rückbank eines Van schlafend gesichtet zu haben, als dieser sie auf der Autobahn überholte. Die Verbindung zur Fahndung konnte sie erst dann herstellen, als sie einige Stunden später bei einer Raststation eine Zeitung gekauft und auf den ersten Seiten das Fahndungsfoto gesehen hatte. Natürlich wurden sofort sämtliche Autobahnpolizeistationen, sowie alle umliegenden Grenzwachen verständigt. Die Zeugin konnte keine Angaben über das Kennzeichen oder den Fahrer machen und so war es der Polizei bis jetzt noch nicht gelungen, den Van aufzuspüren. Ramón befürchtete, dass er die Grenze bereits passiert hatte.

Theoretisch konnte es jeder Van sein, der einem entgegenfuhr. Der Fahrer musste das Opfer nur aus dem Auto verbracht haben und schon konnte er sich wieder unter die Gesellschaft mischen. Die Chance, dass er mit ihr weiterfuhr, war beschämend gering, denn die meisten Täter wechselten mehrmals die Transportfahrzeuge, wenn sie ihre Opfer weiter weg transportieren wollten. Das Umladen barg natürlich ein großes Risiko, aber für den Täter lohnte es sich. Die Polizei war verwirrt, das Ziel erreicht.

RAMÓN

Bis zwei Uhr nachts arbeitete Ramón ununterbrochen. Er telefonierte, schrieb Mails und wertete Aufnahmen von Verkehrskameras aus. Schließlich waren seine Augen von roten Äderchen durchzogen und sein Kopf brummte. Es war Zeit für eine kurze Pause. Die konnte er sich gönnen, denn die allerdringendsten Auswertungen waren abgeschlossen. Kommandant Rillinger war zwei Mal bei ihm gewesen und hatte gepredigt, er sollte sich genug Pausen nehmen, da er ohnehin zu viel arbeitete.

Er trat aus seinem Büro in den Warteraum und streckte sich, dann ging er weiter in das nächste Büro, vorbei an Nadjas leerem Arbeitsplatz und einem weiteren Büro, bis er schließlich die Räumlichkeiten des Kommandanten erreichte. Die Tür stand offen und er lehnte sich gegen den Türstock. Rillinger saß am Fensterplatz seines Besprechungstisches gegenüber von Nadja, die eine dünne Akte eifrig durchblätterte. Ihr freizügiger Ruf eilte ihr zwar voraus, doch was den Dienst betraf, war sie äußerst genau und engagiert. Sie würde sicher eine gute Polizistin werden. Der Kommandant hob den Kopf und lugte über den Rand seiner Brille hervor.

»Herr Kommissar, bitte nehmen Sie eine kurze Pause in Anspruch. Ohne Ihnen zu nahe treten zu wollen, aber Sie sehen sehr mitgenommen aus«, sagte er. Seine gedämpfte Stimme unterstrich seine verschachtelte Ausdrucksweise umso mehr. Der Polizeidienst hatte ihn über die vielen Dienstjahre hinweg geprägt und so drückte er sich stets etwas gehobener aus, als es junge Polizeibeamte für gewöhnlich taten.

»Sie kennen mich, Herr Kommandant, ich kann keine Pausen einlegen, solange nicht alles Dringende erledigt ist.«

»Wie ist der status quo?«, fragte der Kommandant und legte seine Brille ab.

»Sie dürften sie über die Grenze gebracht haben«, antwortete er und stütze sich am Besprechungstisch ab. Nadja legte die Akte zur Seite und folgte der Unterhaltung.

»Möglicherweise haben sie das Opfer in ein anderes Fahrzeug verbracht. Die Auswertungen der Kameras haben ebenso nichts ergeben. Das große fehlende Puzzlestück ist, dass die Zeugin kein Kennzeichen nennen konnte. Unzählige Vans mit einer Frau auf der Rückbank fahren täglich durch die Kamerakontrollen und über die Grenze. Es hätte theoretisch jede sein können, wir können das nicht nachverfolgen.«

»Und die ausländischen Behörden?«

»Sind alle informiert. Ich bin mit sämtlichen Botschaften und Grenzwachen in Kontakt, besonders mit der rumänischen, da es dort, wie Sie wissen, vor drei Wochen schon eine Meldung über die Sichtung eines früheren Opfers gab, allerdings sind auch diese Spuren im Sand verlaufen. Die Kollegen dort sind äußerst kooperativ und arbeiten sehr genau«, antwortete Ramón. Er richtete sich auf und streckte seine Finger. Sie waren starr von der stundenlangen Computerarbeit und knacksten besorgniserregend laut, als er die verschränkten Handflächen nach außen bog.

»Sehr gut Herr Kommissar, bleiben sie dran«, murmelte Rillinger. Er nahm die Brille vom Tisch und setzte sie auf seine Nase, dann sprach er weiter.

»Aber bitte, tun Sie mir den Gefallen und legen Sie wirklich eine kurze Pause ein. Kollegin Feith hat gerade erst vor wenigen Minuten im Personalzimmer Kaffee aufgesetzt.«

Nadja lächelte kurz und widmete sich wieder der Akte vor ihr. Rillinger tat es ihr gleich.

Ramón suchte das Personalzimmer auf, um sich Kaffee zu nehmen und etwas Essbares zu suchen. Die Nachtschichten waren von Mal zu Mal anstrengender, vor allem jene, die er fast ausschließlich vor dem Bildschirm verbrachte. Rillinger hatte Recht damit, dass er sich eine Pause gönnen sollte, doch er war nun mal hier, um die Fälle zu lösen. Nicht umsonst hatten sie ihn hierher bestellt, weil sie wussten, wie leistungsfähig er sein konnte.

Er fand zwei Stück Apfelkuchen im Kühlschrank und begab sich damit und einer Tasse Kaffee zurück zu seinem Arbeitsplatz.

Der Austausch mit der rumänischen Botschaft, sowie der Grenzwache und der Polizei vor Ort, funktionierte einwandfrei. Der oberste Grenzoffizier sprach fließend Deutsch und war seit jeher sein Verbindungsmann gewesen. Ramón kannte ihn aus früheren Einsätzen und hatte ihn als jemanden kennengelernt, auf den man zählen konnte.

Vorerst gab es keine neuen E-Mails zu bearbeiten und keine verpassten Anrufe von Autobahnpolizeistationen zu beantworten. Er biss ein Stück vom Kuchen ab und öffnete Inas WhatsApp auf seinem Diensthandy. Vier neue, ungelesene Nachrichten, eingelangt um 02:14 Uhr. Ein Anflug von Wut stieg in ihm auf, als er die Nummer las. Laurent, diese Ratte.

Ina, Mäuschen, ich vermisse dich…

Ich wollte letztens nicht so impulsiv zu dir sein, es tut mir leid!

Lass uns noch einmal in aller Ruhe reden. Bitte, lass uns das alles vergessen!

Ich liebe dich !!!!

Laurent hatte nichts verstanden, absolut nichts. Er würde sie nicht in Ruhe lassen und das dumme Ding wollte ihn partout nicht anzeigen. Es gab wohl keine andere Möglichkeit, als die Sache selbst in die Hand zu nehmen.

Schätzchen, hab keine Angst, wenn du seine Nachrichten liest… Ich passe doch auf dich auf…!

Er trank etwas Kaffee nach. Der Kuchen war innen teigig und außen viel zu hart. Wahrscheinlich das Ergebnis eines verzweifelten Versuchs, Proteinkuchen aus einem Frauenmagazin nach zu backen. Ramón konnte sich vorstellen, wie Nadja in der Küche stand und Proteinpulver in den Teig mischte. Oder war es vielleicht sogar Rillinger selbst gewesen?

Wer auch immer dieses Desaster gebacken hatte, Hunger war noch immer der beste Koch und er aß weiter, während er Laurents Nummer in die App für die Standortermittlung kopierte und das Programm startete. Laurent befand sich seit gestern Abend in einer Bar, zwei Ortschaften weiter. Es bestand kein Zweifel, dass er betrunken war und nur deshalb den Mut hatte, ihr zu schreiben. Auch seine wenig einfallsreiche Schreibweise mit den altabgedroschenen, einfallslosen Floskeln deutete darauf hin, dass er gerade gedanklich nicht in der Lage war, vernünftige Sätze zu bilden.

Bist du das überhaupt jemals, du dummer Hund...?

Ramón stellte sich vor, wie fürchterlich sich Ina fühlen musste, wenn sie am Morgen Laurents Nachrichten las. Wieder würde sie sich aufregen, wahrscheinlich würde sie abermals weinen.

Dann beschere ich dir etwas Aufheiterung...

Ramón beschloss, ihr zu mailen. Damit sie nicht nur die ärgerlichen Nachrichten von Laurent zu lesen hatte, sondern mit seiner Nachricht auch etwas, über das sie sich freuen und den Ärger über Laurent überdecken konnte.

So hoffte er zumindest, denn er konnte selbst kaum abschätzen, wie es nach der Begegnung gestern Abend weiter ging. Weder er, noch sie machten Andeutungen, dass jemand von ihnen *mehr* wollte. Er selbst zumindest auf keinen Fall. Er vermutete aber, dass sie das gleiche empfand und lange brauchen würde, um sich für eine neue feste Beziehung öffnen zu können. Trotz der Ungewissheit über ihr Behagen, klickte er auf das Mail-Symbol und begann zu schreiben:

Guten Morgen,

ich hoffe, du konntest gut schlafen und warst nicht zu sehr aufgewühlt. Am liebsten hätte ich hier alles stehen und liegen gelassen und wäre für Dich da gewesen. Doch der Dienst hat dringend meinen vollsten Einsatz gefordert. Die Situation gestern hat mich selbst sehr bedrückt. Ich konnte nicht wissen, dass ihr euch kennt. Hätte ich es gewusst, hätte ich dich niemals gebeten, herzukommen.

Ich finde es allerdings nicht angebracht, über so ein heikles Thema zu mailen. Ich möchte lieber mit dir persönlich sprechen.

Melde dich bei mir, wenn du mich sehen willst. Ich bin da für dich, wenn du mich brauchst.

R.M.

So formulierte man Worte an eine Frau, bei der man etwas gut zu machen hatte. Nicht, wie Laurent, betrunken in einer Bar sitzend und sich hundert Mal im Inhalt wiederholend. Stümperhaft.

Er sendete die Nachricht ab und nur wenige Sekunden später erreichte das Mail ihren Posteingang, den er auf seinem Diensthandy überwachte. Sie schlief anscheinend, denn auch Laurents Nachrichten waren noch ungelesen.

Er aß das erste Stück Apfelkuchen zu Ende, für das zweite reichte der Hunger dann doch nicht. Ein paar Minuten Ruhe gönnte er sich noch.

Ein Mail des rumänischen Grenzoffiziers wartete darauf, bearbeitet zu werden und kurz später war er wieder vollkommen in seine Arbeit versunken.

RAMÓN

Um kurz nach vier beschloss er, in den Außendienst zu wechseln. Sein Körper fühlte sich starr an vom langen Sitzen am Schreibtisch. Er hasste diesen Teil seiner Arbeit am meisten. Selbst nächtelange Einsätze unter schwierigsten Bedingungen rafften ihn nicht so dahin, wie die ganze Nacht in einen Bildschirm zu starren und Aufträge auszuarbeiten. Ramón genoss es unheimlich, dass ihm das Privileg zustand, selbst zu entscheiden, wann er Innendienst versah und wann es für ihn an der Zeit war, in den Außendienst zu fahren. Oder ins Ausland. Auch diese Entscheidung konnte er von sich aus Treffen. Kommandant Rillinger fragte nicht nach, als Ramón sich abmeldete. Er musste nicht einmal das tun, tat es aber aus Höflichkeit. Um dem Kommandanten Vertrauen zu entlocken. Eine gute, vertrauensvolle Basis war der Grundstein für eine erfolgreiche Zusammenarbeit. Er erwartete sich Ehrlichkeit und Verlässlichkeit auch von jedem anderen.

Die kalte Nachtluft belebte ihn, ein Stück fuhr er sogar mit geöffneten Fensterscheiben. Er liebte den kalten Wind, der durch das Fenster in das Innere des Wagens schnitt und seine Müdigkeit mit hinausnahm. Gespannt fuhr er der Wegbeschreibung zu Laurents Standort nach. Die Nacht war klar und eisig kalt. Selbst im Auto dauerte es einige Minuten, bis die Heizung soweit arbeitete, dass sein Atem nicht mehr zu feinem Nebel gefror.

Keine zehn Minuten, nachdem er die Wache verlassen hatte, parkte er den BMW etwas abseits der Bar und vergewisserte sich, dass er trotzdem freie Sicht auf den Eingang hatte. Die Gegend wirkte verlassen und düster. Die Fassaden waren grau in grau und von manchen Häusern blätterte die Farbe großflächig auf den ungepflegten Gehweg. Bierdosen lagen zusammengedrückt vor den Hauseingängen, anstatt in den Abfalleimern, die ohnehin überfüllt und schon zu lange nicht ausgeleert worden waren. In so einer Gegend trieb sich der gute Laurent also umher. Anscheinend sank er ganz schön tief, denn Ramón konnte kaum glauben, dass Ina das zugelassen hätte. Schlimmer noch wäre gewesen, wenn er versucht hätte, sie mit in so ein Viertel zu bringen! Es war nur gut, dass sie ihm keine Chance mehr gab. Damit er das auch wirklich verstand, musste man es ihm nur deutlich genug sagen. Deshalb war Ramón hier.

Er wartete eine geschlagene Stunde im Auto.

Wo bleibst du denn, du Ratte…?

Er rieb sich die in Handschuhe gesteckten Hände, um sie weiter aufzuwärmen, als ein Mann aus dem Eingang der Bar trat. Klein und rundlich, nein, das war er nicht. Ramón atmete tief durch und legte den Kopf gegen die Nackenstütze, als ein weiterer Mann die Bar verließ. Laurent war unverkennbar, mit seiner immensen Körpergröße und dem dunklen Teint, als wäre er eine dieser suspekten Personen, die im Winter stets nachts ins Solarium huschten, damit sie niemand sah und sie dann stolz behaupten konnten, sie hätten von Natur aus eine so gesunde Farbe. Sein Gang wirkte leicht gedämpft, aber noch relativ sicher. Er überquerte die Straße und ging den verdreckten Gehsteig entlang, entfernte sich.

Ramón stieg aus dem Auto aus, ganz darauf bedacht, sich auf keinen Fall bemerkbar zu machen und bog in eine parallel verlaufende Seitengasse ein. Laurents roter Standortpunkt auf seinem Handy bewegte sich langsamer. Wenn Ramón sich beeilte und vorne um den Häuserblock herumging, bevor Laurent die Hausecke erreicht hatte, würde er ihm frontal begegnen. So machte es nicht den Anschein, dass er ihn bewusst aufgesucht, sondern vielmehr zufällig getroffen hatte. Schnellen Schrittes folgte Ramón seinem Plan. Er bog um den Häuserblock und sah Laurent langsam entgegentorkeln. Müde und zerzaust sah er aus. Auf jeden Fall hatte er ein paar Bier zu viel erwischt, wenngleich er noch nicht vollkommen betrunken wirkte. Er bemerkte ihn erst ganz spät, als Ramón sich ihm breit in den Weg stellte.

»Wen haben wir denn da?«

Laurent riss den geneigten Kopf hoch.

»Was willst du?«, lallte er und blieb in einiger Entfernung stehen.

»Was *ich* will, ist unwichtig«, erwiderte Ramón fest.

In Laurents Augen flackerte der Zorn auf und er kam einige Schritte näher, viel näher, als es nötig gewesen wäre. Ramón roch den von Bier und Schnaps durchzogenen Atem, als Laurent weitersprach.

»Ich fragte, was du willst!«, brüllte Laurent.

Ramón stand weiterhin breit und selbstbewusst da, die beiden Daumen im Gürtel eingehängt, die rechte Hand locker auf seiner Dienstwaffe verwahrend.

Ich würde sie so gerne einsetzen gegen dich, obwohl mir die paar Cent für die Kugel beinahe schade wären…

Dass Laurent größer war als er, gefiel ihm nicht besonders, brachte ihn allerdings nicht aus der Fassung. Laurents Augen traten groß und gerötet hervor, sein Atem bebte.

»Was du willst, du Bullenschwein, habe ich gefragt!«, stieß er hervor und holte aus. Ramón sah, wie Laurents rechte Faust auf sein linkes Auge zujagte. Gefasst auf alles, ja nahezu so einen Vorfall erwartend, wich er rechtzeitig weit genug aus, sodass Laurent nur seine Augenbraue streifte und zu Boden stürzte. Im gleichen Moment wirbelte er herum und drückte Laurent das linke Knie in den Rücken, während er seine Hände fest am Rücken fixierte. Er spürte, wie sich die ekelhaft klebrige Wärme von Blut um seine Augenbraue ausbreitete, spürte den Schmerz aber nicht. Er neigte sich zu Laurent und fasste ihn noch fester.

»DAS will ich auf keinen Fall«, zischte er, hielt kurz inne und sprach langsam und eindringlich weiter.

»Hör zu. Das macht kein gutes Bild, wenn man wegen Körperverletzung gegen Polizeibeamte verurteilt wird.«

Laurent versuchte, sich umzudrehen und loszureißen, doch Ramóns Griff wurde immer fester. Am liebsten hätte er ihm direkt die Arme über den Kopf gedrückt und das befriedigende Knacken in seinen Schultern gehört, als die Kugeln aus den Schulterpfannen sprangen, doch er bewahrte einen kühlen Kopf.

»Ruhig, ja?«, warnte er ihn und verfestigte nochmals den Griff, bis Laurent aufhörte, sich massiv zu wehren.

»Hör zu, ich mache dir ein gutes Angebot, okay? Was du gerade getan hast, kann von mir aus nie passiert sein. Ich bin gegen eine Tür gerannt und niemand wird jemals erfahren, dass deine Faust das angerichtet hat. Wenn…«

Laurent begann erneut, sich zu bewegen, hörte jedoch sofort damit auf, als Ramóns Knie mit vollem Körpergewicht auf seine Wirbelknochen drückte.

»… wenn du machst, was Ina dir schon so oft gesagt hat. Lass sie in Ruhe! Hast du verstanden?«

Laurent nickte nicht, sondern grunzte wutentbrannt.

»Ob du mich verstanden hast?«, fragte Ramón abermals und begann, Laurents Arme schmerzend hinter dem Rücken Richtung Kopf zu drücken.

»Ich habe dich verstanden! Lass mich einfach los!«, brüllte Laurent und sogleich ließ Ramón von ihm ab. Er schwang sich geschmeidig auf die Beine und entfernte sich ein paar Schritte von Laurent. Schwerfällig drehte dieser sich auf den Rücken und rappelte sich mühsam auf. Entsetzt sah er zu ihm auf, ja sogar Angst schwang mit, als befürchtete er, er könnte ihn ein weiteres Mal zu Boden bringen. Ramón stand ruhig und gefasst. Er wartete. Laurent klopfte sich die Jacke sauber und wandte sich zum Gehen um. Er stolperte hastig davon, ohne sich ein weiteres Mal umzudrehen. Er hätte auch nichts mehr zu sehen bekommen, denn Ramón war bereits in seinem Auto auf dem Weg zur Wache, als Laurent das Ende des Häuserblocks erreichte.

INA

Das ohrenzerreißende Geräusch der Türglocke riss Ina aus dem Schlaf. Sie dachte zuerst, sie träumte und drehte sich im Bett, um weiter zu schlafen. Die Türglocke schallte unerbittlich weiter. Wieder und wieder zerschnitt das Geräusch die Stille und jemand klopfte kräftig gegen die Tür. Genervt drückte sie sich das Kissen gegen die Ohren. Dumpf hörte sie, wie weitere Male geklopft wurde, dann war es plötzlich ruhig.

Ihre müden Augen brannten im Licht, als sie nach ihrem Handy tappte und das Display aufleuchtete. 05:07 Uhr. Wer besaß die Frechheit, um diese Zeit Sturm zu läuten, noch dazu am Wochenende? Ina rieb sich das Gesicht und gähnte. Es machte für sie jetzt auch keinen großen Unterschied mehr, so früh aus dem Schlaf gerissen worden zu sein. Die ganze Nacht war durchzogen gewesen von schlechten Träumen und wachen Phasen.

Sie war der Grund dafür. *Sie* war gestern noch viel schöner gewesen, als auf den verschwommenen und verblendeten Bildern, die sie zusammen mit Laurent auf der Parkbank gezeigt hatten. Innerhalb weniger Sekunden hatte Ina verstanden, warum Laurent ihr verfallen war. *Sie* war genau das Gegenteil. *Sie* hatte alles, was Ina sich wünschte und nicht hatte. Und dann stand diese Frau neben *ihm*. Auch jetzt, nach dem Ina eine ganze Nacht Zeit gehabt hatte, um ihre Gedanken zu ordnen, herrschte in ihr nichts als Chaos.

Sie schwang die Beine aus dem Bett und blieb auf der Kante sitzen. Den Kopf mit einer Hand aufgestützt, entsperrte sie ihr Smartphone.

Drei neue Nachrichten von Laurent, in denen er sich wieder und wieder entschuldigte, waren das Ergebnis. Er merkte nicht, dass er mit jeder Nachricht mehr Mist baute. Gerade als sie das Telefon weglegen wollte, sah sie das kleine E-Mail-Symbol am oberen Rand.

Es leuchtete. Ein ungelesenes Mail und sie hätte es fast übersehen. Ihr Herzschlag beschleunigte sich schlagartig. War die Nachricht von Ramón? Schnell tippte sie auf das Symbol. Ihr Puls beschleunigte sich abermals, als sich ihre Vermutung (oder war es Hoffnung?) bestätigte. Begierig las sie seine Zeilen und ließ sie auf sich wirken. In seinen Worten schwang schlechtes Gewissen mit für etwas, wofür ihn keine Schuld traf. Seine Entschuldigung wirkte sehr durchdacht. Freundlich. Respektvoll.

Ganz anders als Laurents lachhafte Satzfetzen, mit denen er versuchte zu retten, was er lange davor zerstört hatte. Die Nachricht von Ramón ließ Inas schlechte Laune ein wenig abflauen. Sie fühlte leichte Aufregung und Vorfreude, als sie ihm antwortete:

Guten Morgen,

es tut mir selbst sehr leid, dass ich den roten Faden verloren habe und dastand, als würde ich gerade einen Weltuntergang erleben.

Natürlich konntest du das nicht wissen. Es ist nicht deine Schuld.

Ich bin heute Nachmittag leider verplant.

Vielleicht am Abend?

Ina

Mittlerweile hatte es einen ganz besonderen Reiz angenommen, mit ihm ausschließlich zu mailen. In dieser viel zu hektischen Welt, in der minütlich Kurznachrichten über Apps versendet wurden und man ständig sozusagen unter Beschuss stand, auch wenn es sich zum Großteil um sinnlose Inhalte handelte, hatte es immer noch viel mehr Wert, Briefe zu schreiben oder E-Mails zu versenden. Ein Mail hatte Stil, erforderte mehr Zeit. Man konnte Gefühle nicht über wahnwitzige Emojis ausdrücken, man musste Worte sprechen lassen. Und am allerwertvollsten in einem solchen Zeitalter war sicher, dass man per Mail nicht ständig verfügbar war. Keine Anzeige verriet, ob man gerade on- oder offline war. Nicht abrufbereit. Ein Stück freier. Kurz gesagt, es gefiel ihr, so wie es war.

Müde kuschelte sie sich in die noch warme Decke. Novembertage waren zu dunkel, um so früh aufzustehen. Sie drückte ihren Kopf in das weiche Kissen und dachte voller Vorfreude an heute Abend. Sie hoffte so sehr, dass er nicht arbeiten musste.

INA

Ina fühlte noch immer Cosys träge Galoppsprünge unter sich schwingen, als sie am frühen Abend schon längst in Yasminas Küche saß. Die Stute war heute gut gelaunt und aktiv gewesen, aber ihre Kondition ließ immer mehr nach. Bald würde sie sich damit begnügen müssen, sie nur noch Spazieren zu führen anstatt zu reiten, aber auch das war ein Teil vom Ganzen, den man, sein Pferd stets im Herzen tragend, genauso mit ihm gehen musste. Ina fürchtete sich heute schon vor dem Tag, an dem Cosy ihre letzte Reise antreten und sie ihre Augen ein letztes Mal aufleuchten sehen würde. Sie wollte heute nicht daran denken.

Ardin riss sie aus ihren Gedanken.

»Was sagst du dazu?«, fragte er.

»Zu was?«, erwiderte sie verdattert, »Sorry, ich war in Gedanken.«

»Dass du ihn wiedergetroffen hast.«

Ardin lächelte schelmisch.

»Woher weißt du…?«

Ina blickte fragend zu Theresa, deren große Augen sich unschuldig von einer zur anderen Seite bewegten, als wäre sie nicht gemeint.

Ina legte den Kopf auf die Arme, die auf der Tischplatte ausgestreckt lagen.

»Der Informationsfluss funktioniert«, sagte Yasmina, die sich das Lachen kaum verkneifen konnte.

»Ganz ehrlich, deine Geschichte klingt wie aus einem schlechten Film«, sagte Ardin und langte in die Chipstüte, die am Tisch lag, bevor er mit vollem Mund weitersprach, »du triffst im Club jemanden, der dir komplett den Verstand raubt und plötzlich verschwindet er. Ein paar Tage später triffst du dich mit deinem Ex-Freund, der dich bedrängt und wer hilft dir aus der Patsche? Der Typ aus dem Club, der ganz zufällig Polizist ist?«

Ungläubig zog er eine Augenbraue hoch und biss extra laut auf ein zusammengerolltes Chipsblatt.

Ina verbarg den Kopf noch weiter hinter ihren Armen. Niemand sollte sehen, wie sie rot angelaufen war. So frisch wie die Sache noch war, hätte sie lieber noch ein paar Tage gewartet, bis sie es ihnen schließlich persönlich erzählen wollte.

»Ardin ist einfach nur unromantisch«, neckte Yasmina und stupste ihm gegen die Flanke.

Lautes Quicken und Ina riss den Kopf hoch. Ardin hatte zurückgeschlagen und kitzelte Yasmina, die augenblicklich zu Boden sank und vor Lachen kaum noch atmen konnte. Warum waren Frauen so viel leichter zu kitzeln, als Männer?

»Es hat sich noch immer nicht gebessert bei den beiden, oder?«, flüsterte Ina.

»Absolut nicht, sie sind wie Kinder.«

Theresa hatte sich die Tüte geschnappt und schüttete den Inhalt in eine Schale.

»Als ob das alles nicht genug wäre, war ich gestern auf der Wache, weil er etwas bei mir vergessen hatte«, fuhr Ina fort.

Theresa zog fragend eine Augenbraue hoch.

»Und dann?«, hakte sie nach.

Ina zögerte und rieb sich die müden Augen.

»Ja, und was dann?«, fragte jetzt auch Ardin, der von

Yasmina abgelassen hatte und sich wieder an den Tisch setzte.

Yasmina, noch außer Atem, setzte sich zu Ina. Wohl bedacht darauf, genügend Abstand zu Ardin zu halten, falls er einen weiteren Angriff starten wollte.

»Mensch Ina, sprich bitte!«, drängte sie.

»Die blonde Frau auf den Fotos war dort. Sie arbeitet dort. Sie stand direkt neben ihm.«

Theresa verschluckte sich beinahe, sie hatte gerade nachgetrunken.

»Bist du sicher?«, stotterte sie.

»Ja, absolut. Wir waren beide sprachlos und brachten keinen Ton hervor. Auch wenn sie bedeutend ruhiger wirkte, als ich«, antwortete Ina.

Yasmina schüttelte ungläubig den Kopf.

»Nochmal: bist du sicher?«

»Wirklich, ja. Er hat sogar später gemailt und sich entschuldigt, dass er das natürlich nicht wissen konnte und es ihm leidtut.«

»Deshalb siehst du so müde aus. Er lässt dich nicht mal dann schlafen, wenn er gar nicht bei dir ist«, witzelte Ardin und zog Theresa die Chips-Schüssel aus den Händen.

»Bin ohnehin zu fett und Weihnachten kommt erst«, sagte sie beiläufig zu sich selbst. Gespielt verzweifelt verdrehte sie die Augen und gab die Schüssel aus der Hand.

Ina fühlte Hitze in sich aufsteigen. Nicht der Gedanke an die blonde Frau war daran schuld. Ardin hatte Recht, sie sah nicht nur müde aus, sie fühlte sich auch so. Und ängstlich.

»Nein, das ist es nicht. Aber… Da ist etwas anderes. Ganz früh morgens hat jemand bei mir geklingelt, minutenlang. Und wie wild gegen meine Tür gehämmert.«

»Wer?«, fragte Ardin scharf.

»Keine Ahnung, ich habe nicht nachgesehen. Es war einfach zu früh.«

»Vielleicht hat er sich in der Tür geirrt?«, fragte Yasmina.

»Glaube ich kaum. Niemand, der sich in der Tür irrt, ist so hartnäckig. War es vielleicht dein Polizist?«

Ina lachte auf.

»Er ist nicht *mein* Polizist. Außerdem hatte er Dienst und mir frühmorgens erst aus der Dienststelle gemailt«, antwortete Ina und beteiligte sich jetzt auch an der Chips-Schüssel. Wenn sie sich nicht beeilte, hatte Ardin den gesamten Inhalt bald vernichtet.

»Wieso *mailt* er?«, fragte Yasmina. Sie wirkte verdutzt.

»Weil er… weder Facebook, noch irgendwo anders einen Account hat. Er existiert im Internet so gut wie nicht und schreibt nicht mal mit Messenger-Diensten. Wir mailen, ganz klassisch.«

»Du verarschst uns«, mutmaßte sie.

»Yasmina, ich schwöre dir, das ist mein voller Ernst! Aber gerade das macht ihn umso interessanter. Alles, was ich über ihn weiß, hat er mir persönlich gesagt. Ich vermute, das ist für ihn sicherer. Sein Job scheint kein Zuckerschlecken zu sein.«

»Du hattest erzählt, er ermittelt die Entführungsfälle, oder?«, fragte Theresa.

Ina nickte und klaubte die letzten Brösel aus der Schüssel, bevor Ardin zugreifen konnte. Sie grinste verstohlen.

»Er ist praktisch 24/7 abrufbereit, arbeitet andauernd

Nachtschichten und ist hin und wieder plötzlich verschwunden, weil er im Ausland zu tun hat. Er spricht nicht viel darüber, außer, dass wir vorsichtig sein sollten, da die Polizei nach wie vor keine feste Spur zum Täter hat. Nicht einmal ein Muster ist erkennbar.«

»Davon schreibt die Zeitung aber nichts«, warf Ardin ein. Er war plötzlich alarmiert und blickte besorgt zu Yasmina.

»Vielleicht dürfen sie nicht. So eine ihrer Spezialtaktiken, um den Täter nicht zu stören, verstehst du?«, murmelte sie.

»Ja, ganz tolle Spezialtaktik, wenn sie damit weitere Entführungen riskieren.«

Ardin wirkte aufgebracht. Er machte sich jetzt an einer Packung Kekse zu schaffen, die hinter ihm am Tresen lag.

»Das glaube ich nicht. Er klang sehr ernst und besorgt, vor allem letzte Woche, als ich nachts alleine im Park unterwegs war«, sagte Ina. Theresa verdrehte sofort die Augen.

»Das war auch die absolut dümmste Aktion, die du bringen konntest. Entführungen hin oder her, das ist eine Geschichte. Laurent ist die andere! Das hättest du dir sparen können«, wetterte sie.

»Ich weiß, ich habe es mittlerweile verstanden. Ich wollte ihm ein letztes Mal klar machen, dass er abziehen soll«, versuchte Ina sich zu rechtfertigen.

»Schätzchen, er wird immer wieder versuchen, dich an sich zu reißen, wenn du dich mit ihm triffst.«

Ina atmete tief durch.

»Du musst ihn ignorieren«, sagte Ardin.

»Das versuche ich, aber er schreibt mir. Zuletzt heute Morgen.«

Yasmina neigte sich zu Ina und legte ihr tröstend eine Hand auf die Schulter. Ihre perfekt geklebten, langen Fingernägel streiften ihren Hals.

»Genug Ablenkung hast du ja. Sieh es positiv, letztendlich ist dir zum Glück nichts passiert. Und wärst du nicht hingegangen, hättest du *ihn* nicht wiedergetroffen«, versuchte Yasmina sie zu beruhigen. Sie merkte, dass Theresa damit einen wunden Nerv getroffen hatte. Eines stand fest, es würde noch einige Gespräche mehr mit ihren Freunden fordern, bis sie neutral über das Geschehene würde sprechen können.

INA

Sie hörte Schritte. Blitzartig fuhr sie herum. Nichts war zu sehen. Aufmerksam ließ sie den Blick durch die Finsternis schweifen und drehte sich wieder nach vorne. Der Weg von der Haltestelle zu Inas Wohnhaus war keineswegs weit. Es waren nur gut hundert Meter, doch die Gegend war wenig belebt. Sie eilte hinter das Wohnhaus zur Tür und prallte gegen eine dunkle Gestalt. Ein Schrei. Es war ihr eigener und sie stolperte einen Schritt zurück. Das Licht des Mondes war zu schwach, um das Gesicht des Mannes zu offenbaren.

»Entschuldigung«, murmelte sie und versuchte, sich an ihm vorbei zu drängen, doch er hielt ihre Hand fest.

»Ina, Liebes, ich will dir nichts tun.«

Laurents atemlose Stimme drang leise in ihre Ohren. Sie schlängelte sich bis in ihr Gehirn und entfachte unbeschreibliche Wut in ihr. Genervt zerrte sie an ihrer Hand, schließlich ließ er los.

»Lass mich in Ruhe!«, brüllte sie ihm dicht ans Gesicht und eilte zur Tür.

»Der Bulle, er ist gefährlich!«, stieß er hervor und stellte sich ihr in den Weg. Sie prallte abermals gegen seinen massigen Körper. Ihre Wut breitete sich mit jedem Atemzug weiter in ihr aus und ein Hauch von Angst mischte sich darunter.

»Laurent, lass mich in meine Wohnung gehen. Verschwinde!«

Sie machte sich groß vor ihm und sprach mit kräftiger Stimme, doch er packte ihre Schultern und neigte den Kopf zu ihr herab. Sie konnte unter der Kapuze die Umrisse seines Gesichts erkennen, die wirren Augen auf sie geheftet.

»Hör mir zu! Der Bulle ist verrückt und du blind! Das kranke Schwein hat mir aufgelauert.«

Ina roch Bier, als sein Atem ihr Gesicht streifte und eine leichte Übelkeit überkam sie.

»Hau ab!«, schrie sie, »Lass mich gehen!«

Er schüttelte wütend den Kopf.

»Das kann ich nicht.«

Sie ballte ihre Hand zur Faust und legte ihre ganze Kraft in diesen einen Faustschlag, der klatschend in seinem Gesicht einschlug. Laurent wich gekrümmt zurück und hielt sich die Hand vor das Gesicht. Blut sickerte zwischen seinen Fingern hindurch und tropfte auf seine Jacke. Sie nutzte diesen Moment, um zur Tür zu flüchten. Verzweifelt suchte sie nach dem Schlüssel, doch bevor sie ihn in ihrer Jackentasche greifen konnte, stand er wieder hinter ihr und zog ihre Hand aus der Tasche.

Ina brach innerlich zusammen. Sie wusste nicht mehr, wie sie aus dieser Situation entkommen konnte. Er ließ sie nicht gehen. *Laurent* war derjenige, der krank war und verrückt! Niemand, der bei Sinnen war, lauerte einem abends auf. Ein Tränenschleier überzog ihre Augen und brannte darauf. Sie unterdrückte ein Schluchzen.

»Liebes, ich will dir helfen. Er ist besessen von dir«, raunte er ihr zu. Er hatte sich wieder eng hinter sie gestellt und sie konnte leicht das Blut riechen, dass weiterhin aus seiner Nase tropfte. Sie hasste es, seine Anwesenheit zu fühlen und sie hasste ihn, doch sie blieb stark.

Plötzlich war er fort. Die Stelle an ihrem Nacken, wo

zuvor noch sein heißer Atem streifte, fühlte nun die Novemberkälte. Ina fuhr herum, als neben ihr eine weitere Stimme aus der Dunkelheit drang.

»Sind Sie verletzt?«, fragte jemand, der nun neben ihr auftauchte. Kommandant Rillinger beugte sich zu ihr.

»Ja, es geht schon, es war nichts«, nuschelte sie.

Ein paar Meter entfernt brüllte Laurent unverständliche Wortfetzen. Schuhe streiften am Boden und Kleidung raschelte. Schließlich erklang das penetrante Klicken von Handschellen. Er kauerte am Boden, die Hände hinter dem Rücken fixiert. Zwei Polizeibeamte zerrten ihn am Oberarm hoch und führten ihn fort. Laurent schimpfte weiter vor sich hin, gab es jedoch auf, sich aus dem Griff der Polizisten befreien zu wollen und stapfte ergeben neben ihnen her. Ina konnte nicht genau verstehen, was er rief, nur einzelne Worte erreichten ihre Ohren.

Lügner. Verrückter. Blind. Dumm. Ihr seid alle irre…

Sie verschwanden hinter der Hausecke und Ina richtete ihre Aufmerksamkeit auf Rillinger, der leise in sein Funkgerät sprach und um einen zweiten Polizeiwagen anfragte.

»Sie kommen mit auf die Wache. Ich habe ein zweites Auto angefordert. Wir fahren selbstverständlich getrennt von ihm«, erklärte er.

Rillingers Worte trafen sie hart, obwohl er ihnen so viel Weichheit wie möglich zu verleihen versuchte.

»Das ist nicht nötig«, protestierte Ina. Sie wollte einfach nur nach Hause, eine heiße Dusche nehmen und dann schlafen. Eine Einvernahme war eindeutig nicht dabei. Sie konnte ja noch nicht einmal fassen, was gerade passiert war und warum plötzlich die Polizei auftauchte. Es war doch gerade erst wenige Minuten her, dass sie Laurent begegnet war, so kam es ihr zumindest vor. War die Polizei so schnell?

»Wir müssen den Tathergang erheben. Es gab eine anonyme Anzeige, dass hier ein Übergriff stattgefunden hätte.«

Sie erschauderte. Waren sie wegen ihr gekommen, weil sie Laurent geschlagen hatte? Ihre Faust pochte heiß bei dem Gedanken daran. Sie fühlte sich geprellt an. Und schuldig.

»Herr Kommandant, ich kann das erklären! Ich wollte ihn nicht verletzen«, stammelte sie nervös.

»Genau dafür kommen Sie mit, Frau Hussek.«

Der Kommandant sprach beruhigend und gelassen. Seine hagere Gestalt warf im spärlichen Mondlicht einen noch schmaleren Schatten seiner selbst auf den Asphalt. Sein Alter ließ ihn trotzdem respekteinflößend erscheinen. Rillinger war, was den Dienst betraf, niemand, der Spaß verstand. Seine Strenge und Genauigkeit, ja sogar Kaltblütigkeit in manchen Belangen, war in der ganzen Stadt bekannt. Das war der Grund, warum man eigentlich gerne in Willemshausen lebte. Man fühlte sich sicher und geschützt. Es war wohl kaum auszumalen, wie er sich jetzt fühlen musste. Den Ruf, eine der sichersten Städte des Landes zu sein, hatte Willemshausen nun verloren. Rillingers ganzer Stolz, sein Lebenswerk, war durch einen Psychopathen zerstört worden. Sein Gesichtsausdruck war ernst, wenn er nicht mit ihr sprach und Ina konnte nur vermuten, dass dieser Einsatz das Letzte war, wofür er eigentlich wirklich Zeit hatte.

Nur wenige Minuten später traf der zweite Polizeiwagen

ein und sie wurden zur Wache gebracht.

Ina fühlte die Nervosität in ihr pulsieren, als sie die Büroräumlichkeiten betraten. Sie fürchtete sich vor dieser äußerst peinlichen Situation, neben Ramón einvernommen zu werden. Noch mehr fürchtete sie, dass er Laurent einvernahm und es womöglich lautstark eskalieren konnte. Zumindest schätzte sie Laurent so ein, sehr ungebremst seinen Unmut auszulassen.

Sie versuchte, einen Blick in Ramóns Büro zu erhaschen, als sie in den Raum gebracht wurde, in dem die Befragung durchgeführt wurde. Sein Platz war leer.

Die Einvernahme führte Kommandant Rillinger selbst durch. Ina erzählte ihre Sichtweise und schilderte ihm auch die Vorgeschichte, dass sie Laurent bereits unzählige Male gebeten hatte, endlich aus ihrem Leben zu verschwinden. Er nickte, während er sich auch Kleinigkeiten notierte, die unwichtig anmuteten. Ina erklärte auch ganz genau, wie es dazu kam, dass sie Laurent ins Gesicht geschlagen hatte. Dass sie einfach keinen anderen Ausweg mehr gesehen hatte, wie sie von ihm hätte loskommen können. Ärztliche Behandlung lehnte sie ab, da sich ihre Finger nur leicht gestaucht anfühlten.

Der Kommandant legte schließlich seinen Stift auf das vollständig beschriebene Niederschriftenblatt und hielt einen Moment inne. Sekunden, die sich wie eine Ewigkeit für Ina anfühlten. Sie wusste nicht, was weiter passierte.

»Das wäre es dann gewesen. Sie werden eine Anzeige bekommen, sie haben nämlich ziemlich fest zugeschlagen. Eine formelle Sache, denn diese Anzeige wird sicher eingestellt werden«, sagte er ruhig. Ina hörte ihm gespannt zu und wollte fragen, doch er sprach schon weiter.

»Alles spricht dafür, dass es Notwehr war. Sie haben nichts zu befürchten.«

»Und Laurent?«

»Für ihn sieht es weniger gut aus. Sie werden in weiterer Folge aber noch einmal als Zeugin in seinem Verfahren aussagen müssen.«

»Was passiert mit ihm?«, fragte sie aufgeregt.

»Seine Verletzung wird gerade behandelt. Ruhen Sie sich aus, Frau Hussek. Ein Kollege bringt Sie nach Hause.«

Oh. Damit hatte sie nicht gerechnet. Ein kleiner Teil in ihr freute sich erschreckenderweise über die Nachricht. Es geschah im Recht, er war an allem selbst schuld.

Während der Heimfahrt im Polizeiwagen, die sie schweigend verbrachten, grübelte sie über die vergangenen Stunden. Ihre Gedanken waren ein einziger Strudel aus dem Erlebten, völlig ohne Ordnung.

Eine Sache brannte sich dabei immer weiter ein. Eine Frage, die sie zu durchlöchern versuchte. Was war an dieser Geschichte Wahres dran, die Laurent erzählte? Sie konnte nicht glauben, dass Ramón ihm aufgelauert hatte. Womöglich hatten sie sich zufällig getroffen und Laurent interpretierte viel zu viel hinein? Trotzdem musste es zumindest ein Gespräch gegeben haben und Ina wurde zunehmend mehr verärgert. Sie wollte die Wahrheit erfahren.

Sie saß mittlerweile in ihre Decke gekuschelt auf ihrem Sofa und wärmte sich an einer Tasse Tee. Zu gerne hätte sie gewusst, warum Ramón nicht auf der Wache gewesen war. Sie hätte ihn direkt fragen können, was passiert war. Er mischte sich zu viel in ihr Leben ein. Nicht, dass sie das gestört hätte, denn auch sie fühlte sich immer mehr zu ihm hingezogen. Er fesselte sie mit seiner Aura. Seine Unnahbarkeit war ein stärkerer Magnet, als alles andere, dass sie bis jetzt erlebt hatte.

Das Einzige, das sie störte, war der Kampf zwischen ihm und Laurent. Ihre zerbrochene Beziehung war etwas, das ihn nichts anging. Gut, in gewissem Maße gab es wohl keine andere Möglichkeit, als ihm Bruchteile davon zu erzählen, alleine schon deshalb, da *sie* anscheinend mit ihm zusammenarbeitete. Falls er allerdings wirklich Laurent gedroht hatte, dann ging er mehr als einen Schritt zu weit.

Entschlossen nahm sie ihr Notebook zur Hand und begann den Text, der in ihrem Kopf geisterte, in das Schreibfeld des Mail-Programms zu tippen.

RAMÓN

Der silbergraue BMW jagte über die linke Spur der Autobahn. Erst an Prag vorbei, dann quer durch die Slowakei und schließlich ließ er auch Budapest hinter sich. Ramón lungerte im Autositz und lenkte geistesabwesend. Nach seiner Nachtschicht hatte er heute Morgen nur wenige Stunden, um ein wenig zu schlafen, denn bereits zu Mittag musste er die vierzehnstündige Fahrt antreten. Sein Rücken schmerzte und er bewegte den Kopf in alle Richtungen, um seinen Nacken zu lockern. Die feinen Ziffern der LED-Uhr am Armaturenbrett zeigten 1 Uhr morgens und seine Müdigkeit wuchs immer mehr ins Unermessliche.

Während er weiter den Blick auf die Fahrbahn geheftet ließ, bog er den Verschluss einer Getränkedose über. Das metallene Knacken übertönte die leise Musik des Autoradios und er hoffte, bald ein wenig wacher zu sein.

Der erste Schluck des Energydrinks brannte auf der Zunge. Kalt schon ungenießbar, schmeckte das Getränk warm noch viel ekelhafter, doch es half ihm durch lange Nächte. Keine Frage, Kaffee wäre ihm viel lieber gewesen. Noch lieber wäre es ihm gewesen, in seinem Bett zu liegen und schlafen zu können. Seinen Beruf interessierte das allerdings nicht besonders und so musste er diese Dienstreise antreten.

Wenn er genau in sich hinein fühlte, hätte er wahrscheinlich trotz seiner Müdigkeit nicht schlafen können. Seine Dienstzuteilung in Willemshausen dauerte nun doch schon einige Wochen und noch immer tappten sie im Dunklen. Ramón war ein Nomade, er konnte sich nicht lange an einem Ort aufhalten und Willemshausen bedrängte ihn immer mehr. Dass er eine Affäre begonnen hatte, die ihn vom ersten Moment an gefesselt hatte und er sich noch dazu in die Geschichte mit ihrem Ex-Freund einmischte, machte die Situation nicht gerade besser. Der Energydrink belebte ihn zunehmend und er konnte wieder klarer denken. Ihr Ex war ein Idiot und Nadja musste jetzt die Schuld tragen, obwohl sie nicht wirklich etwas dafürkonnte. Warum interessierte ihn das alles so? Warum mischte er sich so ein? Ina selbst war der Grund. Sie war diese eine unter Tausenden, die besonders war. Herausstach. Hypnotisierte. Er wollte sie so sehr.

Er passierte einen kleinen, für Unwissende unsichtbaren Grenzübergang von Ungarn nach Rumänien. Der Grenzoffizier Gheorge Stoicu erwartete ihn gleich dahinter. Sein Schatten trat aus dem Dunkeln, als Ramón den BMW vor dem kleinen Grenzhaus anhielt. Stoicu, wie immer in dunkler Einsatzkleidung und schwer bewaffnet, winkte ihm zu und stieg zu ihm ins Auto.

Die beiden Männer ungefähr gleichen Alters kannten sich schon lange. Bereits zu Beginn von Ramóns Karriere als Ermittler, führte ihn ein Fall nach Rumänien und er lernte Gheorge kennen. Er war damals noch Unteroffizier gewesen und erwies sich schnell als äußerst hilfsbereiter ausländischer Kollege. Nicht zuletzt seine nahezu perfekten Deutschkenntnisse vereinfachten es ungemein, einen guten Draht zur rumänischen Botschaft zu finden und einiges an Verwaltungsaufwand konnte so im kurzen Wege abgehandelt werden. Mittlerweile war Stoicu leitender Grenzoffizier. Er hätte es nicht nötig gehabt, sich direkt an die Grenze zu stellen, doch er agierte am liebsten mitten im Geschehen. Genauso sah er auch aus. Drahtig, aber stark und jederzeit einsatzbereit.

Er boxte Ramón zur Begrüßung gegen die Schulter und ließ sich am Beifahrersitz nieder. Sein Sturmgewehr verstaute er im Fußraum.

»Stoicu, alter Freund«, sagte Ramón.

»Moreno, gut, dass du so schnell herkommen konntest. Man hat eines eurer gefahndeten Opfer östlich von Bukarest gesehen. Wir haben versucht, der Spur zu folgen, doch sie teilte sich in mehrere Richtungen. Man hat uns getäuscht«, stürzte sich der Grenzoffizier gleich in die Berichterstattung. Die beiden hatten sich von Anfang an ausschließlich mit ihren Familiennamen gerufen. Ramón wusste nicht, warum sich das so eingebürgert hatte, aber es gefiel ihm. Es wirkte so schroff, respekteinflößender, aber auch in gewissem Maße vertrauter. Es passte einfach besser.

»Aber lass uns erst einmal zum Haupthaus fahren, dann können wir die Lage in Ruhe besprechen und du dich ein wenig ausruhen.«

Stoicu deutete auf die insgesamt sieben leeren Dosen Energydrink in der Mittelkonsole.

»Schau nicht so, ich hatte Nachtschicht, die Nacht davor«, maulte Ramón und streckte Stoicu tadelnd die Zunge entgegen.

Das Haupthaus war nur wenige hundert Meter entfernt und nahe einem der größeren Grenzübergänge gelegen. Der kaltgraue Betonbau war von Sträuchern und einem hohen Zaun mit Klingendraht umgeben. Kalt wirkte der Ort, wenig einladend und bedrückend, als sie den Parkplatz vor dem

Gebäude befuhren.

Als Ramón vor vielen Jahren das erste Mal hierher kam, fühlte er sich alles andere als willkommen oder gut aufgehoben. Jetzt wusste er allerdings, dass sich im Inneren großzügige Büroräumlichkeiten und Stoicus Wohnung befanden. Vielleicht war er auch einfach schon oft genug hier gewesen und hatte der Ort deshalb seine furchteinflößende, kalte Aura für ihn verloren. Schon wenige Minuten später fand er sich in Stoicus Büro wieder und freute sich auf eine heiß dampfende Tasse mit starkem Kaffee.

»Ich sage dir das als guter Freund, gewöhne dir deine Energydrink-Sauferei ab. Das tut dir nicht gut«, sagte Stoicu, als er ihm die Tasse hinstellte. Ramón schloss die Hände herum und wärmte sich die Finger. Die Müdigkeit trieb die nächtliche Novemberkälte trotz Heizung und guter Kleidung immer weiter in seinen Körper. Nur ausreichend langer Schlaf konnte ihm gerade wirklich Wärme spenden, doch die Chancen darauf standen in den nächsten Stunden bedenklich schlecht.

»Soweit ich weiß, verbaut BMW bislang keine Kaffeemaschinen in ihren Wägen. Was bleibt mir also anderes übrig?«

»Du wirkst überarbeitet«, stellte Stoicu schließlich fest, als er sich ihm gegenüber niederließ.

»Die Arbeit ist es nicht, es sind die Weiber, die mir manchmal den letzten Nerv rauben«, erwiderte Ramón.

Stoicu schwang die Beine auf den Tisch. Seine klobigen Stiefel ragten über die Tischplatte hinaus und nasse Erde bröselte auf den Boden.

»Ich dachte bis jetzt, du bist so schlau und lässt dich auf

nichts Fixes mehr ein. Du weißt doch, dass nichts Gutes dabei rauskommt, wenn man sich bindet. Keine Verpflichtungen, keine weiteren Probleme!«

»Es ist einfach eine verdammt blöde Geschichte. Eine Kollegin hat, unbewusster Weise, meiner neuen Kleinen den Freund ausgespannt, was ich erst viel später erfuhr. Für die Kleine war die Beziehung dann verständlicherweise vorbei und sie suchte etwas Ablenkung bei mir. Ich Idiot habe dann ordentlich Druck gegen ihn gemacht, weil er sie nicht in Ruhe lassen wollte. Und zu allem Überdruss begegneten sich die beiden Mädels auch noch in meinem Büro.«

Stoicu prustete lauthals los. Ramón warf ihm Todesblicke zu.

»Moreno, du steckst richtig in der Scheiße!«, rief Stoicu.

»Danke, dass du mir das sagst, ich wäre selbst nicht draufgekommen«, wetterte Ramón, musste dann aber selbst lachen.

»Ist sie es wert?«, fragte Stoicu interessiert.

»Auf jeden Fall.«

Stoicu nahm die Beine wieder vom Tisch und setzte sich aufrecht hin.

»Lass uns erst die Akten besprechen. Danach erzählst du mir mehr. Bei ein oder zwei Gläschen Zuica geht es dir dann auch gleich viel besser.«

RAMÓN

Das Gästezimmer im Haupthaus war, genauso wie die Außenfassade, betongrau und unliebsam eingerichtet. Das Eisenbettgestell und der Spind aus Metall ließen keine wohlige Atmosphäre aufkommen, in der man sich entspannen konnte. Noch dazu war es hier unbeschreiblich kalt und Ramón glaubte, Frost an der Wand in Fensternähe zu erkennen.

Der Zuica, das war rumänischer Pflaumenbrand, wärmte noch ein wenig nach. Als er dann im Bett lag, um wenigstens ein paar Stunden Schlaf zu finden, fröstelte er. Zum ersten Mal seit Stunden hatte er Gelegenheit, sein Handy einzuschalten. Sein Postfach war voll mit unwichtigen Nachrichten und das Lesen fiel ihm immer schwerer, je fester seine Augenlider nach unten drückten, als ihm, ziemlich am Ende, eine Nachricht von Ina ins Auge stach. Nicht zu übersehen mit dem roten Rufzeichen davor, war ihr Mail mit *Wichtigkeit hoch* gekennzeichnet.

Ach Mäuschen, wie lieb von dir… Eine Gute Nacht-Geschichte für mich…?

Er tippte darauf.

Hallo R.M.,

wo auch immer du gerade schon wieder bist… und trotz allem, was ich im Moment noch so fühle – ich vermisse dich!

Ich hatte heute Abend eine Begegnung mit Laurent, die etwas aus dem Ruder gelaufen ist. Schlussendlich landete er im Krankenhaus und ich im Verhör.

Wie dem auch sei, was ich mich wirklich spaltet ist die

Frage, ob Laurent durchknallt oder Recht hat:

Er meinte, du hast ihm aufgelauert. Er kann nicht gut lügen, also muss etwas Wahres daran sein.

Lieber R.M., allein der Gedanke daran macht mich unglaublich wütend! Wenn du dich so tief in mein Leben einmischst, erwarte ich mir eine Antwort.

Ina

PS.: Auf Nadjas Schreibtisch lag ein zweites Ladekabel. Hättest du sie gefragt, ob du es ausborgen kannst, hätte ich nicht auf die Wache fahren müssen.

Ramón rieb sich fest die Augen.

Frauengelaber…

Wie er vorhin schon sagte, sie raubten ihm den letzten Nerv. Er beschloss, sich von der Wache in Willemshausen sämtliche Berichte von gestern zusenden zu lassen und Ina zu antworten, wenn er ein paar Stunden geschlafen hatte. Er war beinahe nicht mehr dazu in der Lage, sinnvolle Worte in die Handytastatur zu tippen. Kaum hatte er das Handy zur Seite gelegt, schlief er endlich ein, bevor das Licht der aufgehenden Sonne zu stark blendete.

RAMÓN

Die letzten Tage waren sehr kräftezehrend gewesen. Ramón schreckte aus dem Schlaf, Schweißperlen standen auf seiner Stirn und sein Atem raste. Er fühlte sich gerädert und brauchte ein paar Atemzüge, bis er realisierte, dass er nur geträumt hatte. Er war an einem Punkt, an dem er vor lauter Müdigkeit nicht mehr tief genug schlafen konnte und Albträume ihn plagten. Sein Körper war ständig abrufbereit und schaffte es nicht richtig, abzuschalten. Er setzte sich aufrecht hin und tupfte seine Stirn mit der Bettdecke trocken. Er war hellwach und seine Gedanken kreisten darum, wie viel Arbeit er heute zu erledigen hatte und wie weit die Rückfahrt nach Willemshausen doch war.

Bevor er sich ins Geschehen stürzte, wollte er aber erst nachlesen, was mit Laurent los gewesen war und auf Inas Mail antworten. So begann er kurz vor 12 Uhr, die Berichte des gestrigen Vorfalls durchzulesen und startete die Überwachungsapp um zu sehen, wo sich Ina gerade aufhielt.

Hallo Liebes,

es tut mir leid, dass ich nicht da war, als du mich gebraucht hast. Wenn du es genau wissen willst, ich bin an der rumänischen Grenze und vielleicht kurz davor, die Spur zum Täter zu finden – vielleicht.

Was auch immer er dir angetan hat, er bekommt seine Strafe.

Ich bin bald bei dir, dann kannst du mir erzählen, was passiert ist. Um mich nochmal zu wiederholen: Bleib zu

Hause, wenn es dunkel ist! - Bewaffne dich zumindest mit Pfefferspray, wenn du schon raus gehst.

Laurent und ich sind uns begegnet, in dieser Sache hat er also nicht gelogen. Was er allerdings selbst hineininterpretiert, ist eine ganz andere. Ich hatte Dienstschluss und war am Weg zum Bäcker, um Frühstück zu holen, als er mir betrunken entgegen getorkelt ist. Genau genommen kann er von Glück reden, dass ich ihn nicht angezeigt, sondern darüber hinweggesehen habe, dass ER es war, der MIR grundlos die Augenbraue blutig geschlagen hat…

Ich hoffe, all deine Fragen und Unsicherheiten sind damit geklärt.

Bald bin ich wieder bei dir.

Bleib stark, wunderschöne Ina

R.M.

Um 12:04 verließ sein Mail das Postfach. Nur wenige Sekunden später meldete die App des Überwachungssystems auf Inas Handy eine neue Nachricht.

Laurent, du ekelhaftes Stück Mensch… Warte nur, jetzt geht die Party erst richtig los…

Ramón spürte den Hass in jeder Faser seines Körpers, wenn er daran dachte, wie abscheulich sich Laurent Ina gegenüber verhielt.

Ina, Mäuschen, es tut mir leid, dass ich dich alleine gelassen habe… Ich bin bald wieder bei dir…

Dem Gästezimmer war ein kleines Badezimmer angeschlossen. Die Dusche bestand lediglich aus einer Armatur und einem Abfluss am Boden. Das eiskalte Wasser brannte auf seiner Haut und das Duschgel ließ sich damit nur schwer aus seinen kurzen Haaren auswaschen. Wenigstens hatte der Föhn genug Kraft, um schnell die letzten Tropfen aus den Haarspitzen zu trocknen und kurze Zeit später saß er mit Stoicu am Arbeitstisch und frühstückte. Süße Hefebrötchen, so genannte Chifle, und Dickmilch waren das klassische rumänische Frühstück und jenes, das Stoicu ihm jedes Mal servierte, wenn er hier war. Ramón widmete sich voller Vorfreude dem Brötchen, als Stoicu ihm einen Stapel Zettel vor die Nase hielt.

»Die Berichte der Kollegen. Die Bilder wurden östlich von Bukarest, in Meeresnähe, aufgenommen«, erklärte er.

Ramón blätterte die Berichte durch. Seine Rumänisch-Kenntnisse reichten zwar aus, um sich auf der Durchreise etwas zu Essen zu bestellen, doch niemals, um ganze Texte zu verstehen.

»Was schreiben sie?«, fragte er und blätterte weiter. Die Bildbeilage bestand aus fünf schlecht belichteten Ausschnitten einer Überwachungskamera. Am Beifahrersitz eines VW Passat saß eine junge Frau mit mittellangen, offen getragenen Haaren. Zum Vergleich waren die Fahndungsfotos des in Frage kommenden Opfers beigelegt. Eine Ähnlichkeit bestand, doch keine Funke Angst war in ihrem Gesichtsausdruck zu erkennen. Sie saß locker und entspannt im Auto, als wartete sie auf jemanden, der nur schnell ein paar Snacks für die Weiterfahrt besorgte.

»Sie schreiben, dass sie den Passat erst nicht verfolgt haben, weil es keinen Grund dazu gab. Die Überwachungsvideos werden live kontrolliert und die Frau macht nicht den

Anschein, als ob sie entführt worden wäre. Als später bekannt wurde, dass es sich höchstwahrscheinlich um eure Entführte handelt, war der Wagen schon längst über alle Berge und das Kennzeichen ohnehin gefälscht.«

Ramón nickte und tunkte das Brötchen in die Sauermilch.

»Klingt schlüssig. Ich befürchte, meine Reise hierher bleibt erfolglos«, beteuerte er und biss vom Brötchen ab, dann sprach er weiter.

»Wir fahren die Strecke trotzdem ab und reden mit deinen zuständigen Kollegen vor Ort, um sicher zu gehen.«

Ramón blickte vielsagend zu Stoicu.

»So war auch mein Gedanke, mein deutscher Freund.«

Der Tag brachte wenig neue Erkenntnisse. Die Beamten vor Ort handelten korrekt und genau nach Stoicus Anweisungen. Ihnen war also nicht vorzuwerfen, den Täter entkommen lassen zu haben. Es war schlichtweg Pech – oder geschickt eingefädelt. Resigniert fuhren die beiden zurück zum Haupthaus am Grenzübergang und nutzten die Zeit, um sich lebhaft zu unterhalten. Sie sahen sich zu selten und wenn es dann doch zu einem Treffen kam, war Stoicu stets jemand, der Ramón freundlich empfing. Hätten sie nicht über tausendfünfhundert Kilometer getrennt, wären die beiden sicher gute Freunde gewesen.

Auch die zweite Nacht verbrachte Ramón im Gästeraum und früh am nächsten Morgen, nachdem er festgestellt hatte, dass sein Mail an Ina noch immer unbeantwortet war, begab er sich auf den über vierzehn Stunden langen Heimweg.

INA

Ina meldete sich am Montag ins Homeoffice, anstatt in die Arbeit zu kommen. Ihr Chef hatte dafür vollstes Verständnis, nachdem sie ihm erklärt hatte, was am Wochenende passiert war und sie sich ein wenig ausruhen, aber trotzdem für die Firma verfügbar sein wollte.

Nachdem sie das Mail an Ramón geschrieben hatte, döste sie auf der Couch vor sich hin und schlief dazwischen immer wieder kurz ein. Sie träumte von Laurent, der seine Hand immer wieder nach ihr ausstreckte, aber gegen eine durchsichtige Wand prallte, die Ramón hochhielt. Schließlich verdunkelte sich das Glas immer mehr, bis die Mauer aus festen Ziegeln bestand und plötzlich fand sich Ina in Cosys Box wieder. Sie lag, schmerzverzerrt wiehernd in den Sägespänen, ihre Nase blutete und Inas Faust schmerzte. Es war immer wieder der gleiche Traum und nach einigen Stunden beschloss Ina, nicht mehr zu versuchen, weiter zu schlafen. Auf keinen Fall wollte sie diesem Traum noch einmal begegnen.

Ein heißes Bad würde ihr Klarheit im Kopf beschaffen und ihrem Körper die Möglichkeit geben, sich zu entspannen. Feiner Marillenduft umgab sie, als sie in das Schaumbad stieg und den Kopf sachte ablegte.

Sie betrachtete ihre Fingerknochen. Einige Stellen waren von der Kälte rau und durch den Schlag aufgerissen worden. Zwei Finger waren leicht geschwollen und knackten, als sie sie durchbewegte. Wirklich zur Ruhe kommen konnte sie nicht. Ramón hatte bislang noch nicht auf ihr Mail geantwortet. Seine Anonymität trieb sie immer mehr in den Wahnsinn. Warum hatte sie keine Telefonnummer von ihm? Warum zum Teufel musste er auch gerade an jenem Abend *nicht* auf der Wache sein, wenn er es doch sonst ständig war? Gerade dann, als sie ihn gebraucht hätte und so viele Fragen unbeantwortet waren?

Laurent hatte immer die gleichen Sätze gebrüllt. Er konnte nicht alles erfunden haben, es musste etwas Wahres an seinen Aussagen sein. Ina konnte sich nur in keiner Weise vorstellen, dass Ramón ihm wirklich aufgelauert hatte. Warum sollte er? Er war in einer Position, wo man solche Differenzen auf anderen Ebenen löste. Genau das hatte er ihr damals schon vorgeschlagen, nämlich Laurent anzuzeigen. Allein schon deshalb war es absolut unmöglich, dass er hinter ihrem Rücken mit dem Faustrecht gegen Laurent vorgehen würde. Er war keiner von diesem herrschenden Typ Mensch, der sofort alles mit allen Mitteln an sich reißen wollte. Ramón war ganz bestimmt jemand, der Probleme mit kühlem Kopf löste.

Zumal, und das war für Ina der wohl wichtigste Aspekt, es ihn überhaupt nichts anging. Aus ihrem Vorsatz, ihm so wenig wie möglich von ihrem privaten Leben, vor allem aber von ihrer gescheiterten Beziehung und ihrem Ex-Freund zu erzählen, war schon nach wenigen Tagen nichts geworden und zum Teil konnte sie nicht einmal etwas dafür. Hatte sie ihn gebeten, dass er einfach im Park auftauchte? Nicht, dass es sie nicht freute, wie sich der Abend weiterentwickelt hatte, ganz im Gegenteil. Die Zeit, die sie mit Ramón verbrachte, genoss sie sehr. Er tat ihr gut und brachte das Strahlen in ihr wieder hervor. Sie war ihm in diesem Moment auch einfach dankbar gewesen, Laurent –

wenigstens vorerst – los zu sein.

Doch es war auch ein Moment der Schwäche, in dem sie zu viel erzählt hatte. Gut, was geschehen war, war geschehen. Sie musste unbedingt herausfinden, was an Laurents besagtem Morgen wirklich los gewesen war und Ramón eindringlich klar machen, dass er nicht weiter in ihrer Vergangenheit bohren sollte, sondern sich mit ihr lieber auf die Zukunft konzentrierte.

Ina rieb ihren Körper mit dem Handtuch trocken und betrachtete sich im Spiegel. Sie sah erstaunlich fit und lebendig aus. Diese Eigenschaft hatte sie von klein auf an sich gehabt. Was auch immer passierte, sie war stets diejenige, die schwierige Situationen am besten überstehen konnte. Es war trotzdem die richtige Entscheidung gewesen, heute ins Homeoffice zu wechseln.

Sie schlüpfte in ihre liebste karierte Stoffhose und ein geripptes Long-Shirt und beschloss, sich Sushi vom Chinesen zu holen, anstatt heute selbst zu kochen. Sie hatte früher gerne gekocht, als Laurent noch hier wohnte. Seit er ausgezogen war, hasste sie es und so entdeckte sie nach und nach die besten Restaurants der Stadt. Der Stadt-Chinese war mittlerweile einer ihrer Favoriten, was Sushi betraf und so quetschte sie schon eine halbe Stunde später das erste Stück Sushi zwischen zwei Holzstäbchen und schob es sich in den Mund. Der süß-säuerliche Reis erfrischte sie angenehm, während sie ihr Mail-Postfach öffnete.

Neben unzähligen dienstlichen Nachrichten, befand sich an oberster Stelle ein Mail von ihm. Sie kaute rasch und schlang nicht nur die kleinen Reishäppchen, sondern auch seine geschriebenen Zeilen förmlich in sich hinein.

Ach, so ist das also… angeblich… gewesen…, dachte sie zynisch, als sie mit dem Lesen fertig war. Ein letztes Stück Sushi wartete in der Box und sie fasste es direkt mit den Fingern. Es gab nichts, was sie ihm momentan per Mail noch mitteilen wollte. Überhaupt wusste sie nichts, was sie gerade irgendjemand mitteilen wollte, sie wusste ja nicht mal, was sie glauben sollte.

Männer.

So waren sie, es ging nicht *mit* ihnen, aber auch nicht *ohne* sie und wie sie mittlerweile begriffen hatte, gab es das von allen gepredigte, *glückliche, sorgenfreie Leben* zu zweit wohl doch nicht.

Die Arbeit würde sie ablenken und sie startete die Programme, die sie dafür benötigte. Schon nach wenigen Minuten war sie abgetaucht in die Welt aus Zahlen und Tabellen. Am späteren Nachmittag fand ein Videocall mit der Chefetage statt und nachdem alle die Sitzung verlassen hatten, blieb ihr direkter Vorgesetzter noch online und schlug ihr vor, die ganze Woche im Homeoffice bleiben zu können, um sich zu erholen. Es war ihm derzeit nicht möglich, ihr die ganze Woche frei zu geben, denn das Weihnachtsgeschäft stand kurz bevor, die umsatzreichste und wichtigste Zeit des ganzen Geschäftsjahres. Er brauchte Inas Unterstützung dringend, doch er sah auch, dass in den letzten Tagen und Wochen viel in ihrem Leben passiert war und ihr ein paar Tage zu Hause, wo sie sich die Arbeit zum Großteil selbst einteilen konnte, guttun würden. Sie freute sich über sein Angebot, wollte es erst aber ablehnen. Die Atmosphäre, die Gespräche mit den Kollegen und der Tapetenwechsel ins Büro halfen ihr meistens, ihr Privatleben komplett zu vergessen.

Das ging so weit, dass sie selbst zu Hause nicht abschalten konnte und es schon öfters vorgekommen war, dass sie abends auf der Couch, während Laurent fernsehen guckte und später neben ihr schlief, Arbeiten zu Ende erledigte. Im Homeoffice ertappte sie sich doch öfters dabei, wie sie nach einigen Stunden Arbeit gedanklich abschweifte, was für sie als äußerst motivierte Mitarbeiterin absolut inakzeptabel war. Abermals appellierte der Chef an sie, dass er nicht möchte, dass sie sich überarbeitete. Sie leistete so viel mehr für die Firma, als von ihr erwartet wurde. Nachdem er vom Überfall und der Einvernahme bei der Polizei erfahren hatte, beschloss die Chefetage gesammelt, ihr wenigstens ein paar gemütlichere Tage im Homeoffice zu gewähren, wenn schon ein Urlaub nicht drin war.

Nach der Videokonferenz mailte sie der assistierenden Buchhalterin noch ausführlich Antworten auf all die Fragen, die sie zu bestimmten Buchungsfällen geschickt hatte. Als sie fertig war, war es kurz nach halb zehn Uhr abends.

Ina machte sich direkt bettfertig. Das Abendessen konnte ausbleiben, die Sushi-Bestellung war üppig genug gewesen.

In ihren liebsten Pyjama gekuschelt, lag sie auf der Seite des Doppelbetts, die immer die ihre gewesen war und musste über ihre eigene Dummheit grinsen. Sofort rollte sie in die Mitte des Betts und streckte die Arme weit von sich. Laurent war fort und zum ersten Mal spürte sie, wie frei sie ohne ihn sein konnte. Nie wieder würde sie sich so fest an jemanden binden, dass sie nochmals so verletzt werden konnte. Nie wieder würde sie jemandem ihr ganzes Leben widmen. Laurent war es nicht wert gewesen, das hatte er jetzt tatkräftig bewiesen. Sie konnte sich nicht vorstellen, nochmals jemanden so viel Vertrauen schenken zu können, sich so verletzlich zu machen und so viel Angriffsfläche für Demütigungen zu bieten. Ina war entschlossen. Selbstständig. Lebensfroh. Und sie hatte sich selbst gefunden.

INA

Der Dienstag glich dem Montag. Ina arbeitete von früh morgens an, unterbrach zu Mittag kurz, als sie eine Lieferung Sushi entgegennahm und verlor sich kurz später sofort wieder in einer Kalkulation. Ihr Gedanken schweiften immer wieder ab. Entweder tauchte Ramón vor ihrem inneren Auge auf, oder sie machte sich Gedanken darüber, wie die Gerichtsprozesse ablaufen würden.

Sie hatte kaum Ahnung davon und immer noch Sorge, doch noch in Probleme zu geraten, weil sie Laurent verletzt hatte, obwohl ihr Kommandant Rillinger eindeutig und unmissverständlich versichert hatte, dass die Sache glasklar war und sie keine Schuld traf. Die Zeugenaussage, auch wenn sie anonym war, und das Bild, dass die Beamten beim Einschreiten vorfanden, waren Indiz genug, dass sie rein aus Notwehr gehandelt hatte. Natürlich klang das schlüssig für sie, aber ihr Gehirn spann oft aus den kleinsten Dingen große Probleme und sie musste sich selbst an der Nase packen, um nicht in tiefste Sorge zu verfallen. Sie konnte das mittlerweile ganz gut, denn ein Leben in Sorge zu führen war nicht das, was sie sich unter einem lebenswerten Leben vorstellte. Schnell schob sie diesen Gedanken also beiseite und landete bei Laurents bevorstehendem Prozess.

Für ihn würde es schlechter ausgehen. Rillinger hatte sehr detailliert gefragt. Wie lange er ihr schon nachstellte, in welcher Beziehung sie jetzt, aber auch früher, zueinander standen und warum sie nicht mehr liiert waren. Auch hier war die Sachlage sogar für einen Laien wie Ina, eindeutig. Laurent hatte Mist gebaut und musste wohl mit den

Konsequenzen leben.

Ihre Gedanken kreisten weiter und blieben bei Ramón stehen. Ein eigenes Thema. Ina wusste weder, ob sie ihm dankbar oder auf ihn wütend sein sollte, noch war sie sich im Klaren, ob er nach wie vor *eine Bekanntschaft* für sie war, oder ob sie langsam begann, Gefühle für ihn zu entwickeln. Hass und Liebe standen so nah beieinander. Sie hasste sich so oft dafür, nicht klar entscheiden zu können. Zu gerne hätte sie ihrem Herz ein Hirn geschenkt oder es zumindest dazu gezwungen, ihrem Hirn zu folgen, doch immer wieder entschied ihr Herz auf ganz eigene Art und Weise.

Sie drehte sich so im Karussell ihrer Gedanken, dass sie nicht bemerkte, dass die Wohnungstür halb offen stand und sie von Ramón beobachtet wurde. Ein Blitz durchfuhr sie, als sie ihn bemerkte.

»Wie kommst du hier rein?«, fragte sie hastig.

Hatte sie vergessen, die Tür abzuschließen? Der Schlüssel lag neben der leeren Sushi-Box. Ja, musste wohl sein.

»Durch die Tür«, antwortete er belustigt mit rauer Stimme. Er schloss die Tür und stand mit leicht geneigtem Kopf vor ihr. Ina war diese Geste schon öfter aufgefallen. Er legte seinen Kopf leicht zur Seite, wenn er etwas genauer betrachtete. Wenn er *sie* genauer betrachtete. Sie spürte, wie seine Blicke auf ihrer Haut brannten. Sie trug eine bequeme Stoffhose und ein schwarzes Trägertop, das gerade genug verdeckte, um nicht in Unterwäsche am Tisch zu sitzen. Noch war der Bildschirm ihres Notebooks zwischen ihnen.

Er ging langsam ein paar Schritte vor und hängte seine Daumen locker in die Gürtelschlaufen. Ina folgte seiner

Bewegung und lehnte sich im Stuhl zurück. Stunden hätte sie ihn ansehen können, seine stechend blauen Augen, das kantige Gesicht mit dem kurzen Bart, den er ein paar Tage nicht rasiert hatte und die kraftvolle Gestalt, die sogar durch seine Jacke hindurch muskulös erschien.

Sein unvergleichlicher Duft schwang zu ihr herüber und sie sog ihn ein. Kein Zweifel bestand daran, sie hatte ihn vermisst. Im gleichen Atemzug verstärkte sich ein zweites Gefühl in ihr. Ärger.

»Das sehe ich«, antwortete Ina schließlich reserviert.

»Du solltest besser abschließen«, sagte er.

Ina verschränkte die Arme vor ihrer Brust.

»Ja, sollte ich wirklich, da hast du Recht«, zischte sie zynisch. Er stand regungslos nur einen knappen Meter von ihr entfernt und wartete. Die Stimmung war zum Zerreißen gespannt. Es fühlte sich an, als zuckten Blitze zwischen den beiden hin und her, die sich nicht entscheiden konnten, ob sie die Spannung der Lust oder die Spannung des Zorns übertrugen.

»Das war ernst gemeint. Du weißt doch, welche Ungeheuer von Menschen sich da draußen herumtreiben. Ich habe mir Sorgen um dich gemacht. Noch viel mehr, als du auf mein Mail nicht mehr geantwortet hast. Dass du deine Wohnung nicht abschließt, macht das alles nicht besser«, sagte er etwas ernster. Ina erhob sich langsam, bestimmt, vom Sessel. Sie stand ihm jetzt ganz nahe und konnte die Wärme spüren, die von ihm ausging. Sie hob den Kopf und blickte ihm fest in die Augen.

»Ich merke, dass du dir Sorgen um mich machst. Mir wird das zu viel! Ja, Laurent ging mir ziemlich auf die

Nerven und ich bin dir auch dankbar, dass du mir *einmal* den Arsch gerettet hast.«

Er zog eine Augenbraue hoch und schob angedeutet den Kiefer zur Seite. Eine ganz kurze Geste, hinter der viel mehr steckte, die nur so lüstern sprühte. Im gleichen Moment, in dem sie diesen Satz so formuliert hatte, bereute sie ihre Ausdrucksweise. Sie presste die Lippen wütend aufeinander, um zu verbergen, wie stark seine Wirkung auf sie war und wie gerne sie ihm gerade um den Hals gefallen wäre.

»Und ja, ich glaube dir auch, dass du ihn zufällig getroffen hast, aber irgendetwas muss daran ja wahr sein, was er sagt! Warum konntest du die Situation zwischen euch beiden nicht entschärfen und einfach an ihm vorbei gehen?«, fragte Ina eindringend. Sie ging um ihn herum und setzte sich auf die Couch. Wie in Zeitlupe drehte er sich nach, wartete kurz und setzte sich dann mit genügend Sicherheitsabstand, auf den Rand der Couch.

»Ina, ich…«

»Nein! Nein, du brauchst dich nicht draus zu reden. Hey, wir kennen uns kaum und du mischt dich zu viel in mein Leben ein!«, unterbrach sie ihn. Sie fuchtelte mit ihren Händen und atmete schnell, sie konnte ihren Ärger kaum mehr verstecken. Ramóns Miene verfinsterte sich.

»Beruhige dich bitte. Reden wir in Ruhe.«

Ina sprang von der Couch und richtete sich vor ihm auf.

»Beruhigen?«, platzte es aus ihr heraus, »Ich soll mich beruhigen? Ständig habe ich das Gefühl, du verschweigst mir etwas! Laurent war absolut verändert an diesem Abend. Ich glaube kaum, dass ein normales Gespräch ihn so beeinflussen kann! Aber selbst da fängt es an, es stört mich extrem, dass du überhaupt mit meinem Ex-Freund redest!«

Ramón wirkte wie versteinert, nichts war von seinem verführerischen Blick mehr übrig. Er wirkte äußerst wütend und überrascht. Es gelang ihm nahezu perfekt, sich nichts anmerken zu lassen. Langsam, bedacht darauf, ihr nicht zu nahe zu kommen, stand er auf und bewegte sich Richtung Tür. Die Schnalle in der Hand, drehte er sich zu ihr um zog den Reißverschluss seiner Jacke weiter zu.

»Ich kann dich nur deshalb bitten, mir zu glauben, dass ich nur dein Bestes wollte. Der Liebe wegen, von der du bis jetzt nichts wusstest.«

Der raue Unterton seiner Stimme zitterte. Inas verdattertes Gesicht spiegelte sich in seinen glänzenden Augen und verwischte, als er blinzelte und schließlich ihre Wohnung verließ, ohne ein weiteres Wort zu sagen. Sie umschloss das Gesicht mit ihren Händen, als das Türschloss einrastete. Sofort fühlte sie die Nässe in ihren Handflächen, sie konnte ihre Tränen nicht mehr zurückhalten. Ein unerwartetes Gespräch mit einem noch unerwarteteren Ausgang. Hatte er wirklich gesagt, er liebte sie?

INA

Ulrike Hussek, Inas Mutter, war im Jungpflanzengarten hinter dem großen Gutshaus damit beschäftigt, Laubblätter zu einem Haufen zusammen zu rechen. Ina war unangekündigt hergefahren. Sie brauchte Abstand und etwas Luft zum Denken, kein Ort war dafür besser geeignet, als das Gut ihrer Eltern, ungefähr eine Stunde entfernt von Willemshausen. Der Herbst hatte seine Spuren hinterlassen, die Obstbaumplantage ihres Vaters wiegte sich blattlos im leichten Wind. Ina räusperte sich auffällig, als sie den weißen Kieselweg entlang ging. Ihre Mutter blickte von ihrer Arbeit auf.

»Ina, Liebes! Hast du angerufen?«, fragte sie aufgeregt und lehnte die Harke achtlos an den Rand der Schubkarre.

»Nein Mama, ich bin spontan angereist.«

Innig umarmten sie sich und Ina hatte das Gefühl, dass ihre Mutter sie so gar nicht mehr loslassen wollte. Es tat ihr unglaublich gut. Genau diese Geborgenheit war es, die sie gesucht hatte und hier fand.

»Irgendetwas stimmt nicht mit dir«, stellte ihre Mutter fest, als sie sich schließlich gelöst hatten.

»Ach weißt du, warum muss Manches, das so einfach ist, einfach so kompliziert sein? Aber lass uns erst über euch reden. Wie geht es dir? Wo ist Papa?«

»In der Kanzlei, Mittwoch ist Sprechtag bei ihm.«

Ina nickte. Die Notarkanzlei ihres Vaters lief seit Beginn an ausgesprochen gut. Mittlerweile waren das über dreißig Jahre. Er hatte sich einen Namen gemacht und das war sein ganzer Stolz. Zu Recht, denn sich als Notar durchzusetzen, war nicht unbedingt leicht. Noch weniger leicht war es, im mittlerweile sehr überfluteten Bereich der Notare über Wasser zu bleiben und weiterhin herauszustechen. Es gelang ihm sehr gut und die Sprechtage am Mittwoch waren stets voll ausgebucht. Zu oft musste er sogar Termine außerhalb der Zeit annehmen, da die Anfragen einfach zu vielzählig und die Aufträge zu verlockend waren.

»Und mir geht es, wie du siehst, sehr gut. Das Adventgeschäft geht langsam los und die ersten Kränze sind verkauft. Ich hoffe, mein Lieferant bringt ordentliches Material. Unsere eigenen Tannenbäume müssen wir dieses Jahr ein wenig schonen«, trällerte ihre Mutter, während sie weiter Laub zu einem Haufen zusammen harkte. Ina nahm die Schaufel, die ein Stück weiter im Rasen lag und hielt sie ihr hin. Gemeinsam hatten sie den Laubberg schnell verladen und fuhren ihn gemeinsam zum Komposthaufen.

»Weißt du, im Grunde wäre mir das Laub ja egal, wenn wieder mal ein Winter mit ordentlich Schnee kommen würde. Dann müsste ich dieses Grauen am weißen Kiesel nicht mitansehen. Aber nein, jedes Jahr kommt immer weniger Schnee und der wenige, der kommt, immer später. Ich mache es ja gerne, aber Arbeit ist das auch mehr, als noch vor zwanzig Jahren.«

»Mama, ruf doch bitte an, wenn ich dir helfen kann«, bot Ina sich an.

»Du kennst mich doch, mein Garten ist, neben deinem Vater, die Liebe meines Lebens. Ich kann doch gar nicht ohne meine Gartenarbeit. Und es ist ja nicht so, dass ich nicht vier Angestellte hätte.«

Die Gärtnerei von Inas Mutter war gewachsen in den

letzten Jahren. Lange Zeit hatte sie das Geschäft ausschließlich aus Freude und Leidenschaft zu den Pflanzen betrieben und stand täglich alleine im Laden. Mit der Zeit und je exquisiter ihre Rosenzüchtungen wurden, umso schwerer fiel es ihr, alles unter einen Hut zu bringen und so entschied sie sich schließlich, Mitarbeiter aufzunehmen. Ihr Team war jung und motiviert und belebte das alte Gut.

Sie verstauten die Schubkarre und spazierten den Weg von der Zeughütte zum Gutshaus zurück. Ihre Mutter musterte sie eingehend.

»Liebes, du bist so still? Ich fühle doch, dass dich etwas bedrückt. Komm, setzt dich schon mal ins Haus, ich muss schnell noch ein paar Dinge mit dem Team besprechen und dann komme ich nach«, sagte sie.

»Du hast Recht, es gibt wirklich einige Dinge, über die ich mir gerade den Kopf zerbrechen muss.«

Ihre Mutter nickte, drückte ihre Hand und ging davon. Ina atmete tief durch, füllte ihre Lungen mit kalter Luft und spürte, wie der Sauerstoff ihren Körper durchflutete und belebte.

Im Gutshaus war es angenehm warm und es duftete leicht nach Kaffee. Ihre Schritte hallten am beigen Fliesenboden, als sie den großen Vorraum durchschritt. Zu beiden Seiten waren Türen, die in die Küche und diverse Räume führten. Am Ende des Raumes erhoben sich geschwungene Treppen in den oberen Stock. Ein ornamentreiches Geländer umrahmte oben den offenen Flur, der ringsherum führte. Geradeaus, zwischen den beiden Treppen, bäumte sich eine hohe Flügeltür auf. Das eichenfarbene Element wirkte wuchtig und war ein Blickfang im sonst weiß gehaltenen

Vorraum.

Ina streifte mit dem Finger über die verschnörkelten Schnitzereien, bevor sie die goldfarbene Schnalle niederdrückte. Das Wohnzimmer streckte sich quer über die ganze Hinterseite des Hauses, unterteilt durch kleine Trennwände. Durch die unzähligen Fenster hatte man Blick auf den Hinterhof, auf dem sie gerade vorhin noch mit ihrer Mutter Laub aufgeladen hatte.

Wie es für ein Gutshaus sein musste, lagen rot gemusterte Teppiche am Boden, die Wände waren tapeziert und mit Jagdbildern ihres Vaters behängt. Die Polstermöbel hatten ihre Eltern zum Glück vor einigen Jahren erst ausgetauscht. Die alte Garnitur aus rotem Samt war ihnen dann doch etwas zu spießig geworden. Die neue Garnitur wirkte moderner und doch edel mit ihren holzfarbenen Füßen und dem beigefarbenen Leder.

Im linken Wohnzimmerflügel befand sich die Tafel. Man konnte es kaum Speisesaal nennen, dafür war es zu klein. Um die zwölf Personen konnte man aber problemlos unterbringen und Ina erinnerte sich an so manches festliche Essen mit Verwandten oder Geschäftspartnern ihres Vaters. Im rechten Flügel befand sich die Bibliothek, ein Ort, den sie in ihrer Kindheit geliebt hatte und es nach wie vor tat. Angefangen von einigen wenigen Büchern über Medizin, über die komplette Studienliteratur ihres Vaters, bis hin zu ihren Kinderbüchern und, mit Sicherheit dem größten Teil, Büchern über Gärtnerei und Baumzucht, war alles zu finden. Ina roch das alte Papier, die Ledereinbände und das kleine Feuer, das im Kamin loderte.

Sie legte ein Holzscheit in die Glut und das Holz

knackste, als die ersten Flammen begehrend daran züngelten. Es war, als wäre die Zeit stehen geblieben, als wäre Ina noch das kleine, zierliche Mädchen, das auf Vaters Sofa Bücher las und die Geborgenheit fühlte. Genauso fühlte sie auch jetzt, während sie auf ihre Mutter wartete. Sie ließ auch nicht lange auf sich warten. Nur wenige Minuten später setzte sie sich neben Ina und legte ihr die Hand auf die Schulter. Ihr Blick war warmherzig und fürsorglich, ihre Miene besorgt.

»Was plagt dich denn so? Sind es die Männer? Oder besser gesagt, dieser eine, der dich sowieso nie verdient hatte?«

Inas Mutter wusste über Laurents lachhaften Versuche Bescheid, sie zurück zu gewinnen. Ina hatte ihr alles am Tag nach Laurents Übergriff erzählt, nachdem alles ein wenig gesackt war.

»Ach Mama, wenn es bloß das wäre. Wenn es bloß *einer* wäre, der mir meine Nerven kostet. Ein zweiter ist dazugekommen und ja, ich habe gesagt, ich lasse mich vorerst auf gar nichts ein, gerade deshalb, um solchen Problemen zu entkommen. Aber stell dir vor, er ist mit Laurent zusammengekracht und seine Kollegin ist diejenige, mit der Laurent… Mir laufen sozusagen gerade zwei Männer hinterher, die sich gegenseitig bekriegen.«

Inas Mutter zog die Augenbrauen hoch.

»Ein zweiter junger Herr?«, fragte sie.

Von Ramón hatte Ina bis jetzt kein einziges Wort erwähnt. Es gab Dinge, die durfte man erst später erzählen, wenn sie blühten und gediehen, nicht schon dann, wenn sie erst zu wachsen begannen.

»Und gestern sagte er mir, er hätte rein aus Liebe

gehandelt. Mama, ich weiß nicht, wo mir der Kopf steht.«

Ulrike umarmte ihre Tochter ganz fest. Ina spürte die Kraft, die sie ihr zu geben versuchte.

»Ina, *du* musst entscheiden, was du davon hältst. Liebe ist eine mächtige Kraft und lässt Menschen Dinge tun, die nicht immer klug sind. Höre in dich hinein. Kannst du ihm denn glauben?«

Die Worte ihrer Mutter hallten in Inas Ohren nach. Beide wussten, dass es auf diese Frage keine Antwort gab, die sofort gesprochen werden konnte.

RAMÓN

Die Besprechung mit dem Kommandanten fiel kurz und bündig aus. Ramón hatte von seinem Auslandseinsatz keine neuen Erkenntnisse gewonnen, die er nun vermitteln konnte und es war so gewesen, wie er schon vor der Abreise zu Rillinger gesagt hatte. Die Spur war verloren. Auch der Kommandant hatte nichts zu berichten. Der Streifendienst war noch immer verstärkt im Einsatz und Ramón schlug sogar vor, ihn noch weiter auszudehnen, beziehungsweise engmaschiger und in kürzeren Abständen zu fahren.

»Wir kriegen den Gauner«, versicherte er dem Kommandanten, bevor der die Wache verließ. Nadja lugte gelangweilt in ihren Bildschirm und sah auf, als er vorbeiging.

»Genieße die Auszeit«, rief sie ihm hinterher, als er schon fast durch die Tür war.

»Danke«, sagte er und lächelte mild.

Er hatte seinen Zorn und seine schlechte Laune bis jetzt absolut perfekt versteckt. Er war Profi genug, um beruflich auch dann zu hundert Prozent zu funktionieren, wenn er psychisch am Boden war.

Auszeit, wie Nadja es genannt hatte, war auch sehr lustig formuliert. Er beschloss lediglich, sich ein paar Tage abzumelden und seinen Freund im Norden zu besuchen, was nicht hieß, dass er nicht jederzeit abrufbereit war, wenn etwas passierte.

Schnell suchte er die wichtigsten Sachen, die er im Laufe seines Aufenthalts bereits im ganzen Appartement verteilt hatte und packte sie in seine abgewetzte Reisetasche. Er war jetzt schon so lange hier, dass ihm das Appartement wie seine eigene Wohnung vorkam.

Er hatte es sogar dazu gebracht, eigene Vorhänge zu kaufen, die das Licht besser abschirmten. Der Vermieter hatte kein Verständnis gezeigt, als er ihm sagte, dass Seidenvorhänge einfach nicht dafür geeignet waren, wenn man nach kräfteraubenden Nachtschichten tagsüber schlafen musste. Ohne sich auf eine weitere Diskussion einzulassen, montierte Ramón noch am gleichen Tag den dicken, dunkelgrauen Vorhangstoff auf den Stangen und brachte die Seidenvorhänge an die Rezeption.

Der empörten Empfangsdame gelang es nicht, ihn so zu schimpfen, wie sie es hätte tun sollen. Sie schmolz unter seinem Blick dahin und er wusste genau, dass sie die neuen Vorhänge am liebsten direkt begutachtet hätte – ein Vorwand, um sich ihm danach sofort hinzugeben.

So waren sie, die Frauen. Er kannte sie gut genug, auch Ina war nicht anders. Gut, sie war in gewissen Situationen gefasster als die meisten Frauen. Sie hatte mehr Selbstbeherrschung und nicht den kleinsten Anflug von Hysterie in ihrer Art. Zumindest hatte er das bis gestern Abend geglaubt. Er sprühte vor Wut auf sich, auf Ina, auf Laurent. Jeder von ihnen hatte entscheidende Fehler gemacht und über seinen eigenen ärgerte er sich am meisten. Laurent war so berechenbar gewesen, das wollte er ausnutzen.

Dabei hätte er doch auch ahnen müssen, dass er Ina aufsuchen und sie warnen würde. Ramón hatte die Situation am Ende gerade noch gut hingebogen, keiner würde Laurent glauben. Aber er hatte damit auch Ina verärgert.

RAMÓN

»Glaub´ mir, sie kommt wieder angekrochen wie ein junger Hund«, antwortete Jan, als Ramón ihm die Situation bei kaltem Bier und Burger erzählte. Jan Bellani war Ramóns einzig richtiger Freund, den er seit mehr als einem Jahrzehnt kannte. Sie hatten die Polizeischule und die Ausbildung in der Spezialeinheit gemeinsam durchgezogen. Jan hat das Glück, oder, wie Ramón es lieber nannte, die Arschkarte, dass er für seine Aufträge nicht quer durchs ganze Land geschickt, sondern nur dorthin zugewiesen wurde, wohin er innerhalb einer Stunde von seiner Wohnung aus gerechnet, gelangen konnte.

»Ja klar kommt sie wieder. Aber ich bin so wütend auf mich selbst. Ich hätte das geschickter einfädeln müssen. Das Hauptproblem war, dass ich an diesem Abend nicht selbst dort war. In ihrer Schocksituation hätte sie mir sofort geglaubt, so ganz eingeschüchtert von ihrem Ex«, sagte Ramón und rührte mit einem Kartoffel-Wedge im Ketchup herum.

»Vergiss sie für heute einfach. Lebe wieder einmal ein bisschen!«, schlug Jan vor.

»Du meinst…«

Ramón zögerte. Er wusste genau, was Jan vor hatte.

»Es ist Wochenmitte, die Clubs sind praktisch leer«, warf er ein.

Jan schob seinen Teller zum Tischrand und trank einen Schluck Bier.

»Du warst wirklich zu lange in diesem Kaff. Ich glaube, du kennst das Gefühl gar nicht mehr, in einer richtigen Stadt zu leben. Ich kenne ein paar Clubs, die beben täglich, selbst an Tagen wie heute!«, versuchte Jan ihn zu begeistern. Seine Augen funkelten vielsagend. Ramón kaute auf seiner Unterlippe und bewegte die Bierflasche in kleinen Bewegungen im Kreis. Das Glas kratzte dumpf auf der Tischplatte.

»Willemshausen ist wirklich ein Kaff und dass dort ein Irrer sein Unwesen treibt und alle paar Wochen jemand entführt wird, macht die Lage nicht besser. Wenn ich dir so zuhöre, dann vermisse ich Fönichsstedt schon sehr«, bestätigte er Jans Anspielung.

»Du meinst, du vermisst die Frauen«, sagte Jan nüchtern.

»Vielleicht ein bisschen.«

Ramón winkte dem Kellner, der wenig später zwei volle Bier an den Tisch brachte und die Teller abservierte. Er wollte noch ein wenig hier bleiben und sich nicht gleich ins Geschehen stürzen. Er hatte mit Jan in früheren Zeiten schon die ein oder andere grenzwertige Partynacht durchlebt. Jan wusste, wie man Stimmung machte und wirkte nicht minder anziehend auf die Frauenwelt wie Ramón. Jans helles, nicht ganz so kurz und exakt geschnittenes Haar, wie Ramón es trug, und seine legere Art gefielen vor allem den jüngeren Frauen besonders gut.

Meistens dauerte es nicht lange und einige hielten sich absichtlich lange in Jans Nähe auf. Manche trieben es ganz offensichtlich und stolperten, rein zufällig natürlich, gegen seinen Barhocker oder rempelten ihn, ebenfalls rein zufällig natürlich, beim Vorbeigehen an.

So war es auch heute. Sie waren noch keine halbe Stunde in der Bar, die Jan ausgesucht hatte, als eine Rothaarige den ersten Blickkontakt suchte. Die Theke war fast voll und die Stimmung war exakt, wie Jan sie beschrieben hatte. Die Stadt lebte.

Ramón wollte sich gar nicht vorstellen, wie maßlos überfüllt die Bar wohl am Wochenende sein musste, wenn sie jetzt schon vor Leuten überquoll. Die Hitze war unangenehm und sein Hemd klebte ihm am Rücken. Er zupfte daran und fächerte sich damit kühlende Luft auf seinen Körper.

Die Rothaarige kam näher und drängte sich schließlich frech zwischen die beiden. Jan, in ein kurzes Gespräch mit dem Barkeeper vertieft, warf erstaunt den Kopf herum, als sie sein Knie streifte und sah direkt das Profil ihres schlanken Körpers vor sich. Sie stand zu ihm gewandt und Ramón konnte nur ansatzweise ihre Gesichtszüge hinter dem dichten roten Haarvorhang ausmachen. Er beobachtete das Schauspiel zwischen den beiden und nippte an seinem Getränk. Lebhaft plauderten die beiden miteinander und sie kicherte. Wenn sie sich bewegte, wehte der Duft ihrer Haare zu ihm herüber und plötzlich wünschte er sich nichts mehr, selbst so frei und unbeschwert leben zu können, wie Jan es tat. Ohne feste Bindung, ohne Verpflichtung.

Vor allem aber ohne Enttäuschung und Schmerz. Sich an jemanden zu binden, bereitete auch immer Probleme. Er fühlte am eigenen Leib, was es bedeutete, nicht frei zu sein, mit jemanden zu streiten, jemanden zu verlieren und warum es meistens besser war, schon deshalb niemandem zu vertrauen. Er wünschte sich, diese eine bestimmte Frau aus seinem Gedächtnis löschen und die nächste Frau, die an ihm vorbei ging, auf ein Getränk einladen zu können. Er versuchte es, sah sich um und musterte die Gesichter im Raum.

Jan suchte kurz seinen Blickkontakt und rückte dann mit der Rothaarigen ein Stück zur Seite. Sie stand vor ihm, eine Hand lag auf seinem Oberschenkel, er hielt sein Getränk und hörte ihr aufmerksam zu. Gespielte Aufmerksamkeit, Ramón kannte dieses Verhalten nur zu gut von sich selbst. Aufmerksamkeit war etwas, das Frauen bekommen wollten. Man musste ihnen zuhören, sich Geschichten anhören, die sie wahrscheinlich schon hunderte Mal erzählt hatten und feststellen, dass man ähnliche Geschichten schon hunderte Mal zuvor gehört hatte und trotzdem so tun, als wäre jede einzelne etwas Besonderes, etwas Herausragendes. Die einzige hell leuchtende Sonne am dunklen Himmel, unter Milliarden von Sternen. Frauen erkannten nicht, dass selbst die Sonne nicht mehr als ein Stern war, einer unter Milliarden.

Ramón suchte weiter nach einem Gesicht, das ihm auffallen könnte, nach einem Körper, der ihm besonders gefiel oder nach einem Lachen, das seine Mauer aus Trübsinn überwinden konnte. Er fand nichts davon.

Als er einige Stunden später ein seichtes Gespräch mit, so sah es zumindest aus, der besten Freundin der Rothaarigen führte, hörte er nur mit einem Ohr zu. Sie quasselte darüber, dass sie nicht verstand, warum er ohne Begleitung in der Bar war und dass ihr so unglaublich warm war. Dabei zupfte sie immer wieder am Träger ihres viel zu kleinen Rüschentops und zeigte ihm wohl bewusst immer größere Stücke ihrer Unterwäsche. Die Zeit zog sich, Minuten fühlten sich wie Stunden an. Die gebleichten Zähne der Blonden schimmerten im Licht der Barbeleuchtung und ihr Lächeln war umwerfend.

Er fühlte sich geblendet, bedrängt, belästigt. Er wollte nicht unfreundlich wirken und schenkte ihr weiterhin gerade so viel Aufmerksamkeit, um nicht gelangweilt zu wirken. Vielleicht hätte ihn sogar interessiert, was sie erzählte, wenn nicht ständig das Gesicht einer anderen durch seine Gedanken geschwebt wäre. Die Blonde verschmolz regelrecht mit der viel ansprechenderen Silhouette seiner Vorstellung. Sein inneres Auge täuschte ihn, er wusste nicht mehr, welchem Bild er jetzt trauen konnte und fühlte sich plötzlich fehl am Platz in dieser Bar, die von potentiellen Abendunterhaltungen nur so wimmelte.

Jan und seine Rothaarige waren mittlerweile, fernab der Menschenmenge, in einer Nische niedergelassen und küssten sich innig.

Auch die Blonde rückte immer näher. Er fühlte, wie sie ihren Blick an seinen muskulösen Körper heftete und immer weniger redete. Langsam kam sie näher, berührte seine Flanke und streckte ihren Kopf zu ihm auf. Er glaubte, durchzudrehen, die Frau seiner Vorstellung, und doch so anders, so verändert, stand sie vor ihm.

Die Eingangstür wurde aufgerissen, ein kalter Luftzug erfasste ihn. Nein, doch nicht! Sie war nicht hier! Eine Fremde versuchte gerade, ihre rosa glänzend geschminkten Lippen auf seine zu drücken. Plötzlich war er hellwach und fand sich in der Realität wieder. Was passierte hier?

»Hey Baby, das ist keine gute Idee«, sagte er und richtete seinen Oberkörper auf, damit sie sein Gesicht nicht erreichen konnte. Sie kniff ihre dicht gewimperten Augen zusammen.

»Das kannst du gar nicht wissen«, erwiderte sie.

Er fand ihre Antwort belustigend.

Armes, bedürftiges Geschöpf... Natürlich kann ich es nicht wissen, mir aber sehr gut vorstellen. Reizend, aber nicht reizend genug...

Er wusste, er würde sie nicht leicht loswerden.

»Weißt du, es gibt da jemanden in meinem Leben, der teilt mich nicht gerne. Du willst dich doch nicht schuldig machen, oder?«, sagte er.

Sie verdrehte die Augen und wich einen Schritt zurück. Ihn belustigte die Vorstellung, wie sich ihre Augen einmal um die eigene Achse in ihrem Kopf drehten. Wie die Pupillen oben verschwanden und unten wieder auftauchten. Er stützte sich auf die Theke und versuchte, dabei nicht zu grinsen.

»Im Ernst?«, fragte sie genervt.

Oha, jetzt also bockig...

Er beugte sich zu ihr nach unten, näher, als er hätte müssen und ließ seine eisblauen Augen funkeln. Er wusste nur zu gut, wie eindrucksvoll er damit auf sie wirkte.

»Absolut ernst. Wenn nicht, würdest du nicht mehr hier stehen und betteln, sondern in meinem Bett liegen und um Erlösung winseln«, hauchte er, rutschte vom Barhocker und eilte aus der Bar, ohne auf ihre Reaktion zu warten.

Er wusste nicht mehr, wie er es geschafft hatte, aber er stand vor Jans Wohnungstür. Nachdem er in der nächsten Kneipe nach dem fünften Whiskey kein Bargeld mehr bei sich hatte, spazierte er durch die Stadt. Fönichsstedt war eine nördlich gelegene mittelgroße Stadt mit sauber strukturiertem Straßennetz.

Er kam am perfekt asphaltierten Hauptplatz vorbei und an der großen Einkaufsstraße, wo ein Schaufenster noch prachtvoller dekoriert war, als das nächste. Das Weihnachtsgeschäft hatte bereits begonnen. In der Auslage eines Handtaschengeschäfts hing eine Handtasche in Christbaumkugelform von der Decke und ein Schuhgeschäft warb mit minus 30 Prozent, wenn man an einem Weihnachtsgewinnspiel teilnahm.

Wie lächerlich er das alles doch fand. In seiner Kindheit im Heim hatte es kein Weihnachten gegeben. Es war der traurigste Tag im Jahr und egal wo man hinsah, in jeder Ecke saß ein Kind, das heulte.

Der kleine siebenjährige Tom, der erst vor drei Monaten seine Eltern verloren hatte. Die beiden vierjährigen Zwillinge, die zwar nicht ganz verstanden, warum sie hier waren und ihre Eltern nicht, aber trotzdem fühlten, dass an diesem Tag etwas anders war, als sonst. Oder die dreizehnjährige Jenny, deren Mutter ihren Drogenkonsum nicht überlebt hatte, während ihr Vater immer mehr dem Alkohol erlag und sie deshalb seit zwei Jahren hier lebte.

So unterschiedlich die Schicksale auch waren, eines hatten sie alle gemeinsam. Sie allesamt hassten Weihnachten.

Mit den Jahren hatte sich Ramóns Frust etwas gebessert. Die Weihnachtsfeiern zusammen mit seinen Freunden waren Jahr für Jahr schön gewesen und er konnte erstmalig spüren, wie sich ein Familienverbund anfühlen musste, als er im zweiten Jahr seiner Polizeiausbildung bei Jan zu Hause Weihnachten mitfeiern durfte.

Die Kindheitserinnerungen, von denen alle erzählten,

konnte das niemals ersetzen und so fand er sich damit ab, dass Weihnachten für ihn ein Tag wie jeder andere war. Er ignorierte den Schneemann am Eingang eines Schmuckladens und ging weiter durch Wohngassen, Parks und vorbei an einem Sportplatz, bis er sich schließlich vor Jans Wohnungstür fand.

Der Schlüssel, der seit Jahren an seinem Schlüsselbund hing, sperrte die Tür auf und er tapste durch den dunklen Flur, vorbei an der Küche, ins Wohnzimmer. So dunkel war es gar nicht, stellte er fest, als er sich auf die Couch setzte. Gegenüber schien unter der Schlafzimmertür gedämpftes Licht auf den Wohnzimmerboden. Er musste gar nicht auf das schwere Atmen achten oder auf das kaum hörbare Quietschen der Matratze, um sich vorstellen zu können, wie die Rothaarige ihren Körper im gedimmten Licht wohl bewegte. Wie der Duft ihrer Haare, den auch er vorhin gerochen hatte, Jans Nase streifte.

Ramón rieb sich die müden Augen. Sie brannten, sein Kopf schmerzte und die Müdigkeit brach immer mehr über ihn herein. Er ließ sich zurück fallen auf die Couch und streckte die Arme von sich. Die weiche Matratze schmiegte sich an seinen Rücken, doch lieber hätte er weiter die Kälte von draußen gespürt. Sie hätte ihn wach und klar bei Verstand gehalten. Seine Gedanken verwickelten sich zunehmend in ein Gefecht aus Frust, Wut und auch Angst. Hitze schoss durch seinen Körper und er streifte das Hemd achtlos ab. Diese Momente waren selten, aber sie kamen vor und er musste sich besonders konzentrieren, ihnen keine Macht zu geben und sie zu kontrollieren.

Denk' an deine Arbeit... Es lenkt dich ab...

Leichter gedacht, als getan, denn der Lärmpegel im Schlafzimmer wuchs von Minute zu Minute. Die stockenden Ermittlungsarbeiten waren etwas, das ihn aus diesem dunklen Loch zwar nicht ganz herausholte, aber zumindest auf ein erträgliches Maß davon ablenkte.

Er beruhigte sich langsam und dachte an die nächsten Schritte, die es in den kommenden Tagen einzuleiten gab. Wenn schon kein Täter gefasst werden konnte, musste zumindest der Schutz der Bevölkerung erhöht werden. Mittlerweile nervte ihn sein Aufenthalt in Willemshausen nur noch. Der Auftrag dort war einer der mühsamsten in den letzten Jahren gewesen und er war sich nicht sicher, ob es am Auftrag selbst, oder an Ina lag.

Ina war auch das Stichwort. Was machte sie wohl gerade? Er schaltete sein Diensthandy ein und loggte sich in die Überwachung-App ein. Es war Donnerstag, zwei Uhr morgens und zu seinem Erstaunen, war Ina bei Facebook online, jedoch mehr als eine Stunde von ihrer Wohnung entfernt. Er stutzte.

Süße, du bist doch wohl nicht bei einem Liebhaber… ?

Sofort kopierte er die Standortdaten in sein Ortungsprogramm. Ein altes Gut fand sich unter dieser Adresse, bewohnt von einem Notar und einer Blumenverkäuferin. Familie Hussek.

Trost bei denen Eltern… Warum bist du auch so garstig gewesen? Du hast dir nur selbst damit weh getan…

Zumindest wusste er, dass sie in Sicherheit war. In der Umgebung eines großen Gutshauses, er sah es an den Grundstücksdaten, dass das Anwesen sehr groß war, bestand sehr wenig Gefahr, gekidnappt zu werden. Etwas beruhigter wechselte er wieder zu ihrem Facebook-Account.

Der Vorteil seiner Überwachungs-App war, dass er ihren Account in der Darstellung sah, als wäre er selbst damit eingeloggt, ganz ohne, dass sie es bemerken konnte. Das Programm war extra dafür entwickelt worden und noch nicht lange im Einsatz. Bei der Festnahme von Dealern hatte es schon gute Dienste erwiesen, da man praktisch in Echtzeit alle Konversationen mitverfolgen und schnell handeln konnte. Ina dealte nicht, aber sie scrollte durch uninteressante Nachrichten-Feeds, blieb an einer Werbeanzeige für Reitsportbekleidung hängen und klickte auf den Link. Ah ja, Reitsport. Genau, zum Pferd hatten sie ja auch gemeinsam gehen wollen. Er würde das mit ihr nachholen.

Sie scrollte weiter. Laurent war nicht mehr in ihrer Freundesliste. Wahrscheinlich hatte sie ihn schon vor längerer Zeit herausgelöscht. Er klickte auf ihren Suchverlauf. Belustigt sah er, wie eine ganze Reihe an Buchstabenkombinationen, die alle seinen Namen ähnelten, aufschien.

Baby, wer ist hier der Stalker? Du oder dein Ex? Du findest mich also doch sehr interessant…

Er stellte sich vor, wie sie frustriert auf ihr Handydisplay starte und einen Versuch nach dem anderen unternahm, um vielleicht doch noch einen Account von ihm zu finden.

Da kannst du lange suchen…

In seinem Beruf war es besser, wenn man sich bedeckt hielt und möglichst wenig in der Öffentlichkeit auffiel. Er hatte schon von Kollegen gehört, die durch soziale Medien von Verbrechern ausgeforscht und zu Hause aufgesucht worden waren, um Rache an ihnen zu üben. Das einfachste

Mittel dagegen war, sich gleich nirgendwo anzumelden und anonym zu bleiben.

Für Ramón hatte das noch einen weiteren, entscheidenden Vorteil. Ruhe, wenn man genug hatte. Das war auch der Grund, warum Ramón Mails bevorzugte und seine Telefonnummer keinesfalls hergab, wenn es nicht unbedingt notwendig war. Er kannte das von früher, die Leute neigten schnell dazu, stündlich zu schreiben. Über banale Dinge, die nichts zur Sache taten und nur Zeit kosteten. Egal, welcher Messenger-Dienst es war, sie waren alle schneller und weniger umständlicher zu bedienen, als ein Mail-Programm.

Ein Mail zu schreiben war etwas, man konnte fast sagen, Altmodisches. Etwas, das man sich besser überlegte, als eine kurze Chat-Nachricht. Außerdem wusste er, dass der Server seines Mail-Programms der einzig sichere war, der nicht gehackt werden konnte.

RAMÓN

Irgendwann war er dann wohl eingeschlafen. Es konnte nicht allzu lange her sein. Unvorstellbare Kopfschmerzen holten ihn aus dem Schlaf. Er lag noch immer in Jeans rücklings auf der Couch, die Hand mit dem Handy auf seinem nackten Bauch abgelegt. Er ließ den Blick durchs Wohnzimmer streifen und hörte das Rauschen von Wasser aus dem Badezimmer.

Der Morgen brach bereits herein und tauchte den Raum in ein dunkles Rot. Er versuchte sich zu orientieren und fuhr sich mit der Hand durch die Haare. Sie waren verklebt vom Gel und fühlten sich starr an.

Die Badezimmertür wurde kaum hörbar aufgemacht und die Rothaarige tapste durch den Raum, während die sich ihr Shirt überzog. Ihre roten, langen Haare verschmolzen mit dem Morgenrot und ihre schlanke, fast magere Figur wirkte weicher, als sie war. Sie bemerkte nicht, dass er wach war und ihr belustigt zusah, wie sie eine Haarnadel zwischen den Zähnen hielt, während sie die knallenge Jeans zuknöpfte und sich eine Strähne hinters Ohr steckte.

Erst, als sie sich im Spiegel neben der Schlafzimmertür begutachtete, bemerkte sie, dass er sich hinter ihr bewegt hatte. Sie erschrak und kicherte.

»Hey«, flüsterte sie und drehte sich um, »Jan war erstaunt, als du plötzlich weg warst. Er war sich dann aber sicher, du hättest wo anders übernachtet.«

Ramón zuckte mit den Schultern. Die Situation war äußerst komisch und er fühlte sich unwohl, als ihr Blick über ihn schweifte, aber anscheinend nichts Besonders daran fand.

»Wer weiß?«, antwortete er, um ihre Vermutung offen zu lassen. Sie musste nicht wissen, dass er nur sämtliche Bars unsicher und sich viel zu viele Gedanken über alle möglichen Dinge gemacht hatte. Sie konnte ruhig glauben, was sie wollte. Oder was Jan ihr erzählte.

»Sag deinem Freund, ich bin nächste Woche wieder dort«, sagte sie und schlüpfte in ihre Jacke.

»Ich werde es ihm ausrichten«, versicherte er.

»Danke.«

Sie zupfte ihren Schal zurecht und stopfte ein Ende in die Jacke, dann winkte sie ihm kurz zu und verließ leise die Wohnung. Die Türschnalle rastete ein, dann war es still. Unerträglich still. Stille brüllte viel lauter, als der Lärm zu brüllen vermochte. Er hielt sich seinen pochenden Kopf, hoffte, dass er nichts mehr hören würde, wenn er sich nur fest genug gegen die Ohren drückte, doch der Lärm war *in* seinem Kopf. Sein Herz stritt mit seinem Kopf und es war ein unerbittlicher Kampf auf seine Kosten. Ungefähr so, als würden kleine Menschen auf seinen Nerven seiltanzen und mit seinem Verstand Fußball spielen. Er schaffte es nicht mehr, einzuschlafen und stand auf, um Jans Kühlschrank nach Essbaren und viel wichtiger, etwas Trinkbarem, zu durchsuchen.

Immer wieder machte er den Fehler, zwischen den hochprozentigen Getränken kein Wasser zu trinken. Stoicu hatte es ihm schon so oft gepredigt, doch Ramón vernachlässigte es viel zu sehr. Wobei, mit Stoicu konnte sich im Hinblick auf die Trinkfestigkeit wohl ohnehin niemand messen. Der Rumäne war diese Trinkerei von klein auf gewohnt. Das hieß nicht, dass er ständig betrunken war, sondern viel mehr, dass er einfach wusste, wenn er mit Freunden trank, wie er mehr vertragen konnte als alle anderen.

Jans Kühlschrank gab nicht besonders viel her, außer Orangensaft und Milch. Ramón hasste Orangensaft. Orangen erinnerten ihn an sein Heimatland. Die billigen Image-Werbungen der Fruchtsafthersteller ärgerten ihn immer besonders. Wie harmonisch Orangenplantagen dort doch dargestellt wurden. In Wirklichkeit war es ein Drecksjob zum Hungerlohn.

Doch der wahre Grund, warum er Spanien hasste, war die Tatsache, dass er dort hätte aufwachsen und glücklich werden können, das Strandhaus seiner Eltern weiterbetreiben und vielleicht selbst einmal voller Freude mit seiner Frau und seinen Kindern eigene Orangen ernten können. Es waren nur Mutmaßungen, wie es hätte sein können, doch das Leben lief anders. Es wählte für ihn einen härteren Weg.

An schweren Tagen wie heute, drangen sogar seine frühesten Erinnerungen nach oben. Momente, an die er sich normalerweise gar nicht hätte erinnern können, war er doch erst ein paar Wochen alt gewesen, als es passierte. Als sein Vater mit einem Küchenmesser auf seine Mutter zugerannt war und es ihr in den Unterleib gestoßen hatte, als Bestrafung für ihre Untreue. Ramón erinnerte sich an das fleischige Geräusch, als die Klinge durch den Bauch seiner Mutter schnitt und den blutigen Geruch, der das Zimmer langsam füllte. Ihre Schreie. Ihr Wimmern, das immer schwächer wurde. Er fühlte sogar noch die warmen Hände seines Vaters, als er ihn schließlich aus seiner Wiege genommen und in den zerfleischten Körper seiner Mutter gelegt hatte. Mit ihren Hautfetzen zugedeckt, hatte sein Vater seine Familie zurückgelassen und sich auf der Veranda erhängt.

Ramón hatte nie darüber nachgedacht, warum es gerade ihn getroffen hatte. Warum er in diesem Meer aus Blut, eingewickelt im Leib seiner zerschnittenen Mutter, überlebt hatte. Er hatte nie Fragen gestellt, sondern einfach immer weitergemacht, ohne ein Ziel zu sehen. Auch an seine Adoptiveltern, besser gesagt, seinen leiblichen Vater, der ihn mit seiner Adoptivmutter aus dem Heim geholt und adoptiert hatte, konnte er sich nicht bewusst erinnern.

Das Unterbewusstsein beförderte hin und wieder, an wenigen Nächten im Jahr, schemenhafte Umrisse, die wohl Erinnerungen an seine früheste Kindheit waren, in Form von Albträumen an die Oberfläche seines Bewusstseins.

Heute war so ein Tag, wo diese Schatten, diese dunklen Fetzen, die im Schlaf Gestalt annahmen, besonders stark waren. Als er das Bild auf der Orangensaftpackung sah, war ihm plötzlich schwindelig und er klammerte sich an der Arbeitsplatte fest, um nicht gegen die Kühlschranktür zu fallen. Er schüttelte den Kopf, versuchte so, die Schatten zu zerrütten. Wie Rauchschwaden, die man mit der Hand verwehte, verzogen sie sich nach und nach aus seinen Gedanken, tauchten wieder ab in sein Unterbewusstsein und ließen ihm die Möglichkeit, sich zu orientieren.

Ein tiefer Atemzug, ein paar Sekunden noch die Augen geschlossen halten, dann fühlte er, wie er wieder die Kontrolle über sich selbst erlangt hatte. Er durchsuchte den Kühlschrank ein zweites Mal und nahm schließlich die Milch. Er trank einen kräftigen Schluck direkt aus der

Packung. So war das hier bei Jan, dem alten, ewigen Baby, der Milch wie Wasser trank. Es war fast so, als würde Ramón hier seit Ewigkeiten wohnen, denn er griff blind in die erste, richtige Schublade und fand, was er suchte. Schokoflakes.

Eine große Schüssel davon, übergossen mit fast einer halben Packung Milch, stand kurz darauf auf dem kleinen Tischchen vor dem Fenster. Er löffelte geistesabwesend und froh darüber, wieder über banale Dinge nachdenken zu können und nicht mehr von diesem Horror aus seinem Unterbewusstsein geplagt zu werden.

Er sah, wie viele Stockwerke unter ihm der Tag erwachte. Wie Kinder in Gruppen auf den Bus warteten, um in die Schule zu fahren. Er sah eine alte Frau, die Gebäck eingekauft und am kleinen Papiersäckchen schwer zu tragen hatte. Er sah einen wuchtigen, aber äußerst friedseligen Hund, der seinem Herrchen ausgebüxt war. Oder hatte dieses ihn bewusst von der Leine gelassen, in der Meinung, niemand würde ihm zusehen?

Ramón fühlte sich dahingerafft und beinahe zu müde, um aufzustehen und den Herrn in die Schranken zu weisen. Der Hund kreiste inzwischen uninteressiert um die Kinder, schweifte weiter ab, durchforstete eine Hecke und trug eine alte Plastikflasche im Maul, als er wieder darunter auftauchte.

Die Kälte traf Ramón härter, als er erwartet hatte. Er umklammerte den Kugelschreiber in seiner Jackentasche, den er gleich brauchen würde, um dem Herrn einen Strafzettel auszustellen. So leid ihm der Hund auch tat und wie gerne er ihm ein paar Stunden in Freiheit gegönnt hätte, die

Genugtuung, den Herrn, der diesen liebevollen Vierbeiner in eine Wohnung einsperrte und allein schon deshalb an die Leine verbannte, bestrafen zu können, war dann doch sein Antrieb gewesen, warum er seine Schokoflocken stehen gelassen und sofort seinen Dienst aufgenommen hatte.

INA

Es war Freitagabend. Sie war wieder in ihre Wohnung zurückgekehrt und hatte die Zeit bei ihren Eltern genossen. Die lustigen Momente mit ihrem Vater und die tiefgründigen Gespräche mit ihrer Mutter hatten ihr genau diese Linderung gebracht, die sie sich erhofft hatte.
Doch nun saß sie hier und noch immer hatte Ramón nicht zurückgeschrieben. Vier Texte hatte sie in den vergangenen Tagen geschrieben, wieder gelöscht, neu geschrieben und wieder abgeändert, bis sie jeden einzelnen voller Erwartung, an ihn geschickt hatte. So auch heute Morgen und wieder war keine Antwort gekommen. Dafür lag ein Brief von der Polizeiwache Willemshausen in ihrem Briefkasten. Eifrig riss sie ihn auf. Altmodisch war Ramón schon mit seiner Eigenart, dass er nur mailen wollte. Wurde er jetzt noch altmodischer und begann, Briefe zu schreiben?

Sie hatte sich schon ausgemalt, wie seine Schrift wohl aussehen mochte, als sie den Zettel auseinander faltete, nur um dann enttäuscht festzustellen, dass sich eine lieblos getippte Ladung dahinter verbarg. Ein Schreiben vom Gericht war an der linken Ecke angeheftet, in dem stand, dass ihr Verfahren eingestellt worden war. Genauso, wie Rillinger es ihr gesagt hatte. Es konnte auch gar nicht anders sein, mittlerweile erkannte sie selbst, wie daneben sich Laurent benommen hatte, nicht nur, wenn man die Geschichte von Anfang an betrachtete.

Der Vorfall von jenem Abend genügte wohl, um ihn wegen unzähligen Dingen anzuzeigen. Er hatte ganz klar Grenzen überschritten. Ina verzichtete darauf, sich alles genau durchzulesen, sie würde bei den vielen Paragraphen und Abkürzungen ohnehin nicht viel verstehen. Sie besann sich darauf, herauszupicken, was für sie wichtig war. Sie war nicht schuldig, sondern das Opfer und musste als dieses nochmal alles erzählen. Na super.

Sie legte den Zettel zur Seite und lehnte sich im Sessel zurück. Schlimmer konnte ein Freitag wirklich nicht werden. Homeoffice hin oder her, Freitag war auch bei der Arbeit von zu Hause aus immer wieder eine Zerreißprobe.

Und nun hatte sie sich auf einen Abend mit ihren Freunden gefreut, doch wie es aussah, musste sie stattdessen Stunden auf der Wache verbringen und erzählen, was sie schon gesagt hatte. Wäre das so schlimm gewesen, wenn sie nicht fürchten hätte müssen, dort gleich zwei Leuten begegnen zu können, mit denen sie im Moment nicht gerade im besten Verhältnis stand? Nadja wollte sie sowieso nicht begegnen und jetzt, wo sie gegen Laurent aussagen sollte, wollte sie lieber in eine Kreissäge rennen, als sich mit ihr im gleichen Raum aufzuhalten. Sie wusste nicht, wie Nadja zu Laurent stand. Dass Laurent nach wie vor an Ina hing, war nicht zu übersehen, aber was sah sie in ihm?

Und Ramón? Sie war sich nicht sicher, ob sie ihn sehen wollte. Sie konnte sich kaum vorstellen, wie er auf sie reagieren würde. Warum hatte er nicht geantwortet? Sie ertappte sich selbst immer öfter dabei, wie viel Raum er in ihrem Leben bereits einnahm. Wie sehr er sie damit verletzte, sie gleich vier Mal in wenigen Tagen zurückgewiesen zu haben. Anders konnte sie es nicht nennen, wenn er auf ihre Nachrichten nicht antwortete.

Hin und hergerissen las sie die Uhrzeit vom

Handydisplay ab. Es war bereits halb sechs und sie wollte den Termin bei der Polizei so schnell wie möglich hinter sich bringen. Geschehene Dinge hinter sich lassen. Unangenehmen Situationen sofort ins Auge sehen, anstatt sie Tage lang vor sich her zu schieben.

Sie wählte die Nummer, die im Briefkopf der Ladung abgedruckt war und wartete nervös, dass jemand abnahm.

INA

Kommandant Rillinger wirkte äußerst unruhig, als er Ina in den Warteraum der Polizeiwache bat und auf einen der freien Stühle hinter dem Pult deutete.

»Frau Hussek, einen Moment bitte«, nuschelte er, dann war er auch schon wieder in seinem Büro verschwunden. Inas Herz pochte, als sie sich setzte. War *sie* hier? War er hier? Wem würde sie als erstes begegnen? Mittlerweile versetzte sie auch der Gedanke an ihre Einvernahme etwas in Unruhe. Was warfen sie Laurent vor? Kannte die Polizei überhaupt die ganze Geschichte mitsamt ihrem Hintergrund?

Sie musste sich bremsen, geduldig sein. Sie wurde zunehmend nervöser und versuchte, ruhig zu atmen. Sie wollte die Geschichte von Anfang an erzählen. Eines nach dem anderen, wie ihre Beziehung verlaufen war und warum sie sie beendet hatte. Nadja musste sie nicht unbedingt beim Namen nennen, sie konnte einfach so tun, als kannte sie sie nicht. Ina würde erzählen, wie oft sie ihn gebeten hatte, sich von ihr fernzuhalten und dass Laurent sich genauso oft nicht daran gehalten hatte. Jenen Abend im Park würde sie genau beschreiben und auch alles das, was sie vorigen Sonntag schon zu Protokoll gegeben hatte. Ina glaubte an die Fairness im Leben und dass sich alles aufklären konnte, wenn man nichts verschwieg.

Also nahm sie sich auch fest vor, Wort für Wort Laurents Sätze von jenem Sonntagabend wiederzugeben, wo ihn seine Nerven verlassen hatten und er herumgebrüllt hatte, wie ein Verrückter. Wo er gesagt hatte, alles wäre anders, als gedacht und dass Ramón *der Kranke* unter ihnen sei. Sie wusste mittlerweile, dass das einfach nicht wahr sein konnte und sie Ramón mit ihrem Verhalten Unrecht getan hatte. Hoffentlich ergab sich ein passender Moment, in dem sie alleine mit ihm reden und sich entschuldigten konnte. Vorausgesetzt, er war überhaupt hier.

Von der grenzenlosen Liebe, die sie einst für Laurent empfunden hatte, war nichts mehr übrig. Hass erfüllte sie, wenn sie an ihn dachte und sie erschrak selbst, dass sie so abscheulich für jemanden empfinden konnte. Es war viel stärkerer Hass als jener gegen Nadja, die vielleicht gar nichts dafür konnte, weil sie nicht gewusst hatte, dass Ina in Laurents Leben überhaupt existierte. Vielleicht hatte er ihr sogar erzählt, er sei alleinstehend, bevor sie die Möglichkeit hatte, zu fragen oder es anderweitig herauszufinden. Aus diesem Blickwinkel betrachtet, tat ihr Nadja sogar ein wenig leid. Es musste auch für sie schmerzlich gewesen sein, als sie dann die Wahrheit erfahren hatte.

Ein uniformierter Beamter huschte aus Rillingers Büro. Er grüßte knapp und eilte, raschelnde Aktenseiten in den Händen, in das Nebenbüro. Kurz später folgte ihm ein weiterer, der anscheinend einen dritten Kollegen ablöste, der jetzt Rillingers Bürotür aufriss, um sie dann lauter, als er wohl beabsichtigt hatte, hinter sich zuzuschlagen. Die aufgebrachte Stimmung war nicht zu übersehen. Die Gesichter der Polizisten wirkten konzentriert und fokussiert, aber auch verärgert. Und war das, in den Augen eines von ihnen, Besorgnis?

Ina konnte nur kurz einen Blick auf sein Gesicht erhaschen. Zu kurz, um richtig zu deuten und sie hatte auch keine Möglichkeit mehr, weiter darüber nachzudenken, denn die Tür des Nebenbüros wurde abermals aufgerissen und Ramón stürmte heraus. Als einziger Beamter trug er Jeans und Shirt und wirkte trotzdem respekteinflößender als alle anderen. Hätte man sie in einer Reihe aufgestellt, hätten alle wie Schafe und Ramón wie der Schäfer selbst gewirkt. Oder wie der Wolf.

Er blieb vor der Tür stehen, hielt sein Telefon am Ohr und nickte Ina zu, während er aufmerksam ins Telefon hörte. Sie versuchte etwas zu sagen, wenigstens ein banales *Hallo* hätte schon gereicht.

Ihr Mund fühlte sich trocken an und sie brachte keinen Mucks hervor. Verdammt, sie durfte das jetzt nicht verbocken! Sie musste es unbedingt schaffen, sich bei ihm zu entschuldigen! Die Aufregung und schließlich sein plötzliches Erscheinen, nahmen ihr jetzt vollkommen die Gelassenheit und sie begann leicht zu zittern. Es war weder seine Waffe, die am Gürtel hing, noch seine muskulöse Gestalt, die sich durch das Shirt abzeichnete und auch nicht sein durchbohrender Blick, den er seit quälend langsam vergehenden Sekunden auf sie geheftet hielt.

Ihr wurde bewusst, dass nicht er es war, der bedrohlich wirkte, sondern dass sie sich selbst immer mehr dafür schämte, dass sie so überreagiert hatte. Dass sie ihn angeschrien und vorverurteilt hatte ohne genau zuzuhören, was an diesem Morgen wirklich passiert war. Er bemerkte ihre Unsicherheit und zog eine Augenbraue fragend nach oben, während er unverständliche Worte in sein Telefon sprach und sich umdrehte, um in Rillingers Büro zu eilen.

Die Tür knallte, als sie ins Schloss fiel und ein kräftiger

Luftstoß wehte zu ihr herüber. Sie roch sein markantes Rasierwasser, diese bestimmte Duftnote, die sie unter tausenden sofort erkannt hätte. Markant, penetrant, Revier markierend, unvergesslich, ohne unangenehm schwer in der Nase zu hängen. Dieser unverkennbare Hauch von Melone. Es machte sie verrückt. Berauschte sie.

Sofort schoss ihr die erste gemeinsame Nacht durch den Kopf. Nur Musik und Duftnoten hatten diese unbeschreibliche Gabe, einen allein durch den Anschein ihrer Präsenz in eine andere Zeit zu versetzen. Irgendwo hin, wo alles in Ordnung war. Sie vermochten es, Erinnerungen wieder lebendig werden zu lassen und gleichzeitig haftete an ihnen meistens auch die bittere Note der Vergänglichkeit.

Viel Zeit zum Träumen blieb ihr nicht, denn Rillinger steckte den Kopf durch den Türspalt und riss sie aus ihren Gedanken.

»Frau Hussek, wenn ich Sie bitten darf?«, fragte er bestimmt. Ina sah kleine Schweißperlen auf seiner Stirn glitzern, als sie an ihm vorbeiging und der Richtung folgte, die er ihr wies. Er führte sie durch ein kleines Archiv neben seinem Büro, Aktenschränke verdunkelten die kleine, fensterlose Kammer zusätzlich und es roch nach altem Papier. Gleich hinter dem Archiv lag der Besprechungsraum.

»Bitte, setzen Sie sich schon rein, ich telefoniere nur noch kurz«, sagte er und stapfte zurück in sein Büro. Ina betrat den Besprechungsraum und erstarrte. Ramón saß auf einem der Stühle, die zu beiden Seiten des Besprechungstisches aufgestellt waren, die Arme locker hinter dem Kopf verschränkt, den rechten Knöchel am linken Knie abgelegt. Sekunden vergingen. Er rührte sich nicht und wartete.

»Was machst du hier?«, stieß sie schließlich hervor. Ihr Unmut war dabei nicht zu überhören. Wenn sie im Moment auch gerade viel ertragen hätte, ihm während ihrer Einvernahme gegenüber zu sitzen, sicher am wenigsten.

»Setz dich bitte. Zwischen Tür und Angel stellt man keine Fragen, zumindest nicht auf einer Polizeiwache«, antwortete er scharf.

Sie zuckte zusammen und setzte sich gegenüber, so weit entfernt, wie nur möglich. So fest sie gehofft hatte, mit ihm reden zu können, hatte sie sich das doch anders vorgestellt.

»Okay, dann noch mal: Was machst du hier?«, fragte sie erneut, diesmal in kontrolliertem Tonfall und bedacht darauf, nicht wieder schnippisch zu klingen. Sie erwartete sein typisches Grinsen, das sie so liebte. Es blieb aus.

Nervös spielten ihre Finger mit dem Zip ihrer Jacke, die sie noch immer anhatte. Es war nicht unbedingt warm in diesem äußerst unfreundlichen, grauen Besprechungszimmer, doch die Aufregung trieb ihr Schweiß auf die Haut. Sie spürte, wie ihre Kleidung darauf zu kleben begann.

»Meinen Dienst versehen, wie du siehst. Deine Aussagen könnten wichtig für einige andere Ermittlungen sein, mehr darf ich dir nicht sagen«, erklärte er trocken.

Ina stutzte und wunderte sich über seinen harschen Tonfall. Er war komplett ernst, wenn auch entspannter, als der Rest seiner Kollegen. Rillingers Stimme klang von draußen dumpf herein. Es klang so, als war er mitten in ein Gespräch verwickelt und würde noch etwas länger am Telefon hängen.

»Welche anderen Ermittlungen? Warum meine Aussage?«, fragte sie.

Er schüttelte langsam den Kopf.

»Nein, keine Fragen stellen. Der Kommandant stellt später die Fragen.«

Ina wusste nichts zu antworten. Sie wünschte sich nichts mehr, als irgendwie entfliehen zu können. Vielleicht war der Aktenschrank hinter ihr nicht fest genug montiert und fiel genau jetzt von der Wand? Genau auf sie, das wünschte sie sich. Oder konnte nicht jetzt ein Meteorit herabstürzen und genau das Gebäude der Polizei erwischen? Warum war sie so blöd gewesen und hatte genau heute angerufen? Wie es der Zufall wollte, genau an einem Tag, wo sichtlich Trubel auf der Wache herrschte? Warum hatte Rillinger sie überhaupt herkommen lassen, wenn hier das Chaos überhandnahm? Für sie selbst hatte es mittlerweile den Anschein, als sei ihre banale Aussage heute das Allerletzte, für das Zeit war.

Ramón streckte sich und ließ die Arme auf die Tischplatte sinken. Seinen kräftigen Rumpf darauf aufgestützt, senkte er den Kopf und atmete tief durch. Sie wusste nicht, ob es das grelle Licht war, das ihn jetzt freundlicher aussehen ließ, oder ob sich seine Miene wirklich etwas aufgehellt hatte. Er schlug die Augen auf und sah sie, den Kopf noch immer nach vorne geneigt, von unten herauf an. Plötzlich fühlte sie sich ihm wieder vertraut. In diesem kurzen Moment war er nicht der skrupellose Beamte, der er vorhin noch war und ganz sicher später, sobald Rillinger dazukam, wieder sein würde. Ina genoss das Gefühl der Nähe, dass sie plötzlich spürte und seine Zuneigung, die er mit nur einem Blick zeigen konnte.

»Ich würde dir das hier gerne erklären. Du erfährst es in

kurzer Zeit wahrscheinlich sowieso, aber heute brauchen wir deine objektiven Aussagen«, sagte er ruhig.

»Ich sage wegen Laurent aus, ich verstehe nicht, wie…«, hakte sie nach.

»Schhh…!«

Demonstrativ legte er seinen Zeigefinger auf seine Lippen und zwinkerte ihr zu. Die gleiche Geste wie damals in ihrer ersten Nacht, als seine Zunge immer weiter körperabwärts gewandert war und sie ein leises Stöhnen nicht hatte unterdrücken können.

Schhh…!

Wie sehr er sie aus der Fassung brachte, war für sie selbst immer wieder aufs Neue erstaunlich. So sehr sie auch versuchte, gefasst zu reagieren, war es allein seine Anwesenheit, die sie bis in die Haarspitzen unter Strom setzte. Elektrisierte, anspannte, entspannte. Ihre eiskalten Finger hatten das Spiel mit dem Zip aufgegeben und sie legte die gefalteten Hände auf den Tisch. Langsam richtete er sich auf und sprach weiter.

»Beachte mich einfach nicht. Stell dir vor, ich wäre nicht da. Der Kommandant redet mit dir, ich bin nur Zuhörer und verhalte mich ruhig.«

Ina konnte sich ein Lachen nicht mehr verkneifen.

»Das kann ich mir sicher gut vorstellen«, witzelte sie.

Er wirkte plötzlich wieder ernst. Sofort schoss ihr durch den Kopf, dass sie das vielleicht nicht hätte sagen sollen. Er schien jedoch gehört zu haben, dass Rillinger fertig telefoniert hatte und sich kurzum zu ihnen an den Tisch setzte. Er breitete mehrere, in Pappumschläge gelegte Papierstapel vor ihnen aus.

»Frau Hussek, unser Kommissar möchte sich die Einvernahme anhören, aber vielleicht hat er Ihnen das schon gesagt«, begann der Kommandant und blickte in die Runde. Ina nickte. Kommissar war er also. Veränderte das etwas? Nein. Er hätte weiß Gott welch hohen Dienstgrad haben können oder gar keinen, sie wäre trotzdem unangenehm nervös neben ihm gewesen. Es lag ganz allein an ihm selbst.

»Gut. Das Verfahren gegen Sie wurde eingestellt. Sie sind heute hier, um gegen Laurent Schneider auszusagen. Sie können die Aussage verweigern, da Sie mit ihm in einem Naheverhältnis gestanden haben. Möchten Sie trotzdem aussagen?«, fuhr Rillinger fort.

»Ja, möchte ich«, antwortete sie.

Er lächelte schwach und rückte die Brille auf seiner knochigen Nase zurecht.

Ramón zog inzwischen ein Handy aus seiner Hosentasche. Ina konnte einen kurzen Blick darauf erhaschen und sehen, wie er den Touchpen schwungvoll über das Display führte und eine Notiz abspeicherte.

»Gut. Sie müssen die Wahrheit sagen, sonst machen Sie sich strafbar. Haben Sie das verstanden?«, fragte der Kommandant weiter. Er kreuzte Aufzählungspunkte auf einem vorgedruckten Blatt an, notierte sich ein paar Kleinigkeiten und begann schließlich, Frage für Frage klar und verständlich zu formulieren und ihr zu stellen. Ina versuchte, so viel sie konnte zu erzählen und nichts zu vergessen. Rillinger begann zu erfragen, wie Laurent sich während ihrer Beziehung verhalten hatte, ob er dazu neigte, schnell aggressiv zu werden oder ob er jemals handgreiflich geworden war.

»Nein, mir gegenüber niemals. Mit den Jungs im

Eishockey-Club gab es hin und wieder Rangeleien, aber nichts Ernstes. Im Nachhinein hätte ich mir gewünscht, er hätte mehr geschätzt, was ich alles für ihn getan habe. Er musste sich praktisch ja um nichts kümmern, er konnte sich voll auf seinen Sport konzentrieren«, erklärte sie. Es fiel ihr schwerer als gedacht, darüber zu sprechen. Der Kommandant hob bedauernd eine Augenbraue und vermerkte ihr Gesagtes. Ramón saß wie versteinert, die Hände verschränkt und lauschte dem Gespräch.

Rillinger fuhr fort und erfragte nun die Gründe für die Trennung und alles, was daraufhin geschah. Als sie die Szene im Park beschreiben sollte, warf sie Ramón einen unsicheren Blick zu. Sie stockte.

»Was passierte dann, Frau Hussek? Denken Sie gut nach, lassen Sie sich Zeit«, versuchte der Kommandant zu beruhigen. Sie hielt weiterhin inne.

Ramón zog eine Akte aus dem Stapel hervor, blätterte darin und schlug einen Bericht auf, den er dem Kommandanten hinlegte.

»Ohne Frau Hussek das Wort aus dem Mund nehmen zu wollen, aber was damals genau passiert ist, ist bereits festgehalten«, sagte er knapp.

Rillinger überflog gespannt die ersten Zeilen.

»Ah ja, genau. Natürlich erinnere ich mich«, nuschelte er.

Ina sah Ramón fragend an. Er zog die Schultern unschuldig nach oben. Hatte er damals nicht gesagt, es stand ihr frei, ob sie ihn anzeigen wollte oder nicht? Wut loderte in ihr auf.

»Frau Hussek, hier steht vermerkt, dass Sie Herrn

Schneider nicht anzeigen wollten. Können Sie mir sagen, warum nicht?«

Ah, doch. Er hatte Wort gehalten und nichts davon offiziell weitergeleitet.

»Gute Frage.«

Ina versuchte, sich zurückzuversetzen. Aus heutiger Sicht wünschte sie sich, damals doch auf eine Anzeige bestanden zu haben. Sie hätte sich einiges an Nervenkraft sparen können.

»Ich wollte das damals deshalb nicht, weil ich nicht ahnte, dass er sein Spiel weiter treiben würde. Ich dachte, es wäre Ruhe«, sagte sie schließlich.

Rollinger nickte, notierte ein paar Sätze und wandte sich wieder an sie.

»Frau Hussek, das wäre es soweit gewesen. Alles, was danach geschah, haben wir bereits das vorige Mal ausführlich niedergeschrieben. Erinnern Sie sich an Ihre Aussage und können wir das hier so übernehmen?«

»Natürlich«, antwortete Ina, doch er kramte abermals in einem der Aktenstapel und holte die Niederschrift von damals hervor.

»Ich erinnere mich und ich bleibe dabei, das war alles so«, versicherte sie ein zweites Mal.

Er legte den Zettel in die Akte zurück und schrieb einen letzten Satz auf seine Mitschriften, bevor er ihr den ganzen Stapel Blatt für Blatt vorlegte, damit sie prüfen konnte, was er mitnotiert hatte.

Ramóns Handy leuchtete auf, ein Anruf ging ein. Wie er vorhin zu ihr gesagt hatte, war er wirklich die ganze Einvernahme über still geblieben und hatte keine einzige Frage gestellt. Mit der Zeit hatte sich auch ihre Nervosität etwas gelegt und sie betrachtete ihn einfach als stillen Zuhörer, obwohl ihr natürlich lieber gewesen wäre, mit Rillinger alleine reden zu können.

»Ich brauche die Niederschrift bitte in elektronischer Form«, sagte er knapp zum Kommandanten und eilte mit dem Telefon am Ohr aus dem Raum. Dieser nickte kurz und rückte abermals seine Brille zurecht. Warum tat er das ständig? Ina sah vom Geschriebenen auf und stellte fest, dass sie ihm gar nie von der Nase gerutscht war, sondern dass er grundlos nervös daran herumrückte.

Sie las sein Gekritzel fertig und setzte ihre Unterschrift an den unteren Rand des Blattes. Inhaltlich ident mit dem, was sie gesagt hatte, war nun also vermerkt, was alles geschehen war.

»Was passiert jetzt?«, fragte sie.

»Für heute sind wir fertig. Sie gehen jetzt bitte in das Büro des Kommissars, er hat vorhin schon gesagt, Sie sprechen zu wollen«, erwiderte er und kramte die losen Blätter zusammen, um sie zu den Akten zu legen. Adrenalin schoss ihr durch den Bauch, sie wusste nicht, ob es Freude oder Aufregung war. Wahrscheinlich beides. Es lief doch perfekt, sie ersparte sich also die peinliche Situation, aus eigenem Antrieb an seine Tür zu klopfen und um ein Gespräch zu betteln.

»Das meinte ich nicht, sondern wie es mit Laurent weitergeht.«

»Wir entscheiden hier nichts mehr, das entscheiden jetzt andere.«

Rillinger wirkte plötzlich sehr aufgeregt und es schien,

als hatte er es sehr eilig. Ina glaubte beinahe, er wollte sie nach dieser Frage so schnell wie möglich loswerden.

»Aber, ich meine, sie müssen mir doch sagen können, was auf ihn zukommt?«, bohrte sie nach.

»Frau Hussek, so wie alles gerade steht, kann hier noch niemand etwas sagen. Ich muss Sie leider vertrösten und Sie auf meine Verschwiegenheitspflicht hinweisen. Machen Sie sich keine Sorgen, für Sie ist diese Sache beendet«, sagte er bestimmt.

Sie nickte resigniert und verstand. Rillinger nahm es anscheinend genau mit seinen Gelöbnissen, die er irgendwann einmal abgelegt hatte. Sie stellte sich ihn vor, wie er damals am Anfang seiner Zwanziger, in einer Reihe mit anderen Jungpolizisten stehend, Verschwiegenheit gelobt hatte. Welchen Stolz er empfunden haben musste. Viel von diesem Stolz war heute nicht mehr übrig, er wirkte zunehmend gequält und geknickt. Tiefe Furchen zogen sich durch seine Stirn und die Augen wirkten stumpf.

»Vielen Dank Herr Kommandant«, sagte sie und ließ sich von ihm aus dem Raum begleiten.

»Sie finden sein Büro?«, fragte er abschließend, schon vor seinem PC sitzend.

»Ja, natürlich. Schönen Abend noch«, nuschelte sie und verließ sein Büro.

Im Warteraum standen zwei Beamte dicht beieinander und besprachen leise etwas. Sie bemerkten Ina kaum, als sie an ihnen vorbeihuschte.

Vor Ramóns Bürotür hielt sie kurz inne. Hoffentlich fand sie die richtigen Worte und konnte sich mit ihm aussprechen. Würde sie es ertragen, weiterhin im Streit, dieses

Gebäude wieder zu verlassen? Nein, auf keinen Fall! Es musste einfach funktionieren, er musste ihre Entschuldigung annehmen, auch wenn sie vorhin überhaupt nichts aus seinem Verhalten hatte deuten können. Er war professionell und wusste genau, wie man private und dienstliche Angelegenheiten auseinanderhielt. Seine eiskalte Selbstkontrolle brachte sie zum Verzweifeln. Langsam hob sie die Hand, um anzuklopfen und erschrak, als seine Stimme schneller als ihre Hand war.

»Spar dir das, komm einfach rein«, rief er.

Woher wusste er, dass sie vor der Tür wartete? Sie setzte dazu an, die Schnalle nach unten zu drücken, doch bevor sie die Tür öffnen konnte, war er ihr abermals zuvor gekommen und öffnete. Sie tapste wie betäubt in sein Büro und setzte sich. Er kramte im Eckschrank des Wandverbau und holte zwei Flaschen Kirschlimonade hervor. Eine Flasche hielt er hoch und zielte damit wurfbereit in ihre Richtung.

Nein, bitte nicht, schlechte Idee!

Sie war eine miserable Fängerin und erwartete, von der Flasche getroffen zu werden, doch er lachte schelmisch und stellte sie vor ihr auf den Tisch.

»Werden hier alle deine Zeugen mit Saftflaschen bedroht?«, witzelte sie.

Er lachte auf und ließ sich in seinen weich gepolsterten Drehstuhl fallen.

»Nein, nur die ganz besonderen. Bei allen anderen reicht es nur für Mineralwasser«, antwortete er, schraubte die Flasche auf und spielte mit der Verschlusskappe. Erwartungsvoll saß er da, wirkte nervös, versuchte es aber vor ihr zu verstecken. Vielleicht war er abgelenkt genug, nicht zu merken, wie sehr Ina mit sich selbst kämpfte, die richtigen Worte zu finden. Sie wusste noch immer nicht, wie sie ihre Gefühle in Worte fassen konnte oder wie sie am besten eingestand, dass sie die Schuld am Streit zu tragen hatte. Ihr Kopf brummte und sie merkte, wie sie immer mehr gegen die überströmende Müdigkeit ankämpfen musste. Das zweistündige Verhör zog sie zusätzlich runter, doch sie versuchte, konzentriert zu klingen.

»Ich… habe viel nachgedacht«, begann sie.

Er ließ die Verschlusskappe achtlos fallen und hörte ihr sofort zu.

»Ina, ich glaube, du solltest dich ausruhen. Der Kommandant war nicht gerade zimperlich bei seiner Fragenstellung«, sagte er ernst, doch Ina fühlte dabei das liebevolle Verständnis, das er ausstrahlte. Wieder einmal war sie erstaunt, wie schnell er seine Rolle wechseln konnte. Einmal der strenge Kommissar, mit dem man möglichst nichts zu tun haben wollte und kurzum besorgt, verständnisvoll, gutmütig.

»Ähm… nein, also mir geht es wirklich gut«, stammelte sie.

»Das ist nicht der richtige Ort, um sich auszusprechen. Wenn du überhaupt noch darauf bestehst, mir etwas zu sagen, dann mach das morgen. Nachdem du eine ordentliche Mütze Schlaf nachgeholt hast und ich das Chaos hier beseitigt habe. Von mir aus braucht es keine großen Worte, ich bin einfach froh, dich zu sehen.«

Seine Stimme klang weich und äußerst aufrichtig.

Einfach froh, sie zu sehen, wie schön er das doch gesagt hatte. Inas Befürchtungen verpufften, lösten sich in Luft auf. Was blieb, war Erleichterung darüber, wie gut sich der Abend gerade entwickelte. Sie ließ die Saftflasche von einer Hand zur anderen über den Tisch rollen und wusste immer weniger, was sie ihm antworten sollte.

»Ich wollte mich einfach bei dir entschuldigen. Es war verdammt Scheiße von mir«, fasste sie kurz zusammen, was ihr im Kopf herumgeisterte. Dieser Satz, der in ihr gebrannt hatte, sie wollte ihn unbedingt sagen.

»Es tut mir leid.«

Er lächelte und streckte seine Hand quer über den Tisch, um ihre zu fassen. Sie erschauderte von seiner Berührung.

»Ich weiß, Ina. Ist schon gut, ist schon vergessen. Lass uns einfach morgen Nachmittag spazieren gehen. Du hast doch gesagt, du willst mir dein Pferd zeigen, das würde doch perfekt passen«, schlug er vor.

Ina überlegte kurz.

»Cosy braucht morgen sowieso Bewegung, das klingt sehr gut.«

Sie strahlte. Er drückte leicht die Finger ihrer Hand.

»So gern ich auch jetzt direkt Dienstschluss machen und bei dir sein würde, wie du sicher gemerkt hast, ist hier heute die Hölle los. Ich muss dich leider nach Hause schicken.«

»Was ist denn los? Der Kommandant selbst hat gewirkt, als wäre weiß Gott was passiert, als hätte er die Kontrolle über alles verloren«, stellte sie verwundert fest.

Ramón zog seine Hand zurück. Schlagartig war sein dienstliches Auftreten wieder da, er wirkte streng und verhalten.

»Die hatte er nie, deshalb bin ich hier. Aber ich kann dir im Moment nicht mehr dazu sagen.«

Ina riss den Mund weit auf, beinahe wäre ihr ein Schrei entglitten. Sie konnte eins und eins zusammenzählen und wusste, dass das nur eines bedeuten konnte.

»Wurde wieder jemand entführt?«, stieß sie hervor.

Ramón raufte sich die Haare, stand auf und ging zum Fenster. Ina sprang auf und war sofort neben ihm. Sie zog an seiner Hand und versuchte, ihn in ihre Richtung zu drehen, doch sie hatte keine Chance. Er starrte aus dem Fenster und sagte nichts.

»Wann?«, fragte sie tonlos.

»Ina, es ist nicht der richtige Zeitpunkt, um irgendetwas zu erzählen. Ein Kollege bringt dich nach Hause, du brauchst dir keine Sorgen zu machen.«

Er wandte sich zur ihr und legte ihr die Hände auf die Schultern. Sie betrachtete sein makelloses Gesicht und wünschte sich so sehr, diesen sorgenvollen Ausdruck einfach daraus verschwinden lassen zu können. Ihn fort zu küssen. Ihm irgendwie helfen und diese Last von seinen Schultern nehmen zu können.

»Ich freue mich auf morgen, auf dich. Bitte, zerbrich dir nicht den Kopf. Ich garantiere dir, dass du sicher bist«, sagte er eindringlich und schloss sie fest in seine Arme. Sie schmiegte sich eng an ihn, fühlte die pulsierende Wärme, die von ihm ausstrahlte wie eine Sonne, die sie zum Leben brauchte. Kurze Sekunden vergingen, viel zu schnell. Ina wünschte sich, dass sie die Macht hatte, Sekunden einfrieren zu können, um sie länger zu erleben. Er ließ sie los und drückte ihr einen Kuss auf die Stirn.

»Bis morgen, Liebes«, sagte er.

»Okay«, hauchte sie und ging.

RAMÓN

Der Anruf erreichte ihn, kurz nachdem er die Abendstunden ausnutzen wollte, um vor der Nachtschicht noch ein paar Stunden Schlaf einzufangen.

»Was gibt's?«, fragte er ins Telefon, als er die Stimme des Leiters der Spurensicherung erkannte.

»Mülldeponie Willemshausen, Sie finden sich dort unverzüglich ein!«, brummte Oberkommissar Robert Brenkusch in gewohnter Befehlsform. Seine Zeit beim Heer hatte ihn stark geprägt und gewisse Verhaltensmuster hatte er bis heute nicht ablegen können. Ramón hatte schon öfter mit ihm zusammengearbeitet und ihn trotzdem als sehr angenehmen und aufmerksamen Kollegen kennengelernt. Es musste sich also um etwas äußerst Ernstes handeln, wenn Brenkusch höchstpersönlich zu einem Fall gerufen wurde.

»Fünf Minuten, Herr Oberkommissar«, erwiderte Ramón knapp und sprang sofort auf. In Sekundenschnelle legte er seinen Waffengürtel um und schlüpfte in seine Einsatzjacke.

Er fröstelte, als er nach draußen trat und stellte genervt fest, dass dichte Schneeflocken vom Himmel fielen. Eine dicke Schicht lag auf seinem Auto.

Fünf Minuten, hatte er zu Brenkusch gesagt. Unmöglich bei diesem Wetter. Die paar Minuten Verspätung würde er verkraften müssen. Nach so langer Zeit an diesem Ort hätten ihm die Herren aus den oberen Reihen wenigstens ein Carport mitmieten können.

Die Mülldeponie lag am Stadtrand von Willemshausen. In einer Senke, umgeben von Gebüsch, war sie von außen kaum sichtbar. Schon vor dem Haupttor herrschte reges Treiben, die Zufahrt wimmelte von Polizisten und Blaulicht pulsierte. Er wurde gleich hindurchgewunken, sein BMW war hier bereits bekannt und nicht selten hatte er schon die neidvollen Blicke mancher Kollegen wahrgenommen.

Brenkuschs üppige Gestalt tauchte im Scheinwerferlicht auf. Ramón parkte den Wagen an den Rand einer Zufahrtsrampe zur Verarbeitungsanlage und stieg aus.

»Da sind Sie ja!«, sagte Brenkusch und ersparte sich die Begrüßung. Formalitäten waren nicht seine Stärke, er handelte lieber sofort. Schnee hing in seinem dichten, grauen Bart und wippte bei jedem Wort, das er sprach.

»Das Wetter, entschuldigen Sie meine Verspätung. Was führt uns unter solchen Bedingungen auf eine Mülldeponie?«, fragte Ramón und zog die Kapuze über den Kopf.

Der Oberkommissar trat näher, seine kleinen Maulwurfaugen wirkten getrübt.

»Am besten machen Sie sich selbst ein Bild. Schließlich ist das Ihr Fall«, antwortete er und deutete mit dem Kopf zu einer Gruppe Polizisten, die drüben auf der anderen Seite des Platzes direkt vor dem Absperrzaun beschäftigt waren.

Ramón durchquerte das unwegsame Gelände, stieg über alte Waschmaschinen und rutschte beinahe auf einer Eisplatte aus. Er kannte das gesamte Team der Spurensicherung flüchtig und nickte den Kollegen zu. Nur durch einen Scheinwerfer beleuchtet, sah er, von zwei darüber gebeugten Beamten verdeckt, den Umriss einer Gestalt am Boden liegen.

Scheiße, schoss es ihm durch den Kopf. Willemshausen hatte seit über zwanzig Jahren wieder eine Leiche. Die beiden erhoben sich und gaben Ramón den Blick frei auf den geschändeten Körper der jungen Frau, die unbekleidet und bis zur Unkenntlichkeit entstellt, am Boden lag. Eine Polizeikappe verdeckte ihr Gesicht. Ramón atmete scharf ein, als sich ihm dieser Anblick bot. Viele tote Menschen hatte er schon gesehen und fotografiert, doch diese Tote befand sich auf einer neuen, ungeahnten Ebene der menschlichen Grausamkeit. Eine zugenähte Schnittwunde zog sich T-förmig vom Brustbein bis zum Unterbauch und quer vom linken bis zum rechten Rippenbogen. Ihre Arme waren abgetrennt und fehlten, die Oberschenkel waren flächendeckend gehäutet und leuchteten fleischig rot.

»Ich hoffe, die gehört keinem von euch«, sagte er tonlos und deutete einem der behandschuhten Kollegen, die Dienstkappe zu entfernen.

»Nein, das Opfer wurde genauso aufgefunden«, erwiderte er kleinlaut und nahm zögerlich die Kappe vom Gesicht der Toten. Ramón schloss sofort die Augen, nur um zu hoffen, dass sich ihm ein anderer Anblick bot, nachdem er sie wieder öffnen würde. Nichts passierte. Er starrte auf einen gehäuteten, blutverschmierten Schädel ohne Gesicht. In den ausgekratzten Augenhöhlen sammelten sich die herabfallenden Schneeflocken. Wie lange sie wohl schon tot dalag, wenn keine Wärme mehr aus diesem Körper strahlte, die die Flocken zum Schmelzen brachte?

Oberkommissar Brenkusch war ihm gefolgt und stand dicht neben ihm. Ramón konnte seinen Atem hören, er streifte bei jedem Zug durch den dichten Schnurrbart, als würde Brenkusch durch ein Tuch atmen.

»Das, Herr Kommissar, ist der Grund, warum wir bei

solch einem Wetter auf einer Mülldeponie herumstacksen. Ein irres, mordendes Schwein, das sich in der Bevölkerung herumtreibt und jetzt Tribut an einem neuen Opfer gefordert hat. Können Sie bestätigen, dass das Kollegin Feith ist… war?«, wetterte er.

»Erstens, treibt sich dieses Schwein höchstwahrscheinlich nicht mehr in der Öffentlichkeit herum, sondern in örtlicher Untersuchungshaft. Und zweitens, mit Gesicht und Haaren, ja wenn man ihr wenigstens die Augäpfel gelassen hätte, dann könnte ich das zweifelsfrei bestätigen. Doch wie Sie selbst sehen, ist nichts davon übrig«, zischte Ramón, kniff die Augen zusammen und beugte sich über den blutigen Schädel, um die Zähne zu inspizieren. Unter eine Kruste aus Blut zeichnete sich auf einem der rechten Schneidezähne ein kleiner, eingesetzter Kristall ab.

»Sehen Sie, Frau Inspektor Feith trug so etwas«, sagte er und winkte den Oberkommissar heran, um ihm die Stelle am Zahn zu zeigen. Der behäbige Mann bückte sich langsam, nickte kurz und entfernte sich sofort wieder auf ein paar Schritte Abstand.

Ramón tat ihm gleich. Der Geruch von Blut und Schnee verstopfte zunehmend seine Atemwege und er schnappte nach frischer Luft.

»Gesicht und Hände müssen so schnell wie möglich gefunden werden, bevor allzu viel Schnee liegen bleibt«, wies er den Oberkommissar an. Dieser nickte zustimmend.

»Wir arbeiten mit Hochdruck daran, die Hundestaffel müsste in wenigen Minuten eintreffen.«

»Sehr gut. Sie finden mich auf der Dienststelle. Im Verhör.«

Ramón verzichtete auf die Verabschiedung und hastete direkt zum Auto. Er war nicht lange bei der Toten gewesen, doch in der Zwischenzeit war das Autodach erneut schneebedeckt. Seine Hoffnungen schwanden immer mehr, dass die Hundestaffel heute noch fündig werden würde. Eine verschneite Mülldeponie war auch der allerschlechteste Ort, wenn man abgetrennte Körperteile suchte.

INA

Ina legte das Seil in Schlaufen und drückte es Ramón in die Hände.

»Hier, nimm du sie mal«, sagte sie.

Zögerlich fasste er Cosys Führstrick.

»Was ist, wenn sie jetzt durchdreht?«, fragte er.

»Ach komm, sie ist eine alte Dame und froh, wenn sie nicht mehr rennen muss.«

Er ging ein paar Schritte voraus. Cosy trottete behäbig neben ihm her und stupste ihm leicht gegen die Flanke.

»Da, schau, ich habe es gesagt! Sie attackiert mich!«, witzelte er.

»Sie attackiert deine Jackentasche, immer auf der Suche nach trockenem Brot«, erklärte Ina und gab ihm ein paar Brösel altes Gebäck.

»Hier, aber gib ihr nicht alles auf einmal. Sie weiß oft nicht, wann genug ist.«

Er bedankte sich und steckte das Brot in seine Tasche, doch Cosy war schneller und stibitze sich ein Stück.

»Hey! So war das nicht geplant«, rief er und lachte. Ina liebte den Klang seiner Stimme, besonders dann, wenn sie so losgelöst war, wie jetzt. Er hatte größte Freude daran, mit Cosy durch den angezuckerten Waldweg zu spazieren und sie kennen zu lernen. Sie mochte ihn, das sah man sofort. Zwar noch etwas zaghaft, aber bestimmt, ging er mit ihr um und sie folgte ihm. Wie schön das aussah, als das schneeweiße Pferd im ebenso schneeweißen Wald einen Fuß vor den anderen setzte.

»Du kannst gut mit Tieren, oder?«, fragte Ina.

»Oh ja! Ich hatte bisher zwar nur mit Hunden viel zu tun, aber Pferde sind anscheinend auch ganz nett.«

»Hunde sind wirklich toll«, stellte sie fest.

Seine Augen glänzten, als er weiter erzählte.

»Ich war direkt nach meiner Ausbildung bei der Hundestaffel. Ich hatte einen Diensthund, besser gesagt, meinen privaten Hund, den ich mit in den Dienst bringen konnte. Amour war einfach toll.«

»Wo ist sie jetzt?«

»Sie ist tot. Es ist sechs Jahre her. Eine... Bekannte war mit ihr im Auto unterwegs. Eigentlich war Amour jeden Tag mit mir auf der Dienststelle, nur an diesem einen Tag nicht. Es gab einen Autounfall und sie wurde vom auffahrenden LKW völlig zerquetscht«, erzählte er. Seine Stimme klang gespielt kalt, als versuchte er, sich seine Trauer nicht anmerken zu lassen.

Ina schlug die Hände vor den Mund und hielt inne. Sie waren stehen geblieben und er starrte zu Boden. Cosy merkte, dass etwas nicht stimmte und verhielt sich absolut ruhig. Wie angewurzelt wartete sie neben ihm, bis er sich rührte.

»Wie furchtbar! Und deine Bekannte?«, fragte Ina vorsichtig. Sie wollte auf keinen Fall zu weit gehen, zu viel fragen.

Gequält hob er den Kopf.

»Die ist später auch gestorben«, erwiderte er tonlos. Sie sah, wie Cosys Führstrick zitterte, den er in der Hand hielt.

»Ich wollte nicht...«, versuchte sie, die Lage zu beruhigen.

»Hast du nicht. Ist lange her«, sagte er und holte ein

Stück Brot hervor, um es Cosy zwischen die Lippen zu schieben. Sie schüttelte ihren Kopf und ihre Mähne wirbelte Schneeflocken in alle Richtungen. Der Weg, dem sie folgten, schlängelte sich weiter in den Wald hinein. Schnee hing ruhig auf den Ästen und kein Laut war zu hören, außer das Knirschen des Schnees unter ihren Schuhsohlen und Cosys ruhiges Schnauben.

»Jetzt erzähl du doch mal, wie bist du zu Cosy gekommen?«, fragte er.

»Sie begleitet mich schon mein ganzes Leben kann man sagen, ich habe sie mit sieben Jahren geschenkt bekommen. Sie ist nur zwei Jahre jünger als ich und wirklich mein Leben.«

»Das kann ich gut verstehen. Neben ihr kann man den Alltag so richtig vergessen«, stimmte er zu und strich Cosy mit der Handfläche über den Kopf, fuhr unter ihre Stirnfransen und kraulte sie zwischen den Ohren.

»Zumindest für ein paar Stunden.«

Ina dachte an die Schlagzeile, die heute Morgen auf der Titelseite der örtlichen Zeitung prangte.

Polizistin verschwunden – handeln die Kollegen jetzt endlich?!, lautete die Überschrift, die einem reißerischen Artikel vorausging und die Polizeiarbeit mit jedem Satz tief durch den Dreck zog. Zu gerne hätte sie ihn darüber ausgefragt, aber sie wollte ihm den entspannten Moment nicht zerstören. Die Ruhe, die er gerade ausstrahlte, eine tiefe Zufriedenheit, die sie noch nie in ihm gesehen hatte.

»Tut mir leid, dass ich gestern nicht mehr Zeit für dich hatte«, sagte er und schlagartig war seine Leichtigkeit verflogen.

»Ich wollte dich schon fragen, was los war, habe mich aber nicht getraut«, gestand sie ein.

»Du hast es also in der Zeitung gelesen?«, fragte er gespielt gelassen.

Ina nickte bedauernd.

»Welche Polizistin, Ramón?«

Er zögerte. Lange.

»Die, bei der du es sicher am wenigsten bedauerst. Aber weißt du, was mich so ärgert an diesem Artikel? Die Zeitung sieht immer nur einen kleinen Teil und verkauft diesen als die ganze Wahrheit. Dass wir kurz davor sind, den Täter endgültig festzunehmen, wird nie auch nur ansatzweise erwähnt, obwohl Rillinger es klar und deutlich in die Presseaussendung geschrieben hat.«

Er tobte innerlich, konnte seinen Ärger kaum verstecken.

Ina wich die Farbe aus dem Gesicht, sie war bleich wie der Schnee selbst. Wie oft hatte sie sich gewünscht, dass das Schicksal Nadja dafür bestrafte, was passiert war. Unzählige Male hatte sie es sich gewünscht, ja oft sogar diesen Moment ausgemalt, an dem Nadja verstand, welchen Schmerz sie ihr zugefügt hatte. Doch musste es gleich eine Entführung sein? Weiß Gott, was alles mit ihr passiert war, Ina wollte es sich gar nicht vorstellen.

Die Grausamkeiten, die in den Köpfen mancher Menschen hausten, waren wohl nicht in Worte zu fassen. Nur ein Bruchteil davon gelangte an die Oberfläche, aber selbst dieser kleine Teil war ein Teil zu viel. Jede Entführung war eine zu viel.

»Nadja«, flüsterte sie, mehr brachte sie nicht über die Lippen.

»Wenn doch nur unser Verdächtiger endlich reden würde.«

»Ich mochte Nadja nicht unbedingt. Ich denke, das ist verständlich und war nicht zu übersehen. Doch dass es sie so trifft, geht mir schon nahe. Und außerdem verstehe ich überhaupt nicht, wie das alles mit meiner Aussage zusammenhängt, die du unbedingt hören wolltest. Was hat meine Sache mit deinem Fall zu tun?«, drängte Ina. Es interessierte sie brennend, weil es nicht logisch war. Es ergab alles keinen Sinn. Laurent war eine Geschichte, Ramóns Ermittlungen aber eine ganz andere. Schon gestern war er ihr auf diese Frage hin, ausgewichen.

»Ina, Liebes, bitte belassen wir es dabei. Vertrau mir und meinen Kollegen, du bist in Sicherheit. Mehr musst du nicht wissen.«

Sie kämpfte damit, nicht sofort die nächste Frage zu stellen. Stattdessen versuchte sie, ihn wieder zu beruhigen. Der Zeitungsartikel, der für ihn wie ein Messer im Rücken sein musste, beschäftigte ihn sehr. Sie wollte ihn entspannt sehen, wie vorhin, voller Freude neben Cosy spazierend.

»Du solltest dir öfter frei nehmen. Ich werde das Gefühl nicht los, dass dich deine Arbeit immer mehr belastet. Alleine schon, dass du jederzeit abrufbereit und ohnehin ständig im Dienst bist, muss doch auf die Dauer schwer zu ertragen sein«, stellte sie fest.

Ramón nickte zustimmend.

»Es ist nicht immer einfach, aber ich liebe, was ich mache. Es erfüllt mich, ein wenig Gerechtigkeit in diese Welt zu bringen.«

Er war viel zu gut für diese Welt. Er opferte sich auf, um

für andere Gerechtigkeit zu schaffen. Ina hätte so gerne mehr über ihn erfahren. Was hatte ihn dazu bewogen, Polizist zu werden? Sie stellte sich ihn vor, wie er damals vor elf, zwölf Jahren gerade mit dem Schulabschluss fertig und ganz bestimmt die Nummer eins unter den Mädchen in seiner Klasse war. Was war damals in seinem Kopf vorgegangen? Er hatte mehr Leichtigkeit als jetzt, da war sich Ina sicher. Der Polizeidienst war fordernd, machte die Gemüter sehr schnell ernst und verdrängte das Leichte, Jugendliche. Zumindest hatte Ina noch keinen Polizisten kennengelernt, der völlig losgelöst und frei wirkte. Wie auch, wenn man tagtäglich mit Verbrechen, Missgunst und dem Tod konfrontiert wurde? Ramón war einer von denen, der am allerwenigsten Leichtigkeit ausstrahlte, als wäre da etwas tief in seinem Innersten gewesen, dass ihn ständig beschäftigte. Es musste seine besondere Art des Dienstes sein, anders konnte sie es sich nicht erklären. Familie? Freunde? Freizeit? Nichts davon hatte sie bei ihm bis jetzt auch nur ansatzweise wahrgenommen.

Ina blieb stehen und ließ die beiden ein paar Schritte vorgehen. Ramón war mit Cosy an der Weggabelung angelangt. Er wendete sie ihm Kreis, blieb stehen und fütterte ihr das letzte Stück Brot. Cosy schnaubte und beruhigte sich sofort, als sie ihren Kopf gegen seine Brust legte und genoss, wie er zögerlich seine Hände um ihre runden Kiefer legte und sie leicht am Hals tätschelte.

»Ina, wir brauchen Nachschlag«, sagte er.

Die Sonne spiegelte sich in seinen kristallklar blauen Augen und brachte sie zum Leuchten, als er, genau wie damals in der Bar, ihren Blick nicht mehr losließ. Für Ina war dieser Moment absolut atemberaubend.

Wie lange hatte sie sich gewünscht, jemanden in ihr Leben lassen zu können, der auch Interesse daran fand. Wie oft hatte sie Laurent angebettelt, er möge doch wenigstens hin und wieder mit zu Cosy gehen. Wenn es hoch kam, hatte er sich zwei Mal im Jahr dazu überreden lassen und war dann widerwillig und gelangweilt am Rand des Reitplatzes gestanden. Ramón jetzt mit Cosy an seiner Seite, vor ihr im Schnee stehen zu sehen, war ein lebendig gewordener Traum und sein Blick reichte, um ihr zu signalisieren, dass es ihm gerade ähnlich ging.

RAMÓN

»Donnerstagmorgen ist Frau Inspektor Feith nicht mehr zum Dienst erschienen, gleich daraufhin haben Sie mich in den Dienst gerufen und ich begann sofort zu ermitteln. Am späten Freitagnachmittag konnten wir einen Verdächtigen festnehmen und in Untersuchungshaft bringen.

Die Indizien sind eindeutig. Laut den Auswertungen von Frau Inspektor Feiths Smartphone, verliert sich ihre Spur am Mittwochabend in seiner Wohnung. Sie endet dort einfach, ihr Telefon muss zerstört worden sein. Auch sein Smartphone-Standort hat sich seitdem nicht geändert. Er war also schlau genug, es zu Hause zu lassen, als er sie wegbrachte. Dabei muss er auch ihr Smartphone entsorgt haben, denn bei der Wohnungsdurchsuchung konnte es nicht aufgefunden werden.

Weiters hat er nicht bestritten, dass sie an diesem Abend bei ihm war. Nachdem Frau Hussek ihm *einen Prozess an den Hals gehängt* und ihm den Rücken zugekehrt hatte, suchte er wieder Kontakt zu Frau Inspektor Feith, die er davor schon privat kannte. Er sagte aus, dass sie an diesem Abend, ja er nannte es *eher schon spät nachts*, seine Wohnung verlassen hätte. Für diese Aussage gibt es keine Beweise und er kann kein Alibi vorweisen.

In seiner Wohnung konnten wir DNA-Spuren der toten Person vorfinden, unter anderem ein blondes Haar am Kopfkissen und Blutspuren am Holzgriff eines Küchenmessers.

Die Leiche wurde identifiziert und ist unumstritten Frau Nadja Feith zuzuordnen. Aufgrund der Sachlage und eines fehlenden Alibis zur Tatzeit, kommt nur Laurent Schneider als Mörder in Frage.«

Endlich einmal ein Bericht an Rillinger, der Ergebnisse hervorbrachte. Nach vielen Wochen voller Leermeldungen, endlich ein Fortschritt. Zwar waren sie keinen Schritt weitergekommen, was die Entführungen betraf, doch ein Mord war aufgeklärt worden.

Ramón saß dem Kommandanten gegenüber. Seine Worte hallten in seinem Kopf nach. Mörder. Er hatte den Mörder gefasst.

Der Kommandant blätterte weiter und zuckte zusammen, als er eine Fotografie der Toten aufschlug. Ramón kannte das Foto. Es sah harmloser aus, als die Realität gewesen war. Trotzdem brannte es sich ein, blieb im Hirn stecken und tauchte irgendwann später plötzlich wieder auf, wenn man nicht mehr daran dachte. Wenn man seelenruhig mit der Familie Ausflüge unternahm. Wenn man entspannt im Meer schwamm und die Sonne genoss. Meistens an Tagen, an denen alles in Ordnung war, waren es diese Bilder, die sich schwer um den Brustkorb schnürten und einem den Atem raubten.

»Es gibt allerdings keine Verbindung zur Entführungsserie. Kein einziges Opfer ist bisher gefunden worden und Herr Schneider hat für jeden Tatzeitpunkt ein handfestes Alibi«, fuhr Ramón fort. Das war die schlechte Nachricht des Abends. Das mordende, durch die Straßen ziehende Monster, das wahllos Menschen aus dem Leben riss, war noch immer nicht mehr, als ein Schatten ohne Gesicht, beleuchtet vom Leid und der Trauer, die er verstreute.

»Das habe ich befürchtet«, erwiderte der Kommandant

tonlos und schob die Akten beiseite.

»Furchtbar, ganz furchtbar. Sie haben großartige Arbeit geleistet, wofür ich Ihnen auch persönlich danken möchte. Ein Menschenleben an einen Täter zu verlieren, ist immer tragisch und es ist unsere Aufgabe, für Gerechtigkeit zu sorgen. Doch eine so junge Kollegin so entstellt zu sehen, geht selbst mir nach vielen Jahren Polizeidienst sehr nahe. Vielen Dank.«

»Ist mein Job. An den anderen Fällen arbeite ich heute Nachmittag weiter«, antwortete Ramón aufrichtig.

»Gehen Sie jetzt nach Hause und erholen Sie sich ein paar Stunden. Passen Sie auf sich, wir brauchen Sie«, sagte Rillinger und lächelte mild. Ramón erhob sich. An so viel Empathie des Kommandanten war er nicht gewohnt und die Worte des Danks erstaunten ihn. Nicht, dass er so etwas unbedingt brauchte, um motiviert und erfolgreich zu arbeiten, freute es ihn doch, dass seine Arbeit geschätzt wurde. Geld am Konto war es nicht, was ihn zu Höchstleistungen im Dienst antrieb. Es war der tiefere Sinn dahinter, die Bestimmung, die er in seinem Herzen spürte. Gerechtigkeit.

Die Welt war grausam und die Menschen mit ihr, so musste es ein paar wenige geben, die sich in diese natürliche, grausame Ordnung einmischten und aufräumten. Die sich dafür opferten, wenigstens einen kleinen Teil ein wenig erträglicher zu machen. So fühlte Ramón, wenn er im Einsatz sein Leben riskierte, wieder einmal. Oder wenn er eigentlich lieber geschlafen hätte, anstatt vollends übermüdet, weiter verdächtige Leute zu verhören bis sie aussagten, was er hören wollte. Er fragte sich auch nicht, wie lange er das noch durchhielt. Sein rumänischer Freund hatte ihn dahingehend schon oft gefragt und ihn gewarnt, er solle es nicht übertreiben. Dabei war Stoicu doch genauso, wenn nicht sogar schlimmer, denn der wohnte sogar in seiner Arbeitsstelle.

Als Ramón später in seinem Appartement saß und über die letzten vierundzwanzig Stunden nachdachte, konnte er kaum fassen, wieviel passiert war. Er dachte nicht an die junge Frau, die ihr Leben in den Händen eines anderen Menschen lassen musste, der Gott spielte und über Leben und Tod entschied. Er dachte daran, dass die Tote für ihn diesmal einen Namen hatte. Namen hatten zwar alle Leichen, doch sie waren für ihn bedeutungslos. Eine wohlklingende Aneinanderreihung von Buchstaben, zugeordnet einem Geburtsdatum, einem Wohnort und den Namen von anderen Menschen, die ihm in der Haustür weinend gegenüberstanden, wenn er die Todesnachrichten überbrachte. Alles war anders, wenn man das Opfer kannte.

Ina gab ihm Hoffnung, Kraft und Mut, weiter zu machen. Sie war ein Geschenk. Für sie lohnte es sich, jeden weiteren Schritt zu gehen und abzuschließen, was er begonnen hatte.

INA

Geistesabwesend räumte Ina den Tisch ab und schlichtete das Geschirr in die Spülmaschine. Es war kurz nach sieben Uhr abends und Ramón war gerade erst gegangen. Nach dem Spaziergang mit Cosy hatten sie noch Zeit bei ihr verbracht und zusammen zu Abend gegessen. So gelöst wie heute hatte sie ihn noch nie erlebt und das Unausgesprochene wurde immer deutlicher. Von Minute zu Minute wuchs die Liebe in ihr, die sie für diesen besonderen Menschen empfand und ihr gesamtes Leben rückte immer weiter zu einer Ordnung zusammen. Mit Ramón ergab so Vieles wieder einen Sinn.

Ina machte sich bettfertig und kuschelte sich in die weiche Decke. Kalte Luft zog vom offenen Fenster herein. Er sagte, er wollte sie so schnell wie möglich wiedersehen, womöglich schon morgen. Das Kribbeln der Vorfreude begleitete sie in einen tiefen, ruhigen Schlaf.

INA

Schritte. Wo? Finsternis. Verzweifelt tappte sie nach dem Lichtschalter der Bettlampe, doch sie griff ins Leere. Panik überkam sie. Wieder Schritte. Schwere, klobige Stiefel, die unsanft am Boden auftraten, eine Person, die sich näherte.

Das feine Reiben im Türschloss, als die Schnalle nach unten gedrückt wurde, zerbarst die nächtliche Ruhe. Ina zitterte. Es fühlte sich an, als würde man ihr millimeterweise Nerven aus den Wurzeln ziehen. Ganz langsam, schmerzlich. Sie versuchte abermals, die Bettlampe einzuschalten, verhedderte sich jedoch in der Decke.

Die Tür wurde aufgestoßen und ein dunkler Schatten trat ein. Ehe sie sich aus der Decke befreien konnte, war er neben ihr. Hände am Hals. Er würgte sie so fest, dass ihr Körper tief in die Matratze gedrückt wurde. Sie keuchte und wollte schreien. So ausgiebig sie nur konnte versuchte sie, Luft in ihre Lungen zu reißen. Sein Griff wurde noch fester und der Schatten beugte sich über ihren Kopf.

»Ein Laut und du wirst leiden«, flüsterte er. Die junge Männerstimme wirkte bedrohlich ruhig.

Sie konnte nicht nicken. Seine große Hand am Hals raubte ihr jede Möglichkeit, ihren Kopf zu bewegen. Ihr Puls drängte bei jedem Herzschlag dichter gegen ihre Kehle. Ihr Kopf fühlte sich wie in Watte gepackt und das dunkle Zimmer begann sich langsam um sie zu drehen. Endlich lockerte sich die Hand, nur um ihr gegen das Kiefer zu drücken und ihren Mund gewaltsam zu öffnen.

»Schhh…, gleich wirst du ruhiger«, raunte er.

Sie spürte, wie kalte Tropfen auf ihrer Zunge

aufschlugen und sich im Mund verbreiteten. Er ließ erst los, als die Flüssigkeit restlos in ihren Hals geflossen und unter der Zunge versickert war.

»Wir zwei werden jetzt schön einen Abschiedsbrief schreiben und dann verreisen. Solltest du auch nur einmal versuchen, dich zu widersetzen, dann werde ich dir zeigen, wie sich Stecknadeln unter deinen Fingernägeln anfühlen«, sagte er gedämpft und nahm langsam seine Hand von ihrem Kiefer.

»Hast du mich verstanden?«, fragte er.

Ina nickte. Seine flache Hand schlug postwendend auf ihrer Wange auf und er beugte sich dicht über sie. Sie spürte seinen Atem auf ihrer brennenden Haut. Er roch nach teurem Kaugummi.

»Ob du mich verstanden hast, habe ich gefragt. Ich erwarte mir eine Antwort, wie sie erwachsene Menschen zu geben haben«, zischte er.

Ihre Gedanken drohten, ihren Kopf zu zersprengen, so schnell und wirr kreisten sie. Sie wollte schreien, aufspringen und ihn schlagen, davonlaufen und Zuflucht suchen. Ihr Körper reagierte auf all das nicht, so sehr sie es auch versuchte.

»Ich habe alles verstanden«, war stattdessen die Antwort, die sie über die Lippen brachte, als spräche eine andere Person aus ihr.

»Gut, dann stehst du jetzt auf und ziehst dich an«, sagte er und erhob sich. Sie war noch immer in der Decke verfangen und wollte laut kreischen, als seine Hände sie auswickelten.

»Nein, nicht! Bitte!«, wimmerte sie.

Energisch riss er ihr die Decke aus den Armen und erinnerte sie mit einer zweiten Ohrfeige an das eben Gesagte.

»Noch einmal, du wirst keine Schmerzen haben, wenn du tust, was ich sage. Du ziehst dich jetzt an!«, befahl er in scharfem Tonfall und entfernte sich. Die Dunkelheit schluckte ihn, nur an seinen lauten Schritten nahm sie wahr, dass er bei der Schlafzimmertür stehen blieb und wartete.

Wie betäubt tapste sie aus dem Bett und stolperte. Der Aufprall gegen die Schranktür hallte dumpf in ihrem Kopf wider. Sofort war er hinter ihr, riss sie hoch und öffnete den Kleiderschrank. Genervt warf er einen Stapel Kleidung heraus, nahm die erstbesten Sachen, die obenauf lagen und drückte sie ihr in die Hände.

»Anziehen!«, brummte er und stieß sie auf das Bett, dann nahm er wieder seinen Platz bei der Tür ein.

Trotz der Dunkelheit fühlte sich Ina sichtbar und nackt. Sie hörte Schreie, wusste aber, dass diese nur in ihrem Kopf umher brüllten und sie zunehmend in Panik versetzen. Sie sah sich selbst hundertfach in ihren Gedanken, wie sie Auswege aus ihrem eigenen Selbst suchte, doch jedes Mal, wenn sie kurz davor war, etwas von ihren Emotionen nach außen zu tragen, war da eine Schranke. Irgendetwas, das sie daran hinderte, wirklich zu handeln.

Langsam und unsicher tastete sie nach der Kleidung und zog sich an.

Der Schatten öffnete die Schlafzimmertür und Licht fiel herein. Sie konnte seine Umrisse wahrnehmen, als er wartete, bis sie sich den grauen Kaschmirpullover übergezogen hatte. Die Angst war der Wut gewichen. Die Schreie im Kopf wurden immer lauter, ihr Drang, sich zu bewegen, immer stärker und noch immer folgte ihr Körper nicht. Sie saß unbewegt am Bett und wartete auf seine nächste Anweisung.

»Sehr gut. Hübsch siehst du aus. Komm, setz dich an den Tisch«, sagte er.

Ina hob den Kopf und musterte ihn. Verschwommen konnte sie sein Gesicht erkennen, die blond-braunen Haare, die schwarze Kleidung und die hohen, massiven Stiefel, die bei jedem Schritt das Gefühl hinterließen, Beton zertreten zu können.

Sie hasste ihn. Nicht grundsätzlich, aber jetzt im Moment. Wenn er ihr auf der Straße, beim Einkaufen, im Bus oder wo auch immer begegnet wäre, hätte sie ihn sicher gemocht. Hass, überall Hass. Wut, Panik, Schwindel, es schaukelte sich immer mehr auf. Sein Lächeln brachte das Fass zum Überlaufen. Ina spürte, wie der Schrei in ihrem Hals stecken blieb und nicht an die Oberfläche gelangte. Wieder nicht.

Alles war zu viel, zu voll, zu bedrängt und sie merkte nicht, wie ihr Körper zusammensackte und vor seinen Füßen zu liegen kam. Wenn sie schon nicht kämpfen, ja nicht mal schreien konnte, wünschte sie sich wenigstens, nichts bewusst zu erleben. Auch das blieb ihr verwehrt, sie musste Sekunde für Sekunde bewusst wahrnehmen, war hoch konzentriert und fokussiert.

Er stieg über sie hinweg und half ihr auf die Beine.

»Aufpassen, tu dir nicht weh«, sagte er, dicht an ihr Ohr gedrängt, als er sie zum Schreibtisch führte und auf den Sessel setzte. Sie nahm alles um sich herum so intensiv wahr, seine Körperwärme durch seine und ihre Kleidung hindurch, den harten Holzkörper des Sessels unter der Polsterung und auch den Duft des Abendessens, das vor vielen Stunden gekocht worden war. Jede noch so kleine, nur erdenkliche Information war Beschäftigung für ihr Gehirn, als könnte es nicht mehr entscheiden zwischen dem Wichtigen und dem Unwichtigen. Alles sammelte sich, führte zunehmend zu einer Überreizung und je mehr davon zusammenkam, desto stärker wurde ihr Gefühl, gelähmt zu sein. Die Schere zwischen Gedanken und Körper öffnete sich immer weiter, quälte sie mehr.

Er setzte sich dicht neben sie und stütze ihre Schulter, damit sie nicht erneut umkippte und legte ihr Papier und Stift auf den Tisch.

»Nimm dir genug Zeit, die Wörter schön zu schreiben. Man soll sie gut lesen können. Wirst du das machen?«, redete er ruhig auf sie ein.

Sie nickte.

»Gut. Nimm einen Stift und schreibe den heutigen Wochentag.«

Ina nahm den Stift und setzte die Spitze auf das Papier. Sie zögerte. Welcher Tag war heute? Angst explodierte in ihr, Angst vor seiner Reaktion, wenn sie nicht gehorchen konnte. Ein Ächzen entrang sich ihr und verzweifelt sah sie zu ihm auf.

»Ist schon gut. Es ist der Tag vor Sonntag«, antwortete er.

Ihre Angst trieb sie dazu, den Stift über das Papier zu führen. Sauber und exakt schrieb sie *Samstag*.

Er nickte anerkennend und begann langsam und deutlich, die Worte zu diktieren. Buchstabe für Buchstabe setzte sie auf das Papier, fehlerfrei und genau so, wie er sagte. Sie wusste nicht, wie lange sie gebraucht hatte. Als sie fertig war, traten die Knöchel weiß hervor und ihre Finger schmerzten, so verkrampft hatte sie sich an den Stift geklammert, als wäre er ihr einziges Ventil gewesen, ihr Inneres nach außen zu tragen, wenn auch gelenkt durch seine Stimme.

Wenn der Schmerz untragbar wird, lass dich tragen. Vom Fluss des Lebens, von den reißenden Wellen, die über dich hereinbrechen und ewige Ruhe herbeibringen, in dem sie dich fortspülen.

Lebt wohl, wohler als ich es tat,
Ina.

»Das hast du sehr schön geschrieben«, beurkundete er ihr Werk.

»Gefallen dir die Worte«?

Ein Blitz durchfuhr ihren Kopf. Es waren furchtbare Worte. Neben allem, was Ina gerade hasste, waren sie das Meistgehasste. Sie kamen nicht von ihr, niemals hätte sie so etwas geschrieben. Es kostete ihr die ganze Kraft, die Antwort zu formulieren.

»Nein«, flüsterte sie und kaum hatte sie die Worte ausgesprochen, brach erneut das Feuer in ihrem Kopf aus, der Krieg und das unendliche Leid.

Er zog fragend eine Augenbraue hoch.

»Hast du nein gesagt?«, fragte er ironisch.

Sie wusste, welche Antwort er hören wollte. Ina kämpfte

gegen das Feuer, versuchte den Drang zu unterdrücken, ihm zu antworten. Es gelang ihr und sie blieb stumm. Er lachte zynisch auf, erhob sich und fasste in ihre Haare. Mit voller Wucht zog er sie nach hinten, bis der Sessel kippte und hölzern auf den Boden polterte. Ina erwartete die Sessellehne schmerzlich im Rücken, doch sie schwebte. Der Sessel war ein Stück unter ihr, bis sie begriff, dass er sie durch den Raum schleifte und erst kurz vor der Eingangstür losließ. Angewidert schnippte er seine Finger und ein Büschel ausgerissener Haare fiel zu Boden.

»Steh auf, wir fahren jetzt eine kleine Runde«, befahl er und streifte durch das Wohnzimmer, um ihre Wertgegenstände zusammenzusammeln. Die Geldtasche auf der Kommode, ihr Handy, die Autoschlüssel.

Sie versuchte, auf die Beine zu kommen, um sich die Jacke von der Garderobe zu nehmen. Widerstand war jetzt zwecklos, sie schaffte es ja kaum, gerade zu stehen und ein paar Schritte zu gehen. Heftiger Schwindel übermannte sie plötzlich und ihre Kopfhaut brannte. Ihre Augen drohten zu zerplatzen, Tränen stauten sich, fanden den Weg nach draußen jedoch nicht.

»Beeil dich!«, zischte er wütend, zog sie am Arm nach draußen ins Stiegenhaus und führte sie nach unten zum Parkplatz, wo ihr Auto parkte. Er öffnete die Beifahrertür, stieß sie hinein und ehe sie sich versah, saß er neben ihr und fuhr los. Sie kauerte am Autositz und sackte in sich zusammen.

»Setz dich aufrecht hin und zieh nicht so eine Miene«, sagte er und stieß ihr seinen Ellbogen hart gegen die Seite. Ein lautes Schluchzen entrang sich ihrer Kehle und beinahe glaubte sie, sie konnte endlich weinen, doch ihre Tränen und ihr Hass waren weiter unbefreibar in ihr gefangen.

»Du erinnerst dich doch daran, was ich gesagt habe? Was passiert, wenn du deinen Kopf durchsetzen willst?«, fragte er zynisch.

Ina nickte schwach, gehorchte seiner Anweisung und versuchte, sich so gerade wie möglich aufzurichten. Sie konnte nicht erkennen, wohin er fuhr. Sie war zu fest mit dem Kopf auf dem Boden aufgeschlagen und konnte ihre Umgebung nur mehr undeutlich wahrnehmen. Schemenhaft huschten Büsche und Bäume an der Autoscheibe vorbei. Oder waren es Häuser? Straßenlaternen? Autobahnschilder?

Sie schloss die Augen und ließ den Kopf auf die Brust sinken. Während der Krieg im Kopf weiter tobte, glaubte sie, sogar kurz zu schlafen. Vielleicht fühlte sich so auch Ohnmacht an, sie wusste es nicht.

Erst ein brennender Schmerz im Gesicht riss sie zurück in die Wirklichkeit. Er hatte seinen Ellbogen abermals heftig gegen sie gerammt und ihre Nase getroffen. Sie konnte endlich weinen! Tränen suchten sich den schnellsten Weg über ihre Wangen und vermischten sich mit ein paar Blutstropfen, die aus der Nase sickerten.

Er war ausgestiegen und riss sie grob aus dem Auto. Sie befanden sich auf einem Parkplatz, an den ein Flussufer angrenzte. Das eiskalte Wasser rauschte aufgebracht und glitzerte im Mondlicht.

Ein paar Meter entfernt stand ein Fahrzeug und ein Mann kam herangeeilt. Ina wehrte sich jetzt heftig, sie hatte das Gefühl, langsam aus einer Trance zu erwachen und ihre

Gefühle wieder nach außen tragen zu können. Sie versuchte, noch vom Entführer an den Armen festgehalten, gegen den entgegenkommenden Mann zu treten.

Sie traf ihn am Oberschenkel. Sein ohnehin aggressiver Blick wurde rasend. Er wich kurz zurück, putze sich die Hose sauber und nahm Anlauf. Mit voller Wucht trat er gegen ihr Schienbein. Ina spürte, wie sich das grobe Profil seines Stiefels durch ihre Jeans in die Haut schnitt. Ihr lautes Kreischen verebbte sofort im lauten Rauschen des Flusses. Gedämpft durch die Hand des Entführers auf ihrem Mund, war es nur noch ein jämmerliches Wimmern.

Die beiden zerrten sie zum Transporter und rissen ihr gewaltsam Jacke und Schuhe vom Leib. Der Entführer eilte damit zum Flussufer, kramte in seiner Jackentasche und fütterte sie mitsamt ihren Wertgegenständen der reißenden Flut. Der zweite Mann packte sie grob und hob sie in den Paketabteil des Transporters. Gerade noch konnte sie verhindern, mit dem Kopf gegen das Gerüst eines eingebauten Hundezwingers aufzuschlagen.

Alles passierte so schnell und ehe sie sich versah, war er über ihr und band ihre Hände am Zwingergitter fest. Sie versuchte nochmals, ihn zu treten, verfehlte ihn aber um ein Haar. Vielleicht war es besser so. Er wirkte bedrohlich mit seinen unfreundlich stechenden Augen und dem belanglosen Ausdruck im Gesicht, als wäre das für ihn Routine und keine einmalige Sache. Ein letztes Mal zog er die Seile fest und Ina schluchzte, als sie sich tief in ihre Handgelenke schnitten. Er nahm ihr Gesicht in seine rauen Hände, zwang sie, ihn anzusehen. Langsam legte er seinen Zeigefinger auf seine Lippen und ließ ihn dort kurz verharren.

»Schhh…«, flüsterte er, nahm den Zeigefinger von den Lippen und ließ ihn beispielhaft, wie ein Messer, über seine Kehle gleiten. Das zynische Lächeln dabei wirkte ernst und absolut gefährlich. Schwungvoll erhob er sich und kramte eine Decke aus dem Hundezwinger. Gänsehaut lief über ihren Körper, als er sie achtlos über ihren Körper warf und dabei ihre Brust streifte. Als er sie rundherum in die Decke eingepackt hatte, verschwand er aus dem Transporter. Leise schnappte die Tür ins Schloss.

Da lag sie nun. Gefesselt und misshandelt, mit einer haarigen Hundedecke zugedeckt, in einem finsteren Paketabteil ohne Hoffnung, dass sie jemand finden konnte. Selbst in einem solchen Zustand war ihr klar, wie geschickt ihr Entführer alles eingefädelt hatte. Alles hatte den Anschein, als hätte sie sich selbst umgebracht. Der Abschiedsbrief, das Auto am Flussufer, ihre Sachen in den Fluten. Nur ihre Leiche würde nie gefunden werden. Kein Wunder auch in diesem großen, unruhigen Gewässer, durchzogen von scharfen Felsen und Eisstücken. Niemand konnte wissen, dass Inas Körper den Fluss gar nie erreicht hatte.

Plötzlich verstand sie, warum Ramón mit seinem Team bei allen anderen Entführungen immer noch im Dunklen tappte. Wie gerne hätte sie ihm das alles mitteilen können. Ramón. Sie wünschte sich nichts mehr, als dass er sie befreien konnte. Die Worte, die sie hatte schreiben müssen, würden ihn hart treffen. Sie hasste sich selbst dafür, sie geschrieben zu haben, aber was war ihr anderes übrig geblieben?

Der Transporter fuhr los, schaukelte von nun an stundenlang im immer gleichbleibenden Rhythmus hin und her. Ina döste vor sich hin, der Schmerz hielt sie lange wach und ließ sie einfach nicht in einen tieferen Schlaf fallen. Ihre Nase fühlte sich geschwollen an, ihr Schienbein blutete. Schließlich, nach quälenden Stunden, träumte sie.

Vom Haus ihrer Eltern, den duftenden Blumen und dem warmherzigen Lachen ihrer Eltern. Von ihren Freunden, die sie morgen besuchen wollte und von Cosy, wie sie aufgeweckt im Schnee trabte. Von Laurent und seinen Intrigen und schließlich von Ramón, der ihr im Traum wie ein Engel erschien und sie aus all der Dunkelheit befreite. Sie forttrug in ein Reich, wo alles besser war. Sie träumte zu fühlen, wie sich seine Arme um sie schlossen, sie sich an ihn schmiegte und seine Wärme spürte.

INA

Als sie wach wurde, war sie nicht mehr im Transporter. Sie brauchte einige Zeit um sich erinnern zu können, warum sie auf einer doppelstöckigen, spärlich gepolsterten Pritsche lag. Die Dunkelheit nahm den kompletten Raum ein und sie konnte kaum etwas erkennen.

Angestrengt kniff sie die Augen zusammen, um mehr zu sehen und musste dabei gleich feststellen, dass ihr Gesicht höllisch schmerzte. Die Mauer strahlte kalt. Die Decke aus dem Transporter war noch da und Ina wickelte sie fest um ihren müden Körper. Was passierte hier? Warum sie? Warum überhaupt?

Sie dachte an die Zeitungsartikel, die sie zwar gelesen und registriert, die sie aber nie berührt hatten. Die Opfer waren zu weit weg von ihr gewesen, keine bekannten Gesichter oder Namen waren jemals darin vorgekommen. Tragisch natürlich, man redete ein oder zwei Tage darüber, hatte dann aber meist den Großteil schon wieder vergessen. Das menschliche Hirn war ein hervorragendes Sieb, wenn es darum ging, Unwichtiges zu vergessen.

Ina wusste jetzt, was mit all den Menschen geschehen war. Hinter jedem Namen war eine Geschichte, ein vollständig aufgebautes und intaktes Leben so wie ihr eigenes, das durch so geschickte Vorgehensweisen einfach in Luft aufgelöst wurde. Warum? Vor allem, durch wen? Auch jetzt war ihr der Grund für diese Taten einfach unbegreiflich, wo sie doch wieder klar denken konnte und Kopfschmerzen als einzige Nachwirkung vom Betäubungsmittel übrig waren. Ein ewiger Kreislauf aus diesen Fragen kursierte durch ihren Kopf.

Sie setzte sich aufrecht auf die Pritsche und versuchte, nicht wieder in Tränen auszubrechen und, egal was auch passierte, ihren Entführern mit Stolz gegenüber zu treten. Die Genugtuung von Schwäche wollte sie ihnen nicht ein weiteres Mal schenken. Nicht ihnen, diesen abscheulichen Menschen, die grundlos mordeten. Ina war eine starke Frau mit dem Herz einer Löwin. So aussichtslos sie hier festsaß und so fest sie auch daran glaubte, niemals wieder nach Hause zu kommen, sondern hier zu sterben, so stark war die innere Löwin in ihr, um wenigstens in Stolz und Würde zu sterben.

INA

Nach vielen vergangenen Stunden spürte sie, wie sich ihr Sitzbein in die harte Matratze grub und ihre Wirbelsäule von der kalten Wand wund gescheuert war. Sie wusste nicht, wie lange sie schon so dagesessen und sich kaum bewegt hatte. Die Arme um die Beine geschlungen, dass Kinn auf den Knien abgelegt, wie erstarrt. Zunehmend machte sich Müdigkeit breit, allerdings schaffte sie es nicht, die Angst zu verdrängen, die ihren Körper verseucht hatte. So fest hatte sie versucht, sie zu verdrängen, es war aussichtslos.

Es wurde langsam hell, Licht drang durch das kleine, vergitterte Fenster über der schweren Eisentür. Licht, das keine Wärme spendete, sondern verheißungsvoll einen langen Tag einläutete. Ihr Leib schmerzte von der langen Fahrt, die sie gefesselt im Paketabteil des Busses verbracht hatte, ehe sie in dieser Zelle erwachte.

Ein Schlüssel drehte sich im Schloss und ließ sie hochschrecken. Eine Umdrehung, eine zweite. Ein zweiter Schlüssel, wieder zwei Umdrehungen, dann schwang die Tür auf.

Sie wagte kaum aufzublicken, erhaschte nur im Augenwinkel den Umriss eines kräftig gebauten Mannes, der die Tür hinter sich zudrückte. Sie versuchte, ihr Gesicht in den Armen zu verbergen und hoffte, bald ohnmächtig zu werden, um diese pulsierende Angst, die mit jedem Herzschlag tiefer in ihren Körper transportiert wurde, nicht mehr ertragen zu müssen. Um einfach abzutauchen in eine Bewusstlosigkeit, die Schmerzen und die Panik nicht mehr zu spüren und schließlich zu fühlen, wie das Leben aus ihr wich. Ihr Vorhaben, stark und stolz zu bleiben, wurde mit jedem Pulsschlag weiter fortgespült und durch pure Angst ersetzt.

Er kam näher, bewegte sich in flüssigen Schritten auf sie zu. Sie versuchte, sich enger zusammen zu kauern, doch da riss er bereits ihren Kopf an den Haaren hoch und zwang sie, ihn direkt anzusehen. Er atmete schwer, drängte sich eng an sie und zwang sie auf den Rücken.

Sie hatte keine Kraft, dagegen anzukämpfen, musste seiner Bewegung folgen und seinen schweren Körper auf ihr ertragen. Sein Griff wurde fester, er bog ihren Kopf nach hinten, überstreckte ihn schmerzhaft weit und erschwerte ihr das Atmen, während er seinen Arm neben ihrem Kopf abstützte. Sie spürte, wie er seine Hand leicht über ihr Gesicht, ihren Hals und schließlich ihre Brust streifte, um schließlich weiter abwärts zu wandern und ihr kraftvoll die Jeans nach unten zu reißen.

Tränen sickerten durch ihre aufeinandergepressten Augenlider und tropfen auf sein Handgelenk, um das er ihre Haare gewickelt hielt. Nein, sie wollte nicht weinen, nicht jetzt, nicht vor ihm! Sie wollte ihm diese Genugtuung nicht schenken. Kurz dachte sie, er würde von ihr ablassen, da seine Hand verschwunden war, um sich kurzum schreiend unter ihm zu winden, als sie den stechenden Schmerz im Unterleib spürte.

»Heul nicht, Liebes, du hast das einst doch so gemocht.«

Seine Stimme, rau und leise, sein Duft und seine Anwesenheit, waren ihr so bekannt. Sie wollte sich übergeben, doch ihr Körper reagierte kaum. Sie hob ihre rechte Hand, holte aus und versuchte, gegen seinen Kopf zu schlagen. Sie traf ihn am Nacken.

»Ohhhh, gefällt es dir so gut?«, murmelte er, fasste ihre Hand, verdrehte sie schmerzhaft und begann, sich heftiger in ihr zu bewegen. Ihr entglitt ein Schrei, den er mit einem kräftigen Zug an ihren Haaren erstickte.

Sie röchelte, schnappte nach Luft und schlug schließlich die Augen auf, denn sie hatte keine Kraft mehr, sie geschlossen zu halten. Als der Tränenfilm an der Luft langsam trocknete, konnte sie schemenhaft sein Gesicht erkennen.

Die für sie so bekannten, einst anziehend wirkenden männlichen Gesichtszüge hatten ihren Zauber verloren. Sie fühlte, wie sie nach und nach immer weiter absackte in einen Schleier aus Hoffnungslosigkeit. Mit jeder seiner Bewegungen wurde sie tiefer nach unten gezogen in dieses dunkle Loch, dass sie immer weiter davontrug vom Schmerz und der Erniedrigung, bis sie schließlich nichts mehr wahrnehmen konnte und regungslos unter ihm lag.

Er bemerkte ihre Bewusstlosigkeit, ließ sich jedoch nicht davon ablenken, seine Lust weiter an ihr zu stillen. Als er fertig war, wischte er sich an ihrem Pullover sauber, schloss seine Hose und betrachtete ihren Körper, wie er benutzt am Bett lag. Einige Minuten stand er so da, bis er sich beruhigt hatte, dann suchte er seine Schlüssel und verließ die Zelle.

RAMÓN

Ramón beobachtete belustigt, wie Stoicu an der Kaffeemaschine herumnestelte und verzweifelt versuchte, sie wieder in Gang zu bringen. Kaffee war bitter nötig, nach den letzten vierundzwanzig Stunden.

Zuerst der Leichenfund, das Verhör und der Bericht an Rillinger. Dann war er direkt Stoicus Anruf gefolgt und an die Grenze nach Rumänien gefahren. Es war Mitternacht, als er dort angekommen war und bitterkalt. Auch im Transporter war es nicht wärmer gewesen, als er dieses Häufchen Elend von Menschen dort schlafend vorgefunden hatte. Stoicu der Idiot, er sollte doch darauf achten, sie nicht krank werden zu lassen. Schnell hatte er sie in ein Zimmer getragen, wo wenigstens Plusgrade herrschten und sie wach werden konnte. In der Zwischenzeit hatte er es dann auch geschafft, selbst ein paar Stunden zu schlafen. Als er dann heute Morgen an ihrer Zellentür vorbeiging, beschloss er kurzerhand, ihr einen Besuch abzustatten.

Eine gute Stunde war seitdem vergangen und Stoicu grinste selbstgefällig, als die Kaffeemaschine endlich vielversprechende Geräusche von sich gab.

»Als ob wir in letzter Zeit nicht genug Geld erwirtschaftet hätten, warst du noch immer nicht in der Lage, eine bessere Maschine zu kaufen. Wie oft hatten wir das Problem jetzt schon?«, kommentierte Ramón und schüttelte ungläubig den Kopf.

»Halt´s Maul, Moreno! Sonst stopfe ich dir das Kaffeepulver pur ins Gesicht«, schnappte Stoicu zurück und grinste. Sein aggressiver Blick war bei Ramón immer eine

Spur weicher und freundschaftlicher. Der abschreckende Tonfall, unterstrichen durch seinen starken Akzent, wenngleich er auch sehr gut Deutsch konnte, war sein Markenzeichen, das wohl nur Ramón richtig zu deuten verstand. Sicher auch deshalb, weil er haarscharf wusste, wie weit er gehen konnte und wann bei Stoicu die Grenze erreicht war.

»Ich glaube, selbst das wäre mir grade lieber, als länger zu warten«, antwortete Ramón gespielt verzweifelt.

Stoicu setzte sich ebenfalls und blickte immer wieder prüfend zur Maschine. Sie schien ihren Dienst wieder aufgenommen zu haben, denn schon nach kurzer Zeit war die Kanne fast bis zum Rand gefüllt.

»Sie sieht sehr zugerichtet aus«, stellte Ramón ernst fest.

»Die Maschine?«, fragte Stoicu.

Ramón schüttelte belustigt den Kopf.

»Die auch. Ich meinte aber Ina.«

»Ach so. Ja, sie ist aber auch sehr zäh. Das Scopolamin hat nicht ganz so gewirkt, wie erwartet. Die war viel zu schnell wieder bei Bewusstsein und am Uferplatz hätte sie beinahe Probleme gemacht. Hat mich ziemlich am Oberschenkel getroffen, aber ich hatte die härteren Schuhe als sie und nachdem sie mit der Platzwunde erst mal beschäftigt war, gab sie dann auch schön Ruhe«, berichtete Stoicu, während er abermals aufstand und begann, den Kaffee aufzuteilen.

»Jan hat sie ziemlich an den Haaren gezogen, mal sehen, wie viel davon zerstört wurde, oder ob wir das Büschel verkaufen können. Immer das gleiche mit dem Idioten«, fuhr er fort.

Ramón nickte reserviert und nahm die Tasse entgegen.

Er dachte daran, wie schön ihre Haare jedes Mal ausgesehen hatten, als sie sie perfekt gepflegt und in leichte Wellen gelegt, getragen hatte.

»Warst du nicht bei ihr?«, fragte Ramón erstaunt.

Stoicu schüttelte den Kopf.

»Keine Zeit. Nicht jeder ist so ein brutales Schwein wie du, arbeitet Tage und Nächte durch, um dann noch eine Frau zu besteigen, die sich ohnehin noch nicht besonders wehren kann. Viel zu langweilig. Wo ist da der Anreiz? Außerdem hast du gesagt, sie ist deine.«

Ramón schmunzelte hinter seiner Kaffeetasse.

»Du weißt, wer die Meine ist. Nimm dir also, was du willst«, antwortete er, ohne zu überlegen.

Die Seine. Nur Seine. Fort, für immer. Er spürte, wie sich sein Herz zu einem verkrampften Ball zusammenzog und das Blut, das daraus strömte, wie Gift seinen Körper verseuchte. Er dachte an einen belanglosen Nachmittag vor vielen Jahren, als sie gemeinsam den Einkauf erledigt hatten. Ein Nachmittag, wie so viele andere, damals das Alltägliche. Was hätte er dafür gegeben, wenigstens eine Minute wieder dorthin schlüpfen zu können, selbst dann, wenn er nur den kleinen Streit mit ihr noch einmal hätte durchleben dürfen. Die ständige Diskussion, wer fahren sollte. Sie fuhr ungern, ihm hingegen war es egal, aber er war meistens zu bequem und ließ sich kerne kutschieren. Hätte er jetzt die Wahl gehabt, hätte er sie wohl einfach in den Arm genommen, ihr einen Kuss auf die Stirn gedrückt und ihr dabei zugesehen, wie sie zufrieden auf den Beifahrersitz seines BMW stieg. Zu spät. Vorbei. Eine Chance, die nur einmal greifbar war. Er war zu langsam gewesen.

»Ramón?«

Stoicu rüttelte an seiner Schulter und riss ihn aus seinem Tagtraum. Das schemenhafte Bild der Seinen zerbarst, dahinter war nur kahle Einrichtung und er fand sich in Stoicus Büro wieder.

»Mensch, du bist gemeingefährlich übermüdet. Als ob man gegen eine Wand redet. Du kannst dann auf der Rückbank schlafen«, wetterte Stoicu.

»Ja, du hast Recht, es waren harte Tage«, pflichtete er ihm bei, musterte abwesend die Pinntafeln an der Wand und die heruntergekommenen Bürotische.

»Moreno, du weißt, wofür wir das machen. Beweg deinen Arsch hoch, wir haben sechshundert Kilometer vor uns.«

RAMÓN

Er schloss die schwere, doppelt verschlossene Tür zu ihrer Zelle auf. Sie stand barfuß am Ende des kleinen Raums und zitterte vor Kälte. Ramón selbst trug über seinem Pullover noch eine Jacke und trotzdem konnte den Zug der kalten Mauern hindurch spüren. Ihre Hände waren in den Ärmeln des Pullovers versteckt und auf den Tisch aufgelegt, der dort verlassen neben einem Eisenspind stand.

»Hallo Ina«, flüsterte er und blieb bei der Tür stehen. Er erwartete ihren Zusammenbruch und wie sie gleich heulend am Boden kauern würde. Wie sie um Hilfe winseln und fragen würde, warum sie hier war. Es passierte nicht. Stattdessen drehte sie sich in Zeitlupe um und hielt direkt seinem prüfenden Blick stand. Im Tageslicht offenbarte sich ihm das volle Ausmaß ihrer Verletzungen, die Einschnitte an den Handgelenken, die leicht geschwollene Nase und der große Blutfleck am Schienbein.

»Spar dir die Begrüßung, Ramón«, antwortete sie heißer. Er trat näher und hielt die Papiertüte hoch, die er trug. Sie klammerte sich am Tisch fest, versuchte gefasst zu wirken.

Wenn du also keine Angst hast, dann können wir ja Witze machen…

»Jackpot Liebes, ich habe neue Schuhe für dich! Ich habe gehört, deine sind dir leider beim vorgetäuschten Sprung in den Fluss davongeschwommen. Freue dich doch, du bist doch sicher gleich verrückt nach Schuhen, wie alle Frauen«, sagte er, stellte die Tüte auf der Pritsche ab und kam ganz nah an sie heran. Seine Fingerspitzen berührten vorsichtig ihre Wange, glitten den Hals entlang hinab und legten eine Haarsträhne sachte zurück. Seine Bewegung schien beinahe liebevoll, als würde er sich um sie sorgen. Stattdessen genoss er, wie ihre künstlich aufgebaute Fassade immer weiter bröckelte.

»Was haben die bösen Jungs bloß mit dir gemacht? Du warst heute Morgen nicht die, die ich kannte«, raunte er. Von Anfang an war das Inas große Stärke gewesen, keine Schwäche zu zeigen und mit Vielem selbst fertig zu werden. Vielleicht war das der Anreiz gewesen, warum er ausgerechnet sie ausgewählt hatte. Eine kleine Challenge, wie lange es wohl dauern würde, bis sie einbrach.

Er verringerte den Abstand noch weiter, drückte seinen Körper leicht gegen ihren. Sie wich keinen Zentimeter zurück, sondern versteinerte sich.

Und wie mir dein Widerstand gefällt, du kleine Kämpferin…

»Warum denn so still? Rede doch mit mir«, forderte er sie auf.

»Rede mit dir selbst«, zischte sie verbissen.

Er packte sie grob an der Taille und setzte sie auf den Tisch. Sie warf abwehrend die Arme vor den Kopf und versuchte, sich aus seinem festen Griff zu befreien.

»Du abscheuliches, krankes Biest!«, brüllte sie.

»Schhh, ist ja schon gut. Lass dich trösten«, sagte er und schlang seine Arme um sie, sodass sie nicht weiter versuchen konnte, damit auf ihn einzuschlagen.

»Laurent hatte absolut Recht, er hatte Recht, er hatte so Recht!«

Sie wütete wie ein Sturm, den er festzuhalten versuche.

Genauso Liebes, ich will dich schreien und leiden und

büßen hören…

»Ja, womit hatte er denn Recht?«, fragte er.

»Mit allem! Du spinnst, *du* bist derjenige, der verrückt ist!«, kreischte sie. Sie wurde immer kraftvoller in ihrem Versuch, sich aus seinem Griff zu befreien. Woher hatte sie bloß diese Kraft? Allein schon die Tatsache, gestern Abend mit einem der besten Wirkstoffe, wenn man jemanden gefügig machen, aber gleichzeitig handlungsfähig behalten wollte, betäubt worden zu sein, hätte eigentlich reichen müssen, um sie heute noch fügsam und beruhigt zu wissen. Beinahe das Gegenteil war der Fall.

Trotz seiner Stärke und zweifelsfrei körperlichen Erhabenheit, hatte er ganz schön zu tun, sie weiterhin festzuhalten. Diese Sturheit und ihr Antrieb, sich unbedingt durchzusetzen, fixte ihn von Sekunde zu Sekunde mehr an. Sie war die richtige Wahl gewesen, genauso machte es ihm Spaß, seine Opfer büßen zu sehen.

Baby, du machst das perfekt…

»Es reich jetzt!«, schnitt er ihr scharf das Wort ab, als sie erneut begann, mit Schimpfworten um sich zu werfen und stieß sie auf die Tischplatte zurück.

»Es reicht jetzt wirklich. Du kannst um dich schreien, so laut du willst, wenn du alleine bist. Du kannst schreien, bis deine verdammten Stimmbänder reißen oder deine Lunge platzt. Aber in meiner Anwesenheit bist du ruhig.«

Seine raue Stimme war durchdringend und hing noch im Raum, als er ein paar Meter entfernt stand und wartete, bis sie sich aufrappelte. Sein wütender Ausdruck schien sie erschrocken zu haben. Er musste sich eingestehen, dass er sich ruhig und gelassen fühlte und ein wenig Wut spielte, um sie in diese eine bestimmte emotionelle Richtung zu lenken. Angst.

Es wird... Bitte heule doch, Kleines, ich will dich so gerne heulen sehen...

Sie wirkte reservierter, aber noch nicht vollkommen gebrochen.

Vielleicht ein, zwei kleine Schubser... Der kalte Boden kann dir sicher ein paar Tränchen entlocken...

Nein! Er erinnerte sich selbst daran, warum er hier war. Sie mussten sich beeilen. Sechshundert Kilometer fuhren sich nicht in einer halben Stunde, schon gar nicht, mit einer quengelnden Frau an Bord.

»Nimm die Kleidung, es ist kalt draußen«, sagte er und leerte die Papiertüte vor ihr am Boden aus. Es waren bereits getragene Sneaker und eine dicke, weiße Steppjacke mit Kunstfellbesatz. Ramón konnte sich genau an die Frau erinnern, der sie gehört hatten. Sie hatte Ina ähnlich gesehen, mit ebenso dunklen, vollen Haaren und diesem unbeugsamen Stolz. Er erinnerte sich noch an den Tag, an dem Stoicu sie aus dem Grenzhaupthaus weggebracht hatte.

Ihre letzte Reise. Es war knapp gewesen, dass sie nicht erwischt wurden, doch letztendlich wurde kein Hinweis weiter verfolgt, wenn er nur einmal auftauchte. Und so war es, denn sie wechselten ständig die Methoden, wie sie die Opfer transportierten. Nachdem das Scopolamin bei Ina kaum wirkte, war die Möglichkeit, sie mit ihnen im Auto sitzend, als Verlobte von Ramón ausgegeben, wohl nicht möglich. Stoicu fiel sicher das Richtige ein.

So schön dein Stolz auch ist, jetzt drängt die Zeit...

Ina krabbelte verstört vom Tisch und folgte seiner

Anweisung. Angeekelt schnürte sie die Schuhe und schlüpfte in die Jacke, die noch leicht den Duft jenes teuren Parfums verströmte, dass ihre Trägerin am letzten freien Abend ihres Lebens aufgetragen hatte. Magnolie.

Dein Körper, deine Augen, dein wunderschönes Gesicht... Dein Verhängnis...

»Schneit es draußen?«, fragte sie.

Er lachte über ihre banale Frage. Keine einzige hatte sie bis jetzt gestellt und dann ausgerechnet eine über das Wetter. Er kannte die standardisierten, voraussehbaren Fragen, die normalerweise kamen.

Warum tust du mir das an...? Was geschieht hier...?

Lauter sinnlose Fragen, die er nicht mit Worten, sondern stets mit Taten beantwortet hatte, umrahmt von Gekreische, den blutigen Schreien und dem klebrigen Gefühl von Tränen auf seiner Haut.

Und Ina fragte, ob es draußen schneite.

»Nein liebe Ina, es schneit nicht. Es hatte heute Nacht nicht mal Minusgrade. Also sei dankbar, dass ich dich besser anziehe«, antwortete er betont.

Sie nickte resigniert und zog die Jacke schützend enger um ihren Körper, als energisches Klopfen von der Tür hallte. Ramón ließ Stoicu herein, nicht, ohne den Blick stets auf Ina gerichtet zu halten. Er traute ihr selbst jetzt noch zu, einen Fluchtversuch zu starten und stellte sich vor, wie sie übersät mit Kratzern und Schnittwunden im Klingendraht festhing. Und noch immer nicht um Hilfe rief, sondern selbst versuchte, weiterzukommen.

Stoicu strahlte Kälte aus, er schien von draußen herein zu kommen. Ina erkannte ihn sofort, erkaltete genauso, wie die Luft im Freien und hielt sich reflexartig die Wunden an den Handgelenken.

Schau an, schau an... Es gibt also doch etwas oder jemanden, das dich aus der Fassung bringt...

Ohne etwas zu sagen, packte Stoicu sie direkt am Oberarm und raffte sie hinaus, dicht gefolgt von Ramón, der die Hundedecke hinterhertrug. Trotz der zwei Meter Abstand hörte er, wie sie leise schluchzte und sich ihre Schultern immer wieder ruckartig hoben. Sie konnte mit ihm kaum Schritt halten und stolperte immer wieder, wovon er sich nicht beeindrucken ließ und sie nach draußen ins Freie brachte, wo ein Polizeiwagen mit geöffneter Heckklappe wartete. Die Hundebox im Kofferraum war, bis auf die Tür, zu allen Seiten geschlossen und als Ina schließlich mitsamt der Hundedecke darin eingesperrt war, ließ die verdunkelte Heckscheibe kein Bild nach außen dringen.

»Du wirst auch immer einfallsreicher«, schallte Ramón seinen rumänischen Freund, der sich auf den Fahrersitz zwang und Ramón als Antwort eine Getränkedose reichte. Das Fahrzeug, eine Alfa Romeo Giulia, reichte zwar nicht an den Standard seines BMW heran, jedoch war sie gemütlicher, als die VW-Fahrzeuge der deutschen Kollegen. Natürlich hatte hier in Rumänien nicht jeder die Gelegenheit eines solchen Fahrzeugs, die Großteil der Polizisten fuhr mit günstigeren Modellen. Er hoffte, dass sich die Fahrt nicht zu sehr ziehen würde und dass sie komplikationslos verlief. Stoicus Idee mit dem Polizeifahrzeug würde sie zumindest vor nervigen Kontrollen bewahren.

Einzig sein Fahrstil war etwas, an das sich Ramón jedes Mal aufs Neue gewöhnen musste. Das letzte Mal hatten sie die sechshundert Kilometer lange Fahrt in die Nähe von Bukarest, innerhalb von nur fünf Stunden zurückgelegt und daran, was das für rumänische Verhältnisse hieß, die ein viel langsameres Tempo als auf deutschen Straßen bedeuteten, wollte er gar nicht denken. Aber Stoicu fuhr sehr sicher und Ramón gelang es sogar, zwei Stunden zu schlafen.

Um kurz vor 16 Uhr rollte der Dienstwagen vor das Gebäude des Ärztezentrums. Es lag in einer nahezu toten Kleinstadt ungefähr fünfzig Kilometer südlich von Bukarest. Eingebettet zwischen Wohnhäusern und Verwaltungsbauten erkannte man von außen nicht, dass sich dahinter eine ganze Privatklinik mitsamt einer Sammlung von ausgewählten Spezialisten auf allen Gebieten der Humanmedizin, befanden. Durchfuhr man den Torbogen, gelangte man zur Einlasskontrolle. Stoicu reichte dem Portier ihre Ausweise, sowie etliche Unterlagen und lenkte den Wagen direkt in die Tiefgarage. Sie parkten beinahe am hintersten Ende der Garage, neben dem zweiten Aufgang.

Ramón streckte sich und bewegte seine Gelenke durch.

»Du bewegst dich wie ein alter Mann«, stellte Stoicu witzhaft fest und grunzte, als er selbst behäbig aus dem Auto stieg.

»Du brauchst gar nicht reden. Wie so eine Krabbe, die unter einem Stein hervorsteigt, genauso bewegst du dich«, antwortete Ramón streckte ihm die Zunge entgegen. Doch Stoicu hatte Recht.

In den letzten Wochen hatte Ramón viel zu wenig Zeit in seine Fitness und Sport allgemein investiert. Vielleicht hatte er sich dreimal zum Laufen aufgerafft, seit er in Willemshausen war und an Krafttraining hatte er nicht einmal einen Gedanken verschwendet. Trotzdem sah er kräftig aus und wesentlich definierter als so manch anderer, der sich fünfmal die Woche ins Studio schleppte. Er verdankte das seiner ausgezeichneten Veranlagung und seinem früheren Sportlehrer in der Schule, der am Nachmittag Sportkurse für die Heimkinder anbot. Von Fußball bis Eishockey, über Schwimmwettbewerbe und Federballturniere, Ramón hatte als Kind alles mitgemacht.

Drei schwer bewaffnete Sicherheitsleute kamen herangeeilt. Stoicu begrüßte sie und wechselte ein paar Worte mit ihnen. Das übliche Prozedere. Natürlich musste jeder Besucher, neben der Hauptkontrolle, auch innerhalb des Gebäudes immer wieder kontrolliert und bewacht werden, damit sich niemand einschleichen konnte, der nicht hierher durfte. Stoicu und Ramón waren bekannte Gesichter und so machten sich die drei Bewaffneten gleich daran, die schlafende Ina aus dem Auto zu holen und sie in Richtung des Aufzugs zu bringen.

Ein wenig Drama wäre schön gewesen, du enttäuscht mich ein wenig...

Ihr hasserfüllter Blick, mit dem sie ihn anfunkelte, reichte ihm nicht. Er wollte ihr eine Kusshand zuwerfen, doch die Aufzugtüren schlossen sich bereits.

»Die ist immer so ruhig«, stellte Stoicu fest, während sie darauf warteten, dass der Aufzug zurückkam.

»Sie kontrolliert sich, will keine Angst zeigen. Vielleicht kannst du sie aus der Reserve locken, zumindest hat sie vorhin eingeschüchtert gewirkt, als du sie mitgenommen hast. Ich glaube ja sowieso kaum, dass sie der Doc gleich heute nimmt und sie wieder mit uns fahren wird. Ganz sicher wird er wieder Preistreiben wollen, aber da zieht er den Kürzeren. Uns fällt kein Zacken aus der Krone, wenn sie noch zwei Wochen da bleibt«, sagte Ramón.

»Habe ich mir auch schon gedacht. Die Kleine ist gut aufgehoben in meinem Grenzhaupthaus. Ich und die Jungs werden gut für sie sorgen – wie immer.«

»Klar, wie immer.«

Ramón schmunzelte, als er Stoicu beipflichtete.

»Pass nur auf, dass dein Unteroffizier nicht wieder ein Auge kaputt schlägt, so wie letztens.«

Der Aufzug war zurück und die Tür öffnete sich polternd. Die beiden traten in den viel zu schmal bemessenen Raum, die Wände waren dreckig und das Licht viel zu dunkel.

»Bestimmt nicht, der hat das gleiche durch meine Faust selbst erleben dürfen und den finanziellen Schaden muss er mir bezahlen. Eigentlich wäre er noch nicht mal aus dem Krankenhaus entlassen, doch er arbeitet schon wieder, um das Geld zu sparen. Zwar ist er als Soldat unbrauchbar geworden, aber in der Küche kann er helfen. Sein Zug, als Offizier an meiner Seite, ist abgefahren. Scheint ihm aber immer noch besser zu gefallen, als dass ich meine Männer zu ihm nach Hause, zu seiner Frau schicke«, antwortete Stoicu stolz.

Stoicus Truppe war nicht zu unterschätzen. Es war seine eigene inoffizielle Einheit, bestehend aus über hundert Personen, die sich ihm verschrieben hatten, um ihre Eigenschaften und Fähigkeiten als Grenzsoldaten, Autobahnpolizisten und anderen, einflussreichen Persönlichkeiten dafür zu nutzen, Stoicus überirdisch gut bezahlten Aufträge auszuführen.

Lief etwas aus dem Ruder, so wie bei einem seiner jungen Unteroffiziere, der eine gefangen genommene Frau so schwer am Auge verletzt hatte, dass dieses komplett ausgelaufen war, verhandelte Stoicu im kurzen Prozess, gnadenlos und eiskalt. Nur so konnte er die nötige Diskretion und den geforderten Gehorsam aufrechterhalten. Ramón war froh, dass Stoicu hart durchgegriffen hatte. So etwas durfte nicht noch einmal passieren.

Der Aufzug fuhr nach unten. Das Büro und sämtliche Behandlungsräume von Dr. Mamdouh Lattouf befanden sich zwei Stockwerke unter der Tiefgarage. Künstliches Licht blendete sie, als sie in den weiß gefliesten, über zwanzig Meter langen Flur traten. Ein Sicherheitsbeauftragter, nicht minder bewaffnet als die drei, die vorhin zu ihnen hochgekommen waren, erwartete sie. Auch mit ihm wechselte Stoicu unverständliche Worte und schließlich folgten sie ihm durch unzählige weitere Korridore, die sich wie ein Geflecht durch die Erde zogen, bis sie in einen kleinen, spärlich möblierten Warteraum kamen und gebeten wurden, hier zu warten. *Dr. Lattouf* stand in messingfarbenen Buchstaben auf der Tür, die weiterführte.

Ramón bereute es jedes Mal aufs Neue, seinen Rumänisch-Kurs nicht weitergemacht zu haben, den er sich schon vor so langer Zeit aufs Handy geladen hatte. Er verstand zwar Bruchstücke, konnte einer Unterhaltung aber nicht folgen. Gut, dass er Stoicu absolut vertrauen konnte, ganz einfach deshalb, weil er ohne Ramón genauso im Regen stand, wie Ramón ohne ihn. Sie hatten alles gemeinsam aufgezogen und mit ihrem Geschäft, war auch ihre Freundschaft gewachsen.

»Was sagt er?«, fragte Ramón, als der Sicherheitsbeauftrage den Warteraum mit dem Hinweis auf einen Snackautomaten und einen Zeitungsständer am Ende des Flurs, verlassen hatte.

»Sie wird untersucht, der übliche Routinecheck. Wird ein paar Stunden dauern«, antwortete er.

»Na super.«

»Er hat was von Getränken und Sandwichs erwähnt«, fügte Stoicu betont hinzu.

»So viel habe ich selbst verstanden«, sagte Ramón und machte sich gleich auf den Weg, um für ihn und Stoicu Getränke und einen Imbiss zu besorgen. Nicht nur Verbrechen waren etwas, das verband, sondern auch Essen.

Der hohe Flur wirkte bedrückend, wenn man hindurch ging. Die strahlenden Fliesen passten nicht zu den schwarzen Fugen, sie wirkten dreckig. Unmöglich in Rumäniens bester Privatklinik, die einen ägyptischen Arzt als Leiter innehatte, der jetzt gerade die dunkelhaarige, deutsche Frau untersuchte, die er hierher hatte verschleppen lassen.

Die Stunden vergingen kaum. Stoicu hatte sich in ein Automagazin eingelesen und Ramón döste im harten Plastiksessel des Warteraums, die Arme verschränkt, den Kopf auf die Brust geneigt. Ohne die Uhr ober Dr. Lattoufs Tür, die jede Minute laut den Zeiger um einen Punkt am Ziffernblatt weiterfloppen ließ, hätte er komplett das Zeitgefühl verloren. Sie hatten knapp drei Stunden gewartet, als die Tür aufschwang und Dr. Lattouf sie in sein Büro bat. So dürftig der Warteraum auch eingerichtet war, umso mächtiger wirkte das Büro des ägyptischen Arztes.

»Willkommen!«, begrüßte er die beiden in stark akzentuiertem Englisch und bot ihnen Sitzplätze an. Der schwere Holzstuhl rieb fein über den Boden, als Ramón ihn vom Tisch herauszog und Platz nahm.

»Meine Herren, lassen Sie uns gleich zur Sache kommen«, begann er und setzte sich in seinen hohen, mit Leder bezogenen Drehstuhl. Die dicke Hornbrille, die auf seiner Nase saß, ließ sein dunkles Gesicht noch runder wirken. Der blaue Hemdkragen unter dem weißen Arztmantel gab den einzigen Kontrast zwischen all der schneeweißen Kleidung. Dr. Lattouf fächerte ein paar Blätter Papier vor ihnen am Tisch auf, bevor er weitersprach.

»Die Natur macht uns oft einen Strich durch die Rechnung, den wir im Nachhinein als großen Nutzen sehen können.«

»Die alt gewohnte Schiene, Herr Doktor, wir kennen das Spiel. Wir sollen noch ein Monat warten, um den Preis zu heben?«, unterbrach ihn Stoicu. Ramón versuchte, einen Blick auf die Unterlagen zu erhaschen. Zwischen den üblichen, blitzförmigen Strichen, die die Herz- und Hirnströme darstellten, befanden sich handschriftliche Notizen. Er ließ den Blick über die weiteren Blätter wandern und blieb an einem kleinen, schwarz-weiß melierten Bildchen hängen.

»Lassen Sie es mich so ausdrücken, oder noch besser: zeigen. Herr Moreno, wie ich sehe, haben Sie das Problem schon gefunden«, sagte der Arzt und legte seiner Stimme einen beruhigenden Unterton auf.

»Ist sie krank? Wie soll unsereiner hier irgendetwas erkennen?«, fragte Ramón ungeduldig. Stoicu neben ihm, schien noch angespannter zu sein. Kurzerhand riss er dem

Arzt das Bild aus der Hand und legte es vor ihnen auf den Tisch. Aus diesem Blickwinkel konnte Ramón sofort erkennen, was so schemenhaft dargestellt war. Ein kleines Köpfchen zeichnete sich ab, ein winziger Körper und Beine.

Fuck...

»Die Schlampe ist schwanger?«, rief Stoicu dem Arzt laut entgegen. Erschrocken wich er zurück.

»Herr Stoicu, bitte beruhigen Sie sich. Sie müssen den Nutzen darin sehen«, versuchte Dr. Lattouf die Situation zu entschärfen.

»Wie alt ist das Kind?«, fragte Ramón nüchtern. Ihm schossen natürlich sofort andere Dinge durch den Kopf als seinem Freund. Sie hatten auf Verhütung verzichtet, da Ina zu ihm gesagt hätte, ein Kind wäre aus biologischen Gründen bei ihr unmöglich. Leichtgläubig wie er war, hatte er im Eifer des Gefechts natürlich nicht weitergefragt. Zu abgelenkt war er von ihren vollen Brüsten gewesen, die liebreizend vor seinen Augen schaukelten.

Was, wenn das sein Kind war? Nein, das konnte nicht sein. Das durfte nicht sein. Er kannte sie doch noch gar nicht lange genug, als dass das Kind so groß hätte sein können, wie auf dem Bild dargestellt. Er fühlte, wie sich ein Kloß im Hals bildete und gegen seine Magengegend drückte. Leichte Übelkeit überkam ihn bei dem Gedanken, *sein* Kind in *dieser* Frau zu wissen.

»Meine Herren, ich weiß, ich darf mit den Personen normalerweise nicht sprechen, doch in solchen medizinischen Sonderfällen muss ich das sehr wohl. Das Kind ist knapp vier Monate alt, vielleicht ein paar Tage mehr. Den Geburtstermin konnte ich mit Ende Mai datieren.«

»Na wenigstens…«, flüsterte Ramón kaum hörbar und atmete tief durch. Erleichterung überkam ihn, er hätte keine andere Nachricht ertragen. Es hätte ihm sein ohnehin zerstörtes Herz, nochmals in tausend Stücke gerissen. Er sah sich selbst dabei, wie er es ihr eigenhändig aus dem Leib geprügelt hätte. Ina durfte nicht *sein* Kind austragen und die Erleichterung darüber, als er nachrechnete und vor vier Monaten Mitte August war, verschaffte ihm unglaubliche Erleichterung. Mitte August hatte er noch nicht einmal gewusst, dass Willemshausen überhaupt existierte.

Ach Liebes, da warst du mit Laurent, diesem Penner, sicher schön im Urlaub. Da wird es passiert sein, weil er dich nicht in Ruhe lassen konnte und du nicht widerstehen wolltest…

»Welchen verdammten Geburtstermin?«, fragte Stoicu aufgebracht. Er hatte zunehmend Probleme, sich zu kontrollieren, genauso wie Dr. Lattouf, ihn zu beruhigen.

»Hören Sie, meine Herren. Ich weiß, das ist eine unangenehme Verzögerung, aber denken Sie doch an die Möglichkeiten, die sich uns hierdurch auftun. In einem halben Jahr haben Sie das doppelte an Gewinn, der Handel mit Neugeborenen boomt im Moment. Sie ist eine hübsche Frau mit guter Veranlagung. Interessant wäre, wie der Vater aussieht. Potentielle Kunden, die genug zahlen, möchten doch starke, schöne Babys kaufen. Ich würde Ihnen diese Möglichkeit nicht so ausbreiten, wenn ich nicht wirklich an einen großen Gewinn glauben könnte«, erklärte der Arzt die Sachlage.

Stille. Ramón dachte darüber nach. In den Babyhandel einzusteigen, hatte er bis jetzt noch nie in Betracht gezogen, einfach weil der Aufwand dafür zu groß war. Stoicu hatte ihm von Bekannten erzählt, die es versucht hatten. Man musste gut für die Schwangeren sorgen, denn nur große, gesunde Babys fanden auch zahlende Käufer. Der Rest landete im wahrsten Sinne des Wortes, irgendwo im Nirgendwo und tauchte wenige Jahre später im Rotlichtviertel auf, wenn sie es denn überhaupt überlebten. Sein Vorhaben war grundverschieden. Doch je länger er darüber nachdachte, desto mehr gefiel ihm die Idee, eine Familie mit einem Baby beschenken zu dürfen.

Als hätte Dr. Lattouf Gedanken gelesen, sprach dieser eben jene Worte gerade aus.

»Sehen Sie es als gute Tat. Viele intakte Paare, die genug verdienen, die ein schönes Haus bauen und sich nichts sehnlicher wünschen, als Nachwuchs, sind vom Schicksal gestraft und können keinen eigenen bekommen. Meine Herren, Sie tun damit Gutes! Die paar Untersuchungen in der Zwischenzeit, sind in meinem Honorar inbegriffen, das gleich hoch sein wird, wie bei allen anderen Geschäften auch. Sie brauchen sich auch um die Vermittlung nicht kümmern. Sie müssen nur ein halbes Jahr lang für die Schwangere sorgen«, pries er sein Vorhaben weiter an, »Ich empfehle an dieser Stelle allerdings, sie nicht feilzubieten und etwas Bedacht zu nehmen, wenn Sie eine gewisse Nähe zu ihr pflegen möchten.«

»Das haben wir nicht vor«, sagte Ramón bestimmt. Prostitution war ein Bereich, mit dem weder er, noch Stoicu zu tun haben wollten, da es verdammt schwer war, hier unentdeckt zu bleiben. Zu viel Risiko für zu wenig Gewinn und dazu ständig von einem Haufen quengelnder Frauen umgeben, war das kein Geschäft, das sich wirklich lohnte.

Stoicu hielt sich das Ultraschallbild näher an die Augen und musterte den kleinen, menschlichen Wurm, der darauf dargestellt war, doch kein Anflug von Mitgefühl war in seinem Gesicht zu erkennen. Ramón hingegen hatte ganz schön mit sich selbst zu kämpfen. Die Worte des Arztes hallten in seinem Kopf wider. *Intaktes Paar, Nachwuchs, Schicksal. Gutes tun.*

Er dachte an seine eigene Kindheit. Wie sehr hätte er sich im Nachhinein gewünscht, nach dem Tod seiner Eltern und dem Unfall seiner Adoptiveltern, das Glück gehabt zu haben, in eine *intakte Familie* zu kommen. Und als wäre das nicht genug, war es ein weiteres Wort, das ihm schwer zu denken gab.

Schicksal.

Egal, wieviel man plante, wie viel man bereits erreicht hatte und wie glücklich man war, wenn das Schicksal anders entschied, war mit einem Schlag alles fort. Er versuchte, die Gedanken soweit er konnte, in sein Innerstes zurück zu drängen und sich weiter auf das zu konzentrieren, das im Hier und Jetzt passierte.

»Ansonsten ist sie gesund?«, fragte er nüchtern.

Dr. Lattouf schien erfreut über die Ablenkung und lugte über seine klobige Brille hinweg. Ein Lächeln umspielte seine Lippen.

»Äußerst gesund, perfekt geeignet. Auch auf kosmetischer Ebene ein meisterhafter Fund, selbst die Haut weist überragende Qualität auf«, erklärte er, als würde er über ein Stück aus dem Drogeriemarkt reden.

Ramón musterte Stoicu, um schlau aus seinem

Schweigen zu werden. Ihm schien es ähnlich zu gehen und er merkte, wie der Rumäne mit seinem eisigen Blick jeder seiner Bewegungen genau folgte und schließlich Augenkontakt suchte. Fragend blickte er ihn an. Ramóns Gesichtsausdruck blieb unberührt.

»Du musst sie die Zeit über aushalten. Der zusätzliche Erlös wird geteilt«, flüsterte er ihm zu, sodass es der Arzt nicht hören konnte, zumal dieser Deutsch sowieso nicht verstehen konnte. Er bemerkte die Unsicherheit der beiden und spielte mit dem Knopf seines Kugelschreibers.

»Ich würde Ihnen gerne das Angebot des Embryo-Verkaufs machen, doch dazu ist die Entwicklung zu weit vorangeschritten.«

»Sag doch was«, forderte Stoicu Ramón auf.

»Ich habe alles gesagt«, erwiderte er kühl.

Das Gesicht des Rumänen färbte sich leicht rot, wie jedes Mal, wenn er sich aufregte oder intensiv nachdenken musste. Nervös kaute er an einem Fingernagel, dann wandte er sich dem Arzt zu.

»Machen wir so«, sagte er knapp und streckte ihm die Hand entgegen. Erfreut schlug Dr. Lattouf ein und reichte seine Hand schließlich Ramón.

»Eines noch«, sagte der Arzt, »sie ist im Moment sediert und schläft sicher noch zehn bis zwölf Stunden. Sie hat nach der Nachricht mit der Schwangerschaft getobt, wie besessen um sich getreten und es wäre sonst unmöglich gewesen, sie weiter zu untersuchen. Mir blieb keine andere Möglichkeit, aber so haben Sie wenigstens keine Probleme beim Transport.«

Das sieht dir ähnlich, liebe Ina. Bloß nicht nachgeben

und auch bloß keine Schwäche zeigen. Ach, wie gerne hätte ich das gesehen… Stoicu wird in diesem halben Jahr sich noch genug Spaß mit deinem Temperament haben…

INA

Hände auf ihrem Mund. Latex, das sie von den Handschuhen auf den Lippen schmeckte. Spanngurte um ihre Beine und mehrere Personen, die ihre Arme festhielten. Das große, grelle Licht in der Deckenmitte blendete sie schmerzlich, als sie erneut versuchte, sich loszureißen und die Augen aufriss. Und schließlich, ein Stich in der linken Armbeuge, von dem aus ein lähmendes Kältegefühl nach oben kroch und sich den Weg durch ihre Adern bahnte. Das Gesicht des Arztes, die Köpfe der Helfer, die Deckenlampe, der Computermonitor neben ihr, sie begannen sich wie in Strudel um sie zu drehen. Immer weiter und so schnell, dass der Sturm ihr die Augen zudrückte und sie in sein Zentrum sog, wo schließlich Stille herrschte.
Absolute Regungslosigkeit und eine dämmende Dunkelheit.

INA

Ina griff nach dem Bewusstsein, das durch die Dunkelheit flog, wie ein weißer Vogel. Er entwischte ihr und wieder versuchte sie, wenigstens nach einem Flügel zu fassen, doch lediglich eine einzige Feder schwebte herab auf sie, die von der Dunkelheit verschluckt wurde, ehe Ina sie berühren konnte. Immer wieder kam der weiße Vogel kurz vorbei und immer wieder streckte sie sich, um nach dem Boten des Erwachens zu langen.

Ein ganzer Schwarm brach schließlich über sie herein und mit jedem Tier, das dazukam, nahm Ina mehr von ihrer Umgebung wahr. Die Decke, die um ihren Körper gewickelt war, das große Kissen unter ihrem Kopf und auch die Umrisse des Raumes, in dem sie sich befand.

Es musste Nacht sein, denn der Raum war kaum beleuchtet und sie war so müde, dass es schmerzte. Sie versuchte Details zu erkennen. Der Tisch an der Wand, ein Schrank daneben, die Tür, die zum dürftigen Bad führte. Sie richtete sich auf und wurde sogleich von einer Wucht aus Kopfschmerzen und Schwindel wieder ins Kissen gedrückt. Sie fühlte sich wie damals, als ihr als siebenjähriges Kind die Mandeln herausoperiert wurden und sie im Aufwachzimmer des Spitals aus ihrer Narkose erwachte, an unzählige Geräte und Schläuche angeschlossen. Vielleicht fühlte es sich nicht ganz so stark an, etwas abgeschwächt, aber sie konnte das Gefühl eindeutig wiedererkennen und zuordnen.

Benommen versuchte sie es erneut und schaffte es, den Kopf leicht zu heben. Gleich links vom Bett versperrte die dicke Stahltür den Weg nach draußen und plötzlich konnte sie sich voll orientieren und wusste, wo sie war.

Diese bedrückende Gefängniszelle, in die sie gesperrt worden war. In der man sie vergewaltigt hatte und schließlich daraus fortgerafft. Ja sicher, fort. Zu diesem Arzt, der nur Englisch mit ihr sprechen konnte. Und plötzlich war sie wieder hier? Sie strengte sich an, das fehlende Puzzlestück zu finden. Wo hörte ihre Erinnerung auf? Neben diesem Arzt waren noch weitere Personen im Raum gewesen, die sie… festgehalten hatten? Warum?

Sie richtete sich weiter auf und schaffte es schwankend ins Sitzen. Je wacher sie wurde, desto stärker setzten auch ihre Schmerzen ein. Die Blessuren rund um ihren Körper waren nicht mehr so frisch, wie sie sie in Erinnerung hatte. Es war nicht mehr dieser lang anhaltende, zerschmetternde Schmerz, sondern vielmehr dieser erschreckende Schmerz, wenn man vergaß, dass man verletzt war und sich zu rasch bewegte. Sie tastete nach ihrer Nase, auf die ein Pflaster geklebt worden war. Erstaunt fasste sie unter die Decke und stellte fest, dass auch das Schienbein verbunden war. Zermürbt bettete sie sich vorsichtig wieder liegend. Das ergab doch alles keinen Sinn mehr! Waru…

Hatte sie am Fußende des Bettes gerade einen Schatten gesehen? Hatte sich da gerade etwas bewegt? Sie wagte kaum aufzublicken.

»Ina, Liebes, willkommen zurück.«

Ramón sprach leiser als ein Flüstern. Seine Stimme schmerzte in ihren Ohren, legte sich wie heißes Wachs in das Innere ihrer Gehörgänge, das dann erkaltete und fest wurde.

»Keine Sorge, ich lasse dich diesmal in Ruhe. Ich konnte

nur nicht schlafen, wollte ein wenig nachdenken und dich dabei betrachten«, fuhr er fort. Der Wachsklumpen in ihren Ohren breitete sich weiter aus, sickerte in jede einzelne Hirnwindung und machte es unmöglich, klar zu denken oder auch nur ein Wort über die Lippen zu bringen. Als er weiter redete, drangen seine Worte nur dumpf bis zu ihr durch.

»Ina, Mäuschen, du fragst so wenig, du bist so ruhig. Und doch so starrköpfig und so stolz. Warum ist das so? Woher nimmst du diese Kraft? Du hast doch immer so gerne geredet, bitte rede doch auch heute. Glaub mir doch, wenn ich es sage, ich werde dich heute nicht anrühren.«

Wie schön er das alles sagte, so glaubwürdig, genauso, wie er die ganze Zeit über geredet hatte. Er log so gut, dass man ihm viel eher glaubte, als der Wahrheit. Weil er schöner war, als die Wahrheit. Ja, schön! Ina musste es sich eingestehen, Ramón war ein Geschöpf der vollkommenen Schönheit, er stach aus der Masse heraus. Keinem war das entgangen. Egal, wo sie gewesen waren, *er* war derjenige gewesen, der einen ganzen Haufen Blicke hinter sich wie einen Schleier her zog. Wie passend. Was sich dahinter verbarg, konnte keine dieser jungen Frauen ahnen, die seine nahezu berauschende Erscheinung und sein makelloses Antlitz bewunderten. Ina begriff ja selbst erst Bruchstücke.

»Es tut mir auch ein bisschen leid, ich hätte dich gestern Morgen fragen müssen. Ich werde dich das nächste Mal fragen.«

Reflexartig trat sie so fest sie konnte, gegen die Schattengestalt am Bettrand und traf ihn hart. Er stöhnte kurz auf, als hätte er nicht damit gerechnet und streckte die Hand nach ihrem Fuß aus, um vorsichtig, beruhigend darüber zu streichen. Sie zog ihn schnell ein und rollte sich an der oberen Bettkannte zusammen. Sie hasste seine Berührung, sie war wie ein heißes Stück Kohle, das man ihr auf den Fuß und tief ins Fleisch gedrückt hatte.

»Du musst das nicht mehr machen, ich habe für heute genug. Wenn mein guter Freund bei dir ist, würde ich dir raten, so etwas überhaupt nicht zu machen. Vielleicht hast du schon gemerkt, dass er nicht ganz so zimperlich ist, wie ich. Aber lass uns heute einfach ein wenig reden. Es ist jetzt alles ein wenig anders, als geplant«, sagte er und rutschte hin und her, als suchte er eine bequemere Sitzposition. Anscheinend hatte sie ihn fester getroffen, als vermutet. Sie war stärker, als sie glaubte und sammelte ihre ganze Anstrengung zusammen, um zu sprechen.

»Das ist es allerdings«, antwortete sie knapp.

Er lachte kurz auf.

»Ja Ina, für dich natürlich auch. Sicher hast du dir das alles nicht so vorgestellt, dabei weißt du ja noch gar nicht, was auf dich wartet. Aber auch für mich und meinen guten Freund kommt alles ein wenig anders. Da hat das Schicksal unsere mühsam gefälschten und sorgfältig zusammengestückelten Karten noch einmal gemischt und uns ein komplett neu zusammengestelltes Blatt zum Spielen gegeben. Aber weißt du, liebe Ina, es passiert nichts ohne Hintergrund und am Ende muss man versuchen, aus allem einen Nutzen zu ziehen. Jetzt erzähl mir, wie geht es dir? An was kannst du dich denn überhaupt erinnern?«

Natürlich wollte sie nicht mit ihm reden. Er hatte ihr Leben ausgelöscht, ohne sie zu töten. Ein lebendiges Wrack aus ihr gemacht. Selbst wenn sie, wie durch ein Wunder, jemals wieder den freien Himmel über ihr sehen konnte, würde nichts mehr so sein, wie es davor gewesen war.

»Ja, nimm dir genug Zeit, zu antworten. Ein wenig kann ich dir auf die Sprünge helfen. Wir waren gestern den ganzen Tag unterwegs. Ich weiß, es war sicher aufregend für dich. Es ist jetzt drei Uhr morgens, wir sind seit zwei Stunden wieder hier und seitdem schaue ich dir zu, wie du deine Dosis Beruhigungsmittel ausschläfst. Du warst sehr aufgebracht, wurde uns gesagt«, fuhr er fort und öffnete eine Getränkeflasche.

Ina strengte sich an, ihre Gedanken zurückzulenken. Zwischen dem grauenhaften Morgen, an den sie sich nicht erinnern wollte und jetzt, war da nichts als Leere. Es war beinahe so, als hätte man den Tag wie einen Kuchen in Stücke geschnitten, ein paar Stücke entnommen und wieder versucht, den restlichen Kuchen als Ganzes zusammenzufügen. Es fehlte zu viel, um eine Einheit zu bilden. Sie hielt die Unwissenheit nicht mehr aus und rang sich dazu durch, ihrem Vorhaben nicht Wort zu halten und doch zu sprechen. Er machte nicht den Anschein, als würde er ihre Zelle in den nächsten Minuten verlassen, sie musste sich mit ihm arrangieren.

Ihre Augen hatten sich nach und nach an die Dunkelheit gewöhnt und nahmen immer mehr von der Umgebung wahr. Sie konnte sehen, wie er entspannt an die Wand gelehnt saß und an seinem Getränk nippte. *Friedlich* sah er aus. Ach, wie täuschend. Sie glaubte ihm zwar weitgehendst, dass er sie in diesem Moment nicht noch einmal berühren würde, doch sie konnte diesem *Frieden* nicht so sehr trauen. Die Angst schwappte schon wieder in ihrem Körper umher, bereit für ihren Einsatz.

»Warum kann ich mich an nichts erinnern?«, fragte sie zögerlich.

Er wandte sich zu ihr und musterte sie von Kopf bis Fuß. Die Angst, noch immer wartend, wurde zunehmend stärker. Wenn er auch nur ein Stück näher kam, würde sie ausrasten und ihm versuchen, seinen Kopf einzuschlagen.

»Hm… Fragen wir so, an was kannst du dich denn erinnern?«

»An den Morgen«, antwortete sie tonlos und ließ den Tränen freien Lauf, die er im Tarnkleid der Finsternis nicht sehen konnte. Und sie musste sich eingestehen, es war ihr mittlerweile egal. Was hatte sie denn überhaupt noch zu verlieren?

»An überhaupt gar nichts?«, bohrte er weiter, öffnete eine zweite Flasche und hielt sie ihr vorsichtig hin. Sie winkte abwehrend ab, obwohl Durst in ihrem Hals brannte wie Feuer im Dornengestrüpp.

»Ina, Liebes, Kirschlimonade. Fast wie Cherry-Colada. Kannst du dich wenigstens daran erinnern?«

Natürlich erinnerte sie sich an jenen Freitagabend in seinem Büro und genauso schmerzlich auch an ihre erste Begegnung in der Bar. Sie versuchte, es einfach zu verdrängen, mit jeder Träne wegzuschwemmen, die sich aus ihren Augen befreite. Er stellte die Flasche auf den Boden.

»Ich weiß doch, dass du es noch weißt. Ein schöner Abend war das, als wir deinen herzallerliebsten Laurent festnehmen konnten. Weißt du, was von diesem Abend in unseren Akten steht? Nein, das kannst du nicht wissen, denn davon berichten diese verweichlichten Medien nicht, weil wir es ihnen nicht erzählen. Aber ich erzähle es jetzt dir, weil es von dir niemand mehr erfahren wird. Deine eigene, private Pressekonferenz.«

»Ich will wissen, wer dieser Arzt war«, unterbrach sie ihn. Er sprang so schnell von einem Thema zum nächsten, dass sie ihm gar nicht folgen konnte.

»Nanana, nachdem du selbst gar nichts davon weißt, werde ich deinem Gedächtnis noch ein wenig Zeit geben. Es geht um deinen herzallerliebsten Ex-Freund. In meinen Akten steht nämlich, dass es der Gute war, der meine Kollegin ermordet hat. Dass er ihr den Bauch aufgeschnitten, die Beine gehäutet, die Arme abgetrennt und feinsäuberlich das Gesicht vom Schädel gelöst hat. Für seine kranke Psyche natürlich perfekt in Schau gestellt, auf einer Mülldeponie. Ein Mann von Ehre, dein Laurent.«

Unzählige einzelne Tränen sammelten sich immer mehr und bildeten ein Tränenrinnsal, als sie das Gehörte auf sich wirken ließ.

»Was hast du bloß mit Laurent gemacht! Ich kann das alles nicht glauben!«, platzte es aus ihr heraus, als sich endlich die angestauten Gefühle entladen konnten. Sie schluchzte laut auf.

»Ach Liebes, weine doch nicht, ich habe es dir damals schon gesagt, dass er nicht zu unterschätzen ist.«

»Ich glaube das einfach nicht!«, brüllte sie ein weiteres Mal und weinte heftig. Ihr Körper bebte unter der Decke und sie versuchte, sich selbst die Arme um den Körper zu schlingen.

»Ich glaube das ja selbst nicht, aber höre mir doch bitte

genau zu, wenn ich spreche. Ich sagte vorhin lediglich, dass das so *in den Akten steht*. Du musst mir besser zuhören«, erklärte er seelenruhig. Ina hatte beinahe das Gefühl, als labte er sich an ihrem Schmerz.

»Und um nochmals auf deine Frage von vorhin zurück zu kommen, da habe ich inzwischen entschieden, dir gar nichts davon zu erzählen. Ich verspreche dir, du wirst dich irgendwann daran erinnern. Meine liebe Ina, es gibt so viel, dass ich dir erzählen möchte und ich kann mein Glück kaum fassen, dass ich auch wirklich noch Gelegenheit dazu haben werde. Nicht heute, nicht morgen, zu keiner bestimmten Zeit, aber so bald wie möglich. Und jetzt heule dich aus, ich merke doch, wie sehr du weinst.«

Nach diesem Satz sagte er nichts mehr. Ina hasste ihn dafür. Und für alles andere. Für alles einfach. Er war ein Verdammter, eine Kreatur des Grauens. Stunden weinte sie so vor sich hin, in die obere Ecke des Bettes gekauert. Keine einzige Sekunde ließ er sie aus den Augen. Erst als durch das Oberlicht der Tür schwaches Licht ins Zimmer fiel und Inas Tränen nur noch leerem Schluchzen gewichen waren, erhob er sich langsam und kraftvoll mit seinen unverkennbar anmutigen Bewegungen. Kurz flackerte in ihr eine Erinnerung an jenen Abend auf, als er genauso anmutig die Bar verlassen hatte. Sein Blick, damals genauso zielgerichtet und konzentriert, wie heute. Sie begriff in diesem Moment, dass ihr Schicksal damals an diesem Abend, besonders stark in ihren Karten gemischt hatte. Zu *seinen* Gunsten.

RAMÓN

Das Tierheim von Fönichsstedt lag ungefähr einen Kilometer außerhalb des Stadtzentrums. An jenem Morgen, als er den Hundebesitzer auf sein Vergehen aufmerksam machte, reagierte dieser äußerst uneinsichtig und Ramón war keine andere Möglichkeit geblieben, als eine Anzeige an die Behörde zu schicken. Außerdem war ihm ein haarloser Fleck am Sprunggelenk der Hündin aufgefallen, Grund genug, um auch das Veterinäramt bei diesem Herrn vorbeizuschicken. Es stellte sich heraus, dass dieser eine unangemeldete Zucht mit American Staffordshire Terriern betrieb. Gut, er hatte sich damit gerechtfertigt, dass seine Hündin unwissentlich trächtig geworden sei. Fakt war jedoch, dass man in seiner Wohnung sieben Welpen fand, die er in naher Zukunft verkaufen wollte, da er sie nicht selbst behalten konnte.

Die Amstaff-Hündin hatte vom ersten Moment an direkt Ramóns Herz erreicht. Sie sollte ein gutes Leben bekommen und da er wusste, dass ausgewachsene Listenhunde, auch wenn sie noch so jung wie diese waren, meistens den Rest ihres Lebens im Tierheim fristen mussten, sobald sie einmal dort waren, hatte er vorige Woche mit der Tierheimleitung gesprochen. Nachdem sie wohl seine Angaben geprüft hatte, war gestern der Anruf gekommen. Er durfte die Hündin zu sich holen.

Phöbe saß schwanzwedelnd in ihrem Zwinger, als Frau Märtens, die Leiterin des Tierheims, Ramón zu ihr führte. Frau Märtens wirkte abweisend und unfreundlich, als würde sie den Hund nur ungerne aus den Händen geben. Allerdings machte es auch nicht den Eindruck, als würde sie

Hunde an sich unbedingt mögen.

Als Phöbe hocherfreut zur Zwingertür rannte und versuchte, Ramóns Hand durch das Gitter zu beschnuppern, wich sie angewidert zurück. Ihr rot gefärbtes, zu einem Knoten hochgestecktes Haar hatte dem kräftigen Wind, der draußen wehte, anscheinend nicht besonders gut standgehalten. Ein paar Strähnen rutschten heraus, standen unnatürlich nach oben ab und sie nestelte immer wieder genervt daran herum. Sie passte einfach überhaupt nicht in diesen Beruf. Mit ihrer Designerkleidung, die sie sicher aus einem dieser kostenlosen 50-plus-Katalogen bestellt hatte, dem boshaften Blick und dem alten, faltigen Gesicht hätte sie besser in ein Büro gepasst, wo sie die Leute triezen konnte, aber sicher in kein Tierheim.

Wortlos hielt sie ihm einen Stapel Zettel unter die Nase, den er anscheinend durchlesen sollte.

»Wenn das der Schutzvertrag ist, dann kann ich Sie beruhigen. Den habe ich gestern bereits nach der Zusage gemailt«, sagte er und grinste erhaben.

Frau Märtens riss ihm die Blätter aus der Hand.

»Sie sind ja ganz ein geschickter, junger Herr. Ich hoffe, Sie sind sich auch wirklich bewusst, welchen Köter Sie sich da nach Hause holen. Es hat schon seine Gründe, warum wir in diesen Viechern fast ertrinken«, sagte sie harsch und drückte ihm eine Leine in die Hand, dann schloss sie die Tür auf.

»Wie Sie sicher gelesen haben, war ich Hundeführer bei der Hundestaffel. Phöbe und ich werden ein gutes Team«, erwiderte er und hockte sich auf den Boden, um die gescheckte Hündin auf Augenhöhe zu begrüßen und die Leine in ihr Halsband zu hängen. Sie wedelte so kräftig mit dem Schwanz, dass sich ihr ganzer Körper vor Freude bog. Ihre Nase glänzte feucht und aufgeregt beschnupperte sie den neuen Menschen an ihrer Seite. Ramón nahm sich genug Zeit, diesen Moment so lang wie möglich für die Hündin ausschmücken zu können. Er soll ihr als ein schöner in Erinnerung bleiben, als eine Kehrtwendung in ihrem Leben. Phöbe warf sich vor ihm auf den Boden und ließ sich den Bauch kraulen, während sie vor Freude leise winselte.

Frau Märtens beäugte das Spektakel ungeduldig, jedoch sichtlich mit Erstaunen.

»Das Vieh scheint sie ja wirklich zu mögen«, sagte sie leise und lächelte sogar leicht, als Ramón sich erhob und zu ihr wandte.

»Sagte ich doch.«

»Jaja, ich weiß. Wir werden in einer Woche nachfragen, wie es läuft. Sollte etwas sein, melden Sie sich bitte«, fuhr sie fort und deutete ihm, dass es an der Zeit war, zu gehen.

»Selbstverständlich, ich danke Ihnen«, erwiderte Ramón höflich. So eine garstige Person, wie Frau Märtens war, traf man dann doch sehr selten und mit nichts konnte man sie mehr ärgern, als mit Gefasstheit und einer großen Portion Freundlichkeit. Frau Märtens stöckelte voraus, würdigte keinen einzigen Hund eines Blickes. Unzählige Geschöpfte lugten aus den Zwingern zu beiden Seiten des Gangs, den sie durchquerten, um zurück zum Eingangsraum des Tierheims zu gelangen. Auch Phöbe schien an den Artgenossen nicht wirklich interessiert. Sie trottete entspannt hinter Ramón her, als hätte sie ihr ganzes Leben nichts anderes gemacht.

Als Phöbe wenig später mit ihm den Rezeptionsbereich seines Appartementhauses durchquerte, erntete Ramón tödliche Blicke der Empfangsdame. Er schlenderte extra langsam an ihr vorbei und fuhr sich mit der Hand durch die schneenassen Haare.

Du wirst dich wohl nicht trauen, etwas wegen dem Hund zu sagen…

Als hätte sie seine Gedanken gehört, sagte sie, wie immer, nichts. Er genoss das schweigsame Spiel mit ihr, wie sie jeden Abend zu grüßen versuchte und er ihr meistens genau dann zuzwinkerte oder ihr irgendwie anderweitig den roten Faden abschnitt. Sie war jung und genau eine von denen, die er sofort hätte haben können, wenn er wollte. Er wollte sie nicht, sie war eine von hundert, ohne Wiedererkennungswert. Zwar hübsch und wenn er sie nicht ständig absichtlich so verunsichern würde, konnte man sich sicher auch gut mit ihr unterhalten, doch genau das war sein Spiel mit ihr. Ramón wusste, dass ihm nasse Haare hervorragend gut standen.

Als er schließlich noch ganz förmlich ein *Guten Abend* in ihre Richtung warf, waren wohl alle ihre Argumente gegen den Hund vom Tisch. Sie rang sich zu einem Lächeln durch, doch da war er bereits im Aufzug verschwunden.

Phöbe freute sich, als die Leine im Appartement gleich weg von ihrem Halsband und auf den Kleiderhaken kam. Sie streifte von Raum zu Raum, schnüffelte am Boden und machte es sich schließlich direkt unter dem Heizkörper vor Ramóns Bett gemütlich.

»Hey, Mädchen, du wirst doch wohl nicht am kalten

Boden schlafen?«, sagte er, während er die zweite Decke des Doppelbettes schnappte und sie auf den Boden breitete. Unsinnige Arbeit, denn er wusste, dass er sie spätestens nach der halben Nacht zu sich ins Bett holen würde. Genauso, wie es mit Amour immer gewesen war.

»Jetzt komm aber, du hast sicher Hunger«, sagte er und bereitete in der Küche das Futter vor, das er am Heimweg noch eingekauft hatte. Während Phöbe schließlich kritisch prüfte, was er ihr da vorsetzte, betrachtete er sie eingehend. Das feine Äderchen über der Achillessehne, die zarte Haut, die durch die Haare durchschien und die liebsamen Augen, die ihn ebenso musterten.

Ramón gähnte, er war müde. Eine knappe Woche war vergangen, seit Ina jetzt in Rumänien war. Gleich, als er von seiner Auslandsreise wieder zurückgekommen war, hatte Rillinger ihn mit unzähligen Fragen überschüttet, die er der Presse nicht selbst beantworten hatte wollen. Der Mord an Kollegin Feith hatte tagelang im ganzen Land die Titelseiten bedeckt und die Zeitungen wollten mehr wissen. Schließlich hatte der Kommandant ihn noch vom Selbstmord von Frau Hussek in jener Nacht nach dem Leichenfund verständigt. Nachdem sie am Sonntag nicht zu einer Verabredung mit Freunden erschienen war, hatte man am Montagmorgen ungefähr hundertfünfzig Kilometer nördlich ihr Auto an einem Flussufer, sowie einen Abschiedsbrief in ihrer Wohnung gefunden. Rillinger hatte es ihm deshalb persönlich gesagt, da er wusste, dass Ramón mit ihr eine engere Beziehung gepflegt hatte.

Ramón genoss die paar Tage Urlaub, die er bekommen hatte. Und dieser Freitag heute war ein besonderes

Highlight in seinem Leben, den Phöbe hatte es schon in diesen wenigen Stunden geschafft, ihm inneren Frieden zu schenken. Als sie fertig gefressen hatte, drehte sie eine Runde durch die Wohnküche und verkrümelte sich gleich darauf zu ihrem Heizkörperplatz. Schlauer Hund, dachte Ramón und machte sich bettfertig. Er war mehr als erledigt und gezeichnet von den letzten Wochen hier in Willemshausen. Er hatte gearbeitet und geplant, vorgetäuscht und vertuscht. Er dachte an Rillingers Worte, als er von Inas Selbstmord berichtet hatte und an die Akten, die Ramón sich ansehen wollte.

Perfekt, bis ins Detail… Sogar der Abschiedsbrief, den ich für dich verfasst habe, Ina meine Liebe, ist perfekt… Du schreibst ja so schön…

Eine Fotografie des Briefes war eingeheftet gewesen, gefolgt von einer dicken, durchsichtigen Aktenhülle mit dem Original.

Inas Entführung zu planen war bis jetzt sicher das Meisterwerk seiner Arbeiten. Er hatte nie nach ihr gesucht, nein, es war sogar ganz anders gewesen. Vielleicht hatte sie *ihn* gesucht, zumindest ihren gierigen Blicken zufolge, damals in der Bar. Sie hatte ihn gereizt und ihre Widerstandskraft war wie ein Magnet für ihn gewesen. Er hatte sie angekirrt, verliebt gemacht. Schließlich hatte sich alles gelohnt und sie ihn nicht enttäuscht.

Und was am meisten zählte, Ina sah *ihr* so, so sehr ähnlich, dass es ihm jedes Mal schmerzte, wenn er sie betrachtete, weil er glaubte, *sie* würde plötzlich wieder da sein. Was *sie* damals zu ihm, vor vielen Jahren gesagt hatte, als er kniend vor ihr gewartet hatte, ihre zarte Hand in seinen

Händen haltend, bewahrheitete sich immer öfter.

Ramón, mein liebster Ramón. Ja, ich will! Bis in alle Ewigkeit wird sich meine Liebe hinwegsetzen über alles und in vielen Jahren auch über den Tod, denn die Liebe ist mein Name und mein Name ist unsterblich.

RAMÓN

Als Ramón am Montagmorgen mit Phöbe in die Dienststelle kam, war nur ein junger Kollege anwesend, dessen Namen er längst schon wieder vergessen hatte. Er grüßte knapp. Ramón genoss nicht den Ruf, ein guter Kollege zu sein. Vielmehr galt er als unnahbar und gefürchtet. Er schreckte nicht davor zurück, auch seine Kollegen direkt darauf hinzuweisen, wenn er irgendwo Fehler vermutete.

Korrektheit und absolute Weisungsgebundenheit war für ihn eine Grundvoraussetzung, wenn er mit jemandem zusammenarbeiten musste. Es ging ihm nicht darum, ein Teil der Gemeinschaft zu sein, die er ohnehin alle paar Wochen wechselte. Er wollte einzig und allein seine Aufträge, welcher Art auch immer, hundertprozentig erfüllen. Dazu gehörte für ihn nun mal nicht dazu, nach Feierabend mit den Kollegen auf ein Getränk zu gehen, darauf konnte er verzichten.

»Was gibt es Neues?«, fragte Ramón und stellte sich an den Tisch des Kollegen. Erst jetzt hatte dieser die Hündin entdeckt, die an seinem Hosenbein schnupperte.

»Anscheinend bringen Sie die Neuigkeiten, Herr Kommissar«, antwortete er.

»Wie es aussieht, ja.«

Der junge Polizist rutschte nervös am Sessel hin und her und kramte in den Unterlagen, die neben dem Monitor chaotisch gestapelt lagen.

»Was suchen Sie denn?«, fragte Ramón verwundert.

»Nein, nur die Meldungen der letzten Tage, nichts Besorgniserregendes, aber der Kommandant möchte, dass Sie, wie immer, alles lesen«, nuschelte er. Ramón beobachtete belustigt, wie sich der Aktenstapel immer weiter nach links neigte. Bewusst unternahm er nichts, als er schließlich auf den Boden rutschte, ihm direkt auf die Schuhe. Phöbe fuhr herum und knurrte den Papierberg an, bis sie bemerkte, dass es wirklich nur Papier und kein Angreifer war.

»Hören Sie! Nennen Sie das gute Aktenverwaltung?«, rief Ramón streng und stieg über den Papierhaufen am Boden hinweg. Der Kollege entschuldigte sich und haspelte unverständliche Worte, als er begann, die Blätter aufzuheben.

»Sie ordnen das!«, herrschte er ihn an und verschwand in seinem Büro.

Phöbe suchte sich gleich einen Platz unter dem Schreibtisch und warf hechelnd die Zunge heraus.

»Mein Mädchen, ich bringe dir gleich Wasser«, sagte er zu ihr und streichelte ihr liebevoll über den glatten Kopf und die feinen Ohren.

Als er ihr eine Wasserschale hingestellt hatte, begann er, seine Mails zu durchforsten. Der Großteil war absolut uninteressant und er überflog die Meldungen schnell. Nichts, was wirklich in sein Aufgabengebiet fiel.

Er hatte die Nase voll von Willemshausen. Es war Zeit, seinen Aufenthalt in diesem elendigen Kaff langsam zu beenden. Die letzte offiziell gemeldete Entführung war Wochen her. Seitdem hatte sich der Mord ereignet, der ja noch am selben Tag aufgelöst wurde und Inas vorgetäuschter Selbstmord war in keinster Weise mit der Entführungsserie in Verbindung gebracht worden. Der offizielle Stand der Ermittlungen war, dass im Moment alles ruhig genug schien, um die Angelegenheit wieder dem Kommandanten zurückzugeben und Ramón den Rest von wo anders aus erledigen konnte. Ein paar entspannte Wochen in Fönichsstedt bei Jan zu verbringen und anschließend einen Urlaub über die Weihnachtsfeiertage zu buchen, war genau das, was Ramón nach diesen anstrengenden Wochen brauchte.

Er verbrachte Stunden damit, den Abschlussbericht an den Einsatzdirektor zu verfassen und die Akten aller fünf Opfer noch einmal anzuführen. Er erwähnte auch die Leiche und seinen Erfolg, den Täter sofort gefasst zu haben. Dafür würde er eine ordentliche Aufzahlung und wieder etwas mehr Ansehen bekommen.

Beides wollte er sich nicht entgehen lassen, auch wenn dieser Vorfall nichts damit zu tun hatte, weshalb er hergeschickt geworden war. Allerdings mit der Nachricht zurück zu kehren, fünf Fälle ungeklärt zu lassen, machte nicht unbedingt ein gutes Bild und so hatte er keine andere Möglichkeit gesehen, als einen Fall zu induzieren, wo sich leicht ein Täter finden ließ. Laurent war ihm von Anfang an ein Dorn im Auge gewesen und die Tatsache, dass er durch die Geschichte mit Ina ohnehin schon polizeibekannt war, hatte ihn zum perfekten Täter gemacht. Ja, er hatte sich förmlich angeboten! Niemals würde Ramón die Genugtuung über Laurents hasserfülltes Gesicht vergessen, als er die Zellentür schloss und viele Jahre Gefängnis damit besiegelt waren.

In der Zwischenzeit hatte der Kollege einen Stapel sauber gehefteter Berichte auf Ramóns Tisch gelegt und war wortlos wieder verschwunden. Er hatte ihn nur aus dem Augenwinkel gemustert und bemerkte die Unsicherheit des Kollegen.

Idiot... Und so etwas soll unsere Bevölkerung schützen... Funktioniert hervorragend...

Um kurz vor Mittag hatte Ramón seine Schreibarbeiten abgeschlossen und sie mitsamt dem Vorschlag, wieder nach Fönichsstedt zurückkehren zu dürfen, an den Einsatzdirektor geschickt. Phöbe hampelte unter dem Tisch herum. Sie wollte nach draußen, auch ihm war nach etwas frischer Luft.

»Komm Mädchen, wir gehen eine Runde.«

INA

Drei Tage waren vergangen und heute war der erste Tag, an dem Ina genug Kraft spürte, um dem Rumänen im wachen Zustand zu begegnen. Die ganze Zeit über hatte sie sich schlafend gestellt, wenn er morgens und abends in ihre Zelle gekommen, ihr Essen und sogar frische Kleidung gebracht hatte. Es war mittlerweile etwas wärmer geworden, als hätte man die Heizung aufgedreht. Von wohnlich war allerdings noch immer keine Rede.

Sie setzte sich also an den Tisch und wartete auf den Abend. Quälend langsam verging die Zeit, ein Wechsel zwischen innerlicher Leere und erdrückenden Gedanken. Das ging so weit, dass sie jeden Abend hundemüde zu Bett ging und überraschenderweise auch jedes Mal ein paar Stunden Schlaf finden konnte.

Als es beinahe ganz dunkel in der Zelle war, hörte sie, wie sich die schweren Schritte des Mannes näherten. Sie war sich eines bewusst. Sie hatte blanke Angst vor ihm. So gut sie sämtliche Angstgefühle vor Ramón auch hatte verstecken können, bei ihm gelang es ihr nicht. Sie konnte sich nicht noch einen Tag länger schlafend stellen, irgendwann würde er sie wecken oder zu einer anderen Tageszeit besuchen. So wartete sie geduldig, bis er die Tür aufgeschlossen und das Licht eingeschalten hatte. Er hielt inne und sie drehte sich zu ihm um. Bloß keine falsche Bewegung machen! Seine Augen durchbohrten sie förmlich und sein Ausdruck war überrascht, was ihn noch unberechenbarer machte.

»Guten Abend, schöne Frau«, begrüßte er sie. Sein

gebrochener Akzent klang hart und passte genau zur harschen Stimme. Der Befehlston schwang sogar bei der Begrüßung mit und Ina konnte sich gut vorstellen, wie er einer ganzen Kompanie von untergebenen Soldaten Befehle ins Gesicht brüllte.

»Hallo«, hauchte sie und zuckte zusammen, als er sich verhältnismäßig schnell zum Tisch bewegte und das Abendessen vor ihr abstellte. Sie rechnete damit, dass er ihr in jedem Moment wehtun würde und duckte sich, doch er ging an ihr vorbei und setzte sich auf die Bettkante. Zögerlich drehte sie sich nach und sah seinen anzüglichen Blick, wie er auf ihrem Körper klebte wie eine Fliege auf dem Klebeband. Sofort versteckte er seine offensichtlichen Gedanken und setzte ein gekünstelt nettes Grinsen auf, das so überhaupt gar nicht zum Rest passte.

»Bist du heute nicht müde?«, fragte er.

Nein, war sie nicht. Doch was würde passieren, wenn sie ihm das so direkt sagte?

»Doch.«

»Du siehst aber nicht so aus.«

Mist. Sie log zu schlecht und anscheinend verfügte er über mehr Menschenverständnis, als sie angenommen hatte. Nur, weil er sich wie ein emotionsloses Stück Eis verhielt, musste das nicht zwingend heißen, dass er ihre Gefühle nicht doch verstehen konnte.

»Hör zu, mit Lügen funktioniert das hier bei mir nicht!«, fuhr er sie an, »Verstanden?«

Ina nickte sofort. Wie eine halb zerbissene Maus saß sie auf dem Holzsessel und ihr gegenüber, die Katze, die nur darauf wartete, ein weiteres Mal zuzubeißen.

»Sehr gut. Du wirst länger bei uns bleiben und deshalb ist ein guter Umgangston wichtig. Lügen gehört nicht dazu«, sagte er.

»Wie lange?«, rutschte es ihr heraus und im gleichen Moment bereute sie die Frage, denn sein Blick verfinsterte sich dramatisch. Langsam stand er auf und schlenderte die drei Schritte vom Bett bis zu ihr. Langsam. Bedacht. In Zeitlupe. Er pirschte sich an. Die Angst, die in Inas Blut durch ihren Körper schwappte, ließ sie reflexartig die Arme schützend über den Kopf heben, als erwartete sie gleich einen heftigen Schlag. Sie wartete. Nichts passierte.

Stattdessen nahm er eine Haarsträhne und wickelte sie vorsichtig um seine Finger. Sie konnte seinen Atem im Nacken spüren und roch eine leichte Schnapsnote, als er sich zu ihr hinabbeugte und leise Worte in ihr Ohr flüsterte.

»Fragen gehören auch nicht zum guten Umgangston. Das geht dich nichts an. Der Tag kommt früh genug, an dem du es erfährst.«

Plötzlich war er fort und ging Richtung Tür. Sie konnte kaum fassen, dass er von ihr abgelassen hatte und atmete tief durch. Sie hatte gar nicht bemerkt, dass sie aus Angst die Luft angehalten hatte und genoss das Gefühl umso mehr, wie sich ihr Körper wieder mit Sauerstoff versorgte.

»Es freut mich, dass du heute wach warst. Ich erwarte mir das. Ich lege sehr viel Wert auf Höflichkeit und da gehört auch das dazu«, sagte er. Ohne ein weiteres Wort der Verabschiedung schloss er die Zellentür auf und ließ sie schließlich hinter sich laut scheppernd wieder zufallen.

RAMÓN

Kaum hatte sich Ramón nach der einstündigen Abwesenheit zur Mittagspause wieder hinter seinen Schreibtisch geklemmt, klopfte es an der Tür. Mittlerweile waren mehrere Kollegen in der Dienststelle und jener von vorhin hatte nur verlegen in seinen Bildschirm gestarrt, als Ramón vorbeiging.

Genervt sah er zur Tür. Wer wollte jetzt etwas von ihm?

»Einen Moment«, rief er und füllte zuerst noch schnell Phöbes Wasserschüssel neu auf. Sie hechelte und sprühte nur so vor Lebensfreude, nach dem kleinen Spaziergang im Wald.

Schließlich öffnete er selbst die Tür und stellte erstaunt fest, dass es kein Kollege war, der etwas von ihm brauchte, sondern Inas beste Freundin.

»Guten Tag«, begrüßte er sie und setzte ein charmantes Lächeln auf. Wie hieß sie noch schnell? Sie wirkte nervös, äußerst aufgelöst und hob zur Begrüßung ihre blasse Hand.

»Hallo, ich bin…«, sagte sie.

»Frau Bruckner«, nahm er ihr das Wort aus dem Mund, in diesem Moment war ihm der Name wieder eingefallen. Theresa Bruckner klopfte also an seine Bürotür.

»Was kann ich für Sie tun?«, fragte er, bat sie herein und deutete auf einen freien Sitzplatz. Phöbe machte sich beinahe unsichtbar unter dem Tisch und war nicht zu hören. Ramón freute sich schon auf Theresas Gekreische, wenn sie die massige Hündin bemerkten und sich unheimlich erschrecken würde.

»Der Kollege hat gesagt, ich kann direkt anklopfen«,

antwortete sie. Ramón zog fragend die Augenbrauen hoch.

Weiber... Kannst du nicht antworten, was man dich fragt...? Was ich für dich tun kann, du dumme Schlampe, habe ich gefragt...

Was hatte er auch anderes erwartet? Man stellte ihr eine Frage und sie sagte etwas komplett anderes. Abgesehen davon, dass er von seinem Kollegen erwartet hätte, informiert zu werden, wenn ihn jemand sprechen wollte. Wie sehr er sich doch freute, Willemshausen endlich hinter sich zu lassen.

»Also, warum ich hier bin«, fuhr sie fort.

Ja genau, das möchte ich wissen...

Tränen sammelten sich in ihren Augen, als sie versuchte, weiter zu sprechen.

Nana, nicht so emotional...

»Sie haben sicher gehört, dass Frau Hussek, also ich meine, Ina, also, dass sie sich angeblich ertränkt hat. Sie war meine beste Freundin.«

Und deshalb bist du gekommen, um mir zu erzählen, was ich schon lange vor dir gewusst habe? ...

Ramón stützte die Arme am Tisch auf und faltete die Hände vor dem Gesicht.

»Natürlich. Das tut mir sehr leid für Sie. Auch für mich kam die Nachricht überraschend«, antwortete er und versuchte, so viel Gefühl hineinzulegen, wie er konnte, denn genau das erwartete sie.

»Hören Sie, ich kann das alles nicht glauben. Schon gar nicht, ohne... Leiche«, fuhr sie fort.

»Ich verstehe, dass der Verlust schwer für Sie ist. Auch mich trifft es persönlich sehr. Sie können Hilfe bekommen, wenn Sie sie brauchen. Und dass die Leiche nicht gefunden wurde, wundert bei dieser Strömung nicht und ändert auch nichts an den Fakten.«

»Nein, ich brauche keine Hilfe. Ich bin mir ziemlich sicher, dass trotzdem etwas nicht stimmt, denn wir wollten uns am nächsten Tag treffen, um mit ihrem Pferd auszureiten. Sie hat nie Anmerkungen gemacht, dass es ihr nicht gut gehen würde und vor allem, seit sie Sie kennengelernt hat, ging es bergauf mit ihr. Ina hat Sie wirklich geliebt.«

Bei den letzten Worten brach Theresas Stimme. Ramón schob die Box mit Taschentüchern, die stets auf seinem Tisch für solche Einsätze wartete, zu ihr hinüber. Das Gesagte zog durch seine Ohren, berührte ihn jedoch nicht. Nur, um den Schein vor ihr zu wahren, zuckte er leicht mit den Mundwinkeln und versuchte, möglichst resigniert zu wirken.

»Frau Bruckner, die Spurensicherung hat Frau Husseks Wohnung gründlichst untersucht. Wie Sie sicher auch wissen, ist sie selbst mit ihrem Auto zu diesem Flussufer gefahren und hat sich in die Fluten gestürzt. Wir können absolut ausschließen, dass es sich um ein Verbrechen gehandelt hat«, versuchte Ramón weiter, die Lage zu beruhigen. Dass sie so viel nachfragte, gefiel ihm nicht besonders. Hoffentlich hatte Jan wirklich sauber gearbeitet. Zwar waren die Untersuchungen abgeschlossen, jedoch hatte er keine Lust, dass der Fall von einem anderen Team erneut aufgerollt wurde.

»Sie wissen da etwas nicht«, redete sie weiter, nachdem sie sich geschnäuzt und zweimal genießt hatte, »Frau Hussek, also Ina, hatte eine schwache Form der

Nachtblindheit und konnte nachts nicht ohne Brille Autofahren. Und jetzt raten Sie, was ich heute gefunden habe, als ich für ihre Mutter begann, die Sachen aus der Wohnung auszuräumen.«

Theresa kramte in ihrer Tasche und zog eine schwarze, ovale Brillenbox heraus. Ihre Finger zitterten, als sie sie aufklappte. Ramón musste feststellen, dass sich eine Nachtfahrbrille darin befand.

Du kleines Miststück, du verdammtes Luder... Du wirst ganz sicher nicht meine perfekte Inszenierung mit einer verdammten Brille ruinieren...

Er durfte sich nichts von seiner Wut anmerken lassen, die ihm in den Kopf stieg. Stattdessen bemühte er sich, interessiert und hoffnungsvoll zu klingen, einen neuen Hinweis gefunden zu haben. Er nahm die Schachtel und betrachtete die Brille genauer.

»Sie ist nicht besonders stark, also könnte sie bestimmt auch ohne Brille gefahren sein.«

»Nein, sie fuhr nachts niemals ohne ihre Brille, schon gar nicht eine so weite Strecke«, erwiderte Theresa mit Nachdruck. Sie legte ihre ganzen Hoffnungen in jedes einzelne Wort, als wäre es ihr letzter Rettungsreifen in einem tobenden Meer.

»Ich bedanke mich herzlich bei Ihnen. Auch mir liegt es am Herzen, stets die volle Wahrheit aufzudecken und ich werde das, was Sie mir gerade gesagt haben, jemandem mitteilen, der sachlich entscheiden kann, ob wir immer noch von einem Selbstmord, oder doch von einem Gewaltverbrechen ausgehen müssen. Die Brille bleibt hier.«

»Ich danke Ihnen, Herr Kommissar«, japste sie, noch

unter Tränen, und rang sich ein gequältes Lächeln ab.

»Ist mein Job. Und glauben Sie mir, gerade wenn es um Ina geht, bin ich froh über jeden Hinweis, der uns weiterhelfen kann. Wenn ich etwas für Sie tun kann, dann melden Sie sich.«

Theresa kaufte ihm alles ab, genauso, wie er es sagte.

Das rate ich dir auch...

»Danke. Schönen Tag dann noch«, verabschiedete sie sich unsicher.

Ramón nickte ihr zu und beobachtete beinahe belustigt, wie sie sich im Aufstehen ein paar Tränen wegwischte, den Mantel zusammenraffte und aus dem Büro tapste.

Kaum war die Tür geschlossen, meldete sich Phöbe wieder, die die ganze Zeit über absolut ruhig unter dem Tisch gewesen war. Ramón kraulte sie beruhigend am Hals, während er zum Diensthandy griff. Sein Gegenüber meldete sich nach dem ersten Läuten.

»Jan, es gibt möglicherweise ein Problem!«

RAMÓN

Nachdem sich Ramón mit Rillinger abgesprochen hatte, verließ er um kurz vor 15 Uhr die Dienststelle. Es gab hier so gut wie keine Arbeit mehr für ihn und auch der Kommandant witterte wohl, dass seine Dienststelle bald wieder ohne den Kommissar auskommen musste.

Phöbe war sicher im Fußraum des Beifahrersitzes verstaut. Seit Amour vor einigen Jahren in *ihrem* Auto im Kofferraum bis zur Unkenntlichkeit zerquetscht worden war, schwor sich Ramón, nie wieder ein Tier in den Kofferraum zu sperren. Bei einem Unfall ging es ihr hier zwar nicht unbedingt besser, aber immerhin war sie ihm näher. Aufgeregt beschnupperte sie das teure Interieur des BMW und beschloss noch, bevor die Fahrt Richtung Norden begann, sich zusammenzurollen und ein wenig zu dösen.

»Dein Leben müsste man haben«, sagte Ramón zur Hündin und fuhr los. Schon bald war er dem Trott des Autos verfallen und er konnte ungehindert nachdenken. Deshalb liebte er lange Autofahrten, denn mit jedem Kilometer, den man zurücklegte, legte man auch Sorgen und Ängste ab. Plötzlich war man hunderte Kilometer gefahren und entfernt vom Problem. Ein solches aus der Entfernung zu betrachten, klärte den Blick darauf und verschaffte ganz neuen Platz für Ideen. Dass er dabei oft ganz die Zeit vergaß, kam regelmäßig vor und so auch diesmal. Zwei Stunden Fahrt waren wie im Flug vergangen.

Jan erwartete ihn in seiner Wohnung und war höchst erstaunt über die vierbeinige Begleitung.

»Ich hätte nicht gedacht, dass du dir nochmal einen

Hund zulegst«, bemerkte er, als sie sich auf die Couch niedergelassen hatten. Phöbe scannte inzwischen ruhig und gelassen durch die Wohnung.

»Schau sie dir an, wie kann man ihr widerstehen?«, antwortete Ramón. Sein Blick war voller Liebe und Wärme, als er die Hündin beobachtete, wie sie sämtliche Einrichtungsgegenstände als ungefährlich und nicht besonders interessant einstufte und schließlich einen Platz zu Ramóns Füßen suchte.

»Du hast Recht, kann man nicht«, pflichtete Jan bei, »Aber jetzt erzähl bitte, was du am Telefon nicht erzählen wolltest.«

Ramóns Ausdruck von Freude war sofort verschwunden. Er zog die Brillenschachtel aus seiner Jackentasche und hielt sie ihm hin.

»Das ist eine Brille. Ich sehe kein Problem«, stellte Jan fest.

»Ina ist nachtblind und kann ohne Brille nachts nicht Autofahren. Zumindest sagt ihre Freundin, dass sie niemals ohne Brille hätte fahren können.«

Jans ohnehin nur spärlich vorhandene Gesichtsfarbe wich mit einem Mal aus seinem Gesicht und er saß da, als hätte er gerade Geister gesehen.

»Fuck!«, rief er laut aus und ließ sich gegen die Lehne der Couch fallen.

Ramón nickte schwach und kaute auf seiner Unterlippe. »Ich habe das nicht gewusst. Mensch, die muss weg!«

»Dich trifft doch keine Schuld. Ich hoffe, du meinst damit nicht die Brille.«

»Idiot!«

Jan boxte ihm spaßhalber gegen die Schulter und versuchte zu fassen, was er gerade erfahren hatte.

»Die Kleine ist gefährlich und verdammt schlau. Hast du Ideen? Denn von uns beiden erledigt das bestimmt keiner. Die Sache wird langsam wirklich brenzlig.«

»Stoicu kann uns helfen, er hat sicher jemanden in der Nähe positioniert. Es scheitert nur noch am Wann und Wie und ich hoffe, Superhirn Bellani hilft mir beim Planen.«

INA

Man sagte, der Körper hatte drei Möglichkeiten zu reagieren, wenn er ein Maß an Stress nicht mehr aushielt: Flucht, Angriff und Erstarrung.

Ina lag bäuchlings über den kleinen Tisch gebeugt und ließ über sich ergehen, was sie seit Tagen gefürchtet und nicht hatte abwenden können. Der Rumäne hinter ihr schimpfte unverständliche Worte in seiner Sprache und doch wusste sie, dass er sie beschimpfte und auf das Äußerste verachtete. Ramón hatte nicht übertrieben. Stoicus Brutalität war um ein Vielfaches höher, als alles was sie sich jemals hätte vorstellen können. Sie hatte jedes Zeitgefühl verloren und sehnte den Moment herbei, an dem er sie endlich zurückließ.

Noch einige Zeit blieb sie danach unbewegt liegen, bis sie es schaffte, sich unter Schmerzen aufzurichten und ins Bad zu humpeln. Sie blutete und versuchte, sich mit den dürftigen Hygieneartikeln, die man ihr in das Kästchen über dem Waschbecken gelegt hatte, zu versorgen.

Sie betrachtete sich im Spiegel. Die ausgebrochenen Ecken und der große Sprung durch die Mitte gaben ihr nur einen zerrissenen Blick auf ihren Körper frei. Wie passend, genauso fühlte sie sich. Zerrissen. Ein großes Hämatom umgab ihren Hals wie ein Halsband ringsherum, an den Schultern und am Becken konnte sie deutlich gerötete Handabdrücke sehen und ihre Stirn wies eine kleine Platzwunde auf, als er ihren Kopf gegen die Tischplatte geschlagen hatte.

Schnell schlüpfte sie in die Kleidung, die noch dort am

Boden lag und setzte sich zurück an den Tisch. Es war früh am Morgen, sie war gerade erst aufgestanden und sah keine Chance, wieder einschlafen zu können, auch wenn sie es noch so sehr versuchte. Sie wusste genau, dass er mit Absicht den Morgen gewählt hatte, um sie diese Qual und dieses dreckige Gefühl, bei vollem Bewusstsein einen ganzen Tag lang durchleben zu lassen und doch hätte sie ihn enttäuschen müssen, wenn er sie gefragt hätte.

In ihrer Brust war nichts, außer ein Organ, das Schlag für Schlag Blut durch ihren Körper transportierte. Kein Gefühl, nicht einmal ein Anflug einer Emotion, war darin zu finden. Ina wusste nicht, wie sie so überhaupt noch überleben konnte. Irgendeine Kraft, die sie bis jetzt noch nie gefühlt hatte, trieb sie Minute für Minute weiter durch dieses trostlose, sinnlos gewordene Leben.

Sie bewegte sich erst das nächste Mal wieder, als der Abend angebrochen und er wieder zu ihr gekommen war. Im Dämmerlicht sah sie seine Gestalt neben ihr erscheinen. Sachte stellte er Essen und reichlich Wasser ab. Er hielt noch etwas in der Hand, sie konnte es aus dem Augenwinkel nicht genau erkennen. Sich danach umzudrehen, war es ihr nicht wert und sie starrte weiterhin geradeaus gegen die graue Wand.

»Du bist so still und abweisend. Das gefällt mir nicht«, sagte er und stellte sich so nahe an sie heran, dass eine kleine Kopfbewegung gereicht hätte, um ihn in ihr Blickfeld zu fassen, doch selbst dazu fehlte ihr jeder Antrieb.

»Du wirst deine Worte schon wieder finden. Aber schau doch mal, ich soll dir Grüße von meinem guten deutschen Freund ausrichten. Ist es nicht herzergreifend, wie er an dich denkt?«

Er legte einen Strauß Rosen und eine Schachtel Pralinen vor ihr ab. Ungläubig starrte sie darauf und schließlich ihm entgegen. Selbstgefällig, als wäre er Armor selbst und würde zwischen zwei Liebenden verhandeln, stand er da.

»Na los, lies den Brief, oder glaubst du, ich lese ihn vor?«, fragte er zynisch.

Sie nahm das kleine Kuvert, das auf die Schachtel Kirschpralinen geklebt war.

Für Ina, mein Mäuschen, stand in jener geschwungenen Schrift geschrieben, die sie auch damals auf seinem Handydisplay gesehen hatte, als er im Einvernahmeraum eine Notiz in sein Handy geschrieben hatte. Sie öffnete den Brief.

Liebste Ina,

Deine liebe Freundin war bei mir zu Besuch und hat erzählt, wie sehr du mich doch liebtest. Das freut mich natürlich! Die Arme hat nur leider noch etwas gesagt – wie es scheint, das Falsche – und damit wohl ihr Schicksal selbst besiegelt. Warum könnt ihr Frauen nicht einfach schweigen? Zu eurem eigenen Wohl?

Ich wusste nicht, dass du ohne Brille nachts nicht Autofahren kannst. Wie nachlässig von dir, die weite Strecke bis zum Flussufer ohne Brille gefahren zu sein – du hast sie nämlich in deiner Wohnung vergessen. Darüber müssen wir unbedingt sprechen, wenn ich dich das nächste Mal besuchen komme. Bis dahin, genieße den kleinen süßen Gruß von mir und ich hoffe, du denkst bei jeder Praline daran, wie sehr du mich liebst.

Mit liebsten Grüßen
R.M.

Theresa. Nein, sie durften Theresa nichts tun! Die Leere in Inas Brust füllte sich mit Schmerz und plötzlich platzten die Tränen nur so aus ihr heraus. Es zerriss ihr beinahe das Herz, wenn sie daran dachte, dass Theresa etwas zustoßen würde – wegen ihr. Nur deshalb, weil sie sich in einen psychisch kranken, seines Amtes absolut unwürdigen Typen verliebt hatte.

Impulsartig griff sie nach den Rosen und schlug sie Stoicu mit voller Wucht gegen das Gesicht. Im gleichen Moment bereute sie es, sprang auf und versuchte, seinem Griff zu entkommen.

Zu langsam, den schon hatte er sie zu sich gezogen und hielt sie so fest, dass sie kaum atmen konnte. Sie ekelte sich vor seiner Nähe, fühlte, wie sein enger, umarmungsähnlicher Griff unvorstellbare Platzangst in ihr auslöste und sie zu schreien begann, bis keine Luft mehr in ihren Lungen war. Wie eine Würgeschlange verfestigte er die Umarmung und gab ihr kaum genügend Platz, um wieder einzuatmen. Sie hechelte. Wand sich. Versuchte, Luft in ihren Brustkorb zu reißen. Vergeblich. Schließlich kriselte das Bild vor ihren Augen, als würden plötzlich Schneeflocken von allen Seiten gegen ihre Augen fliegen. Immer stärker, bis sie nur noch einen grauen Fleck sehen konnte, flimmernd, wie ein ausgefallenes Fernsehprogramm.

Und schließlich, als hätte jemand den Stecker gezogen und erst dann wieder Strom angeschlossen, fand sie sich zugedeckt auf der Pritsche liegend, wieder. Stoicu saß am Bettrand und hielt ihre Hand, zwei Finger auf ihren Pulsadern verwahrend. Sein Gesicht war ausdruckslos. Als er merkte, dass sie wieder zu sich kam, ließ ihre Hand los.

»Das machst du kein zweites Mal«, raunte er tonlos, stand auf und verließ, die Tür lautstark zuschlagend, die Zelle.

RAMÓN

Seit Ewigkeiten hatte Ramón wieder verschlafen. Zehn Minuten nach Dienstbeginn wurde er wach, womöglich an seinem letzten Dienstag in Willemshausen. Phöbe hob verschlafen den Kopf, als er blitzschnell unter die Dusche huschte und sich in Hemd und Jeans zwängte. Nur wenige Minuten später war er bereits auf dem Weg. Ein Blick zu Phöbe genügte, um ihm ein Lächeln ins Gesicht zu zaubern. Ihre Ruhe wollte er oft haben, wie sie es schaffte, innerhalb weniger Sekunden einzuschlafen, so auch jetzt. Zusammengerollt lag sie auf der Fußmatte des Beifahrersitzes und atmete ruhig.

Für ein Frühstück war keine Zeit mehr geblieben, er würde Phöbe in seinem Büro füttern. Dass ihn selbst der Hunger plagte, war das kleinere Problem. Damit konnte er umgehen, wenn es nur seiner Hündin gut ging.

Die Stimmung auf der Wache war dieselbe, wie an den Tagen zuvor, mit der einzigen Ausnahme, dass er heute keine auf den Boden fallenden Aktenstapel zu befürchten hatte, denn der Tollpatsch hatte frei.

Welch ein Segen…

Bevor er den Kühlschrank nach Essbarem für sich selbst durchsuchte, schüttete er Phöbe zwei Hand voll Trockenfutter in die Schüssel und sah ihr begeistert dabei zu, wie sie seelenruhig Stück für Stück ins Maul wandern lies und ohne zu kauen schluckte.

»Feines Mädchen«, lobte er sie und tätschelte liebevoll ihre Schulter, dann nahm er ein Schokocroissant aus dem Kühlschrank und begann zu essen, während er die Daten aus der Überwachung des zu eliminierenden Objektes exportierte und verschlüsselt an den Komplizen übermittelte.

Bis auf zwei Nachrichten war sein Posteingang leer. Die erste Nachricht war jene, die er seit Tagen sehnlichst erwartete. Der Einsatzdirektor hatte geantwortet und verfügt, dass Ramón seinen Arbeitsplatz zurückverlegen konnte. Ebenso war ihm der Urlaub über die Feiertage genehmigt worden. Er fühlte förmlich, wie er innerlich auflebte und sich auf ein paar freie Tage nur für sich freute. Seit er alt genug gewesen war, war er jedes Jahr zu Weihnachten mit *ihr* ans Meer geflogen. *Sie* hatte die Weihnachtszeit, diese fürchterlichen Wochen voller Lichterketten, gespielter Nächstenliebe und Zwangskonsum ebenso gehasst wie er. Es war das fünfte Jahr, in dem er ohne sie fliegen musste.

Konzentriere dich auf die Arbeit, ermahnte er sich selbst, sein Allheilmittel, wenn die Gedanken wieder einmal zu stark wurden und zu viel von seinem sonst so klaren Verstand raubten.

Die zweite Nachricht war von Rillinger. Kurz überflog er, was der penibel genau arbeitende, viel zu alte Kommandant von ihm wollte. Rücksprache. Bevor er jetzt anrief und um das Gespräch bettelte, beschloss er, direkt in sein Büro zu gehen und die Sache hinter sich zu bringen. Wahrscheinlich wollte er sich bedanken und verabschieden.

Und genau so war es. Rillinger erhob sich, als Ramón sein Büro betrat.

»Herr Kommissar, vielen Dank, dass Sie erschienen sind«, begrüßte er ihn höflich und ging um seinen Tisch herum.

»Sie haben die Nachricht sicher schon vom

Einsatzdirektor erhalten, doch trotzdem ist es auch meine Aufgabe, sie Ihnen zu überbringen. Meine Kleinstadt, ja, so nenne ich sie wirklich, meine Kleinstadt, hat viel durchgemacht. Wie den Akten zu entnehmen ist, hat sich der Täter anscheinend zurückgezogen und es wäre unangebracht, Sie weiter hier festzuhalten. Der Einsatzdirektor schreibt doch auch, dass Sie sofort wieder zugeteilt werden, wenn neue Fälle auftreten. Doch einstweilen gibt es hier wohl nichts mehr für Sie zu tun«, schmückte er aus, was für Ramóns Geschmack auch in einem Satz hätte gesagt werden können.

Leeres Gefasel, aber danke…

»Der Dank ist auf meiner Seite, Herr Kommandant. Es zeugt von großer Hilfsbereitschaft, so gut unterstützt zu werden, wie ich es hier erfahren habe«, antwortete er stattdessen, beinahe übertrieben freundlich.

Mit Ausnahme des Kollegen, der anscheinend nicht dazu fähig ist, Akten zu sortieren. Wahrscheinlich hat er seine Dienstmarke im Bastelkurs gemalt, anstatt sie sich erarbeitet zu haben…

Rillinger schluckte seine vorgetäuschte Dankbarkeit.

»Sie haben zudem noch den fürchterlichen Mord an einer sehr jungen, hoch geschätzten Kollegin in kürzester Zeit aufklären können, wofür wir Ihnen mitunter am dankbarsten sind«, fuhr der Kommandant fort und gestikulierte zu jedem Satz mit seinen Händen, die er danach immer wieder leicht faltete. Eine billig eingelernte, zwanghaft seriös wirkende Geste, die man bei all jenen beobachten konnte, die unbedingt in ein Muster passen wollten, um Ansehen zu erlangen.

»Das ist mein Job«, sagte Ramón mit Nachdruck.

»Jaja, ganz gewiss. Trotzdem gilt Ihnen mein vollster Respekt und mein tiefster Dank. Und zu allerletzt…«, er zögerte, bevor er weitersprach, »zu allerletzt möchte ich Ihnen noch mein herzliches Beileid aussprechen, ich habe von Ihrem Verlust im privaten Umfeld erfahren. Tragisch, ein Selbstmord einer so jungen Dame.«

Ach so, die Hussek… Ja, sehr tragisch…

Er antwortete nicht. Stattdessen nickte er betroffen. Oft bedurfte eine Situation gar keiner Worte, um sie glaubhafter zu machen.

Wenn man nicht gerade Rillinger heißt und alles totquasseln muss…

Eigentlich war er auch einfach nur froh, dass dieses Dummerchen von bester Freundin nicht auch dem Kommandanten von der Brille erzählt hatte. Anscheinend wusste wirklich nur Ramón selbst darüber Bescheid.

»Passen Sie auf sich auf, in Ihnen steckt großes Talent, das die Polizei unbedingt braucht. In Ihnen schlägt das Herz der Gerechtigkeit.«

Mit diesen Worten schüttelte der Kommandant ihm die Hand. Worte, die viel mehr Wahres in sich trugen, als sich dieser alte, faltige Mann jemals in seinem Leben hätte vorstellen können. Sein fester Händedruck bestärkte das Gesagte und Ramón wusste, dass es an der Zeit war, jetzt sofort zu gehen.

RAMÓN

Seine wenigen Gegenstände im Büro hatte er schnell eingesammelt und eine Verabschiedungsrunde sparte er sich. Auch seine Sachen im Appartement waren schnell zusammengepackt und Phöbe schnupperte aufgeregt am Koffer, der jetzt im Empfangsbereich stand, während Ramón wartete, bis die Empfangsdame ihr Telefonat zu Ende geführt hatte. Er lehnte locker an der Theke, kaum einen Meter von ihr entfernt und betrachtete sie dabei, wie sie sekündlich nervöser wurde. Schließlich legte sie auf, tippte ein paar Zeilen in ihren Computer und wandte sich an ihn.

»Sie verreisen?«, fragte sie.

Ramón stutzte über ihre lustige Bemerkung.

»Verreisen?«, fragte er erstaunt.

»Naja, so lange wie sie jetzt hier waren, kann man doch sagen, Sie wohnen hier. Ich meine, auch mit den Gardinen und so.«

»Also ich nenne es Heimfahren. Aber was mich mehr wundert, Sie können reden?«

Ihr Gesicht nahm blitzartig die Farbe des purpurnen Teppichläufers an, der zur Theke führte.

»Ich dachte nur, weil Sie doch nie ein Wort hervorgebracht haben.«

Sie zögerte, die Wangen noch immer rot glühend.

»Ist meine letzte Gelegenheit, wie es aussieht«, antwortete sie schlagfertiger, als er erwartet hatte und deutete auf den Koffer. Er zuckte unwissend mit den Schultern und nahm das Blatt entgegen, dass sie ihm zum Ausfüllen hinüber schob. In geschwungener Schrift setzte er seine

Unterschrift an den unteren Rand des Blattes und bestätigte damit seine Abreise. Dankend schob er es zurück.

Das Funkeln in ihren Augen verriet ihm, dass sie noch nicht alles gesagt hatte, was in ihrem Kopf vorbereitet lag. Er konnte es sich vorstellen, wendete aber keine Zeit mehr dafür auf, ihr die Gelegenheit dazu zu geben, zumal Phöbe immer unruhiger wurde und nach draußen drängte. In dem Moment, als er den Fuß über die Türschwelle setzte, rief sie ihm noch ein paar Wortfetzen hinterher.

»Vielleicht sieht man sich zweimal im Leben«, war das einzige, das er verstehen konnte, dann peitschte ihm der Schneesturm so eisig ins Gesicht, dass er es sofort wieder vergessen hatte.

INA

Die folgenden zwei Tage sagte der Rumäne kein einziges Wort, als er ihr morgens und abends das Essen auf den Tisch stellte. Als sie jedoch auch am zweiten Abend noch immer nichts davon angerührt hatte und zittern auf der Pritsche lag, schien er wohl zu verstehen, dass Ina nicht bockte, sondern dass sie wirklich krank war.

»Du musst essen«, sagte er eindringlich und setzte sich an ihren Bettrand. Bebend vor Schüttelfrost, der wellenweise über ihren Körper hereinbrach, blieb ihm verborgen, wie sie vor seiner Anwesenheit zurückzuckte.

Nicht, dass das Essen schlecht geschmeckt hätte, ganz im Gegenteil. Die paar Dinge, die sie gegessen hatte, hatte sie wirklich gut in Erinnerung behalten, doch sie brachte einfach nichts hinunter. Sie selbst hatte es anfangs auf die Gesamtsituation geschoben, doch seit heute Morgen fühlte sie sich zunehmend schlechter und das Fieber immer weiter in sich aufsteigen.

Stoicu legte seine raue Hand auf ihre Stirn und schrak vor der Hitze zurück, die sie ausstrahlte. Er murmelte unverständliche Schimpfworte in seiner Sprache, die sie nicht verstand und erhob sich, um eine Flasche Wasser zu öffnen.

»Dann trink wenigstens«, herrschte er sie und setzte die geöffnete Flasche an ihre Lippen. Das kühle Wasser benetzte ihren trockenen Mund und entfachte den brennenden Durst erst so richtig. Das Fieber musste so stark sein, dass sie gar nicht bemerkt hatte, wie sie innerlich ausgetrocknet war. Im Nu war der halbe Liter leer getrunken und ehe sie ihn um einen zweiten bitten konnte, hatte er die Zellentür hinter sich zugeworfen und war fort.

Sie hob den Kopf und trachtete nach dem Wasser, das drüben am Tisch stand. Gedämpft vom Fieber konnte sie kaum abschätzen, ob sie den Weg dahin schaffen würde. Ihre Nase war mitsamt den Stirnhöhlen auf ein höchst schmerzhaftes Maß angeschwollen und neben der Beeinträchtigung beim Atmen, hatte sie mit schwerem Schwindel zu kämpfen.

Gerade als sie versuchte, aufzustehen, kam Stoicu mit weiteren Decken und einer Thermoskanne zurück. Sie ließ sich zurück auf die Pritsche fallen und war noch nie so glücklich gewesen, ihn zu sehen. Wortlos deckte er sie zu und stellte die Thermoskanne, sowie einige Fläschchen Wasser in Reichweite vor dem Bett ab.

»Dass du uns nicht eingehst, das darf nicht passieren«, raunte er, als er schließlich noch einige Müsliriegel und eine Schachtel Tabletten aus seiner Jackentasche hervorholte. Dabei war Eingehen das einzige, das sich Ina noch wünschte. Einfach einzuschlafen und nie mehr wieder aufwachen zu müssen. Selbst ein gewaltsamer Tod wäre ihr lieber gewesen, als dieses zwanghafte am Leben erhalten und die täglichen Qualen und Demütigungen, die sie über sich ergehen lassen musste. Vielleicht schenkte ihr das Schicksal eine Freikarte und schickte sie heute Nacht in den Tod. Während Stoicu eine Tablette aus dem Blister drückte, betete sie für ein Wunder.

Ehe sie ihn hätte abwehren können, hatte er ihr auch schon die Tablette zwischen die Lippen geschoben und zwang sie, einen großen Schluck nachzutrinken. Kraftlos sah sie nach oben, ihr Blick erreichte sein Gesicht. Er musterte sie belustigt, jedoch konnte er ein gewisses Maß an Besorgnis nicht verstecken. Ganz so, als wollte er wirklich um jeden Preis verhindern, dass sie noch kranker wurde oder gar starb.

»Morgen kommt der Doc, damit du bald wieder fit bist«, sagte er bewusst betont und zwinkerte ihr zu.

INA

Die Nacht zog sich. Weder wach, noch schlafend, vegetierte sie elend lange andauernde Stunden vor sich hin. Stoicus Tablette hatte nur wenig geholfen und sie kämpfte zunehmend mit Gelenksschmerzen.

Der Militärarzt traf direkt am Morgen ein. Sichtlich genervt, grunzte er vor sich hin, als er seinen Koffer am Tisch abstellte und einige Sachen auspackte. Ina war sich nicht sicher, ob es sich wirklich um einen Arzt handelte, denn mit seiner grauen Uniform wirkte er ebenso gefährlich wie Stoicu, der bei der Tür stehen geblieben war und alles genau beobachtete.

Die dämpfende Müdigkeit machte die Untersuchung erträglicher und Ina fühlte sich wie in Watte gepackt. So, als würden die eiskalten Hände des Arztes nicht direkt auf ihrer Haut liegen, sondern mit einer dicken Decke dazwischen. Er hörte sie ab, begutachtete ihren Rachen und inspizierte schließlich auch ihre sichtbaren Wunden ganz genau, während er immer wieder einige Worte mit Stoicu wechselte. Trotz ihres beeinträchtigten Zustandes entging ihr nicht, dass selbst der Arzt unglaublichen Respekt, wenn es nicht sogar ein Anflug von Angst war, vor ihm hatte.

Als der Arzt fertig war, kramte er in seinem Koffer und gab Stoicu zwei Schachteln mit Tabletten in die Hand. Wortlos schlich er sich aus der Zelle, als konnte er es gar nicht abwarten, nicht mehr seinem schneidenden Blick ausgesetzt zu sein. Den bekam dafür jetzt Ina zu spüren.

»Eine kleine Grippe hast du dir eingefangen, meint er. Nichts Dramatisches, wenn du brav deine Medizin nimmst«, sagte er und bewegte sich ein paar Schritte durch den Raum. Sein Gesicht wirkte heute besonders scharfkantig und in den Augen loderte pure Aggressivität.

»Bis dahin musst du wohl leider auf mich verzichten, denn ich habe keine Zeit, auch noch krank zu werden.«

Ina zog die Decke bis zu ihrer Nase hoch. Was sollte sie darauf antworten? Erwartete er überhaupt eine Antwort? Sie beschloss, schwach zu nicken und hoffte, dass sie ihn damit nicht verärgerte.

»Ja, da stimmst du mir zu. Weißt du, du hast das hier alles gar nicht verdient, so respektlos wie du letztens zu mir warst. Wenn du nicht so wertvoll wärst, würde ich dich hier hundert Mal verrecken lassen, immer wieder kurz ins Leben holen und erneut verrecken lassen!«, zischte er und deutete mit seinem gezogenen Einsatzmesser auf sie, mit dem er nun begann, jeweils pro Packung zwei Tabletten vom Blister zu schneiden.

Ina wagte nicht, sich zu bewegen, nicht einmal, zu laut auszuatmen. Sie konnte sich vorstellen, wie es sich anfühlen musste, wenn er damit an ihrem Hals entlangritzte oder ihr tiefe Wunden in den Rücken schnitt. Sie hörte das Geräusch des Schnittes, auch wenn es jetzt nur die Plastikverpackung war, die der Klinge nachgab. Sie fürchtete so sehr, irgendwann mit anhören zu müssen, welches Geräusch ihre Haut dabei von sich geben würde.

Sie erschrak ein weiteres Mal, als er die beiden Tablettenstreifen in ihre Richtung, mitten in ihr Gesicht warf.

»Ins Gesicht?«, fragte er belustigt.

Ihr Magen reagierte sofort auf seine Anspielung und krampfte sich schmerzhaft zusammen. Sie würgte leicht, was ihm umso mehr Bestätigung gab und seine Lippen zu einem anzüglichen Grinsen formte.

»Na hoffentlich wirst du bald gesund. Nimm brav deine Medizin«, sagte er und deutete mit dem Messer auf die Tabletten. Ina wollte sie später nehmen, wenn sie sich dazu zwingen konnte, ein paar Bissen zu essen. Doch erstmal hoffte sie, Stoicu bald loszuwerden und ein paar Minuten der Ruhe zu finden.

»Worauf wartest du?«

»Jetzt gleich?«, brachte sie mühsam hervor.

»Oh, schau an, sie redet wieder! Nein, in zwei Wochen, deshalb warte ich, oder wie?«, fuhr er sie an.

»Okay«, hauchte sie und versuchte ungeschickt, die Tabletten aus der Verpackung zu drücken. Sie richtete sich leicht auf, um das Wasser zu erreichen und da passierte es: Eine Tablette entglitt ihren zittrigen Fingern, rollte wie in Zeitlupe über den Boden, als wollte sie den Moment noch länger ausdehnen, als er ohnehin schien und kam schließlich genau vor Stoicus Stiefeln zu liegen.

RAMÓN

Den eintägigen Zwischenstopp bei Jan hatte Ramón genutzt, um den Flug zu buchen und sich selbst ein wenig zu ordnen. Er beschloss, zuerst Stoicu einen Besuch abzustatten und von dort aus einen der kleineren rumänischen Flughäfen zu benutzen, um sein Reiseziel in Ägypten zu erreichen.

Er musste versuchen, die Flugzeit am Anfang so gering wie möglich zu halten, solange sich Phöbe nicht daran gewöhnt hatte, die Flugdauer über in einen dunklen Schacht im Paketabteil des Flugzeuges gesperrt zu sein. Seine Reisegeschwindigkeit mit dem Auto hatte sich ebenfalls stark verlangsamt, denn er legte alle vier Stunden eine Pause für die Hündin ein und führte sie spazieren, solange sie wollte. Trotz ihres jungen Alters war sie ausgesprochen ruhig und unmotiviert, länger als eine Stunde neben ihm durch die Gegend zu laufen.

Ramón merkte allerdings auch, wie ihm selbst die vielen Pausen und die Ruhe, die sie ausstrahlte, gut taten. Er liebte die Kälte und das Eis, sie gaben ihm das Gefühl, lebendig zu sein. Phöbe hingegen hatte mit dem weißen Zeug rings um sie herum weniger Freude. Sie nieste einige Male, als ihr beim Betreten der rumänischen Grenzanlage ein paar Flocken um die Nase flogen.

Stoicu hatte den Wachposten Bescheid gegeben, seinen silbernen BMW direkt passieren und bis zum Haupthaus durchfahren zu lassen. Er wartete vor dem Haupttor, wie immer in voller Ausstattung, das Sturmgewehr um die Schulter gehängt.

»Moreno in Begleitung?«, rief er aufgeregt von Weitem, als er die Hündin erspähte.

»Seit Langem die erste wirklich angenehme, weibliche Begleitung«, erwiderte Ramón und hängte die Leine in ihr Halsband. Nicht, dass sie ihm nicht mittlerweile aufs Wort Folge leistete, war es eine Vorsichtsmaßnahme zu ihrem Schutz. Im Grenzhaupthaus tummelten sich zu viele fremde Leute und etliche scharf abgerichtete, unkastrierte Diensthunde.

»Da kann ich dich verstehen. Nur Probleme mit diesem Luder, dass du da angeschleppt hast«, jammerte Stoicu und ging voran. Seine Erhabenheit gegenüber allen anderen war klar ersichtlich. Nicht nur, dass er Dienstführer dieses Grenzüberganges war, sondern auch seine Nebenbeschäftigung, wie er seine eigene Armee aus über hundert Leuten selbst gerne nannte, verschaffte ihm unheimlichen Respekt und von vielen wurde er bis auch die Knochen gefürchtet. Diesen Status genoss Ramón mittlerweile genauso, da er als guter Freund Stoicus immer bekannter wurde.

»Wieso?«, fragte Ramón.

Stoicu winkte ab.

»Lass uns erst reingehen und das bei gutem Kaffee besprechen.«

»Was weißt du denn von gutem Kaffee, du musst doch froh sein, wenn deine Maschine überhaupt welchen zusammenbraut.«

Stoicu zog eine Augenbraue hoch, verkniff es sich aber, zu antworten. Stattdessen marschierte er schneller voran und ließ Ramón schließlich in sein Büro eintreten, wo ein neuer Kaffeevollautomat den Platz der alten

Kaffeemaschine eingenommen hatte.

»Ich glaube es nicht!«, rief Ramón ungläubig und betrachtete das Gerät gespannt. Er nahm Phöbe die Leine ab, die sofort jeden noch so kleinen Flecken des kargen Raumes beschnupperte.

Stoicu grinste selbstverliebt.

»Jetzt erzähl, welche Probleme macht sie?«

»Sie isst kaum, sie redet kaum. Sie schreit nicht mal, zumindest nicht dann, wenn man es erwartet. Stattdessen dann, wenn sie leise sein sollte. Deine Rosen sind in meinem Gesicht gelandet und vorige Woche hat sich noch die Grippe eingefangen. Es geht ihr aber mittlerweile besser, das Fieber ist seit zwei Tagen weg. Ramón, sie braucht Arbeit«, fasste er die Lage kurz zusammen.

Ramóns Grinsen breitete sich quer über das ganze Gesicht aus.

»Du könntest einem beinahe leidtun, wobei, lass mich nachdenken… Nein.«

»Du bist das gleiche Arschloch geblieben. Passt doch wunderbar, dass du hier bist, dann kannst heute du dich mal um sie kümmern«, sagte Stoicu und streckte ihm die Zunge entgegen.

»Die einzige, um die ich mich kümmern will, ist mein Mädchen«, hielt Ramón entgegen und kraulte Phöbe am Hals, die sich inzwischen vor seinen Füßen niedergelassen hatte, »Aber reden wollte ich auf jeden Fall mit ihr.«

»Das solltest du auch dringend. Sie kann sich noch immer nicht an den Tag im Krankenhaus erinnern und weiß noch immer nicht, dass sie schwanger ist. Das muss ihr doch auffallen, oder?«

»Nein, das ist ja das Spannende dabei. Sie kann eigentlich keine Kinder bekommen. Ich möchte ihre Überraschung sehen, wenn sie selbst herausfindet, dass sie wohl eines dieser seltenen medizinischen Wunder ist, von dem normalerweise in pinken Frauenmagazinen über das Kinderglück trotz Unfruchtbarkeit berichtet wird.«

Stoicu kaute auf seiner Lippe und dachte nach. Das Staunen war nicht aus seinem Gesicht zu bringen.

»Du weißt schon, wer mit dem Biest tagtäglich leben muss?«, fragte er und hob warnend den Finger.

»Stell dich nicht so an«, schallte Ramón ihn, »du hast Hundertschaften unter dir, da wirst du wohl mit einer Frau fertig werden!«

Stoicu schüttelte nur vielsagend den Kopf und konnte nicht verbergen, dass es ihn doch ein wenig amüsierte.

»Wo wir gerade von deinen Hundertschaften reden. Läuft der Auftrag in Deutschland bereits?«

»Müsste heute ausgeführt werden«, antwortete Stoicu knapp und stand auf, um endlich den heiß ersehnten Kaffee zu bringen.

RAMÓN

Nachdem er sich wenig später mit seiner Hündin am Grenzgelände die schwache Nachmittagssonne auf die Nase scheinen ließ und sie sich die Füße vertreten hatten, beschloss er, dass es an der Zeit war, Ina zu besuchen.

Er fand sie im Bett liegend, den leeren Blick starr nach oben gerichtet. Sie war in fürchterlichem Zustand, hatte sicher fünf Kilo abgenommen und ihr Gesicht wirkte schmaler, als er es in Erinnerung gehabt hatte. Nichtsdestotrotz war sie *ihr* noch immer zum Verwechseln ähnlich und sein Herz zog sich krampfhaft zusammen, als er in diese beinahe ident gefärbten Augen blickte. Sie vernahm ihn kaum, als er eintrat. Vielleicht wollte sie sich auch einfach nicht bewegen.

Weiber… Immer nur rumbocken…

Erst als Phöbe in die Zelle tapste, er ihr die Leine abnahm und sie einmal durch den Raum streifte, hob Ina den Kopf und setzte sich auf. Sie schien erkaltet zu sein und jede Angst verloren zu haben. Ihr Widerstand, der ihn so gereizt hatte, war in tausend Splitter zerbrochen und sie wirkte, als würde jeder einzelne Splitter fest in ihrem Innersten stecken und sich bei jeder Bewegung tiefer in ihre Seele schneiden.

»Hallo Ina, meine Liebe. Ich habe gehört, du warst krank?«, fragte er und setzte sich verkehrtherum auf den Holzsessel, sodass er sie betrachten konnte. Sie zog die Beine an und schlang die Arme um die Knie, den Kopf leicht darauf abgelegt.

»Warum tust du mir das an?«, flüsterte sie.

Oh, da kommen sie, die dummen Fragen… Du bist doch

nicht anders, als all die anderen…

»Ich? Was ich dir antue? Was habe ich denn so Schlimmes getan?«, hakte er nach.

»Das alles hier.«

»Liebes, ich habe dich weder entführt, eingesperrt oder geschlagen. Ich habe dir sogar Blumen und Pralinen geschickt und du hattest keine Freude damit, wie mir mein Freund erzählt hat«, antwortete Ramón und nahm die Schachtel Pralinen, die hinter ihm am Tisch lag und noch in Plastikfolie gewickelt war.

»Komm, lass uns ein paar Pralinen essen. Kirschpralinen. Ich hatte doch nie Gelegenheit, dich auf einen *Cherry-Colada* einzuladen, den du am ersten Abend so gerne haben wolltest, nachdem dir deine kleine, dumme Freundin bloß ein Pfirsichgetränk gebracht hat.«

Phöbe durchquerte die Zelle und versuchte, neben Ina auf die Pritsche zu springen, doch ein Ruf reichte und Ramón konnte sie zurückhalten. Mit gesenktem Kopf tapste sie zu ihm zurück und legte sich unter den Tisch.

»Du bist abartig. Ich hoffe, der Hund beißt dich irgendwann tot«, zischte Ina. Ihre Stimme klang heißer.

Ramón zog bedrohend eine Augenbraue hoch.

»Das würde sie nie tun, sie liebt mich genauso, wie ich sie liebe. Möchtest du denn wirklich keine Pralinen?«, fragte er und suchte den Anfang des feinen Bandes, mit dem er die Plastikhülle von der Schachtel ziehen konnte.

»Ramón, warum?«, fragte sie abermals.

Er grinste selbstgefällig, als er die Schachtel geöffnet hatte und schob sich eine Praline in den Mund.

»Möchtest du, dass ich dir alles erzähle?«

Ina nickte. Ein Funke Hoffnung huschte über ihr ausdrucksloses Gesicht. Er ließ sich bewusst lange Zeit, bevor er weiterredete und ließ eine zweite Praline auf seiner Zunge zergehen.

»Es ist eine sehr traurige Geschichte«, sagte er schließlich.

»Was kann denn trauriger sein, als jemanden mitten aus dem Leben zu reißen und ihm so etwas hier anzutun?«

Vieles, du Dummerchen...

»Ich glaube sogar, die Geschichte ist so traurig, dass du heute nicht dafür bereit bist. Frauen weinen doch immer bei traurigen Geschichten. Vor allem dann, wenn sie wahr sind.«

Und nicht nur Frauen weinen, aber das musst du nicht wissen, Liebes...

»Bitte«, bettelte sie weiter.

»Vielleicht das nächste Mal, liebe Ina, aber nicht heute. Ich verspreche dir, dass ich dir irgendwann alles erzähle.«

Kraftlos ließ sie den Kopf wieder auf ihre Knie absinken. Ihre Haut wirkte grau und leblos. Die gewaschenen Haare flossen wie ein dichter Umhang ihren Rücken hinab, doch auch sie hatten den Glanz verloren. Die fünfte Praline wanderte mittlerweile in seinen Mund und er legte die Schachtel zurück.

»Und was bedeutet das mit Theresa?«

»Ach ja, stimmt. Das wollte ich dir auch noch sagen, wie fahrlässig es von dir war, so eine weite Strecke ohne Brille zu fahren. Stell dir vor, du hättest einen Unfall verursacht«, schallte er sie. Die Ironie im Unterton traf sie wie ein heftiger Windstoß und sie verbarg das Gesicht hinter ihren

Knien.

»Aufmerksam, wie deine Freundin ist, hat sie deine Brille gefunden und wollte doch glatt anregen, dass wir deinen Selbstmord neu begutachten. Wie gut nur, dass nie jemand von deiner vergessenen Brille erfahren hat.«

»Lass sie bitte einfach in Ruhe, sie kann nichts dafür«, nuschelte sie und begann zu schluchzen.

Und schon geht die Heulerei los… Schwangerschaftshormone…

»Also eines kannst du dir sicher sein: *Ich* tue ihr bestimmt nichts. Was das Schicksal für jeden Einzelnen von uns plant, ist eine andere Geschichte.«

Sie brach schlagartig in Tränen aus. Ihre schmal gewordenen Schultern bebten, die Finger zitterten.

»Ina, Liebes, ich werde dich in diesem Zustand jetzt besser alleine lassen. Ich bin mir sicher, du möchtest einen Moment deine Ruhe haben«, sagte er und erhob sich schwungvoll vom Holzstuhl. Phöbe sprang sofort auf und rannte zur Tür, als hoffte sie ebenso wie er, dass sie diesen grauenhaften Raum bald verlassen würden.

Sanft strich er Ina über den Rücken, gab vor, sie zu trösten. Sie versuchte, seiner Berührung zu entkommen und rollte sich angewidert zur Seite.

»Du wirst irgendwann alles verstehen. Vielleicht sogar sehr bald.«

RAMÓN

Phöbe hatte den Flug gut überstanden. Sie tapste aus der Transportbox, wenn auch etwas lebhafter als sonst, und wedelte kräftig mit dem Schwanz, als sie Ramón endlich wieder in die Arme laufen konnte. Den kurzen Fußmarsch vom Flughafen zu den Leihautos stieß sie immer wieder aufgeregt ihre Nase in seine Kniekehle und hechelte. Innerhalb weniger Stunden hatte sich das Klima grundlegend verändert, waren sie doch bei winterlichen Temperaturen weggeflogen. Hier in Alexandria war es sommerlich warm und eine leichte Brise brachte salzige Luft vom Meer herauf.

Nachdem Ramón der Autovermietung unmissverständlich klar gemacht hatte, dass auch ein Hund mitreiste, egal was im Vertrag stand, setzte er Phöbe in den Fußraum des perlweißen Audi R8 und versuchte, die Großstadt so schnell wie möglich hinter sich zu lassen. Sein Ziel lag weiter östlich, ungefähr zwei Fahrstunden von Alexandria entfernt. Ramón hasste den Trubel, die Völle der Stadt und das Wimmeln der Leute. Er hasste gefüllte Bartische und die Unruhe am Strand.

Deshalb peilte er seit je her Ziele an, die weiter abgelegen lagen. Sehenswürdigkeiten zu besuchen oder zu feiern war nicht seine Absicht, aber dafür fand er an solchen Orten etwas ganz anderes, viel Wertvolleres: Erinnerungen und Ruhe.

Aurélie erwartete ihn in der vereinbarten Strandbar. Von Palmen umgeben, bestand die Bar nur aus einer kleinen Hütte und unzähligen, in den Sand gestellten Sitzgarnituren.

Ramón hatte sich im Hotelzimmer schnell den Temperaturen entsprechend umgezogen und fühlte die Sonne heiß auf seine Haut brennen, als er den schmalen, mit Brettern ausgelegten Steig im Sand entlanggging. Phöbe hatte er im Hotelzimmer gelassen, sie musste die Umstellung auf das heiße Klima erst verarbeiten und hatte sich so gar nicht von ihrem schattigen Plätzchen im Vorzimmer erheben wollen. Nach dem dritten Versuch hatte er es aufgeben und sie, nicht ohne ihr nochmals frisches Wasser anzubieten, liegen gelassen.

Aurélies großes, strahlendes Lächeln erstreckte sich über die ganze Breite ihres zarten Gesichts, als sie ihn bemerkte. Ihre schwarze Sonnenbrille verdeckte nahezu die gesamte obere Hälfte ihres Gesichtes und gab einen verwirrenden Kontrast zu ihren hellblonden Haaren, die sie offen und penibel genau geglättet trug.

»Jetzt hast du es auch endlich hierher geschafft«, begrüßte sie ihn und stand auf, um ihn zu umarmen.

»Nicht jeder genießt Privilegien wie du und kann wochenlang am Meer leben. Es gibt Leute wie mich, die müssen auch arbeiten«, erwiderte er, als sie sich wieder in den Rattanstuhl hatte fallen lassen und setzte sich neben sie.

»Ich musste streng genommen sogar dafür sterben«, witzelte sie und rückte die Brille leicht nach unten. Über dem breiten Rahmen lugten ihre perfekt geschminkten Augen hervor.

»Sehr tragisch, ich beweine dich immer noch. Du wirst es kaum glauben, aber besonders den Kommandanten hat der Tod von Nadja sehr getroffen.«

»Wirklich?«, fragte Aurélie erstaunt.

»Ja, er konnte es einfach nicht verstehen, eine so junge, motivierte Kollegin zu verlieren«, antwortete Ramón und blätterte die Getränkekarte durch.

»Davon habe ich wenig gespürt, als ich im Dienst bei ihm war«, sagte sie herablassend.

»Dazu noch auf so eine grausame Art und Weise! Alle Achtung, liebe Schwägerin, die verteilten Spuren in Laurents Wohnung, das zerstörte Handy und die vielen kleinen Einzelheiten, an die du gedacht hast, du hast das wirklich ausgezeichnet gemacht. Und nicht zu vergessen, die perfekt inszenierte Leiche.«

Aurélie lächelte selbstgefällig. So unscheinbar sie auch wirken mochte, diese Frau war zum Fürchten. Als Ramón damals noch in Fönichsstedt die Entführungen in Willemshausen zu planen begann, hatten sie gemeinsam beschlossen, dass er sicher Unterstützung vor Ort gebrauchen konnte. Neue Ausweisdokumente und ein Name waren schnell gefunden und die Jungpolizistin Nadja Feith war geboren. Einen Mord vorzutäuschen, ergab sich erst im Laufe der Zeit, als Laurent immer mehr zum Problem wurde.

Dass Aurélie unter dem Deckmantel der Nadja Feith auch ihr eigenes privates Leben auf Trab hielt, zufällig genau mit dem Störfaktor *Laurent*, hatte sich perfekt geeignet, um ihm einen Mord anzudichten und endgültig wegzusperren. Eine Genugtuung, die Ramón zudem noch Ansehen eingebracht hatte, glaubten doch alle, dass er wirklich einen Mord aufgeklärt hatte.

»Die Leiche war Jans Arbeit, zusammen mit dem rumänischen Kollegen. Das kannst du ihm aber selbst ausrichten.«

Stoicu hatte natürlich auch in Deutschland genau für solche Anliegen genügend seiner Leute positioniert. Einer seiner erfahrensten Handlanger hatte eine rumänische Frau, die verblüffende Ähnlichkeit mit Aurélie aufwies, nach der Ermordung so präpariert, dass die Identität zwar nicht zweifelsfrei als die von Nadja Feith feststellbar war, aber dennoch genügend markante Merkmale aufwies, dass es zur Identifizierung gereicht hatte. Einerseits war das deshalb so einfach gewesen, weil Ramón es eingefädelt hatte, dass er selbst die Tote als Nadja Feith bestätigen musste und andererseits sicherlich auch deshalb, da in Brenkuschs Team der Spurensicherung Leute arbeiteten, die es mit manchen Dingen nicht ganz so genau nahmen. Der rege Geldfluss auf ihren Bankkonten konnte das sicher bestätigen.

»Freut mich, dass alles perfekt verlaufen ist. Wir sollten darauf anstoßen!«, schlug sie vor und hob symbolisch ihr halb leeres Cocktailglas.

»Du kannst das gerne machen. Dass ich nicht gerne mit Getränken feiere, weißt du ja und ehrlich gesagt, würde ich jetzt dann auch gerne ins Meer gehen.«

»Wie du meinst. Es ist angenehm warm.«

Aurélie zuckte mit den Schultern und nahm einen kräftigen Schluck vom Cocktail. Ihr perfekt schlanker Körper war in ein weißes, grobmaschiges Strandkleid gehüllt, darunter trug sie einen royalblauen Bikini. Verspielte Ohrringe aus Pfauenfedern baumelten in ihren Ohren und sie schob die Brille wieder höher auf den Nasenrücken, um sich im Sessel zurückzulehnen und die Sonne in vollen Zügen zu genießen. Eine mächtige Aura voller Anmut und Stolz umgab sie, ganz genau so, wie sie auch ihre Schwester gehabt hatte, doch grundlegend waren die beiden absolut verschieden.

Athanasia war älter gewesen. Größer, stärker gebaut und kräftig, aber sportlich und durchaus schlank. Respekteinflößender als Aurélie. Dunkelbraune Haare, die bis zum Hosenbund reichten, hatten das Gesicht eingerahmt, das in jedem Zug absolut perfekt erschien. Braune Augen mit dem Ausdruck einer Löwin, waren über markanten Wangenknochen positioniert, unter Augenbrauen, die von Natur aus langgezogener und geschwungener waren, als manch ein Gesicht sie nach Microblading-Behandlungen zeigte. Sie war nur unwesentlich kleiner als Ramón selbst gewesen und auch, wenn er allgemein als sehr attraktiv wahrgenommen wurde und das durchaus wusste, empfand er sich ihr gegenüber als nicht ebenbürtig. Er hatte sie vergöttert und das hatte sich bis heute nicht geändert.

Das Fiepen seines Handys ließ seine Tagträume zerplatzen, als warf man mit einem Dartpfeil nach einer Seifenblase, die im Licht schimmerte und, getroffen vom Pfeil, plötzlich zu feinen Tröpfen zerstäubte. Das Mail-Symbol leuchtete auf. Genervt tippte er darauf und öffnete die Nachricht. Sie war von Jan.

Ohne groß zu kommentieren, lies dir einfach den Anhang durch.

LG, Jan

Gespannt öffnete er den angefügten Zeitungsartikel. Die Überschrift der Titelseite sprang ihm fett gedruckt entgegen.

Junge Willemshausenerin bei Frontalzusammenstoß mit polnischem Holztransporter getötet – Fahrer geflüchtet!

Darunter war ein Foto abgedruckt, das ein bis auf das letzte Karosserieteil zerschmettertes Auto zeigte. Ramón hielt sich sein Handy näher ans Gesicht und zoomte die Aufnahme heran. Er konnte selbst auf den vergrößerten Bildern nicht mehr erkennen, welche Autotype, geschweige denn, welche Marke es gewesen war. Der Platz, in dem die Fahrerin gesessen hatte, konnte nur mehr erahnt werden. Die linke Front des LKW hatte sich bis auf die Rückbank des Autos geschoben und alles, was dazwischen war, förmlich pulverisiert.

Gute Arbeit, Stoicu... Das Problem mit der Nachtfahrbrille ist somit also Geschichte...

»Was starrst du so gespannt?«, fragte Aurélie und beugte sich zu ihm, um einen Blick auf sein Display zu erhaschen.

»Ach, Verkehrsberichte...«

»Du bist nicht im Dienst, oder?«, fragte sie eindringlich.

Ramón schüttelte den Kopf.

»Ist auch keine dienstliche Angelegenheit. Es gab nur jemanden zu beseitigen, der vielleicht für Ärger gesorgt hätte«, erwiderte Ramón und kippte das Display in ihre Richtung. Gespannt überflog sie die Schlagzeile und verzog das Gesicht, als sie das Unfallbild näher studierte. Leicht angewidert schob sie ihm das Telefon zurück.

»Üble Sache. Ich bin mir sicher, dein *Problem* sagt nichts mehr«, stellte sie nüchtern fest und verfiel wieder in ihre sonnenanbeterische Haltung.

INA

Sie hasste Ramóns Berührung und rollte sich auf die Seite. Lieber fühlte sie die kalt strahlende Wand, als seine warme, große Hand auf ihrem Körper, der zwar lebte, sich aber kaum mehr lebendig anfühlte. Seit Stunden kämpfte Ina mit Bauchschmerzen, die zunehmend immer weiter in den Rücken zogen, als hätte man ihr auf die Nieren geschlagen. Vielleicht rebellierte ihr Magen, denn sie hatte seit Tagen so gut wie nichts gegessen und nur kaum getrunken. Gerade genug, um die Tabletten hinunter zu spülen, die Stoicu ihr zweimal täglich eingezwängt hatte.

Sie schloss die Augen, das machte ihr das Ertragen leichter. Mittlerweile achtete sie nicht mehr auf Zeichen, sondern wartete jeden Moment darauf, dass man ihr wieder Schmerzen zufügte oder sie misshandelte. Der Karabiner der Hundeleine klickte und sie sah verstohlen hervor. Ramón stand vor der Zellentür und suchte nach dem passenden Schlüssel.

Der bullige, hell gefleckte Hund mit dem Schädel eines ausgewachsenen Schweins wartete geduldig und stupste mit der Nase gegen sein Knie. Ramóns perfektes Profil wirkte entspannt. Als er bemerkte, dass sie ihn betrachtete, neigte er den Kopf zu ihr. Wie ein Blitz traf sein berauschender Blick auf sie und versetzte ihren Körper unter Strom. Selbst nach alldem, was passiert war, konnte sie nicht abstreiten, dass seine Ausstrahlung einzigartig war, doch war es jetzt purer Hass, den sie gegen ihn hegte und nicht mehr aufflammende Liebe. Er wusste das und zwinkerte diabolisch, dann ging er endlich fort.

Ina hoffte, jetzt ein wenig zur Ruhe kommen zu können,

doch sie irrte sich gewaltig. Wellenartig wurde sie von den Schmerzen überrollt. Immer wieder verkrampfte sich ihr Bauch, so stark, dass sie sogar glaubte, erbrechen zu müssen.

Stoicu musterte sie zwar eingehender als sonst, als er ihr abends seinen Routinebesuch abstattete, begründete ihr verändertes Verhalten für sich offenbar aber damit, dass sie vom Gespräch mit Ramón noch aufgewühlt war. Mittlerweile hatte Ina tagtäglich mehrmals zu verstehen bekommen, dass Frauen für Stoicu nicht besonders viel zählten, zumindest nicht jene, die er hier gefangen hielt. Er schob alle Gefühlsregungen auf die Hormone und war gnadenlos kalt, außer wenn er bemerkte, dass es sich um ein ernstes, gesundheitliches Problem handelte.

Dass er heute nicht daran glaubte, war Ina sofort klar, als sein Gesichtsausdruck diesen Anflug von Genervtheit zeigte. Das erste gefährliche Indiz, wenn er in Laune war, ihr weh zu tun. Sie musste das um jeden Preis verhindern, sie hätte das heute nicht ertragen. Ina rappelte sich auf, als er das Abendessen abgestellt hatte und versuche so glaubhaft wie möglich, eine fröhlich klingende Begrüßung über ihre Lippen zu bringen.

Er sagte nichts und studierte sie genauer, als versuchte er, durch ihre Schädeldecke in ihr Gehirn zu gelangen, um zu erfahren, an was sie gerade dachte.

»Sei froh, dass ich heute gut gelaunt bin, weil mein lieber Freund zu Besuch gekommen ist«, warf er ihr anstatt einer Begrüßung entgegen.

»Das freut mich«, antwortete sie verhalten.

Oft war es besser, ihm zu antworten und beizupflichten,

anstatt gar nichts zu sagen. Es war tagesabhängig, wie er reagierte. Stoicus Launen waren zu unterschiedlich, als dass Ina ein Muster hätte ableiten können und sie hoffte einfach, jetzt keine falsche Antwort gewählt zu haben.

»Habe ich dir auch eine Freude bereitet, weil du ihn sehen konntest? Du warst ja so verliebt, hat er mir erzählt«, fragte er zynisch.

Ein Stich ins Herz. Das Gefühl, als würde er es in seiner Hand halten und wann immer es ihm beliebte, fest zusammendrücken, machte sich in ihrer Brust breit, einhergehend mit einer erneuten Welle von Bauchkrämpfen, die diesmal so stark waren, dass sie sich stöhnend am Bett zusammenrollte. Beinahe erschrocken raste er zu ihr und drehte sie auf den Rücken.

Der zynische Ausdruck war verschwunden, auch der Anflug seiner Gereiztheit war verstrichen. Er hatte wohl in diesem Moment begriffen, dass Ina wirklich Schmerzen plagten.

»Was ist?«, fragte er barsch und absolut gefühlslos.

Noch bevor sie ihm antworten konnte, zog sich ihr Unterleib erneut so krampfhaft zusammen, dass ihr das Wort im Hals stecken blieb. Stoicu sprang auf und hastete davon, ohne noch ein weiteres Wort zu sagen. Die ganze Nacht ließ er sie alleine in ihren Qualen liegen. Sie war auch unglaublich froh, denn neben den höllischen körperlichen Schmerzen, drängten immer und immer wieder Tränen aus ihren Augen hervor. Da war irgendetwas noch nie Gefühltes in ihr, dass ihr unglaubliche psychische Schmerzen bereitete.

Als die Krämpfe früh am Morgen nachgelassen hatten, schaffte Ina es sogar, kurze Zeit einzuschlafen. Der seichte

Schlaf hielt nicht lange, sie wurde von einem klebrig nassen Gefühl zwischen ihren Beinen herausgerissen. Angeekelt tastete sie nach unten. Die ganze Decke auf der sie lag, war feucht, die Jogginghose komplett durchnässt. Hatte Stoicu es mit seinen Launen geschafft, sie unterbewusst so zu verängstigen, dass sie im Schlaf ihren Harndrang nicht mehr kontrollieren konnte? Sie hatte davon früher einmal gelesen, beiläufig in einer Zeitung. Bei psychisch stark traumatisierten Menschen konnte das durchaus vorkommen.

Nebst der Scham, die ihre Wangen zum Glühen brachte, mischte sich ein zweiter Gedanke. Wie sollte sie das Stoicu erklären? Er würde rasen vor Wut! Erneut den Tränen nahe, zwang sie sich unter Schmerzen auf und schleppte sich ins Bad. Die kleine, schwache Glühlampe leuchtete den Raum nur wenig aus, doch als sie an sich hinab sah erkannte sie eindeutig, dass der Stoff der grauen Hose nicht nur nass, sondern rötlich gefärbt war.

Plötzlich klärte sich das Bild, die Erinnerungen an jenen Tag beim Arzt flammten in ihr auf und drohten, ihren Verstand mit in Brand zu setzen. Ihr wurde bewusst, dass in diesem Moment ein Baby in ihr starb.

Die folgenden Stunden waren die schlimmsten, die Ina jemals erlebt hatte. Sie sammelte alle möglichen Handtücher und Decken zusammen, die sie finden konnte, um die Pritsche weicher zu polstern. Die Sauerei konnte sie vor Stoicu ohnehin nicht mehr verstecken. Minütlich änderte sie die Liegeposition in der Hoffnung, endlich etwas Schmerzlinderung zu erfahren.

Mittlerweile war ihre Kleidung nassgeschwitzt und ihre Haare klebten feucht im Nacken. Schließlich war sie dazu übergegangen, am Boden zu knien und den Oberkörper auf das Bett aufzustützen. So schaffte sie es zumindest, die Krämpfe auf ein Maß zu drosseln, dass ihr ein paar klare Gedanken erlaubte. Sie fragte sich, wie sie Stoicu das alles erklären sollte. Es war grundlegend unmöglich, dass sie schwanger war, sie konnte doch keine Kinder bekommen! Weitere Fragen schossen ihr durch den Kopf. Warum hatte sie nichts davon bemerkt und wie alt war das Baby überhaupt? Und am allerschlimmsten: *Wer* war der Vater? Laurent? Ramón?

Es war seit einigen Stunden tot, so viel stand für sie fest. Sie hatte es ganz deutlich gespürt, als etwas mit ihrem Körper passiert war. Diese unbändige Kraft, leben zu wollen, war nun vollständig aus ihr gewichten. Der letzte Halm, an den sie sich hatte klammern können, wurde von einer großen, schicksalshaften Hand einfach weggezogen und sie war haltlos auf sich selbst gestellt.

Ein weiterer Krampf bahnte sich an, ihre Organe zogen sich zusammen und diesmal so fest, wie noch nicht zuvor.

Sie erschrak vor dem unerwartet heftigen Schmerz und schrie sich ihr Leid aus dem Leibe. Sie konnte an nichts mehr denken, fühlte den Beton nicht mehr unter den Knien, sondern schrie nur noch und weinte um ihr Baby, bis sie drohte in eine dunkle Ohnmacht abzusacken.

Die rauen Hände des Rumänen waren es, die sie daran hinderten. Er stand hinter ihr, brüllte unverständliche rumänische Schimpfworte und trat ihr in den Rücken, um sie still zu schaffen. Erst dann schaltete er das Licht ein und das volle Ausmaß eröffnete sich seinen Augen. Schockiert schlug er die Hände vor dem Gesicht zusammen. Nervosität trat in seine Augen, als Ina nicht aufhörte und einfach weiterschrie.

»Verdammt, wolltest du dich umbringen?«, brüllte er laut und riss sie mit voller Kraft vom Bett hinfort, nach hinten. Sie kam am Rücken zu liegen. Jetzt wich auch die letzte Farbe aus Stoicus blassem Gesicht, als er sah, dass weder ihre Pulsadern, noch sonst irgendein Körperteil von ihr selbst verletzt worden war. Er starrte entsetzt auf ihre Hose, die nach unten bis zu den Knien reichend, blutrot leuchtete.

Sofort hob er sie hoch und eilte mit ihr aus der Zelle, den dunklen Flur entlang. Sie hörte, wie sein Atem aufgebracht raste, als sie durch seinen festen Griff eng an seine Brust gedrückt wurde. Seine Körperwärme löste schmerzhafte Gänsehaut aus und Ekel regte sich erneut in ihrer Magengegend.

Wenig später fand sie sich in einem Arztzimmer wieder. Stoicu riss ihr die Hose vom Körper, während der Militärarzt schnell Unterlagen durchblätterte und anscheinend etwas Bestimmtes nachzulesen versuchte. Schnell überflog er die Zeilen, drehte sich zu Ina, die jetzt halb nackt auf dieser kalten, mit Einwegpapier belegten Liege lag und streifte sich Handschuhe über.

Er verzog das Gesicht, als er das blutige Spektakel vor sich sah und untersuchte sie nur kurz. Stoicu redete auf ihn ein, doch er schüttelte nur schwach den Kopf und versuchte, ihm etwas zu erklären. Stoicu wütete, schrie den Arzt an, der die Schultern immer weiter schützend über die Ohren schob und rannte im Raum auf und ab. Wütend fasste er sich immer wieder in die Haare und starrte schließlich aus dem Fenster.

Der Arzt begann, einige Medikamente aus seinem Schrank zusammenzusuchen und legte Ina den Zugang für eine Infusion, die er wenig später anschloss.

Schon kurze Zeit später war sie ruhiger und etwas gedrosselt. Die Krämpfe waren nicht mehr ganz so unerträglich stark und sie konnte zumindest ohne zu stöhnen oder sich alle paar Minuten bewegen zu wollen, auf der Liege ausharren. Den ganzen Tag über.

Bis sich die Schmerzen am späten Nachmittag nochmals aufschaukelten und der Arzt schließlich während eines besonders heftigen Krampfs seine Hände in ihren Schoß führte und mit einem Batzen voll menschlichem Gewebe so schnell aus dem Raum verschwand, dass es Ina nicht gelungen war, mehr als nur einen einzigen Blick auf ihr totes Baby zu erhaschen.

RAMÓN

Salzige Luft. Meeresrauschen. Ein Ehepärchen, das sich einige Meter neben Ramón eine Sonnenliege positionierte, aber ansonsten erschien der Sandstrand im Resort um diese Jahreszeit äußerst ruhig. Kaum junge Familien und noch weniger welche mit Kindern, denn schließlich war es Mitte Dezember und in den meisten Ländern war Schulpflicht.

Ramón ließ seinen Blick nur einmal zu den beiden streifen, vermied es jedoch ein zweites Mal. Er gönnte ihnen ihr Glück, das sie immer wieder mit verstohlenen Küssen und Neckereien zum Ausdruck brachten, doch er wollte so wenig wie möglich davon sehen. Ein Feuer in seiner Brust wurde davon entfacht, das sein verkohltes Herz erneut in Flammen zu setzen versuchte.

Sein Urlaub war die einzige Zeit im Jahr, wo er diese Gefühle auch zulassen wollte. Wo er den Schmerz ins Bewusstsein hochkommen ließ und versuchte, Stück für Stück davon abzuarbeiten, in der Hoffnung, dass er eines Tages nicht mehr ganz so stark zurückkam.

Alles hier erinnerte ihn an *sie*. Athanasia hatte die ägyptische Küste geliebt. Den Strand, die Hitze, die Bars. Ja, wie hatte sie die Bars geliebt! Unzählige Abende hatten sich so lange ausgedehnt, dass sie erst früh morgens, wenn die Sonne bereits wieder ihre ersten Strahlen über den Horizont schickte, Hand in Hand den Nachhauseweg entlang spazierten. Und sich dann kurzerhand entschieden, gleich den nächsten Tag zu beginnen und im nächstgelegenen Frühstückscafé einkehrten, um sich Kaffee und Croissant schmecken zu lassen.

Die Sonne war weiter gewandert und Ramón rückte ein Stück nach, um seine Liege wieder gänzlich in den Schatten zu stellen und schaute in die Weite des Meeres.

Der heiße Sand brannte auf seinen Fußsohlen, als er die wenigen Schritte nach vorne tat, wo das Wasser Land streifte und schaumig daran brach. Er hoffte jedes Jahr aufs Neue, in der Unendlichkeit des Wassers seine Trauer abwaschen zu können. Mit jedem Schritt, den er weiter in das Mittelmeer trat, konnte er sich selbst wiederfinden. Einkehr halten. Ramón tauchte unter, tat ein paar kräftige Züge und fühlte die Freiheit, die nur Wasser verleihen konnte. Es war beinahe so, als schaffte es als Einziges, das Feuer in seiner Brust zum Ersticken zu bringen.

Ein gutes Stück vom Ufer entfernt, betrachtete er das Pärchen erneut. Sie ahlten sich in der Sonne und in ihrem Liebesglück, das er jetzt, mit Abstand betrachtet, unglaublich schön empfand. Der Mann hob hin und wieder den Kopf, als wollte er sicher gehen, dass seiner Liebsten nichts geschehen konnte. Ein Beschützer also, der verstanden hatte, welch herausragende Privileg ihm zuteil geworden war, in dem er seine Liebe gefunden hatte.

Auch Ramón war stets ein Beschützer gewesen. Nicht, dass Athanasia schwach oder verletzlich gewesen wäre – im Gegenteil! Sie war meist diejenige, die ihr Gegenüber ziemlich aus der Fassung bringen konnte. Doch es lag in Ramóns Natur, für das, was er liebte, sich selbst aufzugeben. Zu beschützen. Und am Ende auch zu rächen. Weil sie alles war, was ihm jemals etwas bedeutet hatte.

RAMÓN

Wenig später saß Ramón mit Aurélie auf der Veranda des Hotels, an den der Speisesaal grenzte. Der Ansturm auf den Nachmittagssnack war minder, was ihm durchaus gefiel. Er hielt sich nicht gerne auf, wo viele Menschen gleichzeitig ein Zuviel an Nahrung in sich hineinstopften und dabei Fotos vom Strand knipsten, dessen Anblick von hier aus Postkartenqualität hatte. Auch für Phöbe war es anfangs noch besser, sie keiner solch großen Herausforderung auszusetzen. Sie lag gegen das Verandageländer gelehnt und schien genauso angetan vom Ausblick, wie Ramón selbst.

Aurélie saß in ihrem strahlend weißen, weit geschnittenen Hosenanzug auf der vordersten Kante des Sessels und zerpflückte hochkonzentriert ein Schinkenbrot, auf dessen Schnittseite sie wohl Butter gefunden hatte. Ihre lang geschwungenen, höchstwahrscheinlich aufgeklebten Wimpern vibrierten bei jeder Bewegung ihrer Augäpfel und ihr Gesicht wirkte mädchenhaft jung. Wie penibel sie doch mit sich selbst war, nur weil sie nicht das Glück wie Ramón hatte, genetisch gesegnet zu sein und kiloweise Junkfood in sich hineinstopfen zu können, ohne fürchten zu müssen, auch nur ein Gramm Fett zuzulegen. Während sie gerade das zweite Brötchen zerlegte, hatte er bereits die Gabel zur Seite gelegt. Der Kuchen war Geschichte.

»Was hast du jetzt weiter geplant?«, fragte er.

»Erstmal noch eine Weile hier bleiben, bis der Touristenansturm kommt. Und dann, weiterreisen. Australien, Neuseeland, Bali, Indien. Ich möchte alles sehen«, antwortete sie strahlend und biss ein Stück vom butterfrei präparierten Schinkenbrötchen ab.

»Ich hatte gehofft, du kommst zurück nach Deutschland.«

»Ich bin nicht aus der Welt, Ramón. Nur eine Zeit lang ein Stück entfernt. Eine längere Pause würde auch dir nicht schaden.«

»Du weißt, dass ich ab Jänner wieder in den Dienst muss«, warf er ein.

»Ich meine nicht deinen Dienst.«

Aurélie kratzte sich am Kinn. Ihre typische Geste, wenn sie nachdachte.

»Die Geschichte mit der Hussek dauert noch sechs Monate, wie ich dir ja erzählt habe. Danach vielleicht«, antwortete er tonlos.

»So ein Pech aber auch«, sagte sie und stürzte sich auf den Obstteller, der in der Mitte des Tisches auf sie wartete, »Du brauchst trotzdem einmal Abstand von allem. Auch wenn du es vor jedem verstecken kannst und nach außen absolut geordnet wirkst, bei mir gelingt dir das nicht. Ich kenne dich fast fünfzehn Jahre, länger als Jan dich kennt. Die Wehmut in deinen Augen, deine verzweifelten Versuche, all deine Gefühle mit Arbeit zu unterdrücken... Du kannst nicht dein Leben lang davonlaufen.«

Ramón kaute auf seiner Unterlippe und griff nach einer Weintraube. Ihre Worte trafen ihn hart, sie hatte absolut Recht. Trotzdem war es seine Entscheidung, wie er mit seiner Vergangenheit fertig wurde. Wie konnte es sein, dass ihm alle dasselbe predigten? Stoicu, Jan, Aurélie? Alle rieten ihm, sich eine Auszeit zu gönnen. Er wusste nicht, was er antworten sollte und zerbiss nachdenklich einen Kern der

Weintraube. Ein ekelhaft pelziges Gefühl überzog seine Zähne. Schnell trank er etwas Wasser nach, um es fortzuspülen.

»Ich kann nicht mehr anders«, antwortete er schließlich.

Aurélie nahm ihr Getränk in die Hand und lehnte sich zurück. Er sah einen Anflug davon, wie sie ihre Augen verdrehte und atmete geräuschvoll durch.

»Du bist mein Schwager, aber wie ein Bruder für mich. Man redet mit dir, wie gegen eine Wand. Aber egal, wie du dich entscheidest: Ich bin für dich da«, versicherte sie ihm.

RAMÓN

»*Moreno, wir haben ein Problem!*«, brüllte Stoicu ins Telefon. Ramón saß am Balkon seines Hotelzimmers, Phöbes Kopf auf seinem Oberschenkel liegend, über den er immer wieder liebevoll strich. Die Sonne neigte sich langsam dem Horizont zu, hinter den sie bald tauchen würde. Er fröstelte.

»Was ist los?«, fragte er.

»*Sie hat das Kind verloren!*«

Sofort war er alarmiert. Sein Herzschlag beschleunigte sich und transportierte das ausgestoßene Adrenalin binnen weniger Sekunden durch seinen gesamten Körper.

»Aber ich war doch vor zwei Tage noch bei ihr.«

»*Sie hat sehr gut gespielt und viel verborgen. Ich dachte heute Morgen, dass sie versucht hat, sich umzubringen, als ich sie in einer Lache aus Blut gefunden habe. Selbst mein Militärarzt hatte das nicht kommen sehen und konnte heute nichts mehr tun, außer sie ruhig zu schaffen.*«

»Scheiße.«

»*Könnte man nicht besser ausdrücken.*«

Stille. Stoicu schien genauso ratlos wie Ramón selbst. Das große Vorhaben, auf das Dr. Lattouf so gedrängt hatte, war geplatzt.

»Hast du Dr. Lattouf schon informiert?«, fragte er.

»*Noch nicht. Mache ich aber gleich.*«

»Wie ist ihr Zustand?«

»*Sie heult ununterbrochen wie ein Kind, dem man den Teddy weggenommen hat. Gesundheitlich ist sie stabil, der Militärarzt meint allerdings, dass es kaum noch Sinn hat, sie weiter aufzuheben, bevor sich etwas entzündet. Scheint sehr anfällig dafür zu sein nach so einem Ereignis. Es wäre ein zu hohes Risiko, bei dem wir sie schließlich ganz verlieren könnten*«, schnatterte Stoicu aufgebracht durchs Telefon.

Er hatte Recht. Es gab nicht die medizinischen Möglichkeiten im Krankentrakt des Grenzhaupthauses, um Ina nach dem Abort ausreichend zu versorgen. Was der Arzt sagte, klang absolut schlüssig. Holte sie sich jetzt eine schwere Infektion, war das ganze Projekt gefährdet und die mittlerweile monatelange, hoch riskante Arbeit wäre nicht nur umsonst, sondern sogar sehr kostspielig gewesen. Dr. Lattouf hätte Schadenersatz gefordert. Ramón hoffte, dass er dies nicht auch aufgrund des fehlenden Babys tat. Er musste so schnell wie möglich mit ihm sprechen.

»Sag Dr. Lattouf, ich bin in drei Stunden bei ihm in Kairo.«

Ramón war sich sicher, den Arzt in Kairo anzutreffen. Seine Aufenthalte in der rumänischen Klinik fanden nur alle paar Wochen statt, wenn es mehrere Angelegenheiten dort zu besprechen und zu regeln gab, für die er extra eingeflogen wurde. Sein Hauptsitz war in seiner Klinik in Kairo, die rund drei Stunden Autofahrt vom Resort entfernt lag.

»*Beeile dich, ich kann überhaupt nicht abschätzen, wie er reagieren wird*«, gab Stoicu zu bedenken. Der sonst so gefühlskalte, absolut angstfreie Rumäne wirkte sichtlich eingeschüchtert.

»*Ich melde mich nach dem Anruf.*«

Bevor Ramón antworten konnte, hatte Stoicu aufgelegt. Phöbe rannte nervös am Balkon herum. Sie spürte die aufkeimende Unruhe und winselte leise.

»Komm Mädchen, du musst jetzt ein paar Stunden bei Aurélie bleiben«, sagte er und schlüpfte schnell in geeignete Kleidung. Die Nachricht über den Verlust des Kindes hatte ihn erschüttert, aber nicht berührt. Es war das Letzte, mit dem er gerechnet hatte und mitunter auch eines der schlechtesten Ereignisse, das hatte eintreten können. Die Tatsache, dass selbst Stoicu sehr reserviert wirkte, wenn es um das Gespräch mit Dr. Lattouf ging, machte alles nicht besser. Er fühlte sich, als hätte er einem Lehrer zu beichten, dass er seine Hausübungen nicht gemacht und sein Unterrichtsbuch zu Hause vergessen hatte.

Bevor er sein Hotelzimmer verließ, vergewisserte er sich heute sogar zweimal, ob seine Waffe voll funktionsfähig war und steckte sich ein zweites, volles Magazin an seinen Gürtel. Weil man nie wusste. Und weil ihm vierunddreißig Schuss ein besseres Gefühl gaben, als siebzehn.

Aurélie, die Hunde über alles liebte, war sofort begeistert, als er sie bat, auf Phöbe aufzupassen. In Kurzform erklärte er ihr, was vorgefallen war, was sie mit einem nüchternen Nicken bekundete und ihm alles Gute wünschte.

RAMÓN

Keine drei Stunden später rollte der Audi R8 in die Tiefgarage der Privatklinik in Kairo, die, ebenso wie jene in Rumänien, unterirdisch angelegt war. Stoicu hatte ihm auf der Fahrt mitgeteilt, dass Dr. Lattouf ihn erwartete und ihm einen Zugangscode durchgegeben, damit er die Eingangskontrollen passieren konnte. Er reihte den Audi R8 neben einige andere Sportwägen, die in der hochwertig ausgebauten Garage parkten.

Ein Sicherheitsbeauftragter empfing ihn gleich, als er aus dem Auto stieg, grüßte knapp und führte ihn schweigend durch das nicht enden wollende Labyrinth der Klinik. Dass in deren Ausbau unheimlich viel Geld geflossen war, verbarg sich seinen Augen schon beim Betreten nicht. Der Boden auf den Laufgängen war nicht gefliest, sondern mit hellen Marmorplatten ausgelegt. Die Wände waren sandweiß gestrichen und mit Bildern behängt, die aussahen, als hätte man den Kunstraum einer Volksschule ausgeräumt und das Erbeutete hier ausgestellt. So etwas durfte sich also auch Kunst nennen, wie Ramón feststellen musste, als er auf einem Bild in der rechten unteren Ecke in Preisschild baumeln sah.

Utopisch…

Dr. Lattouf erwartete ihn in seinem Büro, dass eher einem überdimensional großen Wohnzimmer, als einem Arztbüro entsprach und bedeutete ihm mit einem Handzeichen, sich in die beigefarbene Ledercouch zu setzen.

»Herr Moreno. Gut, dass Sie so schnell kommen konnten«, begrüßte er ihn in seinem stark akzentuierten Englisch und nahm gegenüber Platz. Er schien eine Vorliebe für blaue Hemden zu haben, nur trug er es diesmal unter einem dunkelgrauen Anzug. Ob er wusste, dass ihm Blau einfach nicht stand?

»Es war auch uns ein Anliegen, so schnell wie möglich das persönliche Gespräch mit Ihnen zu suchen. Die unerwartete Wendung bedarf das«, antwortete Ramón gefasst. Er spürte die Waffe unter seinem T-Shirt gegen seine nackte Haut drücken und musste die Hitze ertragen, die sich immer mehr unter seiner dünnen Jacke anstaute, die er zur Tarnung darüber gezogen hatte. An dieses Gefühl hatte er sich in den vergangenen Jahren noch immer nicht gewöhnt.

»Gewiss. Sehr bedauerlich, aber menschlich. Ein Kind, das in diesem Stadium abstirbt, hätte keine guten Grundlagen für ein starkes Leben gehabt, selbst wenn man den Abort hätte verhindern können. Zumindest hätte ich niemals mehr den vollen Preis zahlen können«, erklärte der Arzt langsam und betont. Seine Augen funkelten, Ramón konnte jedoch nichts daraus deuten.

»Ein Glück, dass sie überlebt hat«, sagte er.

Dr. Lattouf schlug ein Bein über. Seine Anzughose war ihm bis weit über den Knöchel hochgerutscht und offenbarte seine weißen, feinen Socken, die er unter den Lederschuhen trug. Ein klassisches Dilemma von maßgeschneiderten Anzughosen, das Ramón damit umging, indem er sich diese Bürde gar nicht erst auferlegte und ausschließlich Jeans trug.

»Wie Sie sagen, welch ein Glück. Ich habe den sofortigen Transport veranlasst, sie wird morgen Früh hier eintreffen, damit Sie wenigstens nicht draufzahlen.«

Fuck…

Der Arzt ließ anklingen, was Ramón bereits befürchtet hatte.

»Was meinen Sie genau?«, fragte er gespielt ahnungslos.

»Der Verlust des Babys ist natürlich ein gewaltiger finanzieller Schaden. Wir hatten einen Vertrag, den Sie, warum auch immer – und glauben Sie mir, es ist mir sehr egal, dass Sie nichts dafür können – nicht einhalten können. Ich möchte natürlich keinesfalls ein schlechtes Geschäft abschließen, das unsere guten Beziehungen gefährden könnte und habe daher ein faires Angebot für Sie.«

Falsches Schwein… Wie er sich herumredet, anstatt Klartext zu reden…

»Und das wäre?«, drängte Ramón.

»Sie erhalten einen Unkostenbeitrag von zweitausend in europäischer Währung«, antwortete der Arzt kühl.

»Zweitausend?«, platzte Ramón heraus, »Das Hundertfache war vereinbart!«

Dr. Lattouf zuckte unschuldig mit den Schultern.

»Risiken liegen in der Natur der Sache. Hoher Einsatz, hoher Gewinn. Und mit etwas Pech, hoher Verlust.«

Wut flammte in ihm auf und die Hitze wurde langsam unerträglich.

»Unter diesen Umständen fällt das Geschäft«, sagte er fest.

Dr. Lattouf zeigte keine Regung.

»Ich möchte Sie höflichst darauf hinweisen, dass Sie sich hier in einem abgeschotteten, den Sicherheitsbehörden unbekannten Trakt befinden. Ihre Walther PPQ bringt Ihnen nichts, wenn zehn schussbereite MP5 auf Sie gerichtet sind.

Wenn Sie wollen, können wir das auf diese Weise lösen, dann kann die Frau in Rumänien bleiben und dort verrecken. Ich bin mir sicher, auch Sie selbst verfügen ebenso über gesunde Organe, funktionsfähige Netzhäute und nicht zu vergessen, über zwei Quadratmeter Haut, die ich zahlenden Patienten transplantieren kann.«

Leichter Schwindel überkam ihn, als der Arzt seine alternative Möglichkeit drohend ausgesprochen hatte.

»Gibt es denn wirklich keine…?«

Seine Frage wurde von zwei bewaffneten Sicherheitsleuten beantwortet, die hinter einem Bücherregal hervortraten. Plötzlich machte es Sinn, dass das Büro des Arztes so groß war, dass man Raumteiler platziert hatte. Nicht nur der angenehmen Atmosphäre wegen, wenn er mit seinen Patienten die lebensrettenden Transplantationen von überteuerten Organen plante, sondern auch, um seinem Personal Versteckmöglichkeiten zu bieten, die ihn verteidigen sollten, wenn sich ein gefährlicher Angriff anbahnte. Unzählige Geschäfte hatte Ramón mit dem ägyptischen Arzt bereits abgeschlossen. Stets hatte er sich als fairer, vertrauenswürdiger Geschäftspartner gezeigt, hatte doch bis jetzt auch immer alles reibungslos funktioniert.

Warum musste die auch ihr Kind verlieren…? Immer Probleme mit den Weibern…

Ihm blieb keine andere Möglichkeit, als dem Vorschlag von Dr. Lattouf einzuwilligen. Stoicu würde nicht begeistert sein, wenn er davon erfuhr, nur eine geringe Gage zu erhalten, doch konnte Ramón immer noch damit argumentieren, dass sie unter seiner Aufsicht eine Fehlgeburt erlitten hatte, die möglicherweise sogar er zu verantworten hatte. Stoicu war also nicht das Problem. Er hörte das leise Klappern, als die beiden Männer hinter Dr. Lattouf ihre Waffen in den Anschlag nahmen.

Die Welt ist grausam, und wir mit ihr…

Schließlich rang er sich zu der Antwort durch.

»Zweitausend Euro. Bevor sie stirbt. Und geben Sie mir die Möglichkeit, sie noch eine Stunde zu sprechen.«

Ramón beugte sich, gefolgt von den Mündungen der beiden MP5, langsam über den kleinen Glastisch und hielt dem Arzt die Hand entgegen. Arrogant lächelnd schlug er ein.

»Ich wusste, dass Sie vernünftig sind. Ich habe keine andere Antwort erwartet.«

INA

Es war vorbei. Ihr Bewusstsein entglitt ihr immer wieder und sie nahm ihre Umgebung nur bruchstückweise wahr. Genauso, wie ihre eigene Existenz. Der Arztraum. Plötzlich war er fort, als sie erneut in die Ohnmacht absackte, um kurze Zeit später schreiend wieder daraus aufzutauchen und zu fühlen, wie Tränen ihre Augen aus den Höhlen zu spülen drohten. Der Militärarzt. Stoicu. Soldaten und überall Waffen. Sie fühlte weiterhin die Feuchtigkeit des Blutes zwischen ihren Beinen und immer wieder leichte Krämpfe.

Nachwehen, hallte es schmerzlich in ihrem Kopf.

Als sie das nächste Mal aufwachte, war das Arztzimmer verschwunden und kalte Luft peitschte in ihr Gesicht. Starker Wind. Unvorstellbarer Lärm. Was war das? Wieder entglitt ihr die Realität. Schaukeln. Eine warme Hand, die ihren Puls kontrollierte. Gedanklich klammerte sie sich daran, um dem schwarzen Vorhang zu entkommen, der ihr die Sinne raubte. Es gelang ihr und sie konnte zunehmend mehr von ihrer Umgebung wahrnehmen. Der Militärarzt war es, der ihren Pulsschlag überprüfte und sie prüfend musterte, als sie schließlich ganz erwachte.

Sie befanden sich in einem Hubschrauber. Ihre Arme und Beine waren an der Liege festgezurrt, sodass sie durch mögliche Turbulenzen nicht umhergeschleudert wurde. Sie war noch nicht konzentriert genug, um sich ein volles Bild der Lage verschaffen zu können. Warum war sie plötzlich in einem Hubschrauber? Und wo flogen sie hin?

Ihre Frage sollte bald beantwortet werden. Als sie gelandet waren, wurde sie, noch immer auf der Trage festgebunden, von zwei Personen in das Gebäude des kleinen Flughafens geschoben. Kein weiterer Flugverkehr, keine Sicherheitsschleusen, keine Polizei. Nur die beiden bewaffneten Männer und sie. Gedeckt durch die Dunkelheit, konnte sie auf so gut wie gar nichts einen Blick erhaschen. In Anbetracht dessen, dass ihr ihre Fähigkeit, Gefühle zu empfinden, in den letzten Tagen vollständig herausgeprügelt und auf das grausamste zerstört worden war, hatte sie sich noch nie so mulmig gefühlt wie in diesem Aufzugschacht, in dem sie nun Stockwerk für Stockwerk tiefer nach unten fuhren.

Wohin?

Das Ziel musste tief unter der Erde liegen. Die Geschwindigkeit des Aufzugs überraschte sie und ihr Magen hob sich leicht auf der schier unendlich anmutenden Fahrt bergab. Sie schloss die Augen und hoffte, das Gefühl so besser ertragen zu können. In diesem Moment hielt der Aufzug ruckartig an und die Türen öffneten sich. Helles Licht strahlte ihr entgegen aus einem sandfarbenen Gang, den sie jetzt blitzschnell durchfuhren. Die Räder der Trage klapperten jedes Mal penetrant und hallten schmerzlich in ihren Ohren wider, wenn sie die Fugen am Boden überfuhren und auf eine neue Marmorplatte trafen.

Nachdem sie durch ein ganzes Labyrinth absolut identischer Korridore gefahren waren, schob man sie in einen Untersuchungsraum. Sie hob den Kopf und sah sich um. Ein junger Arzt winkte ihr schelmisch zu. Wortlos bedeutete er einigen seinen Helfern, sie loszubinden und sie an diverse medizinische Geräte anzuschließen. Ina ließ sämtliche Untersuchungen stillschweigend über sich ergehen, auch jene in ihrem Unterleib. So etwas wie Scham empfand sie nicht mehr. Sie sah sich selbst als eine Zusammenfügung verschiedener menschlicher Teile, die nicht mehr das Recht hatte, sich beschützt oder bedeckt wissen zu wollen.

Ein Objekt.

Zwei Helfer wischten sie sauber, befreiten sie von dem Blut, dass den Tod aus ihr herausgebracht hatte. Wieder drückten sich Tränen an die Oberfläche, die zu beiden Seiten ihres Gesichts herabflossen und in ihren Haaren versickerten. Der Arzt bemerkte ihren stillen Gefühlsausbruch und schürzte zynisch die Lippen, also wollte er ihr so Trauer bekunden, die er sichtlich nicht empfand. Sie hasste ihn, die Brille vor den dunklen Augen, die bei jedem Wimpernschlag logen. Sie ekelte sich vor seinen Fingern, die ihren Körper berührten und untersuchten. Und sie hasste am allermeisten, dass er kein einziges Wort mit ihr wechselte.

INA

Nach gefühlt einer Stunde war die Prozedur vorbei, Ina war gewaschen und in einen Krankenhauskittel gesteckt worden. Noch immer an die Geräte angeschlossen und mittlerweile auch mit einem Infusionsschlauch in ihrer Armbeuge bestückt, lag sie in einem kleinen Krankenzimmer. Es wirkte ausgesprochen sauber und gepflegt. Es war dem Standard in deutschen Krankenhäusern sogar um einiges überlegen und Ina verstand immer weniger, was in den letzten Stunden geschehen war. Warum hatte sie ihr Baby an so einem grauenvollen Ort verlieren müssen, ohne Möglichkeit, sich von ihm zu verabschieden? Und warum lag sie jetzt in einem der schönsten Krankenzimmer, das sie jemals von innen gesehen hatte?

Die Infusionslösung tropfte im immer gleichen Takt in den kleinen Behälter am oberen Ende des Schlauches, von dem aus sie in Inas Körper rann und ihr zunehmend Kraft und Energie gab. Die Schmerzen waren kaum noch vorhanden, vielmehr machte sich ein angenehmes Taubheitsgefühl im ganzen Körper breit. Sie fühlte sich ruhiggestellt.

Jemand trat leise ein. Langsam hob sie den Kopf um zu sehen, wer sie besuchte.

Ramón.

»Hallo Mäuschen«, hörte sie seine raue, angenehme Stimme sagen. Sein Gesichtsausdruck war zwiegespalten, als wäre er gerade dem Tode von der Schippe gesprungen und würde jetzt versuchen, neuen Lebensmut zu fassen.

»Wusstest du es?«, flüsterte sie und erinnerte sich an das kurze Gefühl, sich wie eine Mutter gefühlt zu haben. Dieser kurze Moment, bevor der Militärarzt den winzigen Leichnam davongetragen hatte.

Ramón kam langsam näher und streifte seine Jacke ab. Er setzte sich auf die Bettkante und griff nach ihrer Hand. Sie zog sie fort und spürte sofort den ziehenden Schmerz der Infusionsleitung in der Armbeuge.

»Was meinst du denn genau? Ob ich *was* gewusst habe?«, fragte er eingehend. Im hellen Zimmer wirkte sein Profil makellos. Es war nicht das Gesicht eines Verbrechers, es durfte einfach nicht wahr sein. Wie sehr konnte man sich an Äußerlichkeiten eigentlich täuschen?

»Das Baby.«

»Natürlich wusste ich davon. Ich hatte so gehofft, dass du dich erinnern könntest. Der Arzt hat dir damals sogar ein Ultraschallbild gezeigt, aber du, wie du nun mal bist, musstest rebellieren und in Ohnmacht verfallen. Schock-Amnesie, hat er mir erklärt.«

»Wann wolltest du es mir sagen?«, fragte sie tonlos.

»Gar nicht«, antwortete er und versuchte erneut, ihre Hand zu greifen. Diesmal gelang es ihm.

»Du hättest es sehr bald selbst bemerkt, es war doch schon das vierte Monat. Stell dir vor, wie sehr sich Laurent über ein Foto von deinem Babybauch gefreut hätte.«

Sein diabolisches Grinsen brachte ihre Augen zum Brennen. Bald würden abermals Tränen aufsteigen und Ina war dieses Gefühl nach der Häufigkeit der letzten Tage einfach leid. Sie hasste es genauso wie alles und jeden um sich herum.

»Laurent?«

Er nickte.

»Tut mir unheimlich leid, dass meine Schwägerin dein Familienglück ruiniert hat. Wäre sie nicht gewesen, wärt ihr wohl noch zusammen und würdet euch über den unerwarteten Nachwuchs freuen«, bedauerte er und zuckte gleichgültig mit den Schultern.

»Nadja war deine Schwägerin?«, krächzte sie und rappelte sich ein paar Zentimeter hoch. Ramón streichelte tröstend ihre Hand, was sich eher wie das systematische Versengen ihrer Haut anfühlte.

»Ist sie. Mit dem einzigen Haken, dass sie in Wirklichkeit weder Nadja heißt, noch ermordet wurde. Wie ich dir schon einmal sagte, was in Laurents Akte geschrieben steht, ist eine Sache. Was wirklich passiert ist, eine ganz andere. Wir haben eine Leiche präpariert und alles so eingefädelt, um Laurent eins auszuwischen. Hoffentlich denkt er nach, während er die Tage zählt und Striche auf die Gefängniswand malt«, sagte Ramón. Seine Stimme klang eher so, als las er einen Zeitungsbericht vor und nicht, als würde er ihr eine Lüge erzählen, die er über Wochen aufgebaut hatte. Sie konnte nicht fassen, was sie gerade gehört hatte. Wenn nicht ohnehin schon ihre ganze Welt über ihr zusammengebrochen gewesen wäre, dann spätestens jetzt. Das alles entscheidende letzte Rücken von zwei Erdplatten, die das finale Beben auslösten und alles zum Einsturz brachten. Seine Worte hinterließen einen Flecken Verwüstung in ihr. Gedanklich raffte sie sich unter einem Schutthaufen hervor und nahm alle Kraft zusammen, um weiter mit ihm sprechen zu können. Um ihm auch noch das letzte Geheimnis zu entlocken, auf das sie seit Wochen wartete.

»Ramón, warum das alles?«

Er sah ihr tief in die Augen. Ina glaubte, darin das erste Mal, seit sie ihn kannte, einen Vorhang fallen zu sehen, hinter dem sie den wahren Ramón sehen konnte. Wehmut, Trauer, aber auch unendliche Liebe flackerten auf.

»Okay, Ina. Es ist Zeit, für eine kleine Geschichte.«

RAMÓN

»Aurélie – du kennst sie als Nadja – kenne ich seit der Schulzeit. Sie war eines der wenigen, außenstehenden Kinder, die mit uns Heimkindern nach der Schule Zeit verbrachte. Aurélie brachte eines Tages ihre drei Jahre ältere Schwester mit. Ich war kindliche elf Jahre, aber ich wusste vom ersten Augenblick an, dass mich dieses Mädchen nie mehr loslassen würde.

Athanasia.

Was zuerst tiefe Freundschaft war, wuchs immer weiter zusammen und so, als ob es gar nie einen anderen Gedanken gegeben hätte, waren wir einige Jahre später offiziell zusammen. Sie war die Schönste von allen, hatte das vollste Haar, die ausdrucksvollsten Augen, das hellste Lachen und Wesen, das selbst reines Gold entwertet hätte.«

Ramón merkte zunehmend, wie er nur mehr physisch anwesend war. Seine Gedanken waren längst zurück in dieser schon längst verstrichenen Zeit. Die schönste seines Lebens. Ina wartete gebannt, dass er weitersprach.

»Das Glück war perfekt, als 2010 unsere kleine Tochter auf die Welt kam. Ich war gerade erst ein halbes Jahr zuvor zur Hundestaffel gewechselt. Mit einundzwanzig Jahren war ich der Jüngste dort, aber mit Amour auch einer der Besten und verdiente damals schon ausgesprochen gut. Athanasia war freischaffende Künstlerin und Designerin. Sie konnte sich die Arbeit so einteilen, dass wir trotz meiner unglaublich fordernden Schichten und vielen Spezialeinsätze, trotzdem immer für unsere Tochter da sein konnten. Sie war die beste Mutter, die man sich vorstellen konnte und hat mir das schönste Kind der Welt geschenkt.«

Ramón dachte an das aufgeregte Glucksen seiner kleinen Tochter, wenn man mir ihr spielte. An ihren kleinen, warmen Körper, so lebendig, wenn er sie im Arm gehalten und in den Schlaf gewiegt hatte. Und an Athanasia, die die Vollkommenheit ausstrahlte, die ihm fehlte, sobald sie nicht an seiner Seite war.

Ina rüttelte an seiner Hand.

»Ramón, das erklärt noch gar nichts.«

Wut stieg in ihm auf.

Du dummes, kleines Biest... Du wirst nicht meine Familie leugnen...!

»Das erklärt alles«, sagte er mit Nachdruck, »wenn du weiter zuhören und nicht herumschnattern würdest!«

Sofort war sie still, als hätte man ihr den Mund zugeklebt.

»Erinnerst du dich an den Unfall, von dem ich dir erzählt habe, bei dem mein Hund getötet wurde?«, fragte er.

Ina nickte schwach.

»Es war im September 2013. Diese Bekannte, von der ich damals gesprochen habe, war Athanasia, meine wunderschöne Ehefrau. Sie war an diesem Tag mit unserer kleinen, damals dreijährigen Tochter unterwegs. Ich hatte Innendienst, deshalb war Amour bei ihnen. Meine Kleine liebte die Hündin so sehr und wir versuchten, sie so oft wie möglich miteinander spielen zu lassen. Sie fuhren gerade vom Einkaufen nach Hause, als ihnen ein Auto entgegen kam. Es zog mit stark überhöhter Geschwindigkeit auf ihre Spur herüber. Meine Frau konnte nicht ausweichen und diese gottverdammte, stockbetrunkene Schlampe von Lenkerin ist frontal gegen sie gefahren. Der nachfolgende Lastwagen konnte nicht rechtzeitig bremsen und hat… meine Familie… förmlich zwischen ihm und der Alkolenkerin zerquetscht.«

Ramóns Stimme brach bei den letzten Worten. Er machte eine kurze Pause, um sich zu fassen. Nicht viele wussten von dieser Geschichte, er hatte sie noch nicht besonders oft erzählt. Sie war etwas, das er mit sich selbst ausmachte. Jeden Abend, wenn er einschlief und auf sich alleine gestellt war, mit den Monstern in seinem Kopf verhandeln zu müssen. Würden sie ihn diesmal schlafen lassen oder musste er sich wieder in Arbeit stürzen, um sie bändigen zu können?

Ina war schockiert. Sie wollte gerade den Mund öffnen, um etwas zu sagen, doch er redete sofort weiter.

»Spar dir die Fragen und lass mich erst fertig erzählen. Du wolltest doch alles wissen, nicht?«

Er hatte keine Nerven, ihre dummen Fragen zu beantworten, bevor er alles erzählt hatte.

Ihre Lippen legten sich wieder aufeinander. Sie hörte weiter zu.

»Meine Hündin war, wie du weißt, sofort tot. Meine Frau war mit etlichen Knochenbrüchen verletzt und meine Tochter… erlitt schwere innere Verletzungen.«

Er stockte erneut und nahm sich zusammen, um mit fester Stimme weiter zu sprechen.

»Ihre Leber war so schwer getroffen, dass uns mitgeteilt wurde, dass sie eine Leberspende brauchte. Ihr Zustand wurde immer schlechter und die Ärzte fanden keine passende Leber auf den Listen. Man teilte uns mit, dass es die

Möglichkeit gab, ein passendes Organstück am Schwarzmarkt um 250.000 Euro zu kaufen. Wir konnten das Geld in kürzester Zeit mit allen Mitteln auftreiben. Nur wenige Stunden vor dem geplanten Eingriff teilte uns der Arzt jedoch mit, dass das Stück doch nicht verfügbar wäre. Es gab zwei weitere Möglichkeiten und so mussten wir uns entscheiden.«

Inas ausdruckslose Augen hatten sich auf seine Lippen geheftet.

Na, verstehst du es langsam...? Du kleines, derzeit noch wertloses Stück Mensch...?

»Erstens, einer von uns spendete ein Stück seiner eigenen Leber. Oder zweitens, unsere kleine Maus würde in weniger als einem Monat an Organversagen sterben.«

Ramón hielt die Luft an und presste die angespannten Bauchmuskeln fest gegen die gefüllte Lunge. Ein Trick, wenn ihn seine Gefühle übermannten. Als könnte er sie so zwischen Muskeln und Lunge zerquetschen, bevor sie an die Oberfläche gelangen konnten.

»Und?«, hauchte Ina leise.

Abwertend wandte er den Kopf zu ihr.

»Athanasia kam als geeignetere Spenderin von uns beiden in Frage. Es war eine hochriskante Operation, vor allem für unsere Tochter, die schon sehr schwach war. Man versicherte uns aber, dass alles gut gehen würde. Doch wie du sicher schon gemerkt hast, liebe Ina, plant das Schicksal immer anders. Es mischt die Karten neu. Und wieder. Und wieder. Bis es dir schließlich alle aus den Händen zieht, bevor du einen Zug spielen konntest.«

»Was?«

Jetzt heul bloß nicht…!

Inas Augen waren rot unterlaufen. Sie zitterte.

»Athanasia hat die Operation nicht überlebt. Nur wenige Tage später, kurz vor meinem Geburtstag im Juni 2014, hat schließlich auch der Körper unserer Kleinen aufgegeben. Das Stück Leber war passend gewesen, aber nicht passend genug. Wäre das passende Organ am Schwarzmarkt verfügbar gewesen, würden beide noch leben.«

Ramón hob den Kopf.

»Verstehst du es jetzt?«, brüllte er ihr entgegen.

Erschrocken fuhr sie zusammen und hielt die freie Hand schützend vor ihr Gesicht.

»Nein, also, nicht ganz…«

»Verdammt, du siehst ihr zum Verwechseln ähnlich! Ihr alle, die ich in Willemshausen und weiß Gott wo, sonst noch, aufgelesen habe, seht ihr zum Verwechseln ähnlich! Es ist zwar nahezu beleidigend für meine schöne Frau, sie mit Weibern wie euch zu vergleichen. Aber *deshalb* suche ich euch. *Deshalb* ziehe ich euch aus dem Verkehr, bevor ihr das Leben leben dürft, das Athanasia gegolten hätte. Ihr habt kein Leben verdient. Ihr habt nicht einmal verdient, ihr ähnlich zusehen. Und ihr macht es mir so verdammt leicht, denn ihr lasst euch so einfach pflücken, wie Kirschen vom Baum.«

Er ließ ihre Hand achtlos fallen und stand auf, um einige Male den Raum zu durchqueren. Zur Tür, zum Fenster, zur Tür. Schließlich blieb er am Fußteil ihres Bettes stehen und fühlte das kalte Metallgerüst, um das sich seine Hände krallten.

Du kleines, mickriges, Menschenwesen, wie dich die

Angst schüttelt... So liegst du vor mir...

»Ramón, ich...«

»Nein, nichts *Ramón*! Verstehst du langsam, um *was* es hier geht?«

Sie schüttelte den Kopf.

Natürlich nicht... Dumme Kuh, du hast doch keine Ahnung von wahrer Liebe...

»Ich sorge dafür, dass der Schwarzmarkt flüssig läuft. Damit niemand durchmachen muss, was ich musste.«

Die Farbe wich aus ihrem ohnehin kreidebleichen Gesicht und strahlte weiß mit dem Bettlaken um die Wette. Ihr Mund stand einen Spalt offen. Ramón weidete sich an ihrer Betroffenheit. Noch keinem der Opfer hatte er seine Geschichte erzählt. Keine hatte gepasst dafür und bei den meisten hätte es sich gar nicht ergeben. Es hätte sich bei keiner anderen gelohnt.

Mein ganz besonderes Opfer und das war deine letzte Privataudienz...

»Bye bye, Ina«, sagte er, warf ihr eine Kusshand zu und zwinkerte. Dann eilte er aus dem Krankenzimmer. Plötzlich hatte er das Gefühl, nichts mehr ertragen zu können. Die gesprochenen Worte hatten immer mehr Gefühle aus seinem tiefsten Inneren heraufgeholt, wie Dämonen, die beschworen worden waren und die ihm jetzt die Luft zum Atmen nahmen. Direkt vor der Krankenzimmertür rannte er beinahe Dr. Lattouf in die Arme, der schnellen Schrittes heraneilte, gefolgt von seinem todbringenden Trupp aus Arzthelfern.

INA

Kaum hatte Ramón das Krankenzimmer verlassen, flatterte der dunkelhäutige Arzt zur Tür herein. Ihm folgte eine Schar aus krankenhausgrün bekleideten Helfern, die ihr Bett in Windeseile umzingelt hatten. Der Arzt trat langsam näher und überprüfte die Anzeigen am Monitor. Inas Puls raste, nachdem Ramóns Worte in ihr Bewusstsein gesickert waren. Einzelne Wortfetzen drehten sich in ihrem Kopf wie ein Wirbelsturm.

Schwarzmarkt. Leberspende. Nicht verfügbar. Flüssig halten. Kirschen pflücken.

Der Arzt schien ihre Unruhe zu bemerken und wandte sich zu ihr.

»Keine Angst«, sagte er und bedeutete einem seiner Helfer, die Infusionsflasche anzuschließen, die er mitgebracht hatte.

»Du bist gleich ruhiger.«

Der Helfer tauschte die Flasche, während ein weiterer die Räder an ihrem Bett entsperrte und sie aus dem Krankenzimmer schob. Sie spürte das grauenhafte Kalt in ihrem Arm, als die ersten Tropfen der Flüssigkeit ihre Adern erreichten und sich rasend, mit jedem Herzschlag, in ihr ausbreiteten.

Wie schon vorhin, Räder, die über Fliesenfugen klapperten. Wehende Arztkittel. Getuschel unter den Helfern und ein Kichern des Arztes, der am Kopfteil ihres Bettes das dunkle Abschlusslicht des Konvois bildete. Sie kamen an einem Seitenarm des Korridors vorbei und sie erhaschte einen letzten Blick auf diesen infernalischen Mann.

Ramón.

Jede einzelne Haarwurzel sträubte sich und Gänsehaut schüttelte sie, als sie ihn dort stehen sah. Seelenruhig lehnte er an der Wand, sein Angesicht entspannt, der Blick jedoch wachsam, durchdringend und wie immer aufs Höchste konzentriert. Er hatte ihr den großen Retter, den Beschützer und den Kämpfer für Gerechtigkeit vorgespielt. So viel war sich Ina sicher, er hatte nicht gelogen. Nur hatte er nicht sie beschützt und für ihre Gerechtigkeit gekämpft, sondern an seine tote Familie gedacht.

Die Infusion war bereits bis zur Hälfte geleert und sie erreichten einen abgeriegelten Bereich, hinter dem sich das Labyrinth weiter erstreckte und sie in einen Operationssaal führte. Ina wurde zunehmend müder. Sie konzentrierte sich darauf, weiter an das Geschehene zu denken, zu urteilen, zu verarbeiten, doch sie hatte keinen Einfluss mehr darauf. Gedanken kamen und zogen gleich wieder weiter, als würde sie etwas vor ihr fernhalten. Selbst das grell leuchtende Operationslicht an der Decke drang nur gedämpft zu ihr durch. Das Gesicht des Arztes tauchte einige Male vor ihren Augen auf, verschwamm und verschwand wieder. Ina nahm die vielen Assistenten nicht mehr wahr, die um sie herumschwirrten und Vorbereitungen trafen. Das metallene Klingeln der Skalpelle, die bereitgelegt wurden, um ihren Körper aufzuschneiden und zu zerteilen, blieb für ihre Ohren verborgen, genauso wie das Rascheln der Plastiktüten, in die die entnommenen Organe später eingepackt werden würden. Ebenso vernahm sie nicht, wie der Anästhesist die Infusion abschloss und eine Spritze in den Venenzugang drückte.

Ein letztes Mal zuckte ein Bild vor ihrem inneren Auge auf. Ein weißer Vogel, genau der gleiche, den sie schon einmal versucht hatte, zu fangen. Damals war es ihr gelungen. Diesmal konnte sie nicht einmal die Hand danach ausstrecken. Der Impuls, den sie gab, erreichte ihren Arm nicht. Ein weiteres Mal zog er vorbei, fächerte ihr mit seinen Schwingen einen Lufthauch zu und glitt schließlich über ihren Kopf hinweg.

Er war fort. Auf ewig.

RAMÓN

Das Geld in seinen Händen fühlte sich kalt an, als er es aus seiner Geldtasche nahm und betrachtete.

Zweitausend Euro für so einen Aufwand. Zweihunderttausend hätte sie eingebracht, wenn sie nicht das versprochene Baby hätten begleichen müssen. Selbst dieser Betrag war eigentlich ein Witz im Vergleich dazu, was das kleine Stück Leber für seine Tochter gekostet hätte. Ein ganzer Mensch, aufgeteilt in seine Einzelteile, brachte Millionen ein. Wo das Geld blieb? Bei dem, der das Geschäft in der Hand hatte, eine Klinik besaß, operieren konnte und die richtigen Freunde hatte, die die Hand darüber hielten, damit die ganze Sache niemals aufflog.

Kairo war eine Hochburg des Organhandels und Dr. Lattouf einer der ganz großen in der Branche. Ramón war einer der wenigen, der direkt an ihn zulieferte. Nur durch Zufall – oder durch Bestimmung – hatte er ihn kennengelernt. Er war es damals gewesen, der das Angebot für seine Tochter erstellt hatte.

Nach dem Tod seiner Frau und seiner Tochter fiel er in ein tiefes Loch. Er funktionierte nur noch, fühlte und empfand nichts mehr. Er stand morgens auf, arbeitete, ging nach Hause und konnte nicht schlafen. Übermüdet und absolut am Ende schleppte er sich Tag für Tag in den Dienst und holte dort alles aus sich heraus. Wochenlang ging das oft so, bis er es wieder schaffte, mehr als drei Stunden am Stück zu schlafen. Sein Fleiß zahlte sich aus, er war der Beste in seiner Abteilung und wurde zunehmend für komplexe Aufträge ins Ausland geschickt, weil er einer der wenigen war, der ununterbrochen im Dienst bleiben konnte und wollte. Es war sein Mittel gewesen, den Schmerz und den Verlust auszugleichen. Die leere Zeit zu füllen, wo er eigentlich seiner Tochter beim Aufwachsen hätte zusehen wollen.

Nach und nach festigte sich so durch seine Auslandsreisen die Beziehung zum jungen Grenzsoldaten an der rumänischen Grenze. Ramón hatte von Anfang an gespürt, dass Stoicu mehr war, als ein einfacher führender Offizier am Grenzposten. Er wirkte *bedrohlich* und sein Instinkt sagte ihm, dass Stoicu seinen Posten gut nutzen konnte. Stoicu kannte mittlerweile Ramóns gesamte Leidensgeschichte und als sie eines Abends bei ausreichend Zuica beisammensaßen und über das Leben redeten, nahm Ramón seinen ganzen Mut zusammen und fragte den Rumänen geradeaus, ob seine Vermutung stimmte. Wenn er ihn auf der Stelle erschoss, dann war das so. Er hatte nicht darüber nachgedacht, denn er hatte nichts mehr zu verlieren. Alles, was ihm jemals etwas bedeutet hatte, war bereits fort.

Stoicu hatte nur schelmisch gegrinst und gefragt, wie lange er mit dieser Frage noch hatte warten wollen. Stoicu hatte gespürt, dass dieses Feuer auch in Ramón brannte. Dass er einer der wenigen war, mit dem man sich selbst einen Geschäftszweig aufziehen konnte und niemand, der einen verraten würde.

Ramón erfuhr, dass Stoicu damals schon knapp fünfzig Männer und wenige Frauen unter seiner eigenen Befehlsgewalt hatte, die für ihn lästige Personen aus der Welt schafften, dafür sorgten, dass bestimmte Beweise verschwanden und andere Beweise an anderen Orten auftauchten. Alles so, wie man es gerade brauchte. Seine Kontakte passten perfekt zu Ramóns Plänen.

Schon kurz nach dem Tod seiner Tochter hatte er daran gedacht, unterzutauchen und Menschen an Dr. Lattouf zu liefern, doch so ganz ohne Komplizen erschien es ihm einfach als zu gefährlich, zumal er auch nicht auf ein bürgerliches Leben, schöne Autos und seine Freunde verzichten wollte. Mit Stoicu schien jetzt der passende Mann gefunden zu sein. So kam es, dass die beiden gemeinsam zu Dr. Lattouf reisten und die ersten Einzelheiten besprachen.

Nach und nach hatte Stoicu seine Mannschaft immer weiter vergrößert und auch Ramón hatte mittlerweile geeignete Leute bei sich in Deutschland. Jan war schon immer für jede Idee zu begeistern gewesen, wenn nur die Entlohnung hoch genug war. Es war keine Frage, dass er sofort mit dabei war, zumal er absolut kaltblütig war und kein Problem mit dem Töten hatte.

Und Aurélie? Athanasias Schwester? Sie wollte ihre Schwester rächen, die sie auf so grausame Art und Weise verloren hatte. Ihre Nichte, die hätte gerettet werden können. Und natürlich Ramón, ihrem Seelenverwandten, dabei helfen, seinen Seelenfrieden zurück zu erlangen. Zu guter Letzt war aber auch ihr größter Antrieb das Geld gewesen. Seit Februar 2015 hatte die Vereinigung auf verschiedenste Art und Weise, sodass es nicht auffallen konnte, monatlich einen Menschen in den Schwarzmarkt des Organhandels eingeschleust, Millionen Euro kassiert und damit genügend todkranken Menschen ein neues Leben geschenkt.

Die Opfer hatte jedes Mal Ramón selbst ausgesucht. Nach diesem Muster, das er der kleinen Ina vorhin erklärt hatte. Wenn jemand seiner Athanasia ähnlich sah, dann war das Urteil gesprochen. Ihm selbst war es nie um das Geld gegangen und viele seiner Anteile hatte er unter den anderen aufgeteilt. Für ihn war es jedes Mal die größte Genugtuung gewesen, wenn er wieder eine Doppelgängerin, die das Leben allein deshalb nicht verdient hatte, aus der Welt geschafft und damit jemand anderem geholfen hatte.

Die zweitausend Euro, auf die er noch immer starrte, fühlten sich falsch an.

Vielleicht saß ihm auch noch der Schock tief in den Knochen. Noch nie zuvor hatten zwei geladene Maschinenpistolen jede seiner Bewegungen verfolgt, bis er die erwünschte Antwort gegeben hatte. Die Aussicht, selbst dort zu landen, wo seine Opfer normalerweise landeten, war nicht besonders rosig. Ihm war keine andere Wahl geblieben.

Sein Audi R8 stand im Parkhaus des Hotels. Er wusste nicht, wie lange er hier gesessen und auf das Geld gestarrt hatte. Schließlich faltete er die Scheine zusammen, steckte sie in seine Geldbörse und machte sich auf die Suche nach Aurélie.

RAMÓN

Er fand sie in ihrer Suite. Ein Handtuch eng um ihren zierlichen Körper gewickelt, mit tropfnassen Haaren und absolut ungeschminkt, öffnete sie ihm.

»Du siehst furchtbar aus«, stellte sie fest und ersparte sich die Begrüßung.

»Aurélie, ich… komme später vorbei. Ist ungünstig, oder?«, fragte er verlegen.

»Ungünstig ist höchstens deine psychische Verfassung«, antwortete sie und zog ihn in die Suite. Es roch nach teurem Duschgel und Haarpflege. Handtücher lagen kreuz und quer über sämtliche Stuhllehnen und wie es aussah, hatte sie sich das Frühstück heute auf das Zimmer bringen lassen. Gebrauchtes Geschirr stand am Balkontischchen, auf das man durch die großen, vom Boden bis zur Decke gestreckten Fenster, blicken konnte. Phöbe lag darunter und schlief.

»Wenn du angerufen hättest, hätte ich dir Frühstück mitbestellt«, sagte sie vorwurfsvoll.

»Ist nicht so wichtig.«

Stattdessen musterte er seine Hündin genauer.

»Ich habe sie schon gefüttert«, versicherte sie ihm und legte eine Hand auf seine Schulter. Er wandte sich um und sah hinab auf sie. Ihre Berührung löste nichts, außer tief freundschaftliche Verbundenheit in ihm aus. Kaum ein Mann hätte das so sehen können und höchstwahrscheinlich hätte auch keine Frau so ruhig stehen bleiben können wie Aurélie, wenn sie ihm gegenüberstand.

»Es tut mir unglaublich weh, dich so zu sehen«, sagte sie und es klang aufrichtig. Er schätzte es unglaublich an ihr, dass sie es mit wenigen Worten schaffte, Trost zu spenden, ohne unnütze Fragen zu stellten und man sich ausgepresst wie eine Zitrone vorkam. Auch Athanasia hatte diese feine Gabe besessen.

»Es war einfach alles ein wenig zu viel gerade«, sagte er tonlos.

»Du kannst es mir erzählen, wenn du möchtest«, bot sie an und ging ein paar Schritte nach vor, um sich ein Handtuch zu schnappen und ihre Haarspitzen trocken zu reiben.

Ramón schob seine Hände in die Hosentaschen und blickte wieder zum Balkon, wo die ersten direkten Sonnenstrahlen des jungen Tages Phöbe aus dem Schlaf kitzelten.

»Es ist vorbei. Du bekommst deinen Anteil aus meiner eigenen Tasche bezahlt. Der Arzt hat nur zweitausend Euro losgelassen und dein prozentueller Anteil wäre lächerlich.«

Sie hielt inne.

»Boah scheiße.«

Ramón biss sich leicht auf die Unterlippe und nickte. Er war froh, dass er ausgesprochen gut verdiente und die letzten Monate auch nebenbei viel Geld hatte ansparen können, obwohl es ihm bei seinen Aufträgen vorrangig nie um das Geld gegangen war.

»Lattouf wollte das versprochene Baby finanziell ersetzt haben. Wie, war ihm egal. Ich musste seinem Angebot zusagen, sonst wäre ich nicht lebend aus dieser Klinik rausgekommen.«

»Geld ist wohl die geringste Sorge«, sagte sie und begann, ihre Haare zu bürsten, bevor sie weitersprach, »Der Fall ist somit abgeschlossen?«

Ramón nickte erneut.

»Ist er. Und es hat sich noch nie so gut angefühlt. Ihre Reaktion mitzuerleben, als ich ihr die Geschichte erzählt habe. Diese Genugtuung, als sich ihre entsetzten Augen mit jedem Wort, dass sie näher an die Wahrheit führte, weiteten. Der leere Ausdruck im Gesicht. Je mehr Lebensmut aus ihr wich, desto erträglicher wurde mein Schmerz, zumindest für einen Moment.«

Ramón wusste, dass auch Aurélie noch immer um ihre Schwester und die kleine Nichte trauerte, doch sie verarbeitete den Schmerz auf eine ganz andere Art und Weise. Zumindest nicht, in dem sie Rache verübte und Vergeltung suchte, so wie er. Sie war einfacher gestrickt, bei ihr zog sich dieser Prozess nicht so lange. Manchmal wünschte er sich, er könnte fühlen wie sie und einfach loslassen.

»Gönnst du dir jetzt die Pause?«, fragte sie.

Er überlegte kurz. Schon während der Heimfahrt hatte er sich Gedanken darüber gemacht und sich ihre Ratschläge vom Vortag zu Herzen genommen.

»Es scheint ein guter Moment zu sein. Vielleicht sollte ich auf dich hören.«

RAMÓN

Zum ersten Mal fühlte sich Ramón wirklich ruhebedürftig. Ina in seine Machenschaften eingeweiht zu haben, hatte viele Blockaden in ihm gelöst. Als hätte er dadurch sein Leid auf sie abwälzen können.

Noch am selben Tag fuhr er nach Alexandria und flog zurück nach Rumänien, um mit Stoicu zu reden, dem er schon vorab Lageberichte per Telefon erteilt hatte. Auch die Sache mit dem Geld.

»Weißt du, Moreno, ich bin einfach froh, dass die Ratte fort ist. Da hast du ein ganz schönes Balg angeschleppt. Die wiedergewonnene Ruhe ist mir mehr Wert, als das große Geld. Wir haben in den letzten Monaten so viel gescheffelt, dass es das locker ausgleicht«, sagte er nüchtern, als er Ramón in seinem Büro im Grenzhaupthaus gegenübersaß und eine Packung Kekse aufriss. Er nahm zwei Stück heraus und schob ihm die Schachtel hinüber.

»Sie war wirklich außergewöhnlich«, pflichtete Ramón ihm bei und tunkte einen Keks in den Kaffee. Das tiefschwarze Getränk sog sich so schnell durch das Mürbgebäck, dass der halbe Keks zerbröselte und auf den Boden der Tasse sank, bevor er ihn herausretten konnte.

Na bravo…

Stoicu bemerkte das Missgeschick und konnte sich ein Grinsen nicht verkneifen, als wollte er sagen: *Du verschleppst reihenweise Menschen, bist aber zu deppert, um einen Keks zu essen.*

»Aber um dir beizupflichten, ja, du hast absolut Recht. Und erstmal reicht es mir jetzt auch. Ich werde eine kurze

Pause einlegen.«

»Du hättest auch keinen weiteren Fall mehr geschafft, ohne dich komplett gegen die Wand zu fahren«, stellte Stoicu fest.

»Du bist nicht der Erste, der das sagt«, erwiderte Ramón resigniert.

»Das wundert mich nicht. Sieh dich an, du bist hoffnungslos koffeinsüchtig, dein Schlafrhythmus ist kein Rhythmus mehr und eine weitere Entführung in dieser Stadt hätten wir nicht mehr organisieren können. Lass alles ein wenig Abkühlen und in der Zwischenzeit überlegen wir uns, wie wir weiter vorgehen.«

Der zweite Versuch mit einem weiteren Keks glückte. Gedankenverloren starrte er auf die Tischplatte.

»Je mehr ich darüber nachdenke, desto mehr gefällt mir die Idee. Aber was ist mit dir?«, fragte Ramón.

Stoicu lehnte sich zurück und verschränkte die Arme hinter dem Kopf.

»Viele Neue sind in meine Gruppen dazugekommen, teilweise noch sehr jung. Du kannst dir vorstellen, dass das viel Arbeit bedeutet, bis sie so folgen, wie sie sollten«, antwortete der Rumäne stolz.

»Hm.«

Mehr fiel Ramón dazu nicht ein. Stoicus Methoden beruhten auf dem einzig nachhaltig funktionierenden Prinzip, dass Gewalt, Angst und Einschüchterung die strengsten und schnellsten Lehrer waren. Immer wieder berichtete er von frischgefangenen Leuten, deren Schwestern und Freundinnen plötzlich verschwanden, wenn sie einen Fehler gemacht oder sich einer Anweisung widersetzt hatten. Nichts blieb den jungen, noch prägsamen Leuten besser in Erinnerung, als der gequälte Schrei eines geliebten Menschen und sie würden alles dafür tun, ihn nie wieder mit anhören zu müssen. Passierte ein Fehler öfters, sorgte Stoicu schnellstmöglich dafür, dass niemals mehr ein weiterer passieren konnte. Er tötete und schaffte jeden aus der Welt, der ihm nicht den Nutzen brachte, den er erwartete.

»Ich bin sogar froh, wenn ich mich jetzt auf die Ausbildung meiner Leute konzentrieren kann und nicht zweimal täglich das Gejammere und die Launen einer Schwangeren ertragen muss«, fügte er hinzu und überdrehte gekünstelt die Augen. Ramón verstand die Anspielung darauf, dass er sich über Inas hormonelle Ausbrüche lustig machte.

»Ich komme dich mal besuchen«, sagte Ramón und deutete auf die Kaffeetasse, »denn auch meine Koffeinsucht will gestillt werden.«

EPILOG I

LAURENT SCHNEIDER

Die stickige Luft in der Doppelzelle des Hochsicherheitsgefängnisses war kaum auszuhalten.

Laurents Zimmerkollege war ein dürrer Mann mit wirrem Blick. Sein schütteres Haar stand chaotisch in alle Richtungen ab und das sogar direkt nach dem Frisörbesuch, der den Häftlingen einmal im Monat gestattet war.

Laurent saß an seiner Seite des Tisches, den sie mit Klebeband in zwei Hälften abgeteilt hatten, und betrachtete Roko, wie er Sit-ups im Bett ausführte. Seitdem Laurent ihm erzählt hatte, dass er Profi-Eishockey-Spieler gewesen war, war Roko dem Fitnessfieber verfallen und stark davon überzeugt, von nun an mit seinem täglichen Trainingsprogramm aus seinem dreiundfünfzig Jahre alten, verfallenen Körper, der schon über zwanzig Jahre im Gefängnis vor sich hin vegetierte, einen athletischen Adonis-Körper zu formen. Laurent hätte vielleicht über die Geschichte an sich lachen können, wenn er sie von auswärts gehört hätte. Doch in Anbetracht dessen, dass es sein *Gefängniskollege* war, blieb sein Gesichtsausdruck unberührt, genauso, wie schon die beiden Monate davor, die er bereits hier festsaß.

Während Roko täglich sein Programm durchspulte, merkte Laurent immer mehr, wie er selbst zusammenfiel. Die anfangs eng anliegende, orange leuchtende Gefängniskluft hing mittlerweile nur noch formlos auf seinen Körper und warf große Falten. Für sein Empfinden waren sie nur kaum merklich größer als jene Falten, die sich in seinem

Gesicht gebildet hatten. Er war Mitte zwanzig, doch das letzte Vierteljahr hatte ihn um ganze Jahrzehnte altern lassen.

Manchmal, wenn er morgens in den Spiegel sah, kam es ihm sogar vor, dass alles Lebendige bereits aus ihm gewichen war und nur noch ein stummer Reflex Impulse an sein Herz sendete, damit es weiter Blut durch seinen Körper pumpte. Leben konnte er sein Dasein in der Justizvollzugsanstalt für Schwerverbrecher keineswegs nennen.

Immer wieder erschienen die gleichen Szenen und Bilder vor seinem inneren Auge, genauso wie in seinen Träumen. Die unzähligen Versuche, sich bei Ina zu entschuldigen. Dieser schmierige Polizist, der sie sofort um seinen dreckigen Finger gewickelt und ihr komplett den Verstand vernebelt hatte. Schon beim ersten Augenkontakt damals vor der Parklaube hatte Laurent gewusst, dass in ihm Teuflisches schlummerte. Ina, naiv wie sie war, war auf ihn hereingefallen und hatte seinen arroganten, böswilligen Ausdruck als höchst anziehend und erotisch wahrgenommen. So war sie nun mal, sie hatte sich schon immer zu leicht von etwas überzeugen lassen und war in gewissen Belangen beinahe peinlich naiv. So oft hatte er sie vor dummen Ideen gerettet, die sich im Nachhinein auch für sie klar ersichtlich, als großen Irrtum entpuppt haben.

Ob er sie mittlerweile verletzt und sitzen gelassen hatte? Er dachte jeden Abend an sie, wenn er einschlief und wünschte sich nichts mehr, als die blonde Frau niemals angerührt zu haben. Ja, es war geschehen. Ja, es war der Fehler seines Lebens gewesen. Geleitet vom Alkohol, getrieben von der Neugier und angelockt von ihren unzähligen, äußerst offensiven Annäherungsversuchen, war er *einmal* schwach geworden und hatte es sofort danach bereut.

Dass alles damit enden würde, dass ihm ein wildfremder, abnormer Kommissar neben Körperverletzung gegen ihn und Stalking von Ina, auch noch einen Mord andichten würde, bei dem er ebendiese blonde Frau aufs Grausamste entstellt, geschändet und getötet haben soll, hätte niemand auch nur im Traume zu denken gewagt. Auch die Bilder der Leiche, die er während der Gerichtsverhandlung minutenlang auf eine große Leinwand projiziert, ertragen hatte müssen, geisterten jede Nacht durch seinen Kopf und zogen ihn jedes Mal schmerzlich ins Bewusstsein zurück, wenn er gerade dabei war, endlich einschlafen zu können. Laurent *wusste*, dass die Tote nicht Nadja war. Sie war ihr unbeschreiblich ähnlich, doch die offensichtlichen Merkmale, wie das Gesicht oder die Hände, hatten gefehlt und Laurent hatte Nadjas Körper zudem besser gekannt als dieser Kommissar.

Nur, wer glaubte jemandem wie ihm, dem so viele Straftaten angelastet wurden? Niemand, das Gegenteil war der Fall. Aufgrund der fehlenden Einsicht (ja, so hatte man seine schlüssigen Erklärungen betitelt) wurde seine Haftstrafe auf Antrag des Staatsanwaltes, der verdächtig vertraut mit dem Kommissar im Flur des Gerichts gesprochen hatte, von den ursprünglich angedachten neun, auf elf Jahre ausgedehnt.

Lautes Pochen an der Tür riss ihn aus seinen Gedanken. Der Wärter trat ein, beäugte Roko kritisch, als er begann, Klimmzüge an der oberen Bettkante des Stockbettes zu machen und wandte sich an Laurent.

»Schneider, Sie haben Post!«, bellte er und legte ihm Handschellen an. Draußen warteten zwei weitere Wärter, die ihn in den Konferenzraum brachten. Hier durfte man seine persönliche Post lesen, nachdem sie vom Personal bereits geöffnet und geprüft worden war. Privatsphäre gab es im Gefängnis ohnehin keine und Briefe waren das Allerletzte, das Laurent auf seine Privatsphäre-Liste noch hätte reihen wollen, war den Häftlingen im Hochsicherheitstrakt doch nicht einmal eine Dusche ohne Bewachung erlaubt.

»Herzlichen Glückwunsch«, sagte die Beamtin, die ihm einen weißen Briefumschlag vor die Nase hielt. Zögernd nahm er ihn entgegen. Mit Behördenpost hatte man hier jeden Tag rechnen müssen, doch wurde diese stets in Briefen mit großen Absenderbriefköpfen versendet und nicht in unbedruckten Umschlägen. Mit den eng einschneidenden Fesseln um seine Handgelenke fiel es ihm schwer, den Inhalt des Briefes heraus zu kitzeln. Schließlich schaffte er es, den einzelnen, kleinformatigen Zettel aus dem Kuvert zu ziehen und legte ihn vor sich auf den Tisch.

Vor ihm lag ein Ultraschallbild, auf dem klar und deutlich, ein kleines Baby zu erkennen war. Hastig las er die Zeilen, die in sauberen Blockbuchstaben auf den unteren weißen Rand des Blattes geschrieben waren:

DEZEMBER. 4. MONAT. ALSO NOCH BEVOR DU DEINEN SCHWANZ IN DIESE BLONDE SCHLAMPE STECKEN MUSSTEST.

Laurent fühlte, wie ihm die Farbe erneut aus dem ohnehin grauen Gesicht wich, als er wieder und wieder an das

Bild *seines* Kindes dachte. Ein Kloß bildete sich in seinem Hals und drückte bis hinab zu seinem Magen, der sich vor Verzweiflung jeden Moment umzudrehen drohte.

Roko im Bett unter ihm schlief tief und fest. Leises Schnarchen unterbrach die Stille der Nacht immer wieder für einen kurzen Augenblick, nur, um ihn neuerlich Luftholen zu lassen.

Laurent legte das zweifach zusammengedrehte Stoffband, das er aus dem abgerissenen Saum des Bettzeuges gebastelt hatte, um seinen nackten Hals. Es musste gut sitzen, daran hing nun sein Leben. Das zweite Ende band er an die Eisenstange der Bettkante. Das Stoffband hatte nur einen knappen halben Meter Spielraum und Laurent hoffte, dass seine theoretischen Schätzungen aufgingen.

Noch einmal vergewisserte er sich, dass weder draußen am Flur gerade ein Wärter in der Nähe war, der seine nächtliche Kontrollrunde durch den Trakt marschierte, noch dass Roko in der nächsten Minute von sich aus wach werden würde. Nichts. Absolute Ruhe am Gang außerhalb der Gefängniszelle und ein noch immer genüsslich vor sich hin schnarchender Roko im Bett darunter.

Laurent hielt das Ultraschallbild seines Babys fest in seinen Händen, während er an der Kante des Bettes kniete. Langsam verlagerte er sein Gewicht immer weiter nach vorne und rollte sich zu einer Kugel zusammen. Ein heftiger Ruck am Hals erschütterte ihn und presste seine Zunge gegen den Gaumen. Er spürte, wie sich das Blut in seinem Kopf staute und drohte vor Schmerz und Hitze zu zerplatzen, als hätte er ihn in kochendes Wasser gesteckt. Er wand sich krächzend und baumelte am Seil, während er unter dem unvorstellbaren Druck in seinem Kopf nur noch einen Gedanken fassen konnte:

Ina. Mein Baby. Ich liebe euch…

EPILOG II

RAMÓN

Exakt zwei Wochen waren vergangen, seit er Ina seine ganze Geschichte offenbart hatte. Ramón lehnte im Hauseingang eines Wohnhauses und betrachtete die dicken Flocken, die langsam herabschwebten und sich wie ein Pelz auf die Umgebung legten.

Nachdem er aus Rumänien zurück nach Deutschland gekehrt war, hatte er zuerst einmal ein ganzes Wochenende damit verbracht, gemeinsam mit Jan sämtliche Bars unsicher zu machen und seine Trinkfestigkeit erneut auf den Prüfstand zu stellen.

Am dritten Tag, nachdem er den Kater seines Lebens ausgeschlafen hatte, erzählte ihm Jan, dass die Rothaarige nun teilweise bei ihm wohnte und am Nachmittag anreisen würde. So oft Jan auch bekräftigt hatte, dass er weiterhin bei ihm wohnen bleiben konnte und eine WG durchaus denkbar war, machte sich in Ramón immer mehr der Wunsch nach etwas Eigenem stark. Nicht, dass er sich mit Leila nicht gut verstanden hätte, aber er wollte den beiden nicht im Nacken sitzen und den Freiraum rauben, den eine junge Beziehung brauchte.

So wartete er nun hier am vereinbarten Treffpunkt, wie meistens, viel zu früh, auf die Immobilienmaklerin, die ihm vorab trällernd am Telefon von einer Penthouse-Wohnung mit großzügiger Dachterrasse vorgeschwärmt hatte. Er war fest entschlossen, sein Leben in geregeltere Bahnen zu lenken, alleine schon seiner Hündin zuliebe, die neben ihm saß und jedes Mal, wenn er aufhörte sie am Kopf zu kraulen, leise zu winseln begann.

Der Fall *Ina Hussek* hatte einiges in ihm bewegt und er hatte es geschafft, viel von seinem Verlustschmerz auf sie abzuwälzen. Viele aufgestaute Emotionen, die sie weg von ihm, mit in den Tod genommen hatte. Er fühlte sich seitdem mit jedem Tag ein Stück freier und erholter. Gleich am ersten Arbeitstag würde er dem Einsatzleiter sein Vorhaben mitteilen, dass er vorrangig nur mehr Aufträge in seiner Nähe annehmen und die Auslandseinsätze auf das geringste Maß beschränken wollte. Natürlich hieß das nicht, dass er sich nicht die Freiheit behalten wollte, selbst zu entscheiden, wann ein solcher notwendig war und wann nicht. Diese Entscheidungskompetenz hatte er sich hart verdient und sie hatte sich bewährt, er hatte genügend Fälle aufgeklärt. Er wusste, dass ihm dieses Vorbringen sofort genehmigt werden würde, schließlich war es genau das, was ihm der Einsatzleiter schon etliche Male vorgeschlagen hatte.

Ramón ließ den Blick über die ordentliche, sichtlich hochpreisig vermietete Siedlung und die wenig befahrene Straße wandern, neben der sich zu beiden Seiten ein mit Lindenbäumen gesäumter Gehsteig reihte.

Ein Auto parkte, eine Frau stieg aus. Ramón betrachtete aus der Ferne, wie sie sich in der Autoscheibe die Haare unter ihrem weinroten Winterhut zurechtzupfte und das Makeup prüfte. Sie trug einen schwarzen Mantel, unter dessen hohem Ende schlanke Beine in schwarzen Strumpfhosen hervorblitzten, um gleich darauf von Overknees eingefasst zu werden. Sie nestelte weiterhin an ihren Haaren herum und zog sie schließlich allesamt aus dem Mantel hervor, als sie sich vom Auto abwandte und Ramón direkt anvisierte. Sie strahlte wie die Sonne und durchquerte auf ihren mörderischen Absätzen selbstsicher das Schneegestöber. Als wüssten die Flocken, dass sie ihr weichen mussten, weil sie sich sonst an ihr verbrannten, bahnte sie sich ihren Weg hindurch.

Verdammt...

Ramón schluckte. Er kundschaftete über ihrer schmalen Taille, die durch einen breiten Gürtel am Mantel zusätzlich betont war, reichlich Rundungen aus, genauso, wie sie ihm gefielen. Er spürte das verlangende Ziehen in seinem Becken, als er instinktiv daran dachte, welch ein Genuss es wäre, ihr den Mantel vom Leib reißen zu dürfen.

So weich und warm...

Sie war jetzt ganz nah. Nur wenige Meter trennten ihn von dieser Wonne, die seine Gedanken vernebelte. Er glaubte, seinen Verstand zu verlieren, als er schließlich ihr Gesicht betrachtete. Die Wangenknochen, die ausdrucksstarken Augen.

Löwenaugen...

Das Lächeln. Die Art, wie sie blinzelte und die Augenlider aufschlug, um zu ihm aufzusehen. Sie war ein ganzes Stück kleiner.

So zerbrechlich und doch so majestätisch...

Eine Windböe wirbelte ein paar Schneeflocken zwischen ihnen auf und trug ihren Duft zu ihm. Er drohte, vor Aufregung zu zerspringen, als er tief einatmete.

Melone, du riechst so gleich wie sie... Nur sie darf so riechen...

Ihre Stimme, als sie sich vorstellte.

»Meine Kollegin ist krank geworden. Sie müssen mit mir Vorlieb nehmen, wenn Sie die Wohnung besichtigen wollen.«

Hell, kraftvoll und melodisch.

Du klingst sogar gleich wie sie…

Er zügelte sich selbst und ließ sich nichts von seinen ausschweifenden Gedanken anmerken. Er war ganz der, der er sein wollte. Ruhig, gelassen, gefährlich, denn er wusste, wie er auf Frauen wirkte. Es war seine Falle, die er mit so wenig Aufwand auswerfen konnte. Ein Hochziehen der Augenbraue, eine kaum merkliche Bewegung am Kiefer, ein Neigen des Kopfes.

»Ich bin mir sicher, damit kann ich klarkommen«, sagte er und zog eine weitere Waffe. Seine leicht raue, unheimlich desiderable Stimme.

Komm, beiß' an, schenke mir nur einen Blick… Diesen einen, bestimmten Blick…

Ihre Augen leuchteten auf.

Athanasia…

Und in diesem Moment ergriff das Schicksal abermals die Karten und begann zu mischen…

EPILOG III

KEVIN SEEMANN

Kevin Seemann hockte seit drei Stunden vor dem Computerbildschirm und tippte seinen Abschlussbericht über die praktische Ausbildung, die er die letzten zwei Monate auf der Polizeiwache von Willemshausen verbracht hatte.

Schon von klein auf war es sein allergrößter Wunsch gewesen, Polizist zu werden. Kevin Seemann war ein Durchschnittsschüler gewesen und dieses Attribut hatte sich bis heute durch sein Leben gezogen. Er konnte nichts besonders gut, er war nicht herausragend attraktiv und ihm war auch noch nie etwas Besonderes passiert. Durchschnitt eben. Während die Ausbildungspolizistin Feith – Gott hab sie selig!, die zeitgleich mit ihm auf die Polizeiwache gekommen war, schon nach wenigen Wochen selbstständig arbeiten durfte, musste er sich damit begnügen, als *Dritter* im Dienstwagen mit auf Streife zu fahren, Berichte der anderen zu sortieren oder die Blumen zu gießen. Dabei war er sich sicher, dass kaum jemand so für diesen Beruf brannte, wie er. Er liebte seine Uniform, er liebte das Blaulicht und den Adrenalinstoß, wenn sie zu einem Einsatz eilten. Stattdessen hatte man ihn meistens in den Innendienst versetzt, um allfälligen Kram zu erledigen.

Das Auftauchen dieses Elite-Kommissars hatte das nicht besser gemacht. Kommissar Moreno war ein hochnäsiger, äußerst überheblicher Großstädter, der den Dienst in einer Kleinstadt wie Willemshausen eher immer belächelt, anstatt wertschätzend betrachtet hatte. Allein schon die Tatsache, dass er das größte und schönste Büro von allen bekommen hatte und sämtliche Kollegen ihm Folge leisten mussten, machte ihn in Kevins Augen zum absoluten Außenseiter.

Kevin musste sich außerdem eingestehen, dass Moreno alles andere als durchschnittlich war. Moreno war groß, extrem sportlich gebaut und hätte besser auf das Cover eines Männermagazins gepasst. Oder sollte er wohl eher eines Frauenmagazins sagen? Denn die Frauen stürzten sich auf ihn wie ausgehungerte Geier auf einen Kadaver.

Er war hierher versetzt worden, um die Entführungsserie zu beenden, den Täter zu schnappen und sie *alle*, ja selbst den Kommandanten Rillinger, herumzukommandieren. Alles natürlich, um *so schnell wie möglich die Fälle aufzuklären*.

Seit einigen Wochen war er nun wieder fort. Die Fälle waren nach wie vor ungeklärt, doch seit einigen Wochen waren auch keine neuen Entführungen mehr passiert, weshalb man ihn wohl wieder in die Großstadt zurückgeholt hatte. Gut, er hatte innerhalb weniger Stunden den Mord an Kollegin Feith aufgeklärt, aber seine eigentliche Bestimmung hatte er nicht erfüllt. Kevin freute sich insgeheim über Morenos Misserfolg und hoffte inständig, dass sich der Kommissar dafür wenigstens eine ordentliche Schimpfrede des Einsatzleiters hatte anhören müssen. Genauso, wie er ihn oft geschimpft und zynisch beredet hatte.

Kevin tippte die letzten Sätze seines Berichts. Er hätte sich gewünscht, seine Praxisausbildung in angenehmerer Atmosphäre verbringen zu können, neben Leuten, die an ihn glaubten und ihm etwas beibrachten. Schon nächste Woche würde er die letzten Prüfungen in der Schule absolvieren und danach wo anders hin zugeteilt werden. Mit zwiegespaltenem Gefühl dachte er daran, wie es wohl werden würde, wenn er, den Dienstgrad Inspektor tragend, in seine neue Dienststelle trat und sich dann herausstellte, dass er noch nie jemanden festgenommen hatte.

Er schüttelte den Kopf, um sich selbst davon zu überzeugen, dass er es doch schaffen konnte. Aus ihm würde ein guter Polizist werden. Eine Karriere hing nicht von zwei schlechten Monaten ab. Eifrig blätterte er seine Berichterstattung durch, korrigierte Fehler und änderte einige Teile um. Schließlich hielt er die Endfassung in Händen und kramte am Bürotisch nach einem unbeschrifteten Aktenumschlag. Zwei Stück lagen unter einem Berg aus Dokumenten vergraben. Ob er den Stapel herunter heben musste? Ach, nein, bestimmt nicht. Wenn er nur fest genug daran zog, konnte er einen Aktenumschlag sicher darunter hervorziehen.

Lautes Rascheln und das Poltern eines auf den Boden fallenden Aktenberges überzeugte ihn postwendend vom Gegenteil. Mist! Nervös sprang er auf und begann sofort, die Unordnung, die über den gesamten Kanzleiboden verteilt war, wieder einzusammeln, bevor die Kollegen von der Streife zurückkamen. Berichte über Autounfälle, Selbstmorde und Körperverletzungen mitsamt detailreichen Bildbeilagen, reihten sich zwischen Einvernahmeniederschriften und Zeitungsartikel, die er irgendwann einmal ausgeschnitten hatte, um sie später in die betreffenden Akten einzuordnen. Sein verzweifelter Blick blieb an einem gelben Notizzettel hängen. Eine zerknitterte Ecke schaute unter einem Haufen Papier hervor. Kevin versuchte sich daran zu erinnern, was er wohl aufgeschrieben haben könnte. Gespannt zog er das Zettelchen heraus.

TELEFONNOTIZ
TERESA BRUKNER
RÜCKRUF MORENO – DRINGEND

ZWEIFELT AN SELBSTMORD VON HUSSEK, DA DIESE NACHTBLIND WAR UND SIE DIE NACHTFAHRBRILLE IN DER WOHNUNG GEFUNDEN HAT.

Ein Schauer lief über seinen Rücken. Das Telefonat mit dieser aufgebrachten Frau fiel ihm sofort wieder ein. Sie hatte darum gebeten, dass der Kommissar sie so bald wie möglich zurückrief. Als er vergessen hatte, ihn darüber zu informieren, wohl deshalb, weil ihm der Notizzettel unter einen Stapel Akten gerutscht war, hatte sie die Polizeiwache einige Tage später selbst aufgesucht und folglich persönlich mit Moreno gesprochen. Er erinnerte sich ganz genau an ihren hoffnungsvollen Blick, als sie sein Büro damals verlassen hatte.

Doch warum löste die Erinnerung an ihr Gesicht auch eine beunruhigende Beklemmung aus? Er versuchte krampfhaft, dahinter zu kommen und sortierte die Unordnung weiter. Die Zeit drängte, ehe die Kollegen die Tür öffnen und sie sich ein Schmunzeln verkneifen würden, wenn sie sein Missgeschick bemerkten.

Kevin sammelte stapelweise Papier zusammen. Ein Bericht flatterte umher. Er fasste ihn und schauderte, als die Bildbeilage offen aufgeschlagen auf dem Tisch lag. Sie brannte sich in sein Gehirn wie ein Brenneisen in den Schenkel eines Pferdes und plötzlich konnte er die Verbindung herstellen:

Verkehrsunfall (Fremdverschulden);
Tödlicher Ausgang
Opfer: Theresa Bruckner

Kevin brannte für seinen Beruf. Intuitiv *wusste* er, dass etwas nicht stimmte. Er wusste, dass Bruckner Recht gehabt hatte. Husseks Selbstmord war keiner gewesen und er wusste genauso sicher, dass Moreno die Information über die Brille, den Beweis, dass der Selbstmord gestellt war, nicht weitergeleitet hatte, denn eine Neubegutachtung des Falles war nie auch nur ein einziges Mal zu Sprache gekommen.

Kevin wusste, was er zu tun hatte.

Selbstbewusst klopfte er an Rillingers Bürotür und trat ein, ohne darauf zu warten, hereingebeten zu werden. Erstaunt sah der Kommandant vom Computerbildschirm auf.

»Herr Kommandant, es gibt etwas, dass ich Ihnen melden muss.«

NACHWORT

Lockdown – Ein Wort mit tausend Facetten.

Unsere geliebte, gewohnte Welt, auf ihr Geringstes reduziert. Kein Geschäft, in das man shoppen gehen kann, kein Lokal, wo man Freunde trifft und bei Kaffee und Kuchen die Sorgen des Alltags bespricht und auch kein Fitness-Studio, in das man tagtäglich marschiert, um sich gut zu fühlen. Neue Hobbys beginnen? Kaum möglich, weil so gut wie alle Bereiche lahmgelegt sind. Eingefroren, wie Tiefkühlgemüse.

Nein, wir sind zu Hause, isoliert und dürfen nur Weniges: Arbeiten (*bitte schätzten Sie sich glücklich, wenn Sie in so einer Zeit noch arbeiten DÜRFEN*) und den Zustand ertragen.

Es stellt sich die Frage: Was mache ich daraus? Gibt es nicht für jeden von uns einen kleinen Funken Hoffnung und eine Möglichkeit, aus dem ganzen Negativen, dass unser Jetzt beherrscht, etwas Positives zu ziehen?

Wenigstens den Anflug eines Funkens, können Sie ihn sehen? Nein?

Dann suchen Sie ihn.

Auch ich habe ihn gesucht – und gefunden.

Ich habe das Geschenk erhalten dürfen, mir eine eigene Welt zu erschaffen, in die ich mich jeden Abend flüchten konnte, sobald ich die Tastatur unter meinen Fingern spürte und sich Seite für Seite am Bildschirm füllte, wenn der Tag wieder einmal zu grausam in meinem Geiste widerhallte. Wie aus Gedanken Worte und schließlich Romanfiguren wuchsen, die mit den Wochen und Monaten des Schreibens so stark wurden, dass ich an gewissen Stellen die Kontrolle über sie verloren habe (es war es nie geplant, dass Ramón sich einen Hund zulegt, um ein Beispiel zu nennen).

Jede einzelne hat ihre Bedeutung und ihren ganz speziellen Stellenwert für mich erlangt. Sie alle zusammen haben mich durch diesen Lockdown begleitet und ich habe versucht, ihnen so viel von meiner (mit 24 Jahren leider noch sehr kurzen) Lebenserfahrung mitzugeben, wie ich nur konnte. Bei manchen ist es gelungen, bei anderen leider gar nicht.

Beleuchten möchte ich, dass die Anekdote mit dem Schicksal sehr bewusst so oft gewählt wurde.

In Anbetracht der Namen, die ich allerdings nicht gezielt nach der Bedeutung, sondern allein aufgrund des schönen Klangs gewählt habe, zeigt sich auf, wie oft das Schicksal wirklich seine Finger im Spiel hat:

Ina bedeutet Mutter.

Ramón bedeutet Beschützer, *Moreno* bedeutet dunkel, schwarz. *Dunkler Beschützer*.

Aurélie bedeutet goldig.

Und *Athanasia*? Unendlichkeit.

Ich hatte Gänsehaut, als ich zu googlen begann und das Internet die Bedeutungen ausspuckte.

Kirschen sind übrigens ein Symbol der Fruchtbarkeit und stehen für die Mutter, aber ebenso für den Tod.

Nein, auch danach habe ich nicht gesucht. Es waren schlichte Kirschpralinen am Schreibtisch, die sich mit jeder Schreibstunde stückzahlmäßig verringerten (und die ich nur aß, weil Ramón sie doch auch so genüsslich auf der Zunge hatte zergehen lassen), die mir den Titel in den Kopf setzten…

Und abschließend: Die Welt ist wirklich grausam.

Ich schreibe zwar von frei erfundenen Handlungen ohne Bezug zur Realität und ausschließlich von Personen, die nur in meinem Geiste – und jetzt, nachdem Sie dieses Buch gelesen haben, auch in Ihrem – existieren, doch eines möchte ich mit Nachdruck festhalten: Menschenhandel geschieht. Der Handel mit Embryonen und Neugeborenen geschieht. Menschen werden entführt, misshandelt und vergewaltigt, es geschieht tagtäglich. Leute sterben, weil Organe nicht verfügbar sind, auch das geschieht. Jetzt und ja, auch bei uns.

Nicht minder so viel Zeit, wie ich in das Schreiben selbst investiert habe, ist in das Recherche-Lesen geflossen und es waren jene der fordernden Stunden am ganzen Buch.

Ich habe daraus vor allem gelernt, jedem Tag mit Dankbarkeit zu begegnen, gespannt darauf und motiviert, was er für mich bereit hält.

Dankbarkeit, sie gilt ganz besonders auch all jenen, die tagtäglich ihr Leben dafür riskieren, uns vor ähnlichen Menschen wie Ramón Moreno, Gheorge Stoicu und Dr. Lattouf zu beschützen. Ich habe größten Respekt vor der Arbeit, die die Polizei für uns leistet. Danke, dass Ihr für uns da seid!

Denn wenn das Schicksal seine Karten zückt, kann schon morgen alles ganz anders sein…

Bleiben Sie achtsam!

Bis zum nächsten Buch,

Ihre
Anna Dorfer, 2021

DANKSAGUNG

Großer Dank geht an den mit mir verlobten Lieblingsmenschen. Du musstest Dir so oft anhören, wie mich die Schreiberei innerhalb kürzester Zeit gefesselt hat. Wie ich viele Stunden, die Dir gegolten hätten, schreibend oder über meine Figuren sinnierend, verbracht habe. Und schließlich auch, dass Du in diesen fünf Jahren, die wir nun beisammen sind, kein einziges Buch gelesen hast und meines jetzt das erste war.

Danke – das bedeutet mir unheimlich viel!

Weiters großer Dank geht an meine erste Testleserin. Liebe Monika, du warst von Anfang an wie eine Seelenverwandte für mich und es war mir eine besondere Ehre, Dir als „Viel-Leserin“ den ersten Ausdruck meines Manuskripts in die Hände geben zu dürfen.

Danke dafür!

Weiters bedanke ich mich bei allen Familienmitgliedern, die beinahe täglich mein Gefasel ertragen mussten. Ich entschuldige mich bei Euch für die vielen, meistens absolut sinnlosen (wenn nicht sogar nervigen) Nachrichten in der Family-Gruppe. Ich bin genau eine von denen, weshalb Ramón nur mehr mailt, anstatt zu chatten…

Liebe Mama, danke, dass auch Du Dich durch das Manuskript gekämpft hast. Du hast immer an mich und meine Projekte geglaubt und schaffst es, mit wenigen Worten, Deinem Gesagten unheimlich viel Tiefe zu verleihen und mich immer wieder aufzubauen.

Danke!

Und – die Liebe zu Kirschpralinen habe ich eindeutig von Dir geerbt!

Und zuletzt, ein fetter Dank an eine ganz bestimmte Kollegin. Ich muss Deinen Namen nicht nennen, um Dich anzusprechen. Es reicht, wenn ich sage: *„Frische Semmeln"* oder *„Donnerstag um halb zwei"*.

Auch an Dich ein großer Dank, dass Du meine geistigen Ergüsse testgelesen und als frischgebackene Deutsch-Maturantin mit besonders scharfem Auge über die Zeilen geschaut hast.

Sag´ mir Bescheid, wenn Du mal nicht „Schoko-fastest", dann lege ich Dir was Süßes auf die Tastatur…